海公大紅袍全傳　總目

引言

楊同甫

公案小說，顧名思義，就是取材於各類案件的小說。明嘉靖以後開始盛行，其中《龍圖公案》、《海剛峰先生居官公案傳》，對清代公案小說產生了很大的影響。公案小說中的清官要維護正義，在與惡勢力抗衡的過程中，一方面依靠俠義之士的超凡武功，另一方面需要皇宮內某些權威人士作為後盾。依賴他們的鼎力相助，每當清官遭厄遇難時，又峰迴路轉，逢凶化吉，消災免禍，以維護單單依賴正常的行政或法律途徑所無法實現的正義。這已成為公案小說故事情節發展的固定模式。《海公大紅袍全傳》用了三個章節的篇幅，描寫海瑞盡力救援因借錢被騙，後又卻媒致訟而身陷囹圄的豆腐店張老兒，從而與張家父女結下深情厚意。當海瑞在落榜窮途時，通過張貴妃的援手，獲得嘉靖皇帝特賜進士，簽授浙江淳安縣儒學。海瑞借嘉靖皇帝慶祝四旬萬壽之機，以詩諷勸，促成嘉靖皇帝回心轉意，讓幽禁四年的張皇后和太子復位。以後海瑞怒杖嚴嵩獲罪，就是依靠太子的救援，得以超生赦宥。

小說《海公大紅袍全傳》的第十九回「賍國公畏賢起敬」，與歷史上海瑞任淳安知縣時與鄢懋卿的鬥爭有些聯繫；第五十八回「繼盛劾奸矯詔設禍」中的個別情節，依據史料敷衍而成；其餘都是根據傳說虛構敷衍而成，「所述公行事與《本傳》多不合，語近附會。然其命意所在，則無非扶忠而抑奸，與《七俠五義》及《彭公》、《施公》等案同一存心。」（引自光緒十九年文淵山房石印本《海公大紅袍》序。）

《海公大紅袍全傳》按照時間順序，以海瑞與嚴嵩之流的鬥爭為主線，著力表現海瑞居官為政、勘察辦案過程中嚴懲劣吏，壓制豪強，勇於平反冤獄的事跡，頌揚「以一紅袍始，以一紅袍終」的清官形象。還揭露了嘉靖皇帝的荏弱昏庸，宦官的恣意干政，豪紳的魚肉鄉民。

與明清優秀小說相比，《海公大紅袍全傳》的文學成就不是很高。全書的行文敘事和涉及的辭章表奏、名物制度，都不免有些駁雜粗疏。但綜觀全書，許多情節頗具戲劇性，曲折生動。如第五回「嚴嵩相術媚君」，描寫嚴嵩初次認識被捕進京的吉州別駕朱某某（即以後的嘉靖皇帝），並為其卜卦算命的那段情節，層層鋪陳，言語生動傳神。第十回「嚴家人見色生奸」，把嚴二貪財與愛色的矛盾心理變化過程刻畫得一波三折，細膩生動，合乎情理，出乎意外。第五十八回至第六十回，記莫懷古因稀世玉杯「一捧雪」而招致家破人亡的悲劇故事，情節極富戲劇性。

《海公大紅袍全傳》考證

楊同甫

《海公大紅袍全傳》，一名《大紅袍》，或增「繪圖」、「繡像」、「全本」等字，得名於書尾小引「而獨以紅袍命名者，蓋以其一生，以一紅袍始，以一紅袍終也」。

《海公大紅袍全傳》凡六十回，署名「晉人義齋李春芳編次，金陵萬卷樓虛舟生鐫」，與最早記載海瑞的公案小說明萬曆三十四年（一六〇六）刊本《海剛峰居官公案傳》署名完全相同，清光緒十九年（一八九三）文淵山房石印本《海公大紅袍全傳》有署名山右李春芳義齋氏序，云：「與《七俠五義》及《彭公》、《施公》等案同一存心」。據魯迅先生考證，《施公案》初刊於清道光十八年（一八三八），與孫楷第先生《中國通俗小說書目》的著錄相同。《彭公案》刊行於光緒十七年。《七俠五義》係清代學者俞樾改寫《三俠五義》第一回，並更名為《七俠五義》。而現存《海公大紅袍全傳》最早版本為收藏於倫敦博物院圖書館的嘉慶十八年（一八一三）二經樓刊本。可見此李春芳皆係托名，其緣由顯然是誤以為李春芳是《海剛峰居官公案傳》作者，遂假其名以提高新作的聲價。

明萬曆刊本《海剛峰居官公案傳》序云：「時有好事者，以耳目所覩記，即其歷官所案，為之傳其顛末。余偶過金陵，虛舟生為予道其事若此，欲付諸梓而乞言于余。」末署「萬曆丙午歲，夏月之吉，晉人義齋李春芳書於萬卷樓中」。可知李春芳並非《海剛峰居官公案傳》的作者或編者，更不是

《海公大紅袍全傳》的作者或編者。故民國期間諸種印本及一九九三年上海古籍出版社排印本，皆不署作者或編者名。

查明代文獻，見於史籍者有三位李春芳。其一為江蘇興化人，字子實，號石麓。嘉靖二十六年（一五四七）狀元，隆慶初任首輔。《明史》有傳。其二為真定藁城（今河北省藁城縣）人，字光卿。諸生，入貲為郎，任南京光祿寺大官署正。墓誌銘見《余文敏公集》卷八。其三為山西沁水（今山西省沁縣）人，字元實，號鳳岡。嘉靖三十二年進士，歷任盩厔知縣，兵科給事中。傳見《澤州府志》卷三十六。均非此「義齋李春芳」，似李春芳之名，亦係假托。

《海公大紅袍全傳》成書的確切年代，已不可考。現存最早版本為清嘉慶十八年刊本。第一回發端詞曰：「人生南北多歧路，將相神仙，也要凡人做。百代興亡朝復暮，江風吹倒前朝樹。　功名貴顯無憑據，費盡心情，總把流光誤。濁酒三杯沉醉去，水流花謝知何處？」此詞與吳敬梓撰《儒林外史》第一回發端詞相同。吳敬梓生於康熙四十年，卒於乾隆十九年。似《海公大紅袍全傳》成書年限當在清乾隆、嘉慶年間。

海瑞一生持身廉潔，剛正不阿，執法嚴明，敢於直諫，深受民眾擁戴。生前他的事跡已廣為傳頌。去世不久，即有萬曆三十四年刊本《海剛峰居官公案傳》問世，書中記載了七十一則海瑞破案的故事。至清代，又有《說唱海公案傳奇》、《海公大紅袍全傳》、《海公小紅袍》及各種類的戲曲作品，大量湧現。

《海公大紅袍全傳》刊行一百多年間，書中某些頗為曲折、饒有趣味的情節，相繼被改編成各種戲曲劇本。如京劇、河北梆子、溫州亂彈、婺劇和徽劇，據第十八、十九回的情節，改編成《海瑞鬧淳安》、《海瑞背紆》、《算糧打差》、《海瑞算糧》。絲弦太平調據第五十六、五十七回的情節，改編成《海瑞搜宮》。京劇、川劇、徽劇、河北梆子、漢劇、湘劇、崑曲、弋腔、桂劇、秦腔據第五十八至六十回的情節，改編成《一捧雪》、《廟頭刺湯》和《雪杯圓》、《莫成替主》、《古玉杯》、《搜杯代戮》。

《海公大紅袍全傳》的版本頗多，除嘉慶十八年二經堂刊本外，尚有道光二年書業堂刊本，道光十年大文堂刊本，道光二十年經國堂刊本，同治六年聚盛堂刊本，光緒十九年文淵山房石印本，民國六年上海廣益書局本，民國二十五年上海新文化書社本，民國二十六年上海大文書局新式標點本。文革後，成都古籍書店、北京寶文堂書店、上海古籍出版社曾先後出版過此書的整理本。此次整理，以道光十年（一八三〇）大文堂刊本為底本，參校以上諸本，重新分段標點和注釋。由於校注者水平所限，不當之處，祈請讀者指正。

回目

第一回　海夫人和丸畫荻❶

詞曰❷：

人生南北多岐路，將相神仙，也要凡人做。百代興亡朝復暮，江風吹倒前朝樹。　功名貴顯無憑據，費盡心情，總把流光誤。濁酒三杯沉醉去，水流花謝知何處？

這幾句鄙詞不過說人生世上，承父母之精血，秉天地之靈氣，生而為人。人為萬物之靈，自當做一場刮目驚人的事業。雖要流芳百世，中正綱常，使人誌而不忘，以為君子；即不能於世爭光，亦當遺臭萬年，此即君子小人之兩途矣。然君子之流馨，事愈遠而人心愈近；小人之遺臭，事雖近而人心

---

❶和丸畫荻：稱頌母親教子有方。和，音ㄏㄨㄛˋ。和丸，用熊膽調和製成的丸藥。《新唐書・柳仲郢傳》：「母韓，即皋女也。善馴子，故仲郢幼嗜學，嘗和熊膽丸，使夜咀嚥以助勤。」明袁宏道〈壽洪太母七十序〉：「母攻苦茹酸，和丸課子。」畫荻，用荻草畫地學寫字。《宋史・歐陽修傳》：「四歲而孤，母鄭，守節自誓，親誨之學。家貧，至以荻畫地學書。」荻，生長在水邊的多年生植物，形似蘆葦。

❷詞曰：此詞與《儒林外史》第一回發端詞相同。

欲遠之，而恐其稍近也。君子觀之，能不悚然而懼乎？吾於是有說。

卻說前明正德❸間，粵之瓊南有海璇❹者，字玉衡。世居瓊之睦賢鄉，離瓊山縣治不過數里。這海玉衡娶妻繆氏❺，乃同縣繆廩生❻之妹也。繆氏生於詩書之家，四德三從，是所稔悉❼。自適海門以來，夫妻和順，相敬如賓，真不愧梁鴻之配孟光❽也。玉衡屢試不中，遂無意功名，終日在家，詩書自娛，行善樂施而已。

又過數年，玉衡已是四十三歲，膝下無兒。夫人繆氏，每以為憂，常勸丈夫立妾以廣子嗣。玉衡正色道：「吾與汝素行善事，況海氏祖宗皆讀儒書，歷行陰德，吾諒不致絕嗣，余姑待之。」繆氏道：「相公之言，可謂不礙於理者。然妾今年四十，天癸❾將止，誕育❿之念已灰，不復望弄璋弄瓦⓫矣。

---

❸ 正德：明武宗朱厚照年號，在位十六年（一五〇六—一五二一）。

❹ 海璇：此名係作者杜撰。海瑞父名海瀚。梁雲龍撰〈海忠介公行狀〉：「有諱瀚，係廩生，瀚即公父也。」

❺ 繆氏：此姓氏係作者杜撰。海瑞母謝氏。梁雲龍撰〈海忠介公行狀〉：「母謝氏，封太安人，加封太恭人。」

❻ 廩生：明清兩代稱由公家給以膳食的生員。又稱廩膳生。

❼ 稔悉：熟悉。稔，音ㄖㄣˇ。

❽ 梁鴻之配孟光：形容夫妻相敬有禮。梁鴻，東漢扶風平陵人，字伯鸞。家貧好學，不求功名。娶同縣孟光為妻，夫妻相敬如賓，就食時，孟光每每舉案齊眉。

❾ 天癸：婦女月經。《素問上·古天真論》：「女子……二七而天癸至，月事以時下，故有子。」

❿ 誕育：生育。《後漢書·和殤帝紀》：「誕育百餘日。」

故勸相公立妾者，乃是為海氏宗祧⑫起見，相公何故不以為然？」玉衡笑道：「夫人所知者，情與理也。但今之世，人心僥薄⑬，循理者少，悖理者多。但見人家妻妾滿室，妒爭紛然。何者？為丈夫者不無偏愛，本欲取樂而反增啾惱，吾不忍見之。使璇命該有子，夫人年尚壯健，豈不能育子耶？璇合絕嗣，即使姬妾羅列，亦不過徒事酒色而已，何益之有？」夫人看見丈夫如此堅執，也不再說。此後夫婦更加相愛。玉衡歷行善事，家雖不豐，而慷慨勇任。凡有親友鄰里稍可資助者，無不竭力為之。

於是又過三年，繆氏夫人年已四十三歲。一日，天忽大雨，雷電交加，陰雲四起，暴雨奔騰。玉衡正在書房閒坐，忽見一物從空而下，惡貌猙獰，渾身毛片，金光奪目，奔向玉衡書案之下，倏忽不見。玉衡知是怪異避劫，乃任其躲藏，反以身障翼書案。少頃，雷電之光直射入書房，火光向著玉衡身上射來。這也古怪，那雷火一到玉衡身傍便滅，如是者約有半個時辰，那雷聲漸漸退去，火光亦熄。玉衡不勝驚惶，隨走開書案。此時天氣復亮，雨止雷收。只見那怪獸從案下出來，向著玉衡作叩首之狀。玉衡明知其故，乃叱之去。那物出了書房，不向外邊，卻往裡面去了。玉衡誠恐夫人受驚，隨即跟進，方至內室，就不見了。心中好生疑惑，只是事屬怪誕，忍而不言。

---

⑪ 弄璋弄瓦：生兒育女。弄璋，稱生男也。弄瓦，稱生女也。《詩經．小雅．斯干》：「乃生男子，載寢之牀，載衣之裳，載弄之璋。……乃生女子，載寢之地，載衣之裼，載弄之瓦。」璋，寶玉。瓦，紡塼，古代婦女紡織工具。

⑫ 宗祧：家族世系。唐韓愈《順宗實錄三》：「建儲貳以承宗祧。」祧，音ㄊㄧㄠ。

⑬ 僥薄：民風浮薄。宋蘇軾《上神宗皇帝書》：「及盧杞為相，諷上以刑名整齊天下，馴致僥薄，以及播遷。」

未及半月，夫人竟然癸水⑭不至。初時尤以為年老當止，三五月間，不覺腹中隆然矣，此際方知繆氏懷孕。玉衡大喜，對繆氏道：「天庇善人，今日信否？」繆氏亦笑道：「此乃相公福德所致，妾藉有賴矣。」玉衡道：「凡人好善，天必祐之。況夫人貞淑賢德，幽閑婉靜，不才亦拳拳好善，感格上天，憐於海氏，特賜麟兒矣！」從此心中歡喜，更勇於為善。

光陰迅速，日月如梭，不覺將近十月，胎期滿足，早晚就要分娩。海公預早雇了乳母、穩婆⑮在家伺候的。

一夜海公方纔合眼睡熟，忽見三人穿青衣，手持金節，向前揖曰：「奉玉帝勅，賜汝一子，汝其善視之。」旋有人擁一怪獸入。海公見其與前次避雷的獸無異，便問道：「既蒙玉帝賜子，怎麼將這獸物帶來？」持金節者笑道：「爾那裡曉得，此乃五指山之豸獸⑯也，性直而喜啖猛虎，衛弱鳥，在山修煉七百餘年，數當遭劫，故彼曾避於君家書案之下。君乃善人，神鬼所欽，故雷火不敢近君，即回復玉旨。此獸因君得免其劫。但是上天有制，凡羽毛⑰苦修，性未馴善，不遭雷劫，即當過胎出世，先成人形，後歸正果⑱。今上帝憐汝行善有功，故特賜與汝為子。日後光大海氏門戶者，誠此子也。」

---

⑭ 癸水：婦女月經。唐張沁《粧樓記》：「紅潮，謂桃花癸水也，又名入月。」

⑮ 穩婆：舊時以接生為業的婦女。《元曲選．老生兒》：「我急煎煎去把那穩婆和老娘尋。」

⑯ 豸獸：即獬豸。傳說中的獸名。漢楊孚《異物志》：「北荒之中有獸，名獬豸，一角，性別曲直。見人鬭，觸不直者。聞人爭，咋不正者。」獬豸，音ㄒㄧㄝˋ ㄓˋ。

⑰ 羽毛：泛指飛禽走獸。

說畢，便將那獸推到內室去了。忽聽得霹靂一聲，玉衡吃了一驚，不覺醒來，卻是南柯一夢。忽見丫環來報：「夫人產下一位小相公。」玉衡聞言大喜，正應夢中之事。急急來到房中，見嬰兒已經斷臍，包裹停當。玉衡持燭細看，果然生得眉清目秀，心中竊喜，口中不言。一面安慰妻子好生調養，吩咐丫環們小心服侍。三朝洗兒⑲，彌月請酒，自不必說。乃取名海瑞⑳，這也不在話下。

且說玉衡因有了兒子，萬事俱足，遂飄然有世外之想，把功名二字真是置之度外。正是：有子萬事足，無官一身輕。海公無事，以兒為樂，或到名山勝境去遊玩，也覺優游。

時光易過，又是幾年。海瑞已經七歲，雖在孩提之中，性至孝友，更兼資格聰慧，耿直無私。每與鄰兒共游，飲食之物，必要公同分食。若有多取者，瑞必詈㉑之。玉衡教他讀書，過目輒能成誦。又過了三年，海瑞年已十歲。無書不讀，詩詞歌賦，靡有不通。是年玉衡一病身亡，海瑞哀痛欲絕，夫人亦痛哭不已。瑞痛父身亡，未能盡子道，意欲結廬於父墓之側，少展孝思。夫人勸阻曰：「汝

---

⑱ 正果：佛教語，修道有所證悟，謂之證果。與外道之盲修瞎鍊所得者有邪正之分，故名正果以區別之。

⑲ 洗兒：古時風俗，嬰兒生後三日或滿月，有替嬰兒洗身的習俗，稱為洗兒。宋孟元老《東京夢華錄．育子》：「至滿月，……大展洗兒會。」

⑳ 海瑞：（一五一四－一五八七）明廣東瓊州人，字汝賢，號剛峰。嘉靖舉人，歷任淳安、興國知縣，戶部主事。曾上書批評世宗專意齋醮，不理朝政，被逮下獄。隆慶三年，遷右僉都御史，巡撫江南。後因張居正等排擠，革職閑居十六年。萬曆十三年任南京吏部右侍郎，二年後卒于任所。謚忠介。著有《海剛峰先生文集》。

㉑ 詈：罵人。詈，音ㄌㄧˋ。

雖性至孝順，但汝年紀幼穉，郊外無情，倘有不測，吾何賴焉？雖欲盡孝而反增不孝也。」瑞聞母諭遂止，在家守制。夫人便晝夜令他誦讀，雖夏暑不輟。

未幾服闋㉒，瑞年十三。或有勸瑞應童子試㉓者，瑞對曰：「吾年尚幼，經史未通，若出應試，必被人笑，徒費筆墨。不如閉門苦讀，待我淹貫了，然後去也，亦未為遲。」夫人聞瑞在外如此答友之言，私喜曰：「此兒不務矜浮，日後必有實學。」於是更加束約，母子二人，切磋儼如師弟一般。

瑞性傲好菊，不喜趨承。嘗有〈品菊〉㉔詩曰：

繞籬一二費平章㉕，五色迷離滿徑香。
晚節㉖豈容分上下，蓬門畢竟育低昂。
范村㉗訂譜名多誤，酈水㉘空傳種最良。

㉒服闋：古代喪禮規定，父母死後，服喪三年，期滿除服，稱服闋。漢應劭《風俗通·十反》：「父字叔矩，遭母憂，……三年服闋。」闋，終了。

㉓童子試：科舉制度中的低級考試。童子應試合格者始為生員。

㉔品菊：查《海剛峰集》、《海瑞集》均無〈品菊〉、〈伴菊〉詩。此二首詩係作者托名所作。

㉕平章：品評。戴復〈梅花詩〉：「穿林傍水幾平章。」

㉖晚節：晚節香，菊之別名。宋韓琦〈九日水閣〉詩：「不羞老圃秋容淡，且看寒花晚節香。」

㉗范村：《范村菊譜》一卷，宋范成大撰。錄菊花三十六種，「蓋據吳郡所產，其別業之所植者記之，故冠以

欲向澹中尋更澹，鬢絲愁落滿頭霜。

〈伴菊〉詩云：

柴門重閉日悠悠，願向花間穩臥遊。
俗骨不堪同入夢，芳心曾許獨深幽。
性情淡處常相對，清冷香中過此秋。
莫遣風仙㉙借婢職，夜深牆角已低頭。

夫人見其詩雅淡，知瑞他日晚節獨堅，必為一代忠臣者。嘗謂之曰：「爾終日讀書，不求問達，究有何益哉？」瑞曰：「兒苦讀詩書，非不欲進取。但念母親年屆喜懼㉚，兒恐一旦成名，就要遠離范村。」

㉘酈水：宋史鑄《百菊集譜》引《荊州記》：「酈縣菊水。太尉胡廣久患風羸弱，汲此水後疾遂瘳，年近百歲。非唯天壽，亦菊延之。此菊甘美，廣後收菊，播之京師，處處傳植。」

㉙風仙：即封十八姨，亦稱風姨。古代神話傳說中的風神。見唐鄭還古《博異志．崔玄微》。

㉚喜懼：喜悅與恐懼，謂年高也。《論語．里仁》：「父母之年，不可不知也，一則以喜，一則以懼。」宋真德秀〈江東漕到任謝表〉：「其如親闈喜懼之年，當謹人子清溫之職。」

膝下，故此忍隱，不欲為母親憂也。」夫人怒曰：「為人子者，不欲揚名顯親，豈欲吾死後爾方進取耶？馬鬣雖封㉛，銘旌㉜七尺，吾亦不得而親見也。」瑞聞母怒，跪而慰之，謝罪不迭，夫人怒始稍息。瑞從此益勵詩書，以圖進取。

次年學院按臨，瑞便出應試，果掇芹香㉝。夫人喜曰：「爾得一衿，吾死瞑目矣。」簪花㉞後，同庠諸友勸同省闈，以奪秋魁㉟。瑞每以母在家無人侍奉終日，不欲行。及至其母聞得瑞答友之言，遂勉之曰：「爾每以我在家，無人侍奉為辭，不欲相離左右。但功名大事，我尚強健，爾可前去，不必望念。」瑞見母親如此吩咐，不敢有違，遂打點行李，會齊諸友，望著海康而來。

到了雷州，拾舟起岸趕路。一夜，月明風細之下，瑞在旅店裏睡不著，偶步園中。時已三更向後，店中諸客俱已熟睡。仰望星斗滿天，萬籟俱寂。忽聞有人說道：「今夜前村張家禳鬼㊱，我們正好前去尋些飲食，偏偏又遇著這位海少保㊲在此。土地爺好沒來由，卻要派著我們在此伺候，他老人家便

㉛ 馬鬣封：墳墓上封土的一種形狀。《禮記·檀弓上》：「吾見封之若堂者矣，見若坊者矣，……見若斧者矣。從若斧者焉，馬鬣封之謂也。」

㉜ 銘旌：靈柩前的旗幡稱明旌，又謂之銘。平民之喪，不用銘旌。

㉝ 芹香：謂芹之含有異香者。芹，水菜。科舉時代謂入學曰入泮，或稱遊泮，後又變其辭為采芹。

㉞ 簪花：指宴會。古代每遇典禮宴會佳節，男女皆戴花，稱為簪花。

㉟ 秋魁：鄉試第一名。明清科舉將鄉試安排在仲秋時節舉行，故鄉試又稱秋試。魁，北斗第一星也。

㊱ 禳鬼：去邪除惡之祭。禳，音ㄖㄤˊ，祭名。

安然坐著，好教人不忿氣呢！」一人道：「你莫怨他，他乃是一坊之主，你我都是受他管束的，怎麼不聽使令？這是應該的，不必多說。恐怕這老兒聽見了，又要責罰呢。」一人道：「怕甚麼？此老太不公道，但是有得奉承他的，便由人去橫行滋擾；若是似我等窮鬼，他便專以此勞苦的事來派著呢！」一人道：「你且說他怎的不公平呢？」那人道：「即此張家一事，就可見其不公矣。張家的女兒，昨因上墓拜掃，遇了這個王小三，在路上撞見了。欺他孤兒寡婦，隨就跟了回去，作起祟來。他家好不驚慌，不知被他弄了飲食。那日，張寡婦到這老兒處禱告，求他驅除。這老兒初時甚怒，立刻拘了王小三到廟，說甚麼要打、要罰他，後來王小三慌了，即忙應許了些金帛。這老兒便喜歡到極處，不但不去責罰他，反助紂為虐，任他肆擾呢！」一人道：「怪不得張家今夜大設飲食，他便安安穩穩的前去受領，卻遣我們在此伺候這海少保呢。」一人道：「怪不得你說他。」海瑞聽得明白，纔知是鬼在議論，暗喜自己有了少保的身份。不覺咳嗽一聲，倏而寂然。海瑞亦回房中安息。自思土地亦受鬼賄耶，心中大怒。

至天明起來，梳洗了，諸友便要起程。海瑞道：「且慢著。今日有一奇事，待我弄來你們看看。」諸友不解其故，忙問道：「荒郊野店，有甚麼奇事？不如莫管閒事，趕路要緊呢！」海瑞道：「列位有所不知，這裡有一張家，他是個寡婦，有一女兒，被野鬼王小三攪擾，大索祭祀。這本坊土地，反與那鬼通同攪擾，你道奇麼？」諸友問道：「你怎的知道？」海瑞便將夜聞鬼言，備細告知，但不說出自己是個少保。諸友聽了，各各驚異。況且都是少年，未免好事。各人都慫恿著海瑞，要看他怎麼

㊲少保：太子少保，輔導太子的官。

處置那土地。海瑞便向店主人問明，那裡是土地廟並張家的住址。用了早飯，便望著那土地廟而來。

正是：

正氣能驅魅，無私可服神。

畢竟海公到了那裡如何，且聽下回分解。

批評：

海公乃正氣之人，故到處神鬼欽服，非因少保而諸鬼伺候之也。若有祿之人，則有鬼神陰護，則不勝其鬼，不勝其神矣。然其神鬼所欽者，無非一忠正字矣。剛峰㊳先生之傳，世多傳誌，閱之皆屬荒唐，惟此書卻與剛峰行述相近。吾信而讀之，似近情理。如「南詞㊴」之海公傳者，則不足信矣。然此書之張寡婦女兒，既是海瑞原配，而海瑞應有少保身份，每到一處，必有神鬼伺候；其妻應有少保夫人身份，何得有野鬼到家滋擾？此乃使海公至其家驅逐鬼邪而得佳偶也。欲知明白，要看下批便知耳。

㊳ 剛峰：海瑞的別號。

㊴ 南詞：指南戲、南曲，或崑曲。

第二回　張寡婦招婿酬恩

詩曰：

三生❶石上舊姻緣，萍水朱陳❷百載堅。
信是嫦娥先有意，廣寒先贈一枝先。

卻說海瑞在旅店，因先夜聞得眾鬼說那土地不公，縱容野鬼王小三在張家攪擾，圖其祭祀飲食的話。遂忙用早膳，攜著諸友，取路先來至那土地廟。只見那廟是靠著路傍的，高不滿三尺，闊纔二尺，上塑神像。惟是香煙冷落，廟內的蛛絲張滿。有一張尺餘高的桌案，塵積寸餘。眾人見了，不覺大笑曰：「如此荒涼冷落，怪不得他亦要收受了賄賂。不然，十載都沒有一炷香呢！」海瑞聽了，不勝大怒，便指著那神像罵道：「何物邪神，膽敢憑城作祟，肆虐村民。今日我海瑞卻要與你分剖個是非了。

❶ 三生：佛教語，指前生、今生、來生。
❷ 朱陳：村名，今江蘇省豐縣東南。後引申為締結婚姻之意。唐白居易〈朱陳村詩〉：「徐州古豐縣，有村曰朱陳。……一村唯兩姓，世世為婚姻。」

夫神者，正直聰明，為民捍衛殃難，賞善罰惡，庶不愧享受萬民香煙。何乃不循天意，只顧貪婪？既不能為民造福，到也罷了，怎麼卻與野鬼串通，妖魅人間閨秀，走石揚砂，百般怪祟，唬嚇婦女，索詐楮帛❸祭食！此上天所不容，人所共憤。吾海瑞生平忠正俠直，午夜捫心，對天無愧，羞見這等野鬼邪神。」遂以手指著，喝聲：「還不服罪！」說尚未畢，那泥塑的神像，一聲響亮，竟自跌將下來，打得粉碎。眾人見了，哈哈大笑。內中一人道：「雖然土地不合，到底是個神聖，今海兄如此冒瀆，故神怒示警，竟將本身顯聖。海兄總當陪個不是纔好呢！」海瑞聽了怒道：「你們亦是這般糊塗，怎麼還不替我將這鳥廟拆了，反來左袒❹？真是豈有此理！」有等❺看見海瑞作色，乃道：「海兄正直無私，即此鬼神，亦當欽服。如今既已示辱於神，這就算了事。我們還是到張家去走遭，看是怎的。」海瑞道：「如此纔是正理呢。」一行人遠離了土地廟，取路望著張家村而來。話分兩頭，暫且按下不表。

再說那張家村離大路不遠，村中煙戶❻二百餘家，都是姓張的。那被魔的女子，就是張寡婦的女兒，年方一十六歲，名喚宮花。生得如花似玉，知書識禮，又兼孝順。其父名張芝，曾舉孝廉❼，出

---

❸ 楮帛：祭祀時用以焚化的紙製作的絲織物。楮，音ㄔㄨˇ，紙的代稱。帛，絲織物。

❹ 左袒：袒露左臂，表示偏護一方。

❺ 有等：有些。元無名氏《凍蘇秦》第一折：「如今街市上有等小民，他道俺秀才每窮酸餓醋，幾時能夠發跡？」

❻ 煙戶：人戶。《清會典．戶部．尚書侍郎職掌五》：「正天下之戶籍，凡各省諸色人戶，有司察其數而歲報於部，為煙戶。」

仕做過一任通判❽。後來因為倭寇作反❾，死於軍前。夫人溫氏，攜著這位小姐，從十歲守節至今。是夜事因三月清明，母女上山掃墓。豈料中途遇了這野鬼王小三，欺他孤寡，跟隨到家，欲求祭祀。宮花睡在床中，忽見一人披髮吐舌，向他索食。宮花唬得魂不附體，大叫起來。那野鬼便作祟，弄得宮花渾身發熱，頭目暈花，口中亂罵亂笑，唬得溫夫人不知所措。請醫診視，俱言無病，為祟所侵。夫人慌了，忽道：「此病定是因上墳而起。」細細訪之，始知路傍有一土地的廟宇。想道：「山野墳墓之鬼，必土地所轄。」便具疏到土地廟中禱告，求神驅逐。祭畢回家，誰知那宮花愈加狂暴，口中亂罵道：「何物溫氏，膽敢混向土地廟處告我麼！我是奉了上帝勅命來的。只因你們舊日在任時，曾向當天許過愿心，至今未酬。上帝最怒的是欺誑鬼神，故此特差我來索取。爾若好好的設祭就罷，否則立取爾等之命去見上帝呢！」溫夫人聽了，自思在任時自己卻不曾許過甚麼愿心。女兒年幼，是不必說的。就是老爺在日，忠直居心，愛民若子，又沒有甚麼不好之處。且平日不喜求神許愿的，怎麼說有這個舊愿？自古道：「能可❿信其有，不可信其無。」這是小事，就祭祀與他，亦不費得甚麼大錢財，總要女兒病癒就是了。乃向宮花道：「既是我家曾許過愿，年久日深，一旦忘了，故勞尊神降臨。今知罪咎，即擇吉日，虔具祭儀酬還。伏乞尊神釋放小女元神復體，則氏合家頂祝於無既矣。」

---

❼ 孝廉：明清時對舉人的稱呼。

❽ 通判：官名，知府或知州的輔佐之官。分掌一府或一州的糧運、督捕、水利等事務。

❾ 作反：造反。《紅樓夢》第九回「外邊幾個大僕人李貴等聽見裏邊作反起來，忙都進來一齊留住。」

❿ 能可：寧可。元嚴忠濟〈天淨沙〉：「能可少活十年，休得一日無權。」

只見宮花點頭應道：「你們既知罪咎也罷。後日黃道吉辰，至晚可具楮鏹⑪品物，還愿罷了。」溫氏唯唯答應。至期，即吩咐家人買備祭品香燭之類，到了點燈時候，虔誠拜祭一番。只見那宮花便作喜悅之色，說道：「雖然具祭，只是太薄歉了，可再具豐盛的來。明日三更，吾即復旨去也。」溫氏又只得應承。這一夜，宮花卻也略見安靜些。

次日，夫人正要吩咐家人再去備辦祭品。只見宮花雙眉緊縐，十分驚慌的模樣，在床上蹲伏不安，口中喃喃，不知何語。夫人正在驚疑之際，只見家人來說道：「外面有一位秀才，自稱海瑞，能驅邪逐魅。路過於此，知我家小姐被了邪魔，如今要來收妖呢！」夫人聽得，半信半疑，只得令家人請進。少頃海瑞領著那幾個朋友，一齊來到大廳，兩傍坐下。溫夫人出來見了眾人，見過了禮，便問道：「那一位是海秀才呢？」眾人便指著海瑞道：「這位便是。」溫夫人遂將海瑞一看，只見他年紀最輕，心中有幾分不信。便問道：「海相公有甚麼妙術，能驅妖魅？何以知道小女著祟，請道其詳。」海瑞道：「因昨夜在旅店聽得有幾個鬼，私自在那裡講本坊土地故縱野鬼作祟索祭的話，故此特來驅逐妖魅。」溫夫人聽了好生驚疑，心中卻也歡喜，說道：「小女倘得海相公驅魔，病得痊癒，不敢有忘大德。」便吩咐家人備酒。海瑞急止之曰：「不必費心破鈔，我們原是為一點好意而來，非圖飲食者也。」再三推讓。溫夫人道：「列位休嫌簡慢，老身不過薄具三杯家釀，少壯列位威氣而已。」海瑞見他如此真誠，便說道：「既蒙夫人賜飲，自古道『恭敬不如從命』，只得愧領了。但是不必過費，我們纔得安心。」溫夫人便令家人擺了酒菜，就在大廳上坐下。請了鄰居的堂叔張元，前來相陪。

⑪楮鏹：祭祀時用以焚化的紙錢。鏹，音ㄑㄧㄤˇ，錢的別稱。

海瑞等在廳上歡飲，溫夫人便進女兒房中而來。只見宮花比前夜大不相同，卻似好時一般。見了夫人進來，便以手指著榻下的一個大瓦罐，復以兩手作鬼入罐內的形狀。夫人已解其意，即時出到廳上，對眾人說知。海瑞便道：「是了，這是個邪鬼，知道我們前來，無處躲避，故此走入罐中。可即時將罐口封了，那時還怕他走到那裡去？」眾人齊聲道：「有理。」於是夫人引導來到繡房，小姐迴避入帳內。海瑞便問：「罐在何處？」夫人令侍婢去拿。只見侍婢再三掇不起來，說道：「好奇怪，這是個空罐，怎麼這樣沉重？」海瑞道：「你且走開，待我去拿。」便走近榻前，俯著身子，一手拿了出來，並不見沉重。笑道：「莫非走了麼？」眾人說道：「不是不是，他既走得去，就早走了，又何必入罐？自古道『鬼計最多』，故作此輕飄飄的，想哄我們是真呢！」海瑞道：「我不管他，只是封了就是。」遂令人取過筆墨，先用濕泥封了罐口，後用一副紙皮，貼在泥頭之上。海瑞親自用筆寫著幾個字道：「永遠封禁，不得復出。海瑞的筆親封。」寫畢，令人將罐拿了出去，將他在山腳下埋了。溫夫人一如所教，千恩萬謝。張元便讓眾人復出前廳飲酒。

夫人便私問宮花道：「適間爾見甚麼來？」小姐道：「適間只見那披髮的惡鬼慌慌張張的自言自語道：『怎麼……麼……麼海少保來了？』左顧右盼，似無處藏躲之狀。忽然歡喜，望榻下的罐子，將身搖了幾搖，竟把身子縮小了，鑽在罐內。孩兒就精神爽快了。故此母親進來，不敢大聲說出，恐怕他走了，又來作祟。適間那位是海少保，他有何法術，鬼竟怕他呢？」夫人聽了，心中想道：「他乃是一個秀才，鬼竟稱他為少保，想此人日後必大貴。」忖思女兒的命也是他救活的，無可為報，不如就將宮花許配了他為妻。我膝下有了這樣的半子⓬，儘可畢此餘生了。於是便將適間海瑞聽得群鬼之言，方知爾的病源，故此特來相救的話，說了一遍。宮花聽了嘆道：「如此好人，世上難得。況兼又有少保的祿命，不知他父母幾世修來，始得這個兒子呢？」夫人道：「吾兒的性命，都虧他救活的，無可為報，吾意欲將爾許配這海恩人為妻。我家得了這樣女婿，亦足依靠，光壯門閭⓭。二則爾的終身有靠藉，不枉爾的才貌，心下如何，可允否呢？」宮花聽了，不覺脹紅了臉，低頭不語。夫人知他心允，便即著人請了張元進來，細將己意告知，並浼張元說合。張元道：「此事雖好，惟是別府人氏，姪女嫁了他家，未免要渡重洋，甚是不便，如何是好？」夫人道：「女兒心已允了，便是我亦主意定了。就煩叔叔一說，就感激了。」

張元聽說，便欣然應諾。走到前邊，對著海瑞謝了收鬼之恩，然後對著眾人說知夫人要將宮花許配海瑞之意。海瑞聽了，謝道：「豈有此理，小姐乃是千金之體，小生何敢仰扳⓮。況小生是為好意，仗義而來，今一旦坦腹東床⓯，怎免外人竊議？這決使不得的，煩老先生善為我辭可也。」說罷，便欲起身告辭。張元道：「海兒且少屈一刻，老朽復有話說。」海瑞只得復行坐下，便問道：「老先生

⓬ 半子：女婿。《新唐書・回鶻傳》：「詔咸安公主下嫁。……是時，可汗上書恭甚，言『昔為兄弟，今婿，半子也』。」

⓭ 門閭：泛指鄉里。閭，古代以二十五家為閭。《周禮・地官大司徒》：「令五家為比，使之相保。五比為閭，使之相受。」

⓮ 仰扳：向上攀援，結交地位高於自己的人。仰，抬頭。扳，通攀，攀登。

⓯ 坦腹東床：女婿的別稱。又名東床。

有何見教？」張元道：「相公年紀正與舍姪女差不上下，況又未曾訂親。今舍姪女既蒙救命之恩，天高地厚，家嫂無可酬報，故要將姪女作配，亦稍盡酬謝之心。二者乃是終身大事，又不費海兄一絲半線的聘禮，何故見拒如此？想必相公嫌我們微寒，故低昂不合，是以卻拒是真呢。」海瑞聽說，忙答道：「豈敢，區區之事，奚足言恩。瑞乃一介貧儒，家居遠窵⑯，敢累千金之體耶？故不敢妄攀，實非見棄，惟祈老先生諒之。」張元復又再三央懇。眾人見了，也替張元代說道：「海兄何必拘執至此？夫人既有此意，理當從順纔是呢。」海瑞道：「非弟不肯，但是婚姻大事，自有高堂主張，非弟可得而主之也，故不敢自專呢。倘蒙夫人不棄，又叨張老先生諄諄教諭，敢不聽從？但是未曾稟命高堂，不敢自主，以增不孝之罪。尚容歸稟，徐徐商議可也。」

張元聽了海瑞這話，見他堅執不從，只得進內對夫人說知。夫人笑道：「叔叔可問他們，現寓何處，店名甚麼？吾自有妙計，包管叫他應允就是。」張元乃出來陪著眾人，問道：「列位今在誰店作寓？」眾人道：「現在張小乙店中，暫宿一夜。今早即欲起程，因有尊府之事，故爾遲遲，明日定必起程。」說完，海瑞決意告辭。張元只得相送出門，不勝感謝。海瑞稱謝，與眾人回店中去了。正是：

姻緣本是前生定，五百年前結下來。

畢竟海瑞後來可能與張氏宮花成親否，且聽下回分解。

---

⑯ 遠窵：遙遠。宋李綱《再乞招撫曹成奏狀》：「道路遠窵，見今阻隔，卒難辨集。」窵，音ㄉㄧㄠˋ。

批評：

姻緣固註於前生，然海公無心得偶，斯亦奇矣。張氏有福，故得榮授一品夫人之誥。此時乃有王小三之鬼為祟。以吾觀之，蓋天地有以使其然者。若不然，則海公偶宿旅店，行程匆匆，素無一面，何以便成眷屬耶？海公無心得此佳偶者，蓋天有以報正人者也。王小三之鬼與土地群鬼，乃是海張之執柯⑰者哉。

---

⑰執柯：作媒。明史槃《鶼釵記》三二：「懊恨殺韋公執柯，卻將探花妻子被狀元奪。」執，手持；柯，斧柄。

第三回　喜中雀屏❶反悲失路

卻說海瑞與眾人回到旅店，諸友皆言這頭親事應該允諾纔是。如此美緣，怎麼交手失去？海瑞但笑而不言。暫且按下不表。

再說那溫夫人見海瑞堅執不肯，遂用一計：著堂叔張元問明海瑞住址，便令人請了族中一位紳衿❷到來，求他作伐❸。這紳衿姓張名國璧，乃是進士，曾任過太平府知府，以疾告休的。與張芝是個九服❹叔姪，為人正直，多才便給❺，素為鄉間仰望，遠近皆欽服他的，所以夫人請他來。當下國璧來到，與夫人見過了禮，坐下茶畢。夫人道：「今日特請賢姪到來，非為別事，要與爾妹子說頭親事，非賢姪不可，望勿推卻。」國璧道：「妹子的病現在未痊癒，如何便說親事？」夫人笑道：「卻因爾

❶雀屏：擇婿之喻。明唐玉《翰府紫泥全書・婚禮聘定》：「幸雀屏之中選，宜龜筮之葉謀。」

❷紳衿：泛指地方上有地位和權勢的人。紳，指有官職或中科第而退居在鄉的人士。衿，一名青衿，生員的服裝，後作為生員的代稱。

❸作伐：為人作媒之意。《詩經・豳風・伐柯》：「伐柯如何，匪斧不克。取妻如何，匪媒不得。」

❹九服：指明清刑律服制圖中規定的上至高祖，下至玄孫的同宗親屬的範圍。

❺便給：靈巧敏捷。《續資治通鑑・元順帝至正二十六年》：「夫質樸者多迂緩，狡猾者多便給。」

妹子的病一旦好了，所以立要說親呢。」國璧聽了，愕然道：「怎麼說妹子的病一旦好了？卻要請教。」夫人便將海瑞封禁野鬼王小三之事，並兒稱海瑞為少保之言，所以要將女兒許配他，怎奈不肯之故，情細說知。國璧道：「怎麼竟有這些奇事？我到要會一會這個人呢！」夫人道：「只因這海秀才，未曾稟過父母，故不敢應允。我想他是個識理的人，必重名望，故浼賢姪前往代說，彼必允矣。」國璧道：「甚好，但不知住在那裡？」夫人道：「就是前面張小乙店中。」國璧便即告辭，回到家中，冠帶而往，來到張小乙店中，時已將暮，急令小乙進去通報。

小乙領命，走到客房，正見海瑞與那幾個同幫的在那裡用飯。小乙便上前叫道：「海相公，外面有人拜候你呢。」海瑞道：「什麼人？姓甚名誰？與我相識的麼？」小乙道：「是我們這裡的一位大紳衿，張國璧大老爺。他說是特來拜訪駕上等語。」海瑞滿肚思疑，自忖素無一面之交，何以突然而來？且去見了便知。遂同了小乙出來，就在大櫃傍相見了。彼此施禮坐下，國璧道：「久仰山斗❻，今日一識荊顏❼，殊慰鄙懷，曷勝，幸甚！」海瑞道：「學生不才，寫居海陲，尚未識荊，敢請閥閱❽？」國璧道：「不敢，在下姓張名國璧便是。駕上昨日相救的女子，就是舍妹。」海瑞聽了，方才醒悟。

❻ 山斗：泰山、北斗的合稱，一稱泰斗。比喻為世人所敬仰的人。《新唐書・韓愈傳贊》：「自愈沒，其言大行，學者仰之，如泰山北斗云。」

❼ 荊顏：初次見面的敬語。唐李白〈與韓荊州書〉：「白聞天下談士相聚而言曰：『生不用封萬戶侯，但願一識韓荊州。』何令人景慕一至於此耶！」

❽ 閥閱：世家門第。《後漢書・韋彪傳》：「士宜以才行為先，不可純以閥閱。」

便道：「原來是張老先生光降，有何見諭？」國璧道：「特為舍妹一事而來。適蒙先生驅妖，俾舍妹之病一旦痊癒。家嬸沾恩既深，無以為報，故愿將舍妹侍奉巾櫛❾，少報厚恩。何期先生拒棄如此，使家嬸有嫌於中。故令不才趨寓面懇，倘不以弟為可鄙，望賜俞允❿，則弟不勝仰藉矣。」海瑞道：「後學偶爾經過貴境，忽聞鬼語，故知令妹著魔原委，無過因鬼逐鬼，有何德處，敢望報耶？適蒙夫人曾浼張元先生代說過了。後學只因未稟母命，不敢自專，非敢見卻也。惟老先生諒之。」國璧道：「先生之言，足見孝道。但事有從權⓫，君子達變。今家嬸所殷殷仰望者，足下也。足下既有拯溺之心，又何必峻拒若此？倘得一言之定，則勝千金之約矣。」海瑞見他說得有理，不好再卻，只得勉強應道：「既蒙老先生諄諄見教，後學從命就是。但要待赴場後歸稟家慈⓬，方可行聘。」國璧道：「這個自然，總是得足下一言便訂。」遂告辭歸家，告知溫大人。溫夫人大喜，以為女兒終身得人。即宮花聞知亦喜。母女二人私心默祝，望其早日成名，以遂心愿。暫且按下。

再說海瑞送了國璧出門，詢問店主，方知國璧是個進士，曾任黃堂⓭。即回房對諸友說知，眾人

---

❾ 巾櫛：原指洗沐用具。巾用以拭手，櫛用來梳髮。後因以持巾櫛為妻子的謙詞。

❿ 俞允：請對方允諾的敬語。宋朱熹《朱文公集．答龔參政書》：「萬一未蒙俞允，必至再辭。」俞，應諾。

⓫ 從權：隨機而變。

⓬ 家慈：對人自稱母親的謙詞。古有嚴父慈母的話，後世因對人習稱母親為家慈。

⓭ 黃堂：原指太守辦公的廳堂，明清知府為太守之職，故俗稱知府為黃堂。《後漢書．郭丹傳》：「黃堂，太守之廳事。」

莫不代他歡喜。

次日，海瑞便與眾人上路，回頭留下一柬，交與張小乙：「若國璧來此，就說是我為著場期迫近，故爾匆匆就道，不獲辭謝，總伺場後相會就是。」叮嚀而去。便與眾人起岸，望高州⓮一路而來。飢餐渴飲，一十餘日纔到省城。

海瑞是初次觀場，況兼又未曾到過省城的，一下了客寓，便到街上去遊玩。所有海幢、廣孝坡、山西禪、白雲蒲澗，諸般勝景，無不遍覽。一連走了七八天，正遇天氣大熱。此時是七月時候，三伏將收，秋風乍起。海瑞走了回來，身子是滾熱的，洗了一個冷水的澡，不覺冒了些暑。到晚上，竟病將起來，渾身火熱。請醫診視，皆言傷暑，不覺日加沉重起來。心念功名，又恐過了場期，心中愈加煩悶。臥病在床，日復一日，直至八月初旬，尤自懨懨伏枕，不能步履。海瑞此際，自知急難痊癒，進取之意已灰。諸友紛紛打點入場，海瑞是眼巴巴的看著，心中好生難過。

又過了十餘日，場期已過，他們俱已回寓，聽候發榜。有一位自以為必售的，誰知發榜只中得一名副榜⓯。乃是文昌縣人，姓劉名夤賓。海瑞此時病亦漸癒，遂偕諸友勉強下船回家。一路無聊，時復嗟嘆，自怨命運不濟，功名無份。乃作〈落第詩〉一首，聊以自遣。諸友見了，慰道：「海兄大才，故此大器晚成，何必戚戚？」海瑞道：「列位有所不知，非弟念切干祿⓰。但弟在家奉母慈命，諄諄

⓮ 高州：今廣東省茂名市。本漢合浦郡高涼縣地，明初改名高州。

⓯ 副榜：科舉時代的會試或鄉試，取士除正榜外，再錄取若干名額，列為副榜。副榜始於元至正八年（一三四八）。

勉勵。今一旦名落孫山，將何以報老人？故爾戚戚也。」諸友聞之，無不嘆其純孝。

一日到了雷州，海瑞想起張國璧之約。昔曾言定，今雖功名不就，豈可失信於人，遂與諸友分路，望張家村而來，復到小乙店中住下。張小乙便向著海瑞作賀道：「海相公是必高中了，衣錦而歸，可喜可賀。」海瑞聽了，默然良久，嘆道：「名落孫山，慚愧，慚愧。」小乙道：「怎麼相公如此高才反落了，這是何故？」海瑞便將在省患病，不能入場的事，備細說知。小乙笑道：「這是相公運氣未到耳，且自歡心成了親事，再回去罷。」海瑞道：「做親這卻不能，只是我曾與張老爺有約，故此特自到來拜訪。煩貴主人代為相傳一聲，說我在店等候一會，即便起程的了。」

小乙應諾，即便來到張府報道：「海相公回來了。只因在省患病，不曾進場，空走了一遭。如今回來了，特命我來相請大老爺到店中一會，即便起程的這等說。」國璧聽了笑道：「何令人之不偶也！」遂即時與小乙來到店中。見了海瑞，勸慰道：「大器晚成，文星未顯，足下不必介意，只是徒勞跋涉耳。」海瑞自覺十分汗顏，乃道：「不才無學，即試不售，只以家慈有命，不得不隨眾觀場也。昔蒙老先生之約，故後學不敢有負，紆道特來踐約，伏望善言拜上令嬡，容瑞歸與家慈商議，遲日報命。」國璧道：「蒙君一言，勝如金諾，不必多贅。但君新癒，須當保重。倘蒙不棄，少留數日，稍盡賓主之意，若何？」海瑞道：「後學本擬明日即行，今蒙老先生厚意，少駐一天，明日到府請安。」二人又談了些羊城的新聞，然後相別。國璧再三叮嚀而去。

再說那溫夫人，正在盼望著海瑞成名的捷報，忽見國璧來說：「海瑞回來了，因病不曾進場，已

---

⑯ 干祿：求祿，即謀官職。《論語・為政》：「子張學干祿。」

到這裡特來見我，便要明日起程回家。親事一項，要稟過了母命，然後回覆等語。小姪再三挽留住了，故此特來說知。」溫夫人聽了，心中悶悶不樂。說道：「功名二字，到也平常。只是爾妹子終身大事要緊，只恐回去之後便拋撇了，這便如何是好？賢姪要想個妙策出來，務要成了親事，方免浮議呢。」國璧聽了，想得一想道：「如今我卻有一計，明日小姪請他到家飲酒，先將妹妹抬到我家去，預備下洞房。將酒灌醉了，送他入洞房。過了一宵，這就乾坤定矣。不知嬸娘意下如何？」溫夫人聽了大喜道：「此計甚妙，依計而行就是。即煩賢姪回家備辦。明日清晨，送爾妹子過來便了。」國璧依允，即時回家收拾房子筵席不提。溫夫人便對女兒說知，宮花允諾，夫人大喜，便即時預備，不多贅。

再說海瑞本欲見了國璧，即便登程。誰知見國璧情甚殷勤，故此無奈住了。次日清晨，國璧就著家人來至店內。見了海瑞，遂拿出帖子說道：「家爺請海相公午間小酌。」海瑞看了帖，即對來人說道：「承你家老爺寵召，下午即詣尊府。原帖繳回，煩為善言，說不敢領當。」家人應諾回去。海瑞即便整冠束帶。忽催帖又到，海瑞遂隨著張府家人而來。

到了張府門首，只見一座高大門樓，上有金字匾額，橫書「中憲⑰第」三字。隨有家人開門，只見國璧衣冠而出，迎接到大廳上坐下。海瑞道：「後學承老先生見召，老夫人處，理應叩見請安。伏望指引，待後學叩詣。」國璧道：「豈敢。拙荊⑱年老多病，常臥床褥，不敢當先生貴步。」隨有家僮獻上香茗。茶罷，復讓到書房裡來。海瑞進內，果見明窗淨几，四壁琴書，的是一個幽雅所在。海

---

⑰ 中憲：中憲大夫的簡稱。明清為文職正四品的封階。

⑱ 拙荊：對人稱自己妻子的謙詞。

瑞道：「老先生真是仙品⑲！觀此幽居，足見風采矣。」國璧又謙了一回。家僮擺上酒餚，就是國璧、海瑞對酌，殷勤奉勸。海瑞本來量淺，三杯之後，便覺酩酊。國璧是個有意的，再三相勸，漸以大斗奉敬。此際海瑞已有八分醉意，欲待不飲，怎奈國璧再三央懇敬勸。一則是主人美意，二來又是個長者，卻不過了，只得勉盡一斗，已著了十二分酒醉。須臾之間，竟覺頭目暈花，身不由主，坐不安席，一陣酒湧上來，就按捺不住，當著筵上嘔吐狼籍，人事不曉，伏在椅上。國璧知他沉醉，便進內對溫夫人說知。此時溫夫人已將女兒宮花小姐送在新房內，國璧大喜。即喚侍婢扶挽海瑞入房，到床上安歇，反扣著房門而出。這纔是：

一枕邯鄲甘醉夢，三生石上強栽蓮。

畢竟他二人可能成其親事否，且聽下回分解。

批評：

天作之合，自然人不能強，今觀海公信然。夫溫夫人之愛海公者，一則為報恩，二為女兒終身大事，非其為少保之榮而強以女贅之也。宮花之欲婿海公者，亦為救己深恩，二者順承母命，自非貪夫榮貴者可比。

⑲仙品：稀有非凡的品階。唐謝邈《謝人惠琴材》：「七弦妙製饒仙品，三尺良材稱道情。」

第四回 圖諧鴛枕忽感居喪

卻說眾丫環將海瑞送進房中，反扣雙扉而去。那宮花小姐躲在床後，只聞鼻息呼呼，心中不勝忐忑。直至三更，海瑞方纔醒來。開目只見燈燭輝煌，身臥于紗帳之內，錦衿角枕，粉膩脂香。便坐起床上冥想道：「適間是與張太守共飲，何以得至此地？看此情形，乃是幽閨深閣，幸喜是我一人在此偃息，倘有女眷在此，則我之冤何以自明？」正在冥想之際，忽聞床後輕輕咳嗽。海瑞聽得，不勝毛戴❶，只道有鬼，乃正色道：「何物鬼魅，敢在我跟前舞弄，曾不知收禁妖魅之事耶？」只聽得嬌聲婉轉答道：「君試猜之，人耶妖耶？」海瑞道：「吾以正直居心，不論是人是鬼，陰陽總屬一理。但我今日為張太守召飲，偶爾在此，並未有意入人閨內者。既非鬼物，可即出見。」

宮花小姐自思終身大事要緊，吾以奉母命贅伊為婿，即是名正言順的夫婦，豈不可見他？遂走出床後，冉冉而來。到了燈下，一手執屏障面說道：「相公不必驚疑，妾實非鬼物，乃是張姓之女，溫夫人即吾母也。昔妾身被邪魔，多蒙相公驅逐，俾妾病退身安。家慈以相公深恩難報，故欲使妾侍君箕帚，浼家叔元、家兄國璧說合。蒙君見諾，不棄細流❷，約以槐黃❸期候定情。今場期已過，相公

❶ 毛戴：寒毛豎起，形容恐懼震驚。《晉書．夏統傳》：「聞君之談，不覺寒毛盡戴，白汗四匝。」

❷ 細流：瑣屑、柔嫩的女流之輩。

因病未得觀場。此所謂得失有數，功名不以遲早者，君何忽懟如是，豈達士所為哉？今夕妾奉母命，侍奉君子。祈望原諒，毋以怪物見斥，則幸甚矣。」海瑞聽了，方纔醒悟，方知適間國璧再三強飲，皆因為此。遂正色道：「小姐請坐，尚容剖達。不才以一介儒生，毫無知識。謬蒙令堂夫人不以寒微見棄，愿將小姐姻配村愚，實難當對。故小生屢屢堅辭，誠以一介寒酸，不敢累小姐也。迨國璧先生旋強執柯；小生勢不容辭，故勉應台命。今者名落孫山，見人每為汗顏，誠不欲見夫人者。然午夜捫心，豈容爽約？故不避嫌疑，是以特為紆道拜謁張太守，是欲明訂後約，即當歸稟命于母親，以遂此三生之愿。不虞張公設穽，陷瑞于此。小姐且請便，自古男女授受不親。幸毋自棄。」小姐聽罷，見他如此推卻，似有不納之意。因說道：「妾非文君、紅拂❹等輩，緣今夕奉慈命與君花燭的，君何出此言，使妾無所倚靠耶？」海瑞笑道：「小姐之言差矣。吾與花容素未親炙。昔者偶爾之事，何須頻荐齒頰❺？雖令堂與有成言，然終身大事，若非太廟告祭，洞房花燭，奚能成合？惟小姐思之，毋蹈非禮可也。」宮花聽了，知他是一個非禮勿言、非禮勿聽的人，乃道：「君固君子，但今夕與君同室，就如同床一般，明日如何持論，此妾實所無以自解也，惟君思之。」海瑞聽了這一句話，自思彼必欲

---

❸ 槐黃：古代指士子忙於準備科舉考試的季節。槐黃即槐花黃。唐李淖《秦中歲時記》：「進士下第，當年七月復獻新文，求拔解，曰：『槐花黃，舉子忙』。」

❹ 紅拂：姓張，名出塵。相傳李靖以布衣拜見越國公楊素，素姬妾羅列，中有一執紅拂者，貌美而矚目李。其夜李靖歸旅舍，出塵來投，兩人相與奔歸太原。

❺ 頻荐齒頰：一再提起。

我與他成親，以全此事。我若不肯成親，是負彼之心與夫人之德矣。況明日張氏之戚屬，無不知者。今夜果然冰玉自信，明日諸眷屬豈肯信耶？況張氏既奉母命于歸，今使彼空守洞房，獨對花燭，於理似大不惜情。遂以身上佩的一枚椰子雕花的墨盒除了下來，放在桌上，指謂宮花道：「小姐之心，不才早已稔悉矣。且小生素性梗直，最惱淫佚。今夕之事，非小姐之故，亦非海瑞之錯，乃令堂之心意也。於你我何與？但不才善體人情，洞悉世態，今有些微之物，敬奉粧台。倘蒙不棄，即賜收下，以為他日定情之驗，何如？」宮花小姐便將墨盒收下，說道：「蒙君不棄，特贈記物，妾當什襲❻寶藏，以為定聘可也。」於是大聲叫門。時已五更，丫環們聽得，急急到房，將門開了。小姐隨到溫夫人房中，說知如此如此，這般這般。溫夫人笑道：「真君子也。」

未幾天明，夫人便吩咐家人，先備下酒筵。即請國璧進內說道：「海瑞真乃誠實君子，正所謂坐懷不亂之柳下惠、程明道之再生，亦不過如此，殊令人敬仰。今請汝來，可為他訂定行聘日期可也。」國璧應諾，便來到房中。只見海瑞端端正正坐在那裡。看見國璧進來，便即起身迎謂道：「先生險些陷我於不義也！」國璧道：「洞房花燭，人生最樂之事，何說陷君？」於是二人攜手出了房門，來至中堂。

溫夫人早已坐候。海瑞見了，便走上前去見禮，口稱夫人。夫人怒曰：「君何背義若此？昨夜小女方侍君子，今早便忘卻耶？岳母二字，豈亦吝之乎？」海瑞聽了，只得陪著笑臉，改口道：「岳母大人請端坐，容小婿拜見。」便拜將下去，夫人急忙親手挽住道：「不用大禮，只此就是。」此時海

---

❻什襲：重重包裹，謂鄭重珍藏。什，十。襲，藏。

瑞既稱子婿，就要行起子婿之禮來。國璧亦與對拜了幾拜，妹夫、大舅相稱。夫人上坐，海瑞居於客位，國璧主席相陪。須臾，丫環、家僕等俱上來叩見新姑爺，並與夫人賀喜。夫人大喜，各各有賞。海瑞道：「小婿只因患病未得觀場，致負岳母之望，殊增慚愧。今又蒙岳母不以不才見棄，曲意成全，使小婿感激靡既，殊不自安。」夫人道：「功名得失，自有定數，何須介意？小女既蒙救活，今既事君子，賢婿歸家，即當稟白令堂，早來娶去。吾非以聘物為望也。」海瑞拜謝道：「小婿一介貧儒，仰叨岳母大人格外垂青。今即旋里，稟命家慈，隨傳羔幣❼就是」。溫夫人便吩咐家人擺酒，家人們領命。須臾之間，席已擺齊。海瑞便要把盞，夫人不肯，就令家人擺下，如行家人禮一般。三人勸酬之間，備極歡洽。席中又說了些親誼的話。海瑞乘機告曰：「小婿來時，直至於茲，屈指三月，家慈不免倚閭❽望切。小婿明日便欲拜辭。」溫夫人道：「令堂切念，賢婿念親，兩般都是美事。明日即當送賢婿回府矣。」海瑞當席拜謝，盡歡而散。夫人仍留海瑞宿於房內，宮花小姐卻只悶悶而坐，海瑞秉燭待旦而已。

到了天明，海瑞即便出房，見了夫人，一番言語伸謝。隨即令人到小乙店中，取了行李，望著夫人拜了四拜。夫人再三叮嚀，自不必說，並請了國璧前來代送一程。海瑞那肯當此，出了張府的大門，便就分袂。國璧是必要送，海瑞無奈，只得與國璧攜手同行了幾里。海瑞說道：「小弟就此拜別，不

❼ 羔幣：用羔羊皮製作的幣帛，古代徵聘賢士的禮品。這裡指訂婚的禮品。

❽ 倚閭：急切地盼望兒子歸家。《戰國策．齊》六：「母曰：『女朝出而晚來，則吾倚門而望；女暮出而不還，則吾倚閭而望。』」女，同汝。

勞遠送了。」國璧道：「吾固知千里送君，終當一別，但情不能已，殊屬戀戀。弟有鄙句奉贈，雖然不成章句，無乃略展微忱⑨耳。」因口占一律，依依不捨。海瑞亦有留戀之意，謝道：「叨承尊舅厚意，并惠佳章，足徵親愛。不才敢不以狗尾續貂⑩耶？」亦口占一律，以為酬答之意。國璧道：「句語清新，用意深醇，不失詩人之旨。妹丈誠明敏之資也。」海瑞謙謝不已，相與珍重而別，望著瓊南一路進發。

不幾日，已抵家門。海瑞見了繆夫人，倒身下拜，自稱：「孩兒不肖，為著蝸角虛名⑪，遂至遠離膝下，有缺甘旨。又因初到省垣，水土不服，於七月初旬，忽然染起病來，睡臥床上四十餘日，不能步履。眼看諸友進場，好不暗羨！及放榜後，始覺健康，當覺十分不得意。沒奈何，即欲買舟而回，卻怪二豎⑫歪纏，直至此際方回，殊缺晨昏之禮。幸望母親鑒原，恕孩兒不孝之罪於萬一。」夫人道：「功名遲早，自有一定之數，此卻不用介意。起鳳騰蛟，自有時候，不得強爭的。汝且寬心，奮志經

---

⑨ 微忱：亦作微誠，微薄的心意，謙虛之詞。明劉基《誠意伯集・贈周宗道六四韻詩》：「螻蟻有微忱，抑塞無由揚。」

⑩ 狗尾續貂：比喻以次續好，美惡不相稱。宋周必大〈楊廷秀送牛尾狸侑以長句次韻〉：「公詩如貂不煩削，我續狗尾句空著。」

⑪ 蝸角虛名：微不足道的空名。元薛昂夫〈朝天曲〉：「蝸角虛名，蠅頭微利，便得來真做的，布衣，袖裏，試屈指英雄輩。」

⑫ 二豎：病魔，疾病。語出《左傳・成公十年》。

史就是。」海瑞唯唯而退。

回自書房之內，自思張家之事，固不敢說，然亦不敢自諱。左難右難，無計可施，只得對那家僮說知原委，令其向夫人說知。夫人聽了兒子不費半文，又得美婦，遂喚瑞細究其詳。海瑞不敢隱諱，即以在旅店步月，如何得知張家女被鬼魅的事，備細說知。夫人道：「彼女若何？兒曾見過否？」海瑞又將那夜以酒灌醉，送入洞房的事，盡情實說。夫人私喜兒子誠樸，便許允了。吩咐家人，到街坊上擇日吉期，備辦各項禮物，前往行聘。只因路途遙遠，並請迎親的吉期，約以本年臘月十五迎娶。

溫夫人念著女婿清貧，況且路遠，便如所請，重賞來人回去。家人們歸到海家，備言新親家之德，好不歡喜。便是夫人，亦喜愜過望。未免將就些收拾一間新婦房屋，造幾套新郎的衣服。

不覺又是十二月初旬，吉期逼近。夫人預早央浼了近房的族老，前往迎親。這裡溫夫人預先備了粧奩，極其豐盛，至期將女兒打發出閣。並令妥當的媳婦、丫頭，親送過海。恰好十五日辰時，彩輿到門。海瑞此時，方與宮花小姐成了親。夫婦相敬如賓，鄰里嘖嘖嘆羨。況且張氏為人，性最好順，事姑過於孝母。繆夫人見他如此孝順，心中歡悅，視張氏勝如親女，姑媳和洽，真足稱也。

未幾，繆夫人一病不起，百計千方，調治不效。張氏與海瑞親侍湯藥，衣不解帶，備極艱辛。何期天年⑬有限，大數難逃，至次年正月底，繆夫人竟嗚呼哀哉了。海瑞此際，幾不欲生，盡哀盡禮，七七修齋建醮超度，把那有限的家資，十去八九。過了百日，把繆夫人的靈柩送上山去，與父親合塋。葬畢，居家讀禮。幸賴張氏勤儉。凡事經理得宜，所以海瑞得以稍暇，閉門讀書，終日埋頭，足不履

⑬ 天年：自然的壽數。《莊子・山木》：「此木以不材，得終其天年。」

外，岦俟服闋進取。正是：

養成羽翼沖天漢，飛入秋霄到月宮。

畢竟後來二人如何，且聽下文分解。

批評：

夫人一生貞烈，備嘗艱苦。一旦有子有婦，可謂志意滿足矣。何期修短有數，不得久享，豈非海公終身抱憾者乎？溫夫人之贅婿，不減當日東牀之雅，酒醉新郎不足奇，而奇其不苟合。海公之盛德，一生行事，于茲概見矣。

第五回　嚴嵩❶相術媚君

卻說海瑞喪了母親，幸賴張氏維持家事。海瑞守制在家，奮志經史。暫且按下不表。

再說那正德皇帝，自接位以來，此時天下承平。帝性好色，耽於安逸，選民間女子萬人，以充宮掖。只是無子，帝不以為憂。其時帝正在昏迷之際，雖有三五大臣極諫，勸其早建儲嗣，帝只不聽。未幾，帝有疾，皇后大恐，每對帝言及國儲之事。帝曰：「方今諸王正盛，虎視眈眈於寶位。朕若揀近派之子建儲，恐啟諸王之畔，故未有定議。今朕病矣，儲嗣故宜早建。微卿言，朕意忘之矣。」於是，宣文華殿❷大學士朱琛進宮密議。

這朱琛亦是宗室親臣，原是太祖嫡派，為人忠直耿介，故帝甚信之。今宣進龍榻之前，屏退內侍，問道：「寡人心有隱憂，卿能知否？」朱琛俯伏奏道：「陛下之隱憂，臣竊料之。」帝曰：「卿事朕最久，必知朕意，卿試言之。」朱琛道：「臣竊料陛下以皇嗣為慮，不知有當聖意否？」帝道：「真

---

❶ 嚴嵩：（一四八〇—一五六九）明江西分宜人，字惟中。弘治十八年（一五〇五）進士。累拜英武殿大學士，入直文淵閣，世宗時官至少傅兼太子太師。後因鄒應龍等參奏而罷官。

❷ 文華殿：宮殿名，在北京紫金城東華門內，為明清皇帝聽講官講解經史的場所。內閣設有文華殿大學士，為文職的高級官員。

知朕心者也。」敕令平身，近榻問話。朱琛謝了聖恩，立於龍榻之側。帝曰：「朕登九五❸以來，曾未見后宮誕育。今年老病沉重，誠念皇業之艱難，欲建儲嗣以承大統❹。不知宗室中誰最賢德，可堪入嗣朕躬，試舉為朕言之。」朱琛道：「陛下欲立近派，則在諸王之中立其最長者。若欲立賢能仁睿者，則訪察外藩，若有此等賢能，宣人朝來，陛下面訓，以承大統，則天下幸甚矣。」帝曰：「朕見諸王之中子弟輩，各皆安逸慣習，不知治道。若以之主天下，則生靈不勝其苦矣。且諸王之中，每懷虎視之心，若立一人，餘者則各相謀為不軌，立起爭端，不特不能安天下，承社稷，適足以滋外患而傾宗廟矣。故欲訪察外藩賢能入繼，卿歷事年久，訪探必悉，倘有賢能堪紹大統，為朕言之。」朱琛道：「臣昔奉命撫豫章時，曾見信陽王之裔孫朱某某，賢能廉介，禮賢下士，現為吉州別駕❺，所在大著仁聲，百姓倚之如父母。陛下誠能召入，以紹大統，則天下幸甚矣。」帝便問別駕朱某某為誰。朱琛奏道：「文皇帝朝凡有五服親王，俱蒙分封藩鎮，維屏國家。信陽王乃文皇帝之從弟，分封於廣信❻。今朱某某乃信陽之七世孫也。信陽五傳失爵，故朱某某以蔭生❼授吉州別駕。昔臣在豫章，常

---

❸ 九五：《易》卦爻位名。九，謂陽爻；五，第五爻。《易・乾》：「九五，飛龍在天，利見大人。」後以九五指帝位。

❹ 大統：帝業，帝位。《後漢書・光武紀》：「東海王陽，皇后之子，宜承大統。」

❺ 別駕：漢朝為刺史的佐吏，宋以後別駕改稱通判。通判的別稱。

❻ 廣信：今屬江西省上饒市。漢隸豫章郡，明洪武二年（一三六九）改稱廣信府。

❼ 蔭生：因祖先的官職或功勞而得以進國子監讀書的人，稱為蔭生。意謂藉祖先的餘蔭，有恩蔭、難蔭兩種。

與朱某某計及大事，無一不知，所言事多奇中。性且廉儉，不事奢侈，好交結名流，是以知其能統天下者，不知陛下聖意如何？」帝曰：「如卿所云，足當入嗣大統，即可召之入朝。」便欲發詔往宣，朱琛奏曰：「陛下要召朱某某，若以詔召之，是速其禍。」帝問：「何故？」琛曰：「今諸王日恒耽耽於寶位，恨不得陛下立時賓天，好爭大寶。今恩詔一出，滿朝無不知之。倘有妒忌者，或遣亡命邀殺於路，此際如何是好？是欲貴之，反陷之也。有失陛下大事，此決不宜發詔迎入明矣。」帝聽了沉吟半晌。乃道：「卿言不錯，然則如何方萬全無患？為朕言之。」琛曰：「以臣愚見，不若以反間之計行之，可保無虞。」帝問：「何計？」琛曰：「陛下今發緹騎❽，將他鎖拿回京。眾人不解何故，皆恐波及。再著一人與他隨行的，如此則可保其來京矣。伏望陛下睿裁。」帝點頭稱善，計議已定，朱琛謝出。

次日帝傳旨，著廷尉發緹騎三十名，兵部火票❾一紙，立即到江西鎖拿吉州別駕朱某某到京問話。親封紫金鎖鍊九條，一併前往。原來皇家分藩的，向有規矩：凡是皇上宗室親派，不問所犯何事，理應拿問者，皆從大內裡發出紫金鎖鍊，然後緹騎方敢拿人。此際兵部差官奉了金鍊，領著緹騎，一路望著江南大路而來，暫且不表。

再說那吉州別駕朱某某，初生時紅光滿室，異香經數日不散。及長，生得面如冠玉，唇若塗朱，

❽ 緹騎：逮治犯人的官役。明朝設錦衣衛校尉，騎馬穿橘紅色軍服，故稱緹騎。
❾ 火票：清代遞送緊急公文的憑證。徐珂《清稗類鈔・物品・火票》：「凡馬遞公文，皆用兵部憑照，令沿途各驛接遞，謂之火票。言其急速如火也。」

龍眉鳳目，兩耳垂肩，手長過膝，真乃龍鳳之姿，天日之表。自幼便有大志，為人至孝，以父蔭授今職。朱某某自為吏治民，民愛之如父母，在這吉州一十六載，雖三尺之童，無不喜他。當下正在公堂議事，忽報朝廷差緹騎至。朱某某聽得，不知何故，不覺失色，只得出迎。那差官到了堂上，口宣皇帝聖諭，朱某某急忙俯伏在地。差官高聲道：「欽奉聖旨，鎖拿罪官朱某某進京問話，不得刻延。」說畢，就有緹騎來將朱某某衣冠剝下，取出紫金鍊，將朱某某鎖了。不容分說，竟自蜂擁出了署門而去，望著大路進發。將印信交於該撫，令人委署。此際朱某某魂不附體，又不知己犯何事，只是暗中自忖，滿肚驚疑。然既鎖拿，只得由他們所為，遂一路上望著江南進發。那些差官緹騎知道他本是個宗室，是以格外徇情。自在公衙上了金鎖之後，一路都是擁護而行，並不把那囚車與他坐，這個是官官相護留情之處。所過地方，守土之員亦來迎送，皆因各人知他為人好處，是以有此。朱某某幸賴他們留情，在路上到不覺得十分淒楚，暫且按下不表。

　卻說江西廣信府屬分宜縣，有一人姓嚴名嵩。家住城內，年紀三十餘歲，父母雙亡，家資有限。這嚴嵩又喜交遊，揮金如土，不幾載就弄得上無片瓦，下無立錐，流落江湖，無可資生，乃以測字相面為生，日夕在江西一帶地方去混過日子。此人胸中略有才學，然口才給辯大有過人者，所以在江湖上，很可以混得過去。這日恰好嚴嵩正出門做生理⑩，將布篷撐起，擺在那路上打尖⑪鬧熱之處，好去趁錢⑫。誰知這日就是兵部的差官，領著緹騎押解朱某某起身。時已將午，一行人到了打尖之處，

⑩ 生理：謀生之道。《元曲選．殺狗勸夫．楔子》：「我打你個游手好閒，不務生理的弟子孩兒。」

⑪ 打尖：旅途中休息或進飲食。

各皆下騎落店，用點心飲酒止飢解渴。嚴嵩正坐在篷子內，一眼看見了朱某某，不覺悚然起敬。自思：「此是一個大貴人的相格，何以如此？」遂隨入店內來看。朱某某正與差官對坐著用茶，嚴嵩留神將他細看。只見朱某某紅光滿面，紫氣沖霄，暗思此人不是等閑富貴，乃是九五貴格。觀此氣色，早晚就是一個帝王，如何反在縲紲⑬之中，甚屬不解。心中此時自恨無由可入，況且是個犯官，不敢上前說話。乃在對面桌子坐下，喚人取酒過來，飲不三杯，乃佯作醉狀。朗聲笑道：「人人說我是神仙，怎麼並無一人知我，前來問問休咎⑭？」朱某某聽了，忽然觸動隱情，便對桌問道：「先生會陰陽麼？」嚴嵩道：「相面第一，命理卦理，應如指掌。」朱某某道：「在下正有一件心事，待問休咎，先生肯見教否？」嚴嵩笑道：「不用尊駕開口，便知心事。」朱某某道：「你試說來，如果靈驗，厚謝先生。」嚴嵩道：「亦不用說出，只我寫在紙上，務要合著你的心事纔算呢。」眾人聽了都要試他的靈驗，齊聲合口道：「好好好好，如果靈驗，我們大家都問問休咎。」嵩道：「沒有紙筆，如何寫得？」其時店小乙亦在傍看，說道：「有，有。」遂三腳兩步，把紙筆取了來，嚴嵩取紙在手，醮飽了筆，站在椅上，寫了幾句：

君勿憂兮我更樂，縲紲雖加非罪過。十年民牧歡太平，一旦沖霄歸鳳閣。憂憂憂，樂樂樂，一

---

⑫ 趁錢：賺錢。《古今小說》二十六：「我今左右老了，又無用處，又不看見，又沒趁錢。」

⑬ 縲紲：音ㄌㄟˊ ㄒㄧㄝˋ。拘繫犯人的繩索，後引申為牢獄。《史記・管晏列傳》：「越石父賢，在縲紲中。」

⑭ 休咎：吉凶善惡。《漢書・劉向傳》：「向見《尚書・洪範》：『箕子為武王陳五行陰陽休咎之應。』」

判今人我不覺，此會祥雲龍見角。

寫畢，又在旁寫了幾行小字，其略云：「若問休咎，今日卻見紫氣沖天，面有紅光，逢凶化吉。雖有驚恐，日後大安。」遞與朱某某手上。接了來看，不禁大笑道：「是了，是了。」眾人也要爭看。朱某某將紙遞了出來，眾人看了都道：「靈驗。」內中差官看他靈驗，也向嚴嵩求問前程。嵩將他面上看了幾下，說道：「好好好，得官早。」乃執筆寫了幾句道：

羡君高耳有浮輪，即日當朝一品官。刻下身曾與日並，今宵也要伴龍孫。

寫畢，遞與差官看了，不覺驚得呆了。自思此人如此靈應，莫非是個神仙前來點化我們不成？遂與朱某某來到樓上，攜了嚴嵩，細細問他休咎。嵩道：「相貌乃一定之格，不容強說得的。若要知其人如何心事，則以理機窺之，無不吻合。」朱某某道：「先生你可知我是個什麼人？」嵩道：「只要尊駕寫上一個字來，我便知道。」朱某某便隨口說了一個「問」字。嵩想了一想，說道：「再請尊駕親手寫一個字來，合測便知。」時朱某某手合著鞭竿，即向地上一畫。嵩連忙跪下說道：「小相士有目無珠，伏望萬歲恕罪！」朱某某急止之道：「我乃犯官，如今被拿進京的，怎麼說我是萬歲？這就是不驗了。」嵩道：「你說不驗，待我解與你聽：頃言問字者，以手按著左邊，是這個君字；又以手按著右邊，仍是個君字。左看是君，右看是君。土上加一，就是一個王字。豈不是君王麼？是以知耳。」

朱某某大笑道：「先生錯解了。」遂問道：「今我被拘至此，此去京城可能生還否？」嵩便將一紙寫了篇言語，遞與那朱某某觀看。朱某某接來展開細讀一遍，不覺滿面有喜色。那差官不知其故，便接過手來仔細看去，見了不覺吐舌。正是：

因此幾句話，歡喜上眉尖。

畢竟這嚴嵩寫的是什麼言語，且看下文分解。

第六回 海瑞正言服盜

卻說嚴嵩取紙筆寫了一篇言語，遞與朱某某看了，那差官便上前接來細看，只見上寫著：

詳觀貴相，雙眉八彩❶，兩耳垂肩❷。《書》云：「耳主家業，眉權運氣。耳輪厚珠，主承大業」。更喜廓高弦朗，必膺社稷。《書》又云：「堯眉分八彩。」此古帝王之貴相，主運氣旺，而統八方之貴。觀此二者，足知大貴之有在。其餘龍行虎步，雙手過膝，亦主天日之兆。今際天庭❸略暗，故稍有縲紲之驚。更喜紫氣輝於天堂，早晚即登九五。據實詳觀，祈為自愛。

那差官看了，不覺吃了一驚。道：「先生之言，無乃太過耶？」嚴嵩道：「非在下荒唐，實乃依書直說。在下博觀群書，所有奇門遁甲❹、風鑒❺諸書，無不遍覽。唯風鑑之書，獨得其奧。故敢自

❶ 八彩：一作八采，八種顏色，後喻指帝王的容顏。《孔叢子・居衛》：「昔堯身修八尺，眉分八采。」

❷ 兩耳垂肩：耳大至肩，形容富貴之相。《三國志・蜀志・先主傳》：「(先主) 身長七尺五寸，垂手下膝，顧目見其耳。」

❸ 天庭：相術指人的兩眉之間。《黃庭內景經・黃庭》：「天庭地關列斧斤。」粱丘子注：「兩眉間為天庭。」

信，實非大言欺人。」朱某某聽了，半信半疑，笑道：「此去若能保得生命足矣，焉敢過望？倘如君言，他日敢不厚酬？」嚴嵩曰：「在下閱人多矣，從未有如君者。此去若不膺大寶❻，在下當去此雙目。」那差官道：「誠如君言，則某亦藉光榮矣。」嚴嵩道：「大丈夫遇真明主而不傾心待之，交臂失去，誠為可哂。今將軍眉間喜氣正旺，早晚必為總閫❼。如不靈驗，愿以首級賭賽如何？」那差官道：「誠如君言？他日敢忘啣結❽？」因請問閥閱。嵩道：「在下是分宜縣人氏，姓嚴，名嵩。曾讀詩書，只因屢試不售，遂無意功名。後因家中多事，家業飄零，無奈流落江湖，幹此行當，言之殊深汗顏❾。」朱某某聽了道：「足下既具此大才，何不再理舊業？倘他日得志，正可與國家作用，豈可

---

❹奇門遁甲：術數的一種。以十干中的乙、丙、丁為三奇，以八卦的變相休、生、傷、杜、景、死、驚、開為八門，故名奇門。十干中，甲最尊貴而不顯露，六甲常隱藏於戊、己、庚、辛、壬、癸所謂六儀之內，三奇、六儀分布九宮，而甲不獨占一宮，故名遁甲。迷信者認為根據奇門遁甲，可推算吉凶禍福。

❺風鑒：相面之術。《元明雜劇．關漢卿．山神廟裴度還帶》：「此人乃趙野鶴，善能風鑒，斷人生死貴賤如神。」

❻大寶：指帝位。《宋史．岳飛傳》：「康王即位，飛上書數千言，大略謂陛下已登大寶，社稷有主。」

❼總閫：清代總督的別稱。清梁章鉅《稱謂錄．總督》：「晉置大都統，……今稱總制，或稱總閫，亦稱大樞臺。」閫，音ㄎㄨㄣˇ，郭門。《史記．馮唐傳》：「閫以內者，寡人制之。閫以外者，將軍制之。」

❽啣結：感恩圖報。啣，通銜。銜環。謂銜白環以報恩也。後漢楊寶救雀得環故事。典出梁吳均《續齊諧記》。結，結草。報恩之意。語見《左傳．宣公十五年》。

❾汗顏：因羞愧而出汗。唐韓愈《昌黎集．祭柳子厚文》：「不善為斲，血指汗顏。巧匠旁觀，縮手袖閒。」

自棄耶？」嚴嵩道：「在下亦非不欲讀書進取，只為家貧，膏火告乏，不得已而輟業的。」朱某某嘆道：「貧乏困人，真是大難為計。」遂喚從人，在行李中取了五十兩銀子，相送與他，並叮嚀道：「先生持此，即可改業。倘一朝得志，自有用處。」嚴嵩叩謝。時已日暮，不能前進，朱某某就吩咐在這店中暫住下，明日再行。那差官應諾，吩咐從人將牲口餵了，行李搬到店內。是夜朱某某特留嚴嵩作伴，與其暢論大計，言語中竅。朱某某大喜道：「倘不才果如先生所言，當屈先生總理庶務。」嚴嵩聽了，即便叩頭謝恩。

再說那差官，姓張名志伯，現為兵部武庫司之職，原是個武進士出身。今奉差來提朱某某，見嚴嵩之言，十分信而不疑。又見他說是早晚當為總閫，心中大喜，便加意奉承。故此朱某某說聲如何，他就凜遵，反加趨奉。當下張志伯對朱某某面前說道：「嚴嵩之言，諒不荒唐。但願別駕早應其言，則某亦叨榮矣。」朱某某道：「誠如其言，將軍他日功亦不小。」張志伯連忙叩謝。一宵已過，次日起行，嚴嵩相送十餘里方回。自今日舊業復興，晝夜苦讀，自不必說。

再說張志伯一行人望著大路而行，飢餐渴飲，夜宿曉行，不覺已抵都城。因是內戚，不敢停留，即時到部銷差。該部立即入奏。帝見朱某某已到，即時宣進宮來。朱某某俯伏榻前叩安伏罪，帝賜平身，敕令開鎖。召至面前謂曰：「朕年老病重，勢將不起。念先皇創業艱難，不敢稍託非人，故特召卿來京託以後事。卿當體念朕意，務以愛民省斂為首務，則社稷自安，朕亦無憾矣。」朱某某叩首奏道：「臣乃外職，無才無德，焉敢妄居大位？況陛下現有諸王在藩者不下十餘人，豈無一二賢能堪以繼紹大統者？臣不敢奉詔，惟陛下諒之。臣等不勝幸甚⑩之至。」帝曰：「凡為君者，總天下之權，群黎共戴，須當擇有德者繼之，不論親疏。朕意已決，卿勿再辭。不必多奏，朕甚厭聞。」朱某某不敢再奏，只得奉詔。帝令內侍引朱某某到昭陽⓫參謁國母，隨令左丞相草禪位吉詔，以朱某某為太子，繼紹大統。這詔書一出，朝中文武誰敢異議？擇於本年八月初三日庚午，帝親以玉璽授朱某某。朱某某拜受恩命訖，然後陞殿受諸臣朝賀，山呼萬歲。卻不敢改建年號，以正德尚在故也。帝聞知，遂親書「嘉靖元年」四字，令人授朱某某。朱某某接著，當天禱告，先謝了恩命，然後將「嘉靖元年」四字，頒發天下。遂尊朱某某為嘉靖皇帝，帝尊正德為太上皇帝，尊皇后為國母皇太后。冊妻杜氏為皇后，掌昭陽正院。陞唐元直為文英殿大學士，董芳源為華蓋殿大學士。其餘文武官員，皆加一級。所有正德爺行事的律例，一一遵依，概不改易厘毫，所以臣民悅服。陞張志伯為步軍總督都指揮。隨即發詔，頒報各省藩王。

未幾，正德病更重，召嘉靖至榻前，遺囑後事。是夜三更，崩於宮中。嘉靖大哭，幾次暈去復甦，如喪考妣。即傳左右丞相入宮，共議喪事，發哀詔頒行天下。帝哀毀過度，幾已染病。皇太后轉以為憂，時以溫旨慰之。百日小祥⓬，帝奉正德靈柩葬於敬陵。小心侍奉太后，太后大喜，特賜恩旨，令帝追尊父母為皇帝后，帝再三辭謝。太后曰：「父母養子者，原以子貴而身榮，而人子亦藉以報父母

---

❿ 幸甚：表示非常慶幸或幸運。唐韓愈〈為韋相公讓官表〉：「況今俊乂至多，耆碩咸在，苟以登用，皆踰於臣。伏乞特迴所授，以主至公之道，天下幸甚。」

⓫ 昭陽：漢宮殿名。後指皇后居住的宮殿。

⓬ 小祥：古代父母死後一周年的祭禮。《禮間傳》：「父母之喪，……期而小祥。」

也。今汝尊為天子，豈可令先父母漠漠無榮耶？汝其凜遵，即舉大典，毋負至意可也。」帝遂命六部九卿議擬。六部議得太后現在，不宜加尊太字，宜以皇帝皇后尊之。帝允議，遂尊父為孝昭皇帝，尊母為孝昭皇后，大祥⑬後舉行大典。直省鄉榜加中七名，中省加五名，小省三名。這恩旨一下，天下各省遵行。

時海瑞亦已服闋，聞得有這個恩典，即對妻子說知，打點赴省入場。張氏道：「妾愿君掇功名回歸告墓，少報公婆劬勞⑭之恩，則妾幸甚矣！」海瑞道：「深荷娘子維持家計，使我無內顧之憂。此去倘得僥倖，即當早回，以報娘子也。」遂約了幾個朋友，同幫前往。海瑞此際已收拾一切，遂擇吉起程。那鄉中親友相助的程儀資斧⑮，共有一百餘兩。海瑞就留下五十兩在家，餘者盡藏於書箱之內。次日告過了祖，到爹娘墓拜祭畢，即與諸友起程。張氏叮嚀相送出城，方纔分別。

是夜海瑞與諸友宿於店中。其時有偷兒王安、張雄二人，慣在店中偷竊客人財物。因知海瑞有了盤費銀兩，遂隨到店中，亦宿在這店內。是夜三更以後，二人便來動手。海瑞此際卻不曾合眼，只聽房門響處，知是有賊來到，遂起身坐在床上，以觀其事。少頃房門開了，二人潛步而入，竊聽床上。

⑬ 大祥：古代父母死去兩周年的祭禮。《禮間傳》：「父母之喪，……又期而大祥。」

⑭ 劬勞：辛勤勞苦。《詩．小雅．蓼莪》：「哀哀父母，生我劬勞。」

⑮ 程儀資斧：贈給遠行者的財物。程儀，一作程敬。明西湖居士《詩賦盟．雙謁》：「郎君遠來，當為滌塵，……少刻送程儀到尊寓。」資斧，指旅費。《聊齋誌異．金陵女子》：「身父貨藥金陵，倘欲再晤，可載藥往，當助資斧。」

海瑞故意作呼呼鼻息之聲，見一人以手指著帳內作喜狀，旋以手指皮箱。那人便在身上取了一把鑰匙，便來開鎖。須臾，將箱內的衣服並銀子拿了一空。正待要走，卻被海瑞跳下床來，以身蔽著房門。二人驚慌無措，便欲奪門而走。原來海瑞雖是一個讀書的，不知身上到有力量。以手撐著兩房門，二賊再不能扳扯得動。二賊驚惶無地，諒難得脫，只得將衣服銀兩放下，跪在地上，叩頭哀懇道：「小人有眼不識泰山，致有冒犯，實緣貧困所逼。今望相公寬宥，下次再不敢如此。」海瑞笑道：「天下事儘可謀生，何以作賊？身犯王章，身名俱喪。二君今晚幸是遇我，倘若遇著別人，只恐君等被拴矣。吾看爾二人年力壯健，何事不可作為，即食力傭工，亦可資生。一旦甘心做賊，吾誠為君等恥之。也罷，爾既知悔，我亦不必苛求？且放爾去罷。」遂走到床前，讓二人出去。

二賊自思：「那裡有這等好人。我們須要問他一個名姓，日後亦好報答與他。」遂復走回海瑞床前，叩了幾個響頭，謝道：「小人不合偷竊相公銀兩衣物，被相公拿住，以為萬死不贖。今蒙相公如此大義，釋放我等，正所謂死而復生也。恩同再造，德被二天。小人等雖係竊賊，亦曉得知恩報恩的，敢懇相公明示尊姓大名，俾得小人等日後啣結。」海瑞道：「我姓海名瑞，乃瓊山縣人氏，現在睦賢鄉內居住。亦不望爾等報答，但願你們改邪歸正，便是報答我一般。請問壯士高姓尊名？」那王安道：「小人姓王名安，這名張雄，二人都是綠林中朋友。只因家貧，無可謀生，不得已而為此事。如今蒙海相公這番恩典教訓，我們自愿改邪歸正，再不做賊了。」海瑞喜道：「爾等既肯改邪歸正，但是無資可作營生，吾亦少有相助。」隨將銀包解開，每人賞他一錠五兩重紋銀子。道：「爾們且拏去作個小小營生，覓個糊口之計罷。」二人看見他如此慷慨，那裡肯受，謝了說道：「蒙海相公釋放，已自感激了，還敢受賜麼？銀子是決不敢受的。如今小人們既不做賊，無處安身，情愿隨著海相公做個家人，執鞭墜鐙⓰，也是好的。不知相公肯賜收錄否？」海瑞連聲：「不敢。君等皆是有為之士，豈可屈於吾下？還是拿了銀子去找些生理糊口的是。」王安道：「小人們見了相公如此大義慷慨，那裡捨得，必要求相公收錄。」說罷跪在地下，不住的叩頭，哀告求懇。

海瑞見他們如此懇切，乃扶起道：「爾等既欲相隨我，但我乃是一個窮秀才，如今要到省城赴科，只恐你們受不得這些苦楚呢？」二人齊道：「但得相公肯賜收錄，小人等現有米飯，還可自行預備，不須相公憂慮。」海瑞道：「這個卻不用你等的。既然如此，就要聽我的話，方纔可以相隨，不然不敢為伴了。」二人道：「相公有甚的吩咐，小人們無有不依的。求相公教誨就是。」海瑞道：「一不許你等盜竊他人銀錢衣物，二不許貪婪，三不許飲酒滋事，四不許管人閒事，五不許賭博。兼之，朝夕俱要在我身傍，凡事俱要公道，不得一毫私徇。此五者，稍有一件不從，吾亦不敢奉屈了。」二人齊聲應諾道：「相公吩咐，怎敢有違，無不凜遵的。」海瑞即改張雄為海雄，改王安為海安。二人此後就改邪歸正，甘心服役。次日海瑞便將二人之事，對諸友說知，無不服其大義正氣，能化偷兒之頑梗⓱。正是：

⓰ 執鞭墜鐙：前後追隨，盡心服侍，執鞭，持鞭駕車，表示對某人敬仰之意。墜鐙，亦作墜蹬或墜鐙，向下拉正馬鐙，侍候尊長上馬。明楊柔勝《玉環記・韋皋延賓》：「長者在上，小生只合執鞭墜鐙，尤恐無福，焉敢當此？」

⓱ 頑梗：愚妄而不順服。《續資治通鑑・宋徽宗崇寧二年》：「其地在大河之南，連接河岷，部族頑梗。」

只因正氣人欽服，冥頑⑱到此亦生靈。

畢竟海瑞這回赴科，可能得中否？且看下回分解。

批評：

王安、張雄二賊，本是個歹人，致甘為盜。無如見了海公，不幾句言語，使他頑梗盡化，良心發見，情愿身充奴隸，改邪歸正，真是正氣令人欽服。而二人亦可謂勇於改過者，尚屬可嘉。故海公棄瑕取用，亦二人之幸也。曹操最稱奸詐，惟見關公則懍然起敬，不敢出一詐語。不是曹操愛關公處，正是關公正氣，足以折服之。觀此亦然。

⑱ 冥頑：愚昧頑固。明宋濂〈西天僧禪師誥〉：「冥頑而怙惡者，爾推報應之說以導之。」

第七回　奸人際會風雲

卻說海瑞收了海安、海雄二人，會同諸友渡過重洋，望著雷州進發，一則要探望岳母張夫人並張國璧。數載相違，訴不盡契闊❶的話。張夫人備了一席豐盛酒筵，一則與女婿接風，二則與女婿潤筆❷，席中備極親情。夫人道：「姑爺我看你這回面上光彩，今科必定高中的。」海瑞道：「叨藉❸夫人福庇，倘若僥倖博得一榜歸來，亦稍酬令媛一番酸楚矣。」夫人道：「小女三從不諳，四德未聞，幸配君子，正如蒹葭得倚玉樹❹，何幸如之。」海瑞道：「不是這般說。小婿家徒壁立，令媛自到寒門，

❶ 契闊：久別，懷念。《歷代名畫記》卷六引南朝宋宗炳《畫山水序》：「余眷戀廬衡，契闊荊巫，不知老之將至。」

❷ 潤筆：酬謝別人寫作文字書畫的財物。

❸ 叨藉：憑借。叨，承受。藉，借。

❹ 蒹葭得倚玉樹：喻兩個品貌極不相稱的人在一起。《世說新語・容止》：「魏明帝使后弟毛曾與夏候玄共坐，時人謂蒹葭倚玉樹。」蒹葭均為常見水草。蒹，荻草。葭，蘆葦。玉樹，喻姿貌秀美、才幹優異的人。《世說新語・傷逝》：「庾文康（亮）亡，何揚州（充）臨葬云：『埋玉樹箸土中，使人情何能已已！』」

躬操井臼❺，備嘗艱苦，小婿甚屬過意不去。倘叨福庇，此去若得有名榜末，方不負他呢。」二人在席說盡衷腸，是夜盡歡而散，就在張家下榻。次日，國璧又來相請過去，酒至半酣，國璧笑道：「吾老矣，恐不復見妹丈飛騰雲霄也。」海瑞慰之曰：「尊舅不必過慮，生死有命，富貴在天，又豈人所能逆料者乎？」相與痛飲。次日，張夫人送了十兩程儀，復招往作餞。國璧亦有盤費相贈。海瑞告別，即與諸友起身，望著高州一路而來。

舟車並用，不止一日，已抵羊城。覓寓住下。考遺才，卻幸高高列著，在寓靜候主考到來。是年乃是江南胡瑛為正主考，江西彭竹眉是副主考，二人都是兩榜出身，大有名望的。這胡瑛現任太常寺卿，帝甚重其為人，故特放此學差。這彭竹眉原是個部屬，亦為帝所素知。二人啣了恩命，即日就道。八月初二，已抵省垣，有司迎入公署。至初六日，一同監臨提調，各官入闈。初八日，海瑞與諸友點名進院。三篇文藝，珠玉玲瑯；二場經論，三場對策，無不切中時弊，大為房師嘆賞，故得首荐。至揭曉日，海瑞名字列於榜上第二十五名。此時報錄的紛紛來報，喜煞了海安、海雄二人。那些同來的朋友，沒一個中的。是年庚午科，瓊屬就是中了海瑞一人，諸友皆來稱賀。到了會宴之日，海瑞隨同諸同年詣巡撫衙門，簪花謝聖，好不熱鬧！過了幾日，海瑞就要回瓊。或止之曰：「兄不日就要領咨入京會試，今又遠返，豈不是耽延❻時日？不若莫歸，打發家人回府報喜就是。」海瑞道：「不然，

---

❺ 井臼：汲水舂米，操持家務。《後漢書・馮衍傳》：「衍娶北地任氏女為妻，悍忌，不得畜媵妾，兒女常自操井臼。」

❻ 耽延：耽擱、延誤。

古人云『衣錦不還鄉，夜行可笑。』今我雖不是甚的身榮，然既僥倖，必要親回謁墓，少展孝意。況拙荊在家切望，豈可因此往返之勞，致父母之墓不謁？拙荊倚門，不能覩丈夫新貴之顏色耶？吾決不忍為此。」聞者無不敬服。海瑞拜謝過了房師，並會過諸同年，即與諸友一併回瓊。一路上好不歡喜，卻喜得有以報命於岳母並張國璧也。

非止一日，來到雷州。海瑞便要到岳家去拜謁，恐諸友因此耽擱，便令海安持書隨諸友之後，回家報知。自與海雄來到張府拜謁岳母。夫人看見女婿得中，喜的手舞足蹈，自不必說。即命家人備酒稱賀。海瑞道：「還有舅兄處，亦要走走。」夫人聽了，嘆口氣道：「國璧於前月已死了，至今停喪在家，猶未出殯呢。」海瑞聽了，不覺放聲大哭道：「惜哉舅也！痛哉舅也！」連酒都不吃，遂一直望著張府而來。直至靈前，哭倒在地。原來張公無子，祗有嫡姪張遂承嗣。此際海瑞哭了又哭，直哭至張遂來勸，再三慰止。海瑞道：「始以赴場之日，與公話及，斯時尊大人即懼會死，吾猶以正理慰之，不虞今日果死矣！回憶昔日之言，真乃今日之讖也。再不料轉瞬之間，即成隔世之悲，徒增雙淚，不見故人。」說罷又哭，乃取筆墨親題一律以唁之，張遂看了，不禁泣下。少頃，張夫人著人來請回去飲酒，就請張元前來相陪。海瑞心切國璧，是日酒席之間，不能盡歡。

次日，海瑞即欲回瓊。張夫人道：「賢婿路上勞頓，昨又過舍姪那邊，哀毀太過，且暫息兩天，然後回去不遲。老身還有話說。」海瑞道：「小婿住便住下，只是夫人有話，即請見教。」夫人道：「今喜賢婿高中鄉魁，即當赴試春闈❼。但此去經年累月，小女無人照拂。老身意欲接了小女回來住

❼ 春闈：唐代的禮部試士和明清的京城會試，均在春季舉行，故稱春闈。唐李中〈送相里秀才之匡山國子監〉

著，待等賢婿高魁，再作道理。一則賢婿心無內顧之憂，二者小女亦有老身照管。你道好麼？」海瑞自思：果是自己去了，家中無管理之人。夫人的話，誠為愛我者也。遂拜謝道：「小婿屢承夫人提挈，今幸僥倖，怎忍又以妻子帶累府上，小婿於心何安？」夫人道：「自家兒女，說甚麼帶累二字？」海瑞再三稱謝，住了兩天，便拜辭而去。

不一日，已抵家門。張氏聽得丈夫回來，喜不可言，即時相迎。入到中堂，先與丈夫稱賀，然後對拜了四拜。海瑞又對著夫人拜了兩拜，道：「僕若不得夫人內助，何能用心讀書，致有今日？」張氏道：「操持井臼，乃是妾身本分，老爺何必如此說話，折煞❽妾身也。」海雄也上來參見了，海瑞便將他二人之事，對張氏說知。張氏道：「改邪歸正，便是好人，可嘉可尚。」安、雄二人謝了。隨有各戚友牽羊擔酒，臨門稱賀。

海瑞足足忙了三四日，方纔清靜了些。隨將岳母之意，對妻子說知。張氏自無不允的。夫妻兩口，把家中各項托與鄰親看守，一同來到張家。母女相逢，喜不必說。更可喜者，張氏昔日之同群姊妹，相別數載，今一旦歸來，人人都稱他做奶奶，其樂可知。

過了兩日，夫人便將銀子一百兩相助海瑞為上京使用，即便催促起程。海瑞收拾了行李，帶領海安、海雄，一路望著省城而來。一路思念夫人恩惠不置。到得省城，已是十一月時候。海瑞急便即時具呈到藩司❾處，領那進京水腳❿。誰知藩司衙門，向有陋規，凡是新舊科舉子領咨進京會試路費，

詩：「業成早赴春闈約，要使嘉名海內聞。」闈，科舉考試會場關防嚴密，稱鎖闈，省稱闈。

❽ 折煞：極言折損，亦作折殺。

必要在庫科內用些銀子，方纔得快。若是沒有陋規，他們便故意延擱。海瑞那得有銀子與他們使用？所以一直候了十餘日，還不見有牌懸出，不禁焦躁。若是銀子，倒也罷了。惟是咨文十分緊要，若是沒有了，便不能前去會試的。時已十二月初旬，海瑞心中好生著急，又不肯使那陋規，無奈候著那藩司出府，攔輿喊稟。那藩司方纔知得書吏舞弊，方將銀子發給出來，咨文中送到巡撫處，即將舞弊的書吏責革不題。海瑞急急到巡撫處，領了咨文路票，立即僱船。此時所有會試的都去了，欲要自僱一只，又因盤費有限，無奈只得搭了江西的茶葉船前進。暫且不表。

再說那嚴嵩，自從得了這五十兩銀子，即時改業，晝夜苦攻詩書，以圖進取。未幾，聞得朱某某果然登了大寶，改元嘉靖，不覺驚喜欲狂。自負道：「嵩自此只憂富貴不憂貧矣。」是年，學院按臨，即便進了學。他是天子金口玉言說過了的，連捷就中了舉。此時一舉成名，就有許多朋友資助，竟公然請咨上京。他原籍江西，進京又是捷徑，不一月，已抵皇都。到了三月初九日頭場，嚴嵩在場中分外精神，三藝早完。二三場經策，越發得意。誰知嘉靖自登極以來，心念嚴嵩不置，但是無由可召他。忽閱各省鄉榜，看見嚴嵩名字在上，乃喜曰：「此人今已入彀。吾在豫章時，稔悉其人才學，今已得荐，倘此人若進士點狀元，則朕有賴矣。」時張斌在側，親自聽聞記之。次日，欽點大總裁，帝以目視張斌，即放張斌為大總裁。斌乃吏部侍郎，亦是江西人。以會帝意，故此一到點名之時，默囑點名官，暗記字號，並知會房師簾官，要他首荐嚴嵩的卷子。及揭曉時，嚴嵩高高中在第九名進士。殿試

---

❾ 藩司：明清時布政使的別稱。一名藩臺，又稱方伯。主管一省的人事和財務。

❿ 水腳：俗稱舟船車馬的旅費為水腳。

傳臚⓫，亦列高等。到臨軒⓬對策，帝大喜悅，欽賜狀元及第，即用為翰林修撰，兼掌國子監。一時寵幸無比。暫且按下不表。

又說海瑞一則誤了日期，二則搭到的都是貨船，從長江而走，比及到得京都，已是四月。眼看不得進場，住在那張老兒的豆腐店中，即欲回家。海安、海雄齊諫道：「老爺千里萬里，經了多少跋涉，方纔來到京都。雖則未得入闈，今日空回，卻不費了一腔心血麼？不如且在這老兒店中住下，再宿一科，亦不致抱恨呢！」海瑞道：「雖然住在這裡宿科是極好的事，但家中盼望何時了？」海安道：「不妨。奶奶如今現在老夫人府中，自有夫人料理，即使十載不回，亦不用掛心的。況且同年⓭李純陽老爺新點了翰林，也要在京候散了館，方纔回去。在省時，與老爺最稱相知的，即有甚麼薪水不敷，亦望他資助，決然不吝的。」海瑞聽了，自思二人之言，也自有理。便道：「如此且宿一科，修書回家報知，使他們免得掛念纔好。」遂立時修了書信，就浼了傳驛的遞回粵東，轉寄瓊南。從此海瑞便在京宿科，就在張老兒豆腐店中住下。

再說那張老兒本是南京人，只因少年時到京貿易，娶了一房妻子仇氏。這仇氏自嫁到張老兒手上，

⓫ 傳臚：科舉時代，殿試揭曉唱名的一種儀式。殿試公布名次之日，皇帝至殿宣布，由閣門承接，轉傳於階下，衛士齊聲傳名高呼，謂之傳臚。

⓬ 臨軒：皇宮的正殿旁有一宮殿，謂前殿。前殿的堂陛之間及近檐處兩邊有檻楯，如車之軒，故稱臨軒。

⓭ 同年：科舉考試同科中試者之互稱。清顧炎武《亭林文集．生員論》：「生員之在天下，近或數千百里，遠或萬里，語言不同，姓名不通，而一登科第，……同榜之士，謂之同年。」

並未生男，數載之間，產下一女。卻也古怪，不知怎的，及仇氏生產那女兒之夕，只聞天上音樂嘹喨。比及分娩之時，只見異香滿室。生下地來，卻是帶著一個紫色包。加以剖開時，卻是一女。因有此異，張老兒知此女日後主貴，卻也歡喜，全不以生女為恨。及至七八歲，便生得如花似玉。仇氏略知詩書，恰好這女兒又喜的是文字，不去遊戲，卻要母親教他識字。自己取了個名兒，喚做元春。正是：

只因生相多奇異，致有椒房⓮寵信恩。

畢竟那元春後來如何大貴之處，且看下回分解。

批評：

張老兒老客他鄉，幸得一女，足以自解，偏偏有此美貌。在老兒之心，不過他日嫁得一個大官人家，生個兒子，母憑子貴而已，卻又何暇計及椒房之貴戚也矣。嚴嵩得時，海瑞兩番失路，莫非定數，又烏得尤人？

⓮ 椒房：后妃的代稱。《後漢書・延篤傳》：「大將軍椒房外家，而皇子有疾，必應陳進醫方，豈當使客千里求利乎？」

第八回　正士遭逢坎坷

卻說元春自幼好隨著母親學習認字。卻也古怪，他的母親，不過是略識數行而已，惟這元春，不上三年間，竟比他的母親多識幾倍字。卻這般聰慧穎悟非常，所以儼然一個女才子一般。每日只管央父親去買各項書籍以及各家書鈔回來細看。不數月，竟會作起詩來。這張老兒看他如此聰明，心花都是開了，愛如掌珠，諸事多不敢拘❶他。雖屬小小經紀❷，家道貧窮，然元春若說要那一本書看，他便十分委曲，都買了來與他。再不道這豆腐店的女兒，竟堆了一案的書籍。其妻仇氏見老兒過愛得很，常諫道：「我們如此清貧，有了個女兒，只望他做些針黹，添補家計。怎麼還順著他混亂花費錢鈔？東一部西一本的，買著許多書紙做甚麼？我當日亦是父母把我貴氣，教我讀書識字，只望我後來不知怎的帶挈他。後來嫁了個胡經歷，不五年我便做了寡婦。此時父母又死了，哥嫂不情，無奈纔嫁了你。如今只落得做一個當罏❸溺器的卓文君。看來女子識字，十個中再沒一個好命的。今後再休嬌縱慣他，還是叫他做些針黹幫幫家用的纔是呢。」張老兒道：「這是他小兒女的性情，管他則甚？然做些針黹

---

❶ 拘：限制。《莊子．漁父》：「故聖人法天貴真，不拘於俗。」

❷ 經紀：經營買賣。《元曲選．李文蔚．燕青博魚》二：「怎將俺這小本經紀來掯。」

❸ 當罏：賣酒。亦作當壚。

亦是正事。你的女兒，你難道不說得他的麼？」說過之後，其母便屢屢止這元春，說他不要讀書作詩，做活幫家纔是。這元春聽了母親的言語，不敢不遵，便日裡幫著母親做活，夜裡稍暇，仍復背地執著書卷，不忍釋手的去看。

其時元春已是十五歲了，海瑞在他店中住的時節，卻常常見他。然海瑞是正氣的人，雖見了這般如花似玉的美女，卻也不留心他，所以元春見了他也不十分躲避。張老兒看了海瑞這樣至誠，常道：「我兒，這位海老爺自從到我們店裡以來，再不曾偷眼看人，說過一句無禮的話，況且又待我們這般情義，只如家人父子一般，你也不必故為躲避了。況且他常在這裡住的，要躲避時，房子又小，怎麼躲避得許多呢？」因有了這句話，故此元春不用故意躲閃了。暫且不表。

再說那嚴嵩自從得幸，常在帝前供奉。帝惟言是從，惟計是聽，一時顯赫無比，此際已為通政司了。在京建府第，買僮蓄婢，娶了兩房夫人，終日與張志伯在外面賣官鬻爵，廣收賄賂。他的家人嚴二，自稱為嚴二先生，在嚴府門下很得主子重用，而嚴嵩亦倚之為爪牙，算得心腹家人。這嚴二便倚著主子的權勢，在外邊重利放債，抽剝小民。這京都地方，最興的是放官債並印子錢。何為印子錢呢？譬如民間有赤貧的小戶，要做買賣，苦無資本，就向著他們放債的借貸。若借了一千文，就要每日攤勻若干文，逐日還他，總以收利加二為率。每日收錢之時，就蓋上一個私刻的小鈐記❹以為憑據，這就叫做印子債，其利最重。貧民因為困乏，無處借貸，無奈為此，原是個不得已的事。這嚴二就幹了

❹ 鈐記：明制，凡按洪武定制所設官史皆用方印，未入流各官則用條記，清代稱鈐記。《清會典事例・刑部吏律公式》：「凡一切差票，俱令鈐蓋印信。如無印信衙門，即用鈐記。

這門生意，終日裡便去放印子債。人家曉得他是嚴府得用的家人，那個敢撻他的，所以愈放愈多，得利不少。

是年京城大旱，米糧昂貴，這張老兒店中的生意又淡，兼欠下地稅，奉官追呼，迫如星火，正在無法借貸。一日張老兒送豆漿到嚴府裡來。此刻嚴二正在門房上坐著，看見張老兒雙眉不展，沒情沒緒的。因問道：「老頭子，我見你這幾天眉頭緊縐，到底為著甚事來？」張老兒見問，嘆了一口氣道：「不瞞二先生說，這幾日竟開不得交❺了，所以愁悶呢。」嚴二道：「你家口有限，靠著這老店，很彀滋藉，怎麼說開不得交？難道欠了官錢私債，被人催逼麼？」張老兒道：「正是為此。近來米糧昂貴，店裡的生意又甚淡薄，所賺的都不敷所用。往時還有十餘夥客在我們店裡住，如今竟沒有，只得一位海老爺，不在店中吃飯，主僕三人自開火的，不過每月與我一兩的房稅。如今地稅又過了限，府裡公差日日登門追呼，又沒法借貸，所以煩悶呢。」嚴二笑道：「這些地稅，有甚大事，要這樣煩悶？」張老兒搖首道：「不是這般說。我們經紀的人，若欠下了錢銀，那府裡提將去，三日一比，五日一卯，只怕這老屁股經不得幾下大毛板呢！」嚴二道：「如此利害麼？何不向住房的先借過些房租抵納，也免得受苦呢。」張老兒道：「說來好笑，我在這都城開了二十年的客店，不知見過了多少客人，從沒有見過這位海老爺如此慳吝的呢！」嚴二道：「他既是個老爺，想必是個有前程的要體面人，怎麼這般慳吝？」張老兒道：「他不是有職缺的人員，乃是廣東的一個窮舉子，又沒運氣。是前次進京會試，走得遲了，來到京時，已是四月，過了場期。又不肯空走一遭，是以在我們店中住下宿料。不獨有限

❺ 開交：了結，罷休。《長生殿．絮閣》：「這春光漏世，怎地開交？」

的銀子，可憐他主僕三人，衣服也不多得兩件。這位海老爺外面這一件藍布的道袍，自到店來就不曾離了身上一日，至今還是穿著呢。他與翰林李老爺是個同年鄉親，每到院裡去，都是這一件衣服，即此就可以見得。只是他為人誠實，再不多一句話的。卻也介廉，自到店來，水也不曾白吃過我們一口，如何便向他開口呢？」

嚴二聽了不覺大笑起來，道：「這樣的窮舉子還想望中麼？罷了。我看你是一個老實的人，值了這樣急迫之候，我這裡借與你幾兩銀子，開了這個交如何？」張老兒聽得嚴二有銀肯相借與他，恰如坐監逢赦的一般，滿臉堆下笑來，說道：「二先生，你老人家是個最肯行善的，若肯相信，挪借幾兩銀子，免我吃苦。真是再造之恩，利錢多少，子母一併送還就是。」嚴二道：「我的銀子是領了人家來的，亦要納回利息與那主兒的。只是每兩扣下二錢，加三行息，一月一清。若是一月不能彀清，償利就是。」張老兒聽了，自思八扣加三的銀子，如此重利，是用不得的了。只是事屬燃眉，舍此更無別法可以打算。自忖不過吃些虧，一個月還了他就是，好過明日吃棒，終然是拖欠不得的。且顧了這眼前，寬了一限，再作道理。打定了主意，便向嚴二道：「這是本應的，但得二先生肯信，我們就頂當不起了。不知二先生肯借我多少呢？」嚴二道：「你要借麼？十兩罷。」張老兒聽得肯借十兩，除了幾兩交納，還剩得些須充充本錢，一發好得很。便道：「這就是二先生相信得很呢，小老不知將何以報大德？」嚴二道：「周急之事常有，亦不用你報答，只要你依期交還就是。若要銀子時，可即寫個借券來，我就有銀子給你的。」張老兒道：「小老不曉得怎麼寫法，求二先生起個稿兒，待我照著寫罷。」嚴二道：「這個使得。」便引了張老兒到房內，自己磨墨飽筆，寫了一紙借券稿兒，自己讀了一遍，隨與張老兒觀看。張老兒連忙接來一看，只見上寫著：

立借券人某，現住某處，今開某生理某店。只因急需，無處挪借，蒙嚴某慷慨，代挪紋銀絲錠十兩。每兩每月加息三錢，以一月為限，依限子母交還。如有遲誤過限，另起利息，并本計算。今欲有憑，立券為照。

嘉靖某年　月　日立借券某的筆。

張老兒看了，卻不解得後書這兩句。只道是一月不還，又與一月利息的意思，遂執筆照著寫了，一字不曾增減，畫了花押，復遞與嚴二觀看。這嚴二接了借券，笑道：「果然一字不差的。」遂收了券，隨在床上枕畔，取了一錠銀子來，交與張老兒手上道：「這是八兩頭，除了扣頭，共算十兩。這是上足呈色的元絲錠兒，你親自看過。」此際天色將昏，張老兒略看了一看，便納於懷中，說道：「好的，你老人家是個至誠的，那裡還有偽假的銀子來呢？」千聲多謝，萬句蒙情，出門而去，滿心歡喜，一直望店中而來。

時已將天晚，只見妻子怨道：「怎麼去了這大半天？可憐那府裡的公差又來呼喚，不見你，被他狠狠的罵了一段。好言語還不肯走，說是堂上十分嚴，催得緊，明日掃數了。若是不納了這項銀子，恐怕帶累他們，他們是難做情的。這般說，竟要坐著等你同去見官呢。虧了海老爺並兩位管家小哥，費了多少唇舌，方纔勸了他去。已經約了明日一早清款。你卻不知在外邊做些甚麼，到這個時候纔回，卻不知家裡了。」張老兒道：「你不必操心，我有主意在此。包管明日有銀子上納就是。」不住的微笑，只管叫取晚飯來吃。其妻怨道：「偌大年紀，全不知一些憂慮。四處無門可貸，還在這裡說夢呢！」張老兒道：「這不是夢，是實話。你不信，我且把件東西你看看。」遂在懷裡拿出銀子來，放在桌上，道：「這都是夢話麼？」妻見大喜，也不問銀所自來。夫妻大喜，用過了夜飯，一宵無話。

次日張老兒起來，要將銀子到銀號裡繳納，找回些來充本。及至到了銀號內，那銀號的看了，說聲：「不好的。」把張老兒嚇呆了。正是：

只因以己忠誠處，今日方知中暗謀。

畢竟張老兒怎麼了得，且看下文便見。

批評：

嚴二恃主權勢，重利放債，盤剝貧民，已屬王法不容，人神共憤。復又故以假銀騙陷老人，真是目無三尺，令人髮指。此等小人，只知損人利己，卻不顧天眼昭昭耳。張老兒為官稅追呼，不得已而向斯人告貸，豈虞嚴二故意騙陷。以君子之心而待小人，其受欺夫復何怨。

第九回　張老兒借財被騙

卻說張老兒聽得那銀號的掌櫃說銀子不好，心中大驚，呆了半晌，說道：「怎麼見得是不好的？」那掌櫃的道：「這明明是夾鉛的，外面用銀子包皮，這就是不好的，你休要強辯。難道我們當了這一輩子庫號，還不認得麼？」張老兒此際無以自憑，只叫得苦。便三腳兩步走出了銀號門首，望著嚴府而來，要尋嚴二的晦氣。

比及到得嚴府問時，那嚴二跟隨嚴嵩入朝去了，又不知幾時纔回。沒奈何，只得在對面一家門首蹲著等候。自怨不小心，有了這項銀子都不看過，卻上了人家的當。倘若他不認，這怎麼好？又想著這嚴二是個大有作為的人，料然是被人家騙了的，卻不是故意與我的。且看他昨日這般好心看承❶我，他決不肯不認的。只管在那裡亂猜亂想，足足等到午候方纔回來。這嚴二隨著主子馬後，早已一眼看見了他，便佯作不曾見的，隨著主人進了去，故意總不出來。張老兒是送慣豆漿的，所以府中的人也些許相認得，但逢出來的，便問嚴二先生在裡面做甚麼。或曰：「他如今現在上面伺候爺的飯，飯畢還要幫爺簽押發稿。幾多事情，那裡得空閒出來？你要見他，只可明日來罷。」張老兒道：「小老要將一件東西交還與他呢。既是差事不得空，敢煩尊駕代為交與如何？」這人道：「使不得。他的性氣

❶ 看承：護持。宋辛棄疾《稼軒詞・中秋寄遠》：「但願長圓如此夜，人情未必看承別。」

是最古怪的，我們同輩差不多都不與他交談。你有甚麼東西，且待明日當面交與他罷。」說畢，各有事去了。張老兒只得又在門首等了許久，天色差不多要晚將下來，肚中又餓，方纔走回店中。

甫入店門，只聽得裡面幾個公差的聲音，在那裡大驚小怪的說道：「躲得去的不成？」張老兒此際無奈，走到裡面，見那一眾公差道：「不躲的，我來了。」公差見了老兒回來，罵道：「真是個頑戶，怎麼走了去躲著，這時悄悄的回來？料道我們去了，所以轉回家來吃飯。睡到天明，一個黑早就走了。這個方法是你拖欠錢糧的伎倆。如今我們卻不管你有沒有，我只帶你到堂上去，面回官去。」便一手揸❷著張老兒的胸膛，扯住便走。張老兒慌了，大叫：「且慢，且慢，有話慢慢商量。」他的妻女都來相勸，公差那裡肯依，只顧亂嚷。

彼此相纏，卻驚動了海瑞也來勸。公差道：「海老爺，你不要管這閒事罷。」海瑞道：「列位且息雷霆，容晚分說。否則，任你們的主意就是。」內中一人道：「如此且略鬆一鬆手，諒他也走不上天去。且聽海老爺有甚麼話說。」那人聽了，方纔放了張老兒。海瑞道：「張東家，這是錢糧，非同私債，你該早日打算，亦免得有今日。你如今且說有甚麼打算呢？」張老兒嘆道：「列位你那裡知道我這樣委曲？錢糧的欠項，那有不上緊的道理？如昨日我去了這一天，也是為著此項，不知用了多少唇舌，纔向一家財東借了八兩銀子。回來祇望今早去號裡交納，誰知是夾鉛的，即到原主去回換。又怎曉得銀主就偏偏有事不得空閒，連面也不曾得見。直等到這時候纔回。大抵要明日纔能彀回換呢。煩列位再為寬限一日如何？」公差聽了，嘆道：「虧你幾十歲的人，說出這樣孩子的夢來。你又不是

❷ 揸：音ㄓㄚ。抓。《水滸傳》三十八回：「李逵見了，也不謙讓，大把價揸來只顧喫。」

三兩歲的孩子，怎麼銀子都不看一看好歹，就竟然收了去號裡上納，這話哄誰？」張老兒道：「不是我說謊，列位不信，待我拿出來與你們觀看便知了。」遂向腰間取了那錠假銀出來，放在桌上。眾人看了，只是冷笑，不肯相信，反說是故意借此假的推卻。便問道：「這銀是那裡借來的？我們卻還要問你一個私用假銀的罪名呢。」張老兒道：「那不干我事，現有原主在呢。」公差道：「你且說銀主是誰？」老兒道：「不是別人，就是新通政嚴府的家人嚴二先生借與我的。」公差聽了嘆道：「這就怪不得你說了。你好端端卻向這人借貸？這嚴二本是揚州人，做了半世的光棍，在這北京城裡，做過了多少次數的犯案，也不知幾回的了。後來打聽得嚴府權勢，他便投在嚴府充做家奴。他並不姓嚴，本喚李三尖。嚴二這兩個字，是主人改的呢。如今你上了當，也不用到那裡去換了。若是換時，他決不肯認的。還說是主人賞他的銀子，你白賴他，就時回了主人，將個帖兒送你到兵馬司去，還要吃二十大毛板、一面大枷呢。我們目擊過幾次的，你這晦氣休想去換，只是快些打算完納罷。」張老兒聽了這一番言語，不覺皺雙眉，把舌頭伸出唇外，半晌縮不進去，嘆道：「我真要死也。」說罷不覺哭將起來。妻女聞知，亦不禁泣下。海瑞在傍嘆道：「那有這樣的人，這便如何是好？」張老兒到了此際，夫妻兩口面面相覷，呆呆的立著，形如木偶一般。公差們又要作威。海瑞看見如此，心中也覺可憐，便相勸道：「列位不必如此，錢糧一項是不能拖延的。如今他又著了騙，又無門可貸，在下情愿暫為代納，不知要多少銀子纔彀呢？」眾人道：「既是海老爺有這番好心，連我們的茶東，共是四兩五錢就彀了。」海瑞道：「如此，容易得很的。」遂急急回房，取了四兩五錢銀子來，替張老兒代納。公差接了銀子，反覆細看了一回，收了，說聲：「多承海老爺了，喒們改日再會罷。」齊拱手出門而去。張老兒看見公差去了，便率妻女到海瑞面前叩謝。海瑞連忙扶起道：「東家不必如此，些須小事，何必介懷。」張老兒道：「若非老爺見憐，今日卻被他們拿了進去，免不得吃那老棒呢。但不知將什麼報答你老人家哩？」夫妻兩口千恩萬謝的，自不必說。

到底張老兒心中不服，到了次日清晨，就到嚴府來等那嚴二。到了早飯後，方纔得見。嚴二問道：「張老兒你送過豆漿來的，這時候來此何幹？」張老兒便將昨日事情告知，把銀子交還。那嚴二故意作色道：「你又來了。我們的銀子是上人賞下來的，怎麼說是假的？休再說了，被人聽見笑個大口呢。」張老兒道：「明明是二先生的銀子，我們做買賣的人怎敢相欺？現有某銀號銀匠及公差人等可以作證。」嚴二大怒道：「胡說，好喪良心的人！你被人催逼得緊，上天無路，入地無門，怎麼樣的哀懇我，方纔借這錠子與你，把官錢還了，剩下做了資本。怎麼還要賴捏我是假銀，這還了得！別個可以入你圈套，卻不想想我是甚麼人？快快回去打算還了我罷，否則回了我家老爺，只怕你受不得這些苦呢。」一頓罵得張老兒啞口無言，含著一眶眼淚，只得仍舊拿了假銀出了嚴府。

一路上好不氣怒，走到店內，妻女連忙來問是怎麼樣了。張老兒頓足搥胸，指天畫地的罵道：「喪心的千家奴，竟不肯認，還拿話來嚇我呢。」元春道：「父親過於忠厚，一時被他騙了。他這般居心的，那裡還肯認賬？只索作自家倒運就是。」張老兒道：「雖是這般說，不久就是一月限期。倘若他來討時，卻又作何究竟，總要設法纔好呢。」元春道：「倘彼來討時，還請那位海老爺對他說說，或者以理諭之，庶獲免償，亦未可定。父親年老，有限精神，不必過於憂慮，且自由他。」張老兒雖則口中應允，心內實切憂焦，日夕煩悶，竟然染起病來。元春看見父親患病，百般寬慰，延醫服藥，只是不應。元春衣不解帶，日夕侍奉。張老兒道：「我本來沒有甚麼病症的，只因憂思所致，如今也不用服藥的了。只是恐這奸奴才來催賬呢。」元春道：「縱然他來討賬，看見父親這般病臥在床，料亦不致十分催逼呢。」張老兒聽了不言，心中自思：「到底是我女兒看得透徹，即我欠他的債，看我這個光景，諒亦見原。」於是心中稍稍安慰。

過了十餘日，已是一月期滿。嚴二看見張老兒久不送豆漿至，訪知是染病，也不介意。及至期滿，亦不見張老兒到來償債。等了兩天，就忍耐不住，遂到店裡來。張老兒聽得嚴二親到，便急忙扶病而出。嚴二道：「今已滿限兩日，怎麼不來還銀？反要勞動我來親討麼？」張老兒道：「豈敢相勞二先生玉趾❸。只是我近日染了病症，不能步履，連生理也做不得，故此豆漿許久不曾送到府上，二先生諒亦知道。前蒙相借的銀子，只因有事不得打算，還望二先生寬限，待下月併利息子母一齊奉還就是。」嚴二聽了怒道：「怎麼偌大年紀的人，作事這般胡混。當初原說過一月清還的，怎麼又說下月，有這些推延。我實對你說，我嚴某領了主人的銀子出來放債，官府借的，不是一萬，就是八千，至少三五千，都是八扣三分，三月為期。若是零星的小意思，就一月一清，那個不是這般的。偏你這老兒，就有許多古怪。拿了銀子，過了兩三夜又說是假銀，甚麼夾鉛夾銅，想來騙我。幸我不上你的當。如今卻又說患病，不能生理，要推到下月，利息又不與一毫半絲。難道借了人家的銀子，推說有病，就不用還的麼？」張老兒忙忙謝過道：「不是這樣說。只因小老是個做經紀的人，若是閉住了手，便歇住了口。連三餐也不敷給，那裡還有銀子來還？二先生你老人家是個最善心的，不念別的，只可憐我老

❸ 玉趾：敬語，猶言貴步。《左傳．僖二十六年》：「寡君聞君親舉玉趾，將辱於敝邑，使下臣犒執事。」

病纏綿，高抬貴手，寬限一月，那時就怎麼樣，我亦要送還的，再不敢說是推延的話呢。」嚴二道：「你當初說甚麼話來？」張老兒道：「果然初時說是一月清還的，實不虞染病，還望二先生原諒，則小老感激不盡了。」嚴二那裡肯依，即時亂嚷起來。元春母女在後面聽得，知事不好，無奈走了出來，代張老兒哀懇。這嚴二一眼看見了元春，不覺失了三魂，散去七魄，一雙邪目，放在元春身上。正是：

利心還未息，邪念又興來。

畢竟嚴二看見了元春如此出神，怎麼的說話，且看下回分解。

批評：

張老兒以貧告貸，上了奸奴圈套，因此憂慮成疾。今日被他如此奚落立逼，不敢伸息，卻累妻女露面哀求。財之為物，禍人滋甚矣，可嘆！元春以父被逼不過，故隨母露面拋頭，低氣哀懇，實欲解父之厄，孰知反增父之重債哉！此又元春之所意料不到者，於我亦云然也。

第十回　嚴家人見色生奸

卻說嚴二忽然一眼看見了元春，如此美貌，真是閉月羞花，沉魚落雁❶，神魂飛越，不覺呆了半晌，遂把怒氣全消，反怒為喜。便道：「賢母女請起，這不干你們的事，我自與這老狗算賬。」仇氏道：「二先生，且息雷霆之怒，容我母女一言，拙夫為著錢糧催迫，不得已向二先生告貸，幸蒙救援，已自感激不淺。其初心本擬即當如限歸趙❷，孰料天不從人，偏偏這老者又患起病來，連豆腐也磨不得，半月以來坐著在家，睡著在床的，百凡需費，典盡衣衫，這兩天連吃的也將沒了。心中實在掛著這項銀子，只是有心無力，悚惕不安。故欲哀求恩寬一線，乞二先生再寬限一月，必當加利奉還的。」說罷又要跪將下去。（奴才恃主權勢，重利放貸，逼勒兇惡。閱此，令人殊堪髮指。）嚴二用手揮令起來，說道：「你的言語，還帶著三分道理。也罷，念在你母女面上，暫且寬緩展限一月。只是此際他又病著，沒銀醫治，做不得生理，那裡賺錢還我呢？自古道：『為人須到底。』也罷，我這裡尚有幾兩散碎銀子，只索與了你罷。可將來醫治，早日做回生理，免得臨時又要累你母女呢。」說畢，頻以目看

---

❶ 閉月羞花二句：形容女子容貌之美。《雍熙樂府・普天樂初見曲》：「俏冤家，天生下，沉魚落雁，閉月羞花。」

❷ 歸趙：以原物歸還主人。典出《史記・廉頗藺相如列傳》完璧歸趙故事。

元春。元春被他看得慌了，低著頭走進裡面去了。仇氏卻不敢受這項銀子，正要上前遞回，那嚴二竟自大踏步去了。呼之不應，又趕不上，只得權將銀子收貯，戒老兒切勿浪費了，又要費一番張羅。張老兒看見如此光景，因念嚴二初時這般狼惡，如今卻這般好意，真是令人猜摸不著。只是身子困乏得很，也管不得許多，走到床上睡下不表。

再說仇氏對元春道：「這位嚴爺，甚屬古怪的氣性，起先就如狼似虎一般，令人不敢犯顏。不知怎的，後又這樣好說話，又把銀子相助我們，真是令人不解。」元春道：「母親，我看這嚴二蛇頭鼠眼，大非良善之輩。且看他適間的言語行為，可以知其大概矣。故意賣弄他的好處，特特將些銀子在你我面前買好，卻又把個天大的情分賣在我們身上，這卻是歹意，其居心卻不在十兩銀子也。」仇氏道：「這也不要管他。只是欠他的便還他的就是，理他做甚麼。」

不說仇氏母女猜疑，再說那嚴二見了那元春，就滿腔私慾，恨不得登時把元春抱在懷中，與他作樂。只礙著他的母親、父親在旁，不便啟言，故將計就計，竟把個絕大的情分，賣在他的母女身上，故意將銀買好。一路上思慕不置。及至回來，呆呆的在門房裡坐，連飯也不要吃了，便走上床去。合眼便見這美人在前，把他的心猿意馬，拴繫不住。自思：「我於今有了個啜飲飯處，幸而弄得如此大財，也算人生一大快事，只是不曾娶過妻子。我若得這老兒的女兒為妻，也不枉了我嚴二這番經營了。只是我的年紀老了，他的女兒，我看他不上十六歲，怎肯嫁我？這也是虛想的了。」復啟想道：「我將多金為聘，諒張老頭子這個窮鬼決不會不肯的。一百兩不肯，我便加幾倍，不怕他不肯。」再復又回思：「我混了大半世，不知費了多少心血，受了多少苦楚，纔有今日。怎麼為著一個女子，便把雪花白的銀子輕易花去了？」到底是銀子好，那慳吝之心生了，就把愛美的念頭拋下。誰知不一刻，那邪念復起，又想道：「有了銀子，沒有悅意人，也是枉然的。我好歹都要弄他到手，纔得我心願了。」卻不捨得銀子，便覆來翻去的，在床上思量妙策。忽然想起了一條計較❸，說道：「是了，是了。」連忙爬起身來，將張老兒的借券取出仔細端詳，看到那一十兩這個一字，不覺拍掌笑道：「誰想我這頭妻子，卻在這一字上頭呢。」拿起筆來，改了一個五字，便是五十兩。笑道：「五十兩加上十兩利息，一個月便是六十兩，若隔得三五月不去催他，這就可以難著他了。」主意已定，把借券收好，便上床去睡。從此竟將這一項事情暫時按下，及至美人的心事也權時收拾，耑待用計。正所謂：放下一星火，能燒萬仞山。

暫將嚴二之事按下。又表那張老兒之病，心事略寬，便覺漸漸的癒了，惟是恐怕嚴二前來逼債。不想過了一月，亦不見他來，自己放心不下，故意前往嚴府中來。見嚴二此際卻大不相同，不特不提及銀子，抑且加倍相敬，又請他吃飯飲酒。這老兒卻尚未解其意，只道他行好發財的人物，不計較這些零星小債，千恩萬謝的去了。回來對妻女說知，仇氏喜歡不過，說道：「這該是我們尚有幾分采氣，不致被逼，看來他也不上心這些銀子的。如今且將舖子開張，做回生意，倘得有些利息，大家省儉了些，還他就是。」元春歎道：「母親可謂知其一，而不知其二者也。父親一時之錯誤，借了他的銀子，故彼得此以挾制於我。先日甫纔到門，便輒白眼相加。父親雖有千言，而怒終莫解。及兒與母親一出，向彼哀懇，而嚴二則雙目注兒，不少轉睛，復時以眼角傳情。兒非不知者，惟時既在矮簷之下，非低

❸計較：算計、謀略。

頭莫過。故不得已立母之後，以冀娘為父解。豈料奴才心膽，早已現於形色，目視兒而言，向母又故以金帛棄擲娘側，恣其賣弄，實懷不善之心也。故兒特早歸房，誠亦杜漸防微之意。今彼不來索債，而反重待於父，其意何為，母親知否？」仇氏道：「你卻有這一番議論，但吾未審其實，汝可為我詳言之。」元春道：「母親誠長者。父親既欠他的銀子，兩月未與他半絲之息，況當日也曾備責嚴詞。今何前倨後恭，其意可想。兒實不欲言，今不得已為母親言之。夫嚴氏之反怨為德者，為兒也。（小兒女一副聰明，早已窺破奸奴心膽。故元春獨能不為嚴二所挾，此其預有明斷。令讀者如見一青年垂髫女郎活跳紙上，至今聽者如聞其聲，的是妙筆至文。）仇氏道：「汝何由知之？」元春道：「娘勿多言，時至即見。」仇氏也不細究，只知終日幫著丈夫做活而已。

光陰迅速，日月如梭，又早過了兩月。張老兒此際也積得有些銀子，只慮不敷十兩之數，自思倘若二先生到來，我儘將所有付之，諒亦原情。不期再過兩月，亦不聞嚴二討債消息。張老兒只道他忘懷了，滿心歡喜，只顧竭力營生❹。直過了七個月頭，每見嚴二不來，心中安穩，此際卻無一些縈念，安心樂意，只顧生理。忽一日，有媒婆李三媽來到。仇氏接入，問其來意。李三媽先自作了一番寒溫之語，次言及兒大該婚，女大當嫁之事。仇氏道：「我家命蹇無兒，祇有一女，今年已是一十五歲了，尚未婚配人家。倘奶奶不棄，俯為執柯，俾小女得個吃飯之處，終身安樂，亦感大德無既矣。」李三媽道：「你我也不是富厚人家，養下女兒，巴不得他立時長大，好打發他一條好路，顧盼爹娘。這婚配兩字卻說不得的。」仇氏道：「男女相匹，理之當然，怎說這話？」李三媽道：「大嫂，你有所不

❹ 營生：買賣。《救風塵》：「釘鞋雨傘為活計，偷寒送暖作營生。」

知，待我細說你聽。但凡你我貧家，養了女兒，便晦氣轂的。無論做女在家的時節，一則疴癢皆關隱痛。及至稍長，則恐其食少身寒，又復百般調養。迨及笄❺之歲，一則愁無對頭之親，二者恐有桑中❻之辱，此為父母者，養了這一件賠錢貨，吊膽提心，刻無寧息。迨至出嫁後，始得安然。可知養女之難，而出嫁之非易也。今見姪女年已及笄，卻又生得一表才貌，諒不至他日為人下賤。故老身特為姪女終身而來的。」仇氏道：「很好，我正要央浼你，你卻自來，豈不是天賜其便麼？小女今年已長成一十五歲了，正要浼人說合親事，今得媽媽至此，正合鄙懷。倘不以小女為可厭，就煩略一吹噓，俾他日有所歸著，皆為媽媽所賜矣。」李三媽乘勢說道：「目下就有一門最美的親事，但只怕令媛福薄，不能消受耳！」（說來的真是媒婆聲口，見於人情，今日信然。）仇氏道：「小女荊釵布裙❼但得一吃飯處足矣，又何敢過望？」李三媽道：「非也，女生外向，又道貧女望高嫁，亦料不定的。今有內城通政司嚴府掌權管家（掌權二字甚新）嚴二先生，他要娶一房妻子，不拘聘金。我想嚴府如今正盛，這位二先生家資巨萬，相與盡是官員，那一個不與他來往？（正所謂相與盡富貴，信然哉！）若是令媛歸他家，就是神仙般快活呢。今早二先生特喚我去吩咐，立找一頭親事，年紀只要十五六歲的，纔得合式。我想令媛人品既稱雙美，年紀又復合式，正合他意，故此特命老身來說。倘若大嫂合意，寫紙年庚交與老身將去，是必撮得來的。」仇氏聽了問道：「你說二先生，莫非就是通政司署中嚴爺的家人麼？」

❺ 笄：音ㄐㄧ，結髮上簪。古代女子已許婚，十五而笄。未許婚者，二十則笄。

❻ 桑中：幽會私奔。

❼ 荊釵布裙：貧家婦女的裝束。荊釵，以荊枝當髻釵。布裙，用粗布製衣裙。

李三媽道：「正是，怎麼你也曉得？」仇氏道：「他曾與我老兒有些交手❽，故此認得。」李三媽道：「既是有相與的，最容易的了。到底大嫂之意若何？」仇氏道：「女兒雖則是我生的，然到底是他終身大事，不得不向他說知。媽媽請回，待老身今夜試過小女如何聲口，明日回話就是。」李三媽道：「這個自然，只是那二先生性氣迫得緊呢，大嫂今夜問了，明日我來聽信就是。」仇氏應諾，李三媽便作別出門而去。

不說李三媽去了，再說仇氏三腳兩步，走到元春房中，便將李三媽的言語，對他備細說知。元春聽了，不覺呆了，大叫一聲：「罷了！」遂昏迷過去。正是：

預知今日，悔不當初。

畢竟元春氣昏了過去，不知還能活否，且看下文分解。

批評：

不意貧賤家有此女子，可謂識見人品，卓然名流。

❽ 交手：拱手，表示敬意之禮。

第十一回　張仇氏卻媒致訟

卻說元春聽了仇氏這一番言語，不覺氣倒在地。唬得仇氏魂不附體，慌忙來救。急取薑湯灌了幾口，良久方纔醒轉來，嘆道：「兒固知有今日也。」仇氏道：「終身大事，愿否皆在吾兒心意，何必自苦如此？」元春歎道：「母親真是泥而不化❶者也。今嚴二先使媒來說親，從則免議，卻則逼討前債以窘我也。如此將何以解之？」仇氏聽了，方纔省悟，急來對張老兒說知。老兒道：「怪不得他幾個月頭都不到我家來問債，卻原來預先立下這個主意。我雖是個貧戶人家，今年偌大年紀，都要靠著女兒生養死葬的。這賊奴他如今現在嚴府，若是我女兒嫁到他家，就如生離死別一般。正所謂侯門深似海者，欲見一面是再不能彀的了，這卻怪不得他呢。」仇氏道：「女兒亦是為著如此，故中心不愿呢。」（張老兒與仇氏只知一入權門深似海，欲見無由，卻不知嫁與家奴，辱莫大焉。元春則高於伊父母之見識）張老兒道：「且自由他，他若到來時，只索回絕了他就是了。」仇氏道：「不是這般說，只因你欠下他的銀子，你若回絕了他，只怕他反面無情，卻來逼你還債呢。」張老兒道：「欠債還錢。殺人償命，自不必說的，他若逼我們還債，我就拼了這條老命，只索償了他罷。」仇氏道：「你休要拼著老命去撞人家，還是打算還他好。」張老兒道：「你休煩聒❷，我自有主意。」（不知他有甚主意，

---

❶ 泥而不化：拘守成規而不知變通。

無過只拼得一條老命而已。）暫且按下不表。

再說那李三媽次日又到張家店內來討回信。仇氏道：「小女尚幼，今年與他推算，先生說是不宜見喜，說要過了三載之後，方可議婚。故此有妨台命，罪甚之至。」李三媽聽了，不覺兩頰通紅，心中好生焦躁。正是：怒從心上起，惡向膽邊生。

李三媽冷笑道：「昨日大嫂說的話，怎麼都改變了，是甚麼緣故？我昨日已將你的言語回明了嚴二先生了。他叫我今日來討實信，並問要多少聘禮。明日定議這般說，你到了此際又說這些話頭，都不是弄送❸我麼？這卻使不得。」仇氏道：「昨日媽媽到此，我原說要求吹噓為小女議配的。迨後聽得媽媽說有了這門好親事，斯時不禁狂喜，故即向小女說知。奈小女於前月請了一個極有名的先生，喚做馮見，十分應驗的，把他八字一算，說是今年命犯紅鸞❹，更帶羊刃，不宜見喜。否則必有血光之災，更兼不利夫家。昨夜始知，故此不敢應允。非是故卻，祈望原情。」李三媽冷笑道：「昨日這般說得好，今日忽然變卦，還有許多言語支吾。我也不管得許多，只是回覆二先生去，看他怎生發落

---

❷ 煩聒：煩擾吵鬧。宋洪邁《夷堅甲志．陳苗二守》：「打碑者紛然，敲杵之聲不絕。……仲先惡其煩聒，令拽之深淵，遂不可復出。」

❸ 弄送：作弄。明吳敬梓《儒林外史》第四回：「那裏是甚麼光棍，就是他的佃戶，商議定了，做鬼作神來弄送我。」

❹ 紅鸞：舊時星相家所說的吉星，主人間的婚姻喜事。《古今名劇．詩酒揚州夢》四：「紅鸞天喜星相照，今日相逢事不難。」

就是。」悻悻出門而去。

一逕來到嚴府門房裡面，尋著了嚴二，便將仇氏推卻之言，備細告知。嚴二滿望成就這親事的，今忽聞此言，恰如冷水澆頭一般。正所謂：我本將心託明月，誰知明月照溝渠。

此際嚴二不勝大怒道：「這老兒好不知好歹，倘不收拾他，何以消得我這一口氣？」乃對李三媽道：「相煩你再走一遭，說我如今不想娶他女兒，立即要他把券上銀子還了我就罷。如若不然，只怕他到兵馬司處吃不起棒呢。」李三媽見他發怒，不敢怠慢，即時應諾。急急的來到店中，對仇氏說道：「我說是你要害我捱❺罵，如今你卻吃苦了。」仇氏道：「怎麼累你著了罵語？我卻怎麼吃苦呢？婚姻大事，豈是強為得的？且說來我聽。」李三媽便將嚴二要他立即還銀子的話，備細說了一遍。仇氏道：「我家不過是窮了，借他十兩銀子，他便欲以此挾制於我。這也不妨，自古道：『討得有，討不得沒有。』如今我們現在這裡開店，又不曾拖他的，任你怎麼利害，也要憑個禮性，為甚麼以此制人？我只不服，就煩你去回覆他，說我家欠了他的銀子，自然還他。若說是婚姻之事，卻不煩饒舌了。」李三媽見仇氏說得如此決裂，也不再勸，便帶怒而去。比及見了嚴二，又加了些說話。嚴二聽了不勝之怒，叱退李三媽。自思：「仇氏如此可惡，我必要顯個手段他看看。」便即時走到兵馬司衙前，請人寫了一紙狀詞，並那張老兒親筆的借券粘了在內。到署內尋著了兵馬司的家人，說了原委。他們當常隨的，都是一黨之人，便滿口應承，說道：「二哥的事，就是弟的事一般。待等敝上人回來的時節，送了上去，批發過了，立即拘來追繳。」嚴二聽了，不勝稱謝而別。

---

❺ 捱：遭受。《元曲選・蕭德祥・殺狗勸夫》一：「把我趕在破瓦窰中捱凍餒。」

再說這兵馬司指揮姓徐名煜邦。原是廣東人，由進士出身，現授今職。管門的名喚徐滿，當下受了呈詞，耑待徐煜邦回署呈送上去。少頃，喝道之聲來近，果是徐公回衙。徐滿即忙站班，徐公下了轎子，入到內堂。只見徐滿走到面前，打了一個千，說道：「奴才有下情，要求爺恩准。」徐公道：「有甚麼事情，只管說來。」徐滿道：「是嚴府的家人嚴二，因被張老兒賴了他些許銀子，故此有個稟呈到來，要求爺代他追理。」說罷，遂將那狀詞呈上。徐公接來一看，只見狀詞寫的是：

具稟人嚴二，現充通政司署嚴家人。為賴欠不還，乞恩追給事：原小的隨主到京，數年以來，疊蒙恩賞，積有銀子五十兩。有素識之開豆腐店張老兒借去，言定一月清還，每月三分起息，過期利息加倍。此是張老兒自愿，並非小的故意苛求。茲已越五月而不見還。小的家有老母，年屆八旬，皆藉此養贍。今被張老兒吞騙，反加詈辱，情難啞忍。只得瀝情匍叩台階，懇乞賜差拘追給領，則感激洪慈靡既矣。沾恩切赴大老爺台前，作主施行。計粘張老兒親筆借券一紙呈審

嘉靖　年　月　日稟

徐公看了問道：「這是你的相好朋友麼？」徐滿道：「小的在京，隨著爺日夕巡查，那裡衙門的人是不認得的？況且他是嚴通政衙門走動，聞得這嚴二乃是嵩爺的心腹家人，求爺賞他主人一個情面，恩准了狀子，批准追理。將來不獨嚴二感爺恩典，即嚴通政亦感爺的盛情，乞爺詳察。」徐公聽了道：

「我卻不管得情面不情面，但我今當此職，理合主管此政。批准了出差喚來，誰是誰非，當堂一訊，清濁分判矣。」遂提起硃筆來在狀尾批道：

具稟是非，一訊即明。候即差拘赴案質訊，如果張老兒昧良賴欠，亟應追給，並治之罪。如虛坐誣。

粘券附詞，批發出去。那經承凜遵批語，立即繕稿送上。徐公看了票稿，打了行字，仍舊發出。該房即便繕正送進。徐公立時簽押訖，發了出去。

差役領了硃票❻，即時來到張老兒店內提人。恰好張老兒正在店中打那豆腐皮，突見兩個差人手持硃票走進店來，不分清白，只說得一聲「有人告你」，便一把扯了張老兒出門而去。張老兒不知為了甚事的，急忙問道：「二位，到底我犯了甚事，你們前來拿我？要說個明白，我方纔去呢。」差人道：「你休要裝聾詐啞，你欠了嚴二的銀，你卻不還，如今他到兵馬司衙門告你賴欠。我們大老爺准了他的狀子，現有硃票在此，你還推不知麼？」張老兒聽了，方纔醒悟。說道：「既有硃票，煩你取來觀看如何？」差人道：「你偌大年紀，想必曉得衙門中規矩。快些拿利市❼來，好開票你看。」張老兒道：「這個是本應的，但是我不意而來的，未便煩你，與我看了，改日相謝如何？」差人道：「也

---

❻ 硃票：舊時官府用朱筆寫的傳票。

❼ 利市：吉利，好運氣。漢焦贛《易林．觀之離》：「福過我里，入門笑喜，與我利市。」

罷，說過多少纔好上賬，諒你是不欠得我的。」張老兒道：「些些敬意，二錢罷？」差人不肯。又加上一錢，差人還不應允。張老兒道：「官頭，你老人家總要見諒。只索送你伍錢銀子就是。」差人方纔應允，把票子打開，遞與張老兒觀看。只見上寫著道：

五城兵馬司指揮徐，為差拘訊追事：現據嚴二稟稱「小的跟隨家主通政司嚴在京數載，屢蒙家主賞賜，致積有銀子五十兩。有素識之張老兒，現開豆腐店生理，稱因缺本，向小的貸銀五十兩充本，約以一月為期。茲閱五月，屢討弗恤。張某欺小的異鄉旅家，以為易噬。只得匍叩台階，叩乞拘追給領」等情。據此，除批具稟，是非一訊自明，候即差拘赴案質訊。如果張老兒昧良賴吞，亟應追給，並治之以罪。如虛坐誣。粘券附詞在案外，合行拘訊。為此票差本役，即速前去豆腐店，拘出張老兒帶赴本司，以憑當堂訊追。去役毋得緩延，藉票滋事。如違責革不貸。速速須至票者。

原差 張成 任德

嘉靖 年 月 日承發房呈

司行 限一日銷

張老兒看了說道：「是了，這是你們不錯的。我與你去就是。」於是三人一同來到衙門。任德即時具了帶到的票呈，裡面批了出來，隨堂帶訊。任德、張成二人便小心伺候，自不必說。

再說那仇氏，正在裡面與女兒閑話。只聽外面有人說話，急急出來，只不見丈夫。只有幾個鄰人在店中說道：「張老兒到底為甚麼事情，致被拘攝？」仇氏聽了，方纔知道，便急急趕來打探。正是：

無端風浪起，惹起一天愁。

畢竟仇氏趕到衙門如何，且聽下文分解。

批評：

世間私願不酬，挾制良善者，盡是嚴二輩。孰知勢不可恃，事不可枉，天下不少正大如徐公者，當知所警矣。

第十二回　徐指揮守法嚴刑

卻說仇氏聽得丈夫被官差拘去，便沒命的走到各處探聽丈夫消息。卻原來未知影響❶，逢人就問，恰如瘋了的一般。幸遇著了對門的劉老四，問起情由，方知張老兒現在兵馬司衙門裡。仇氏即便來到署前，卻不敢直進，只得在外面東張西望。恰好張成出來，看見喝道：「你這婦人，在此東張張西望望，到底為甚麼？」仇氏道：「我是豆腐店裡張老兒的妻子，聞知丈夫被拘在此，故來看看丈夫的。」張成道：「原來你就是張老兒的妻子。你丈夫現在班房內候訊，不便放你進去。你若要看他，明日再來。他不過是為些錢債細故❷，不必大驚小怪。」說罷竟自進去了。

仇氏聽了，方才明白，只得轉回家中，對女兒說知。元春聽得父親被繫，放聲大哭道：「我想父親今日之苦，皆因為我所致。如今捉去，不過是要還銀而已。也罷，孩兒受雙親深恩，怎忍見老父吃苦？母親何不將兒賣了，得銀還了此項，免得父親受苦。不然，那嚴二暗行賄賂，致囑官吏，那年老

---

❶ 影響：消息。清黃宗羲《南雷文定前集・萬里尋兄記》：「商於外，踰十年不歸。府君魂祈夢請，卜之瓊茅蚌殼之間，茫然不得影響。」

❷ 細故：細小而不值得計較的事。《史記・匈奴傳》：「朕追念前事，薄物細故，謀臣計失，皆不足以離兄弟之驩。」

多病的人，怎生受得這般苦楚？誠恐一旦畢命閲闠，則兒萬死不能贖其罪也。」仇氏道：「兒不必如此。我想錢債細故，官府也不能把他老者怎麼樣委曲呢。待等明日，做娘的進衙內去探聽如何，再作道理。」多方勸慰，元春方才收住眼淚。這一夜，母女的悲憂，筆難以盡述。

再說是日午後，徐公升堂，吩咐張成把張老兒帶上堂來，問道：「你這老兒，偌大年紀，怎麼昧良吞賴人家的血本，是何道理？」張老兒叩頭道：「小的果是欠得嚴某銀十兩，並無五十之多。今嚴二因說親不遂，挾恨浮理❸，以此挾制小的是真。」徐公道：「欠銀就說是欠銀，怎麼又說起婚姻事來？難道嚴二要與你做個親家，亦不辱沒於你，其中顯有別故，你可將始末從實招來。」張老兒叩頭道：「事因本年五月，小的欠了官租，無處措置。嚴府是小的慣送豆漿的，嚴二所以認得小的。因提及追呼之事，嚴二一時慷慨，許借小的銀子十兩。實則八扣，每月加三利息，一月為期，期滿子母繳還。此際小的迫於還稅，只得允肯，即時立券。嚴二收券發銀。時已天黑，小的攜銀歸家，不及細看。比及次日到銀號裡還稅，將銀一看，乃是夾鉛的。此際小的即趕到嚴府回換，奈嚴二不見。直候至第三日，始得一面。此刻嚴二立心撒賴，那肯認錯？還說他的銀子是上人賞與他的官寶❹，那有官用夾鉛銀子的道理？把小的詈罵一番，還說要將小的送來老爺處打腿枷號❺等語。小的此際無以自明，只

---

❸ 浮理：虛浮不實的道理。浮，輕浮不實。《國語．楚上》：「教之樂，以疏其穢而鎮甚浮。」注：「浮，輕也。」

❹ 官寶：官府的貨幣。寶，銀錢。銀錠稱為元寶，錢稱為通寶。

❺ 枷號：古代刑法。將木枷套在犯人的頸上，寫明罪狀示眾。明黃瑜《雙槐歲鈔．石主事揉帥》：「李祭酒時

得回家。比及到門，公差喧嚷。幸得店中來寓的那位海老爺看見，一時慷慨，借了幾兩銀子，才得把房稅清楚。至期嚴二就來討債，此時小的就為這項銀子，憂思成病，臥於床上，連豆腐也磨不得，那有銀子還得？嚴二在店中大聲嚷罵，立要討償。此際小的妻女，都來求懇。豈料嚴二心懷私念，就時假賣人情，不特不來逼償，反將一小錠銀子放在小的家中，稱說相助小的衣食藥費，如今銀子現在家中。從此嚴二一連五個月頭，都不來討償。於前三日忽遣李三媽來小的家中說親，要娶小的女兒為妻。想女兒今年才得一十五歲，那裡配得嚴二上，所以小的不允。孰料觸怒了嚴二。復令李三媽來說，若是不允親事，便要立即還銀。故此到老爺台前冒告是實。求爺作主。」徐公道：「你說來雖則如此，但是你現有借券在此，怎麼說是浮理。」張老兒道：「小的親手書券的時節，是十兩數目，如今券上寫的不知多少？」徐公道：「現在是五十兩呢。」張老兒道：「天冤地枉，這是那裡說起！必然是嚴二故意改寫，以此挾制小的了。求爺詳察。」徐公道：「真假皆當質訊明白，喚了嚴二到來，涇渭立分矣。」吩咐將張老兒帶候差館候質。遂將一通名帖，差了張成到嚴府提取嚴二到案相質，即便退堂。

再說張成拿了徐公的名帖來到嚴府，恰好嚴二正在門房上坐著。張成便走上前去，唱了一個大喏道：「嚴二先生，我們是兵馬司那裡來的，有話兒要面見大老爺，說相煩相傳一聲。」嚴二不知就裡，接了名帖，便即來到內宅。時嚴嵩正退朝而回，在書房內看稿。只見嚴二手持一個名帖，走近身邊說道：「兵馬司徐爺，有名帖到候，并差人有話面說。」嚴嵩接過帖來一看，只見上寫著：「年家眷晚生徐煜邦頓首拜。」嚴嵩看了道：「他與我素無來往，今日差人至此何事？只管傳了進來，看他有甚

勉忤權璫王振，枷號於監前。」

話說？」嚴二領命，立時傳了張成進內。張成連忙叩頭，嵩喚起來說話。張成道：「小的奉了家老爺命，有帖子請安。二者因為尊管嚴二爺，昨日有狀子到本衙門，控追❻豆腐店張老兒銀兩，本衙業已將張老兒拘到，即時審訊。奈張老兒不服，稱說只欠十兩，並無五十兩之多，非對質不足以服其心。故本官特差小的到爺府上說明，要請二爺過去對質。」嚴嵩聽了笑道：「原來如此，這是應該。」便吩咐嚴二道：「你既控告了人，如今要去對質，即隨該差前去就是。原帖請安。」嚴二不敢不遵，便與張成叩謝了，隨即出府而來。暫且不表。

再說仇氏探聽丈夫審過，押在差館，聽候質訊。自思嚴二勢大，倘若徐公徇情，如何是好？便與女兒元春商酌。元春道：「母親所慮極是。如今兩造❼打官司，一則要有錢，二來要情面。他那邊是財勢俱有的。我們只怕受虧呢。想那海老爺，十分衛護我們，如今何不向他求個計策？倘幸而超脫，也未可知。」仇氏道：「微汝言，我幾忘之矣。」於是母女一齊來到客房，見了海瑞，備將丈夫的情由，對他說知，並要求他救拔。說罷，母女跪在地上，叩頭不迭。海瑞連忙把仇氏扶起說道：「尊嫂不必過禮，此事尚容酌議。如今尊夫不過是候質而已，總之繳足十兩銀子，還了他就是。」仇氏道：「欠債還錢，固是本該的。只是目下沒有銀子，如何是好？況且嚴府上的人，權勢俱有。倘若徐公受了人情，卻不把拙夫難為麼？」海瑞道：「不妨，這位徐爺本是我的鄉親，我常與他來往的。也罷，待我到他署中，把你丈夫的真情對他說知，求他格外施恩於他罷。只是銀子是要繳的，你家卻又沒有，

❻ 控追：控告追討。

❼ 兩造：指訴訟的雙方當事人，即原告和被告。《書．呂刑》：「兩造具備，師聽五辭。」

我尚有二十餘兩銀子在此，只索借你十兩罷。當日這錠假銀子并嚴二放下的銀子，都要一併拿去繳了，如此情證俱有，自然嚴二無能為的。」仇氏聽了說道：「前者官稅又累了海老爺代墊，尚未償還，如今又怎好再取老爺的客囊呢？」海瑞道：「這個不妨的，你可拿了先日的兩項東西來，立即與你前往就是。」仇氏母女再三稱謝，便將一錠假銀，幾兩碎銀，一併交與海瑞。海瑞就在箱內取了十兩銀子，一同包好，別了仇氏母女，命海安拿了名帖，一徑望著兵馬司署而來。

時徐公上衙門方回，門上的傳進海瑞的帖子來，說是親拜。徐公即令開門延入，彼此相見，略致寒溫。海瑞道：「小弟今日之來，特有一事相浼，必求鄉台❽作情者。」徐公笑道：「海兄，你我鄉親，怎麼說了客套的話出來，豈不令人笑煞呢？」海瑞道：「不是小弟之事，乃為他人之事，理應如此。」徐公道：「到底為的何人之事？只管說來，弟無不代為力者。」海瑞遂將張老兒告貸嚴二之銀始末對徐公說知。徐公道：「吾昨日堂訊張老兒之時，也亦疑到嚴二改寫券數，故此特令人到通政處要了那廝前來對質。帖子已去，諒不久便到。想奸奴如此肆害，這還了得。小弟是個不避權勢的，須要辦他。」海瑞道：「現有假銀碎錠在此，如今小弟代張老兒繳還十兩，一併帶來了。」即喚海安拿上來，與徐公觀看。徐公嘆道：「再不料奸奴如此，言之令人髮指。」遂吩咐家人，將三項銀子立時交與張老兒，叫他到對質時拿來呈繳。海瑞道：「仰蒙鄉台照拂❾，如弟身受也。」徐公道：「不是這般說，小弟生性最好鋤奸去暴的。」海瑞謝別而回。

---

❽ 鄉台：對同鄉的敬稱。

❾ 照拂：照顧，照料。明無名氏《四賢記・尋親》：「小兒賴君照拂，老夫感戢無涯。」

少頃張成來報，嚴二業已喚到，請爺示期帶訊。徐公聽得嚴二喚到，即吩咐各役在大堂伺候。少刻升堂，徐公坐在公座上，吩咐先帶嚴二上堂。嚴二來到大堂，見了徐公打千⑩請安。徐公大怒道：「怎麼見了本司不跪？那裡來的偌大的家奴？」吩咐左右揸了下去，先打五下腳拐。兩旁答應一聲，把嚴二揸下，重重的打了五下。嚴二叫痛連聲，只得跪下。徐公道：「你控告張老兒欠你五十兩銀子，可是真的麼？」嚴二道：「怎麼不是真的？現有張老兒親手書券為據，求爺詳察。」徐公笑道：「張老兒欠你十兩銀子是真的，只是券上的銀子數。那手中的銀子，卻是夾鉛的。難道本司不知麼？」嚴二道：「銀子真假，張老兒難道不認得？況且事隔三日，方才來換。便可概見矣。」徐公道：「可又來，既說是五十兩，怎麼又只賴你一錠？這還有甚麼辯處？」嚴二不服，徐公即喚左右帶張老兒上來。

須臾張老兒到堂，徐公道：「你的有無揑騙？今日對著本司質證得來。」張老兒便將嚴二如何起意借銀，如何逼債，如何遣媒來說親事，備細說知，并將三項銀子呈上堂去。徐公道：「嚴二，你的假銀子現在此處。至於放下買好的銀子亦在此處。你還有何說？」嚴二道：「假銀不待今日言之。這幾兩銀子。是我一時見他可憐，故此幫他的，難道有甚麼不是麼？」徐公大怒道：「你在本司面前如此矯強，其橫暴可知。本司要先辦你一個假銀騙陷，恃勢挾制的罪名。」吩咐取大枷過來：「先將你這廝枷示通衢，然後再行申辦。」嚴二聽得要枷他示眾，急忙叩頭說道：「求爺恩典，容小的剖訴。」正是：

---

⑩ 打千：滿族男子下對上通行之禮。垂右手，屈左膝，上身微前俯。《紅樓夢》第八回：「獨有一個買辦，名喚錢華，因他多日未見寶玉，忙上來打千兒請寶玉的安。」

人心似鐵非為鐵，官法如爐鐵鑄溶。

畢竟嚴二說出甚麼話來，且聽下回分解。

批評：

嚴二之矯強恃勢，見官不跪可惡已極。若非徐公抗厲，則小人得志，張老兒受屈無伸矣。枷示通衢，正以揚嵩失于約束家人之過。言正理順。故不避權貴矣。海公從來不肯為人通情夤緣⓫。今因仇母不得已而一緩頰⓬，此正報張老兒平日之厚待於己者也。

⓫ 夤緣：攀附以上升也。《文選．左思．吳都賦》：「夤緣山嶽之岊，冪歷江海之流。」劉逵注：「夤緣，布藤上貌。」

⓬ 緩頰：婉言勸解或代人說情。《史記．魏豹傳》：「漢王聞魏豹反，方東憂楚，未及擊，謂酈生曰：『緩頰往說魏豹，能下之，吾以萬戶封若。』」

第十三回　三部堂同心會審❶

卻說嚴二聽得堂上吆喝，要取大枷來，將他枷號。那時嚴二慌了手腳，無奈叩頭哀乞道：「小的借銀與張老兒，本非歹意。今蒙老爺枷號，則主人之面目何存，只恐於理不順。」徐公喝道：「該死的奴才，自知有罪，卻不自悔，動輒以主人權勢唬人。別個可以被你唬得，我徐某既奉聖旨來守此職，惟知執法如山，再不肯瞻徇❷些須的。你恃著主勢重利放債，例律峻嚴，自應按議。何況又以假銀坑陷貧民加寫券約，種種不法，言之令人髮指。本司只知照公辦事，分毫不苟。」吩咐左右，快將大枷來。各差役答應一聲，急急將頂大極重一面大枷，抬到堂階，看時約有一百斤重。徐公喝道：「來給我快些上了。」須臾之間，把嚴二上了枷，徐公親執硃筆，標判枷由。具寫著：

五城兵馬司指揮枷號恃勢騙陷犯人一名嚴二示眾。枷號三月，限滿另辦。發仰正南門示眾。

---

❶ 會審：會同審理。明朝繼承了唐朝三司推事的會審制度，凡遇有重案或疑難案件，經皇帝批准，由刑部、大理寺卿、都御史共同審理，叫做三司會審。

❷ 瞻徇：徇顧私情。清陳康祺《郎潛紀聞》卷一：「(王鼎)彈劾大吏，不少瞻徇。」

枷子上了頸膊，嚴二此時無可奈何。徐公吩咐將嚴二分發出去。這張老兒只許繳銀八兩，另有假碎各銀，均交庫吏收貯，判畢退堂。

書吏領了贓銀進內稟道：「老爺，適間枷號嚴二，固屬情理均有。但伊主嚴嵩現任通政司，威權正盛。今老爺將他家人按律，不無妒忌之念。老爺既已秉公，即當申奏朝廷，方是正理，庶有執證，望老爺詳察。」徐公聽了點頭道：「非汝言，吾幾忘之矣。須要通詳，方可冀邀代奏，如此汝可即繕詳稿送閱，以定行止❸。」書吏應諾，即到外廂連夜書繕詳文，立即送入。徐公接來一看，只見寫的是：

> 五城兵馬司指揮徐煜邦為奸奴恃勢欺壓赤貧，業已審實，特日詳以期府察事：竊照南城張老兒開張豆腐小店，一向守分。夫妻無子，只育一女，年將及笄。父母三口，相依為命。迨因本年張老兒店中生意淡泊，拖欠地稅，屢奉嚴催。張老兒無以為計，憂焦莫解。適送豆漿前往嚴府，而嚴二素日認得張老兒，見其面帶愁容，偶爾詢及。張老兒備將始末盤訴。嚴二即佯為慷慨，許借銀子十兩，約以八扣加三，一月清還。張老兒迫于交稅，明受重利，布圖應手，即日書寫借券，交嚴二收執。時已日暮，嚴二故以假銀相授，張老兒不暇細驗，即將銀袖❹回家。次日即至銀號兌納，孰料該銀夾鉛，嚴二故以有心坑陷。此際張老兒既不能上納國帑，復又受騙，

---

❸ 行止：進退、動靜，泛指行為舉動。

❹ 袖：藏物於袖中。《史記・信陵君列傳》：「朱亥袖四十斤鐵椎，椎殺晉鄙。」

隨即赴府尋覓嚴二回換。而嚴二預知隱匿，使張老兒欲見無由。直至第三日，始得見面。嚴二即責以不早來之詞。張老兒并述不得見面之由。嚴二正在行計之秋❺，那裡便甘易換，隨以銀是通政賞賜，焉有假夾之理？原以張老兒貧老無依，噬肥混賴為詞，將要面稟嚴通政送司究辦。張老兒本乃市傭，忽聞此言，如稚子乍聞轟雷，心膽俱裂，只得抱憾而歸。甫及店門，而公役追逋之聲喧闐❻一室。正在無可如何之處，恰值住居客人見其情景難堪，不忍見彼狼狽也，特捐囊代納稅項。

迨至期滿，嚴二即到逼討。時張老兒亦因欠債無償，憂思成病，臥床閉鋪，自治不暇。妻女枵腹❼奚能及債？故嚴二得肆詈罵，百般索詐。張老兒妻仇氏、女元春，見嚴二迫逼，隨面懇稍寬期限。嚴二偶見元春美貌，便欲共賦桃夭❽。先自包藏禍心，立寬期限，復以碎銀相助，慷慨而去，蓋實欲藉此以買好于仇氏母女者也。迨去後五月不來，實有預算。旋遣李三媽為媒說親，而張老兒夫妻以女與嚴二年紀不當，堅執不允。嚴二怒，復遣李三媽致詞，稱說如不允議，即要還銀。竊將借券加改十兩為五十兩，欲藉多欠以為挾制之術，前來控追。

❺ 行計之秋：實施計謀的時機。秋，日子，時機。

❻ 喧闐：鬨鬧嘈雜之聲。唐杜甫《鹽井》：「君子慎止足，小人苦喧闐。」闐，音ㄊㄧㄢˊ。

❼ 枵腹：空腹，飢餓的意思。宋陸游《劍南詩稿・幽居遣懷》：「大患元因有此身，正須枵腹對空囷。」枵，音ㄒㄧㄠ。

❽ 桃夭：《詩經・周南》篇名。該詩以桃花盛開來讚美男女及時嫁娶，後因以喻婚嫁。

經職喚張老兒到案，再三研訊，所供不諱，似無遁飾。隨即傳喚嚴二赴質，經張老兒面證其非，所有假銀並碎銀等項，當堂呈繳。而嚴二恃勢不服，抗違堂判，實屬目無法紀。忖思都會至大，若容此等奸奴作惡，將來必至效尤。又查律載：「家主作官，失約家奴，致作奸犯科，罪止軍徒者，主照失檢律革職。」今通政司嚴嵩，身為通政大員，不能覺察一家奴，遂致坑陷良民，抗藐地方官員，實屬不能防範，有缺職守。理合查照國律按擬。其家奴嚴二合問議恃勢剝民重例，杖一百，發口外寧古塔充軍。其家主照濫職失約律，照例革職。理合先行具稟憲台[9]察奪。除已將嚴二枷號候辦外，合行詳候憲台察奪施行。須至申者。

右申

五城都察御史監察道

嘉靖　年　月　日兵馬司徐煜邦

書吏把繕稿呈進，徐煜邦看了。立時畫了行字。書吏即刻繕正送進用印，立時申詳到監察道處。這監察道姓王名恕，原是山東臨朐人，由進士出身，歷任部屬，特授今職，最是一介直之臣。見了詳文，即時收了進內，批道：

如果嚴二不法，重利剝民，並用假銀陷害貧戶，大干功令，仰即嚴究歷來所犯次數，錄供詳報，

[9] 憲台：後漢改御史府為憲台，後遂為御史官職的通稱。

候具奏請旨定奪。先將張老兒保釋，如質訊，再行傳喚，毋得濫行羈押。粘抄並發。

這詳文一批，發了兵馬司，敢不領遵。即將張老兒取保寧家候訊，暫且按下不表。

再說那王恕即日具本奏知。嘉靖帝看了本章，私忖道：「嚴卿為何失察家人，致被有司參奏？」這是國家定例，礙難輾轉，遂硃批道：

通政司嚴嵩，有無容縱家人滋事，著三部大臣，秉公確訊具奏。如虛坐誣。先將該指揮承審緣由錄報，候旨定奪。

旨意一下，三部大臣領旨，即來請嚴嵩赴質。

看官，你道三部大臣是誰？待小子說來：兵部尚書唐瑛，刑部尚書韓杲，太常寺卿余光祖，這就是三部大臣。明朝定例，凡有在京大小官員作奸犯科者，皆傳三部會訊。當下嚴嵩聽得有旨，發到法司衙門候勘，不禁驚恐，怨道：「這奴才好沒來由。有限的銀子，怎麼鬧出這般大事來，連累於我。既今奉旨，不得不去。」遂換了青衣便服，來到三法司衙門。恰好三位大臣升堂，嚴嵩只得低頭下氣的報門而進。正所謂：既在矮簷下，怎敢不低頭？嚴嵩既進了大堂，只見三位大人端然坐於座上。嚴嵩只得上前行參。韓杲道：「通政司少禮，且請廂房少坐，有話再來相請。」嵩揖退。

少頃，韓杲吩咐左右，將人犯帶上堂來。須臾，張老兒、嚴二俱已帶到，跪於堂下。韓杲吩咐把枷鬆了，然後問話。左右立即把枷脫鬆，仍帶嚴二上堂跪下。韓杲道：「你就是嚴二麼？」嚴二叩頭道：「奴才便是嚴二。」韓杲問道：「你身充通政司家人，自有吃著。何故重利放債，假銀騙陷，改寫借券，藉制貧戶？復敢勒娶人家閨女，這就罪不容誅了。你可知死麼？」嚴二叩頭道：「奴才並不敢索勒良民。借銀圖利，這是有的，求大人參詳就是。」韓杲道：「既是奴才，那有許多銀子借與人家？敢是在外勒詐人家的麼？」嚴二叩頭道：「這個奴才怎敢？此項銀子，乃是家主平日賞賜的。」韓杲道：「哪有賞賜得許多？我也明白了，是必你家主交與放債的是真，你卻於中侵易，故意騙人，可是的麼？」嚴二道：「家主身為大臣，焉肯放債圖利？還望大人詳察。」

韓杲看見嚴二口供太堅，不肯成招。便令帶了下去，隨喚張老兒上堂，細問一遍。張老兒就照著前供直稟。唐瑛聽了，想一想，便向韓杲耳邊稱說：「如此如此，這般這般。」韓杲點頭，便令把張老兒繳的假銀並碎銀二項呈了上堂。又喚左右，請嚴嵩說話。

須臾嵩至，唐瑛道：「通政不合與銀子這奴才放債，故有今日。如今這錠假銀，嚴二堅供是通政原兌銀子，這般說如此，只恐有累足下矣。」嚴嵩只道真是嚴二所供，乃作揖道：「在下原有些須銀子，交與嚴二生息，俾其藉此養贍，並非圖利肥囊，那有假銀之理？只是奴才自行換易是真。列位大人，休聽此奴謊說。」韓杲道：「銀子現在這裡，足下可看一看是原物否？」遂將假銀遞與嚴嵩觀看。嚴嵩接著了笑道：「那裡是在下的？即在下的銀子交與此奴手上者，皆有字印。列位大人不信，可即令此奴來面證可也。」韓杲便令取過嚴二上堂。嚴嵩一見大怒，罵道：「該死的奴才，私用假銀，還敢賴我？我平日交與你的銀子，皆有字印的。為甚麼在各位大人面前誣主？」嚴二聽了不知所以，含糊應道：「爺平日交與小的銀子，果有字印的。此錠無印，乃是張老兒換轉了的。」唐瑛聽了道：「是了，是了，你主是個官府，那有這項假銀來？都是你換了的。」遂請嚴嵩方便，隨即令左右將嚴二仍復上了長枷，把張老兒釋放回家。吩咐退堂。

三位大人商酌，要將嚴嵩容縱家人出本放債字樣，具本申奏。唐瑛點頭道：「如此甚善。」三人遂聯銜上本入奏。嘉靖看了，心中偏袒著嚴嵩，乃親批本尾云：

> 嚴二藉主放債是實，干連家主，殊屬有因。此所謂城門失火，殃及池魚者也。朕已洞悉其情。茲著將嚴二枷號三個月，期滿杖釋，以警將來。嚴嵩著革職留任，以示失察之咎。張老兒免議。欽此。

旨意下了，三部大臣只得遵旨發落。正是：

世上無財不為悅，朝內有人好做官。

要知後事如何，且聽下回分解。

批評：

嵩平日多詐，今一旦為三人試出真因而獲咎。非嵩少識，實三人多謀也。帝心偏袒嚴嵩，故只責其失察，革職留任，而不問其出本放利之咎。草草了事，愛嵩之心，於此概可見矣。

第十四回　大總裁私意污文

卻說聖旨一下，三部大臣只得遵旨辦理。嚴嵩奉詔革職留任，嚴二枷號不題。光陰荏苒❶，日月如梭，不覺又過三個月餘。其時嚴二業已鬆枷，復回嚴府，嚴嵩亦開復原職。惟嚴二揪恨張老兒，時刻要尋事陷害。所恨並無其源，暫且隱忍。

又說元春見海瑞屢次有恩於父，心中十分感激。時對父母說道：「海老爺在我們店中，將近住了兩年。父親屢屢受他大恩，自愧我們毫無一些好處報效，心中甚是過意不去。如何是好？」張老兒道：「海老爺是一個慷慨的人，諒亦不在於此。只是我們記在心上，好歹報一報他的大恩就是。」

一日元春偶見海瑞足上的鞋破了，便對父親說道：「你看海恩人的鞋子也穿破了，我意欲親做一雙送他，聊表我們的心，以為報恩之意。不知可否？」張老兒道：「如此甚好，亦使他知我父女心中。」便即時到街上去，買了鞋面上等南緞、絲絨、布裡等項。買齊回家，交與元春。元春道：「父親可到海老爺房中，尋他一只舊鞋來，做個樣子，大小不致失度呢。」張老兒聽了，急急走到海瑞房中而來，見了海瑞道：「海老爺，我意欲與你老人家借件東西，不知肯否？」海瑞道：「你老人家要甚麼東西去用只管說來。」張老兒道：「小老看見老爺的雲履❷十分好樣，意欲借一隻去，依樣造雙穿穿，但

---

❶ 荏苒：時光漸漸過去。漢丁廙妻〈寡婦賦〉：「時荏苒而不留，將遷靈以大行。」

不知肯否？」海瑞道：「這有甚麼要緊？」便親自取了一只舊鞋，交與張老兒手上。張老兒接過鞋來，就揖道：「改日送還。」遂相別，直拿到裡面交與元春，元春便收下。次日照著式樣，把緞子裁了四頁鞋面，親自用心描繡。不數日已經繡起，果然繡得如生的一般。又將絲線滾鎖好了，隨又拿白布裁砌成底，不數日業已告竣了。是日將新並舊齊遞與父親送去。張老兒接鞋一看道：「我兒果然做得華麗。」即便欣然手舞足蹈，急急的到街上買了一盤饅頭，回家將一個盒子盛了，送進客房。見了海瑞，納頭便拜。海瑞不知其故，忙挽起說道：「老人家，此禮何來？」張老兒道：「小老屢屢蒙老爺恩庇，無可為報。昨小女親繡朱履一雙，送與老爺穿著，聊表寸心而已。」海瑞道：「不過略為方便，何足為念？又費姑娘心，這斷不敢領惠了。」張老兒道：「小女區區薄意，豈足為敬？老爺如不肯賞面，使小老合家不安。」海瑞道：「既蒙你父女們一番心事，在下只領一只足矣，餘者決不敢領。」張老兒笑道：「鞋是一對的，那有受一只之理？」海瑞道：「我本不敢收的，只是你老人家一番厚意，故此不得已受下一只，以為他日紀念。」張老兒道：「收下一只，也就罷了。只是這幾個點心，還要望老爺再一賞臉如何？」海瑞道：「受了鞋，這就彀了，點心是決不敢領的。」張老兒再三央浼，海瑞決不肯領。張老兒無奈收回。海瑞收了這一只鞋子，看見果然刺繡得好看，玩視良久，收置箱中，暫且按下不題。

又說嚴二心挾恨著張老兒，恨不得一時尋事陷害了他。適值嘉靖有旨，要選宮妃。凡有人間美女，俱著有司送京候選。這旨意一下，各省欽遵，紛紛挑選，陸續進京，自不必說。嚴二聽了這個消息，

❷ 雲履：繡有雲形花紋的鞋子。《金瓶梅詞話》第三十六回：「蔡狀元那日封了一端絹帕，一部書，一雙雲履。」

滿心歡喜，自思此恨可消矣。遂將元春的名字面貌令畫工繪了，就假傳嚴嵩之意，送到大興縣來。那大興知縣姓鍾名法三，見了畫圖，吃了一驚，說道：「天下間那有這樣的美女子，真大姿國色也。」遂即時來到張老兒店中，把張老兒喚了出來。到把張老兒唬了一跳，戰兢兢的出來跪著。知縣道：「聞得你的女兒生得美艷，當今皇上，亦已知道。現有畫圖發下，著本縣前來相驗。可即喚了出來，待本縣驗過，好去覆旨。」張老兒道：「小女乃是村愚下賤，蒲柳之姿❸，怎能配得天子？」知縣道：「這是皇上旨意，好歹叫他出來一看就是。」張老兒不敢有違，只得進裡面把元春喚了出來。元春此時大驚失色，只得隨著父親出來，見了知縣，深深下拜。知縣定睛一看，果然勾人魂魄。說道：「果與畫圖上不差。今可隨了本縣回署，令人教書禮儀，待等香車寶馬❹送進宮去，管教你享不盡富貴。」就即吩咐左右，立喚一乘小轎上來，將張氏先送進署去。張老兒那肯容去，急急喚了仇氏出來，一齊跪在地下哀懇。知縣那裡肯聽，吩咐速速上轎，如違以抗違聖旨定罪。張老兒不敢再抗，眼巴巴望著女兒上轎而去，知縣押後而行。仇氏哭倒在地，反是張老兒再三勸慰。時海瑞亦來相慰道：「二位不必悲泣，令媛具此才貌，此去必伴君王的。二位就是貴戚，富貴不絕的。況令媛是奉旨來召，縱是哭留也亦無用。」張老兒聽了，方才漸漸止了哭泣。只得安心靜聽消息。所謂：眼望捷旌旗，耳聽好消息。

再說元春被知縣喝令左右強扶上轎，來到內署，幸有知縣的夫人為他寬慰。元春自思薄命紅顏，

---

❸ 蒲柳之姿：身體衰落之比喻。《世說新語・言語》：「蒲柳之姿，望秋而落。」蒲柳，一名水楊，生長於水邊，入秋就凋零的樹木。

❹ 香車寶馬：裝飾華美的車馬。元華幼武《黃楊集・元宵和元翚見寄》詞：「鰲山聳，香車寶馬，騰踏九重天。」

今已至此，亦不悲泣了。知縣大喜，立時令人製造寶馬香車，以及錦繡衣服。忙了半月，諸事停當，此時元春亦習熟了見君的大禮。鍾知縣便來見內監王愷，將元春來歷備細告知，懇托王愷代奏。王愷應允，乘便奏知。嘉靖大喜，即命王愷以宮車載入內庭。果見元春生得如花賽玉，雖西子、太真，究無以過之。龍心大悅。令備宴在西華院，與元春歡宴。是夜帝與元春共寢，十分歡喜。次日即冊為貴妃。令內監持千金賜與知縣，封張老兒為承恩亭男，仇氏為承恩一品夫人，另有彩緞、黃金、玉璧等項，賜賚甚厚。

此際張老兒乍膺顯爵，又得欽賜許多東西，竟不知所措，惟有望闕九叩而已。又來叩謝知縣。鍾法三看他是個國戚，急急開門迎接，備極謙厚。張老兒道：「小女若非太老爺，焉有今日？此恩此德，何時可報？」知縣道：「豈敢，此是娘娘洪福，與僕何干？但是國戚向有定制。公今既為貴戚，自當珍重，舊業合行棄卻矣。」張老兒道：「太老爺吩咐，本當從命，但是小店尚有一位海老爺在店中，住了二載有餘。今一旦改業，豈不撇下了他？」知縣道：「這是客人，那裡住不得，何必介意。」張老兒道：「不是這般說。這位海老爺雖是個客人，然有大恩於我家者也。今得富貴，豈忍棄之？」知縣道：「既是恩人，不忍相棄，就留下這店與他居住就是。大人與夫人，可到敝衙來住。待等造了府第，然後遷去便了。」

張老兒應諾，告別回店，將此事對海瑞說知。瑞曰：「這是本該如此。但寶店物件太多，只恐在下一時不能照拂，若有遺失，心中過意不去。況且埸期在邇，會試後即便言旋。久欲遷往別店，恰好相值，就此交還老丈便了。」張老兒道：「如此豈非是老拙故意推卻恩人麼？這卻反為不美。如今恩人且再屈些時，待會試後再去未遲。若今日遷去，人皆說我負心人也。」再三強留，海瑞只得住下。未幾便是場期，海瑞打點會試，自不必說。

再說是歲會試大興，嘉靖帝欽點幾員大臣為大總裁。你道那幾位？

大總裁通政司嚴嵩，大總裁禮部尚書郭明，副總裁兵部侍郎唐國茂，副總裁詹事府左春坊胡若恭，提調官兵部侍郎王瑯，監試官太僕寺卿沈蔚霞，巡風官光祿寺卿應元，監試官內閣學士劉彬。

內簾同考官：翰林侍讀學士朱卓雲，翰林檢討伍相，刑部主事劉瑾，工部郎中李一敬，戶部郎中果常，給事員外郎白亮祖，太子洗馬鄒陞，翰林侍講學士呂知機，侍讀學士胡湍，太常寺少卿陸和節。

外總巡綽官：步軍統領一等承恩齊國公張志伯，左衛都指揮開國誠意伯胡椿。

其餘在事人員，不必多贅。到了三月初六日，各官入闈時，嚴嵩是個大總裁，自然另具一番模樣，各官俱不心服。嚴嵩亦與眾人大不相能，所以各懷異向之心，暫且不表。

到初八日，各省舉子紛紛入闈，海瑞亦到貢院，點名已畢，各歸號舍。初九日五更就出題目：

首題：「大學之道」一章。次題：「君子務本」一節。三題：「足食足兵」一章。詩題：「賦得春雨如膏」，得先字五言八韵。

題目一下，各舉子潛心默想。海瑞更不思索，一揮而就。頭一個交卷，就是姓海的。到了二場，五經文論，海瑞作的十分流利。三場策問，亦中時弊。海瑞自忖今科幸或獲售，亦未可定，遂在店中靜候放榜。

再說海瑞的卷子，是朱卓雲首荐上去，三位總裁俱稱嘆不已。以為會元非此卷，卻再沒有第二卷似得的，僉謂宜置第一。惟嚴嵩各懷妒忌，自忖他們看我不上眼，我是個正總裁，主政在我，我卻偏偏不中他，遂在卷上面故意弄了油脂在上面。到揭曉日，四位總裁都在至公堂上，共議五魁。三位都說此卷可以中元。惟嚴嵩搖首道：「不得，不得。」眾問何故。嚴嵩道：「列位還不曾看見麼？你看上面沾有油脂，這卻不得越例❺的了。」郭明道：「這是我們裡面沾了的，卻不與舉子相干。若是自行打污的，收卷官就有證明，房師也不荐上來了，豈可因此屈了此人之才？」嚴嵩道：「吾看其文理亦甚平庸。」竟不中之。將卷子故意撇開，另取別卷抵換。正是：

功名皆命定，偏遇喪良人。

畢竟後來如何，且聽下回分解。

---

❺越例：逾越常例。

批評：

元春惟嚴二所恨，故借此以洩私忿。誰知元春藉此以得富貴，此實天有以使之者也，豈人所能預定者哉？海瑞三篇文字，自以為必售者。孰料偏有嚴嵩以私怨屈公才，一榜不得，名落孫山。此卻功名不可得而強求者也，於此信然。

第十五回　張貴妃賣履訪恩

卻說嚴嵩心懷妒忌，要顯自己利害，故意把共荐會元的卷子撤了開去，另換一卷上去抵補，把榜放了。故此海瑞名落孫山，無情無緒的，不禁長嘆。海安道：「老爺不必如此。今科不得高中，明科再來就是。」海瑞道：「功名得失，固不必怨。但此刻盤費都沒有，如何歸家？」海安道：「昔日張老兒貧困時，老爺屢捐客囊相濟，如今他已富貴了，何不向他略借百餘兩，以作路費。下科赴考便帶來還他就是。」海瑞道：「你們那裡知道，張老兒到底不是讀書的人，今者偶因女兒乍富乍貴。我卻向他借貸，則平日護衛他的心事，也盡付之流水。況我曾有言說過，會試後便遷居的。如今名落孫山，復有何顏再與伊人相見？遷居之後，再圖歸計。爾二人可到外邊尋覓旅店，遷了出去，再作道理。」海安不敢多言，便去尋覓旅店不題。

再說張老兒因女兒乍得富貴，此際就有許多官員與他來往。這一日是那一位大人相請，那一日是那一位尚書部堂邀飲，所以無一時空閑時節。這仇氏亦不時到宮裡伴侍女兒，那店中並無一人往來。海安尋著了旅店，便來說知。海瑞看見張老兒不在店中，遂作一書札，以為留別之意。其書云：

萍水相逢，竟成莫逆。三載交契，自謂情殷。諸承關注，感荷良深。更喜天寵❶乍加，椒房亞后，貴勳之慶，欣慰故人。瑞命途多蹇，仕路蹭蹬❷。兩科不售，徒有名落孫山之嘆。今議圖歸計，故以暫別東道主人。近因老丈貴務紛紜，不獲面辭。所有店中什物，俱已照點。如數封誌完固，浼請鄰人眼同點齊，封鎖店門，以俟翁歸檢點。所有厚恩，統俟將來啣結❸可也。定期歸日，另當躬親拜辭。耑此布達，並候陞祺不一。

晚生海瑞頓首

海瑞把書信寫了封固，另將房內什物，逐件開注明白。命海雄請了左右鄰人來到，告知備細。並請他們眼同查點一次，什物各件，交付清楚。隨與鄰右告別，一逕搬到東四牌樓旅店住下，徐圖歸計。比及張老兒回時，海瑞已經搬去兩日。鄰人備將言語告知，張老兒不勝贊嘆其忠厚。及進裡面，看見了遺札，自悔不該前日到某人家去飲酒，以致不能與海恩人一餞，深以為恨。暫且不表。

再說元春既蒙恩寵，貴掌椒房，然時刻念著海瑞之恩，未嘗須臾忘報。這一日看了新科進士錄，卻不見海瑞的名字，嘆道：「何伊人❹之不偶也？他的才學以及心術，慢說一名進士，即使會狀亦不

---

❶ 天寵：皇帝的寵幸。南朝梁劉孝綽《劉祕書集．侍宴》詩：「自昔承天寵，於茲被人爵。」

❷ 蹭蹬：音ㄘㄥˋ ㄉㄥˋ。本指海水近陸、水勢漸次削弱之貌。後常譬喻人的困頓失意。《文選．木華．海賦》：「或乃蹭蹬窮波，陸死鹽田。」李善注：「蹭蹬，失勢之貌。」

❸ 啣結：即銜環結草，比喻感恩報德，至死不忘。

❹ 伊人：這個人，此人。《詩．秦風．蒹葭》：「所謂伊人，在水一方。」箋：「伊當作繄。繄，猶是也。」

為過。怎麼偏偏名落孫山，這是何故？想起當日我父母被嚴二強迫之時，若非海恩人相救，焉有今日之榮，受恩豈可不報？但恐他看見榜上無名，即議歸計，我縱在皇上面前提挈他，也是枉然的。」左思右想，忽見仇氏進宮而來。元春便問道：「母親，近日海恩人在店中作何景況？」仇氏道：「他見榜上無名，竟遷去了。臨別之際，你父親不在店中，他便邀了左右鄰人到店內，將他房內所有的物件，逐一公同查點明白交代了，然后遷去，又不說是遷到那裡。及你父親回店，始知備細。又得見留別書札，只言不日圖歸，待起程再來面辭等語。我想此人真是一個誠實君子，來去分明，真是令人起敬也。」元春道：「不獨誠實，而且義俠。我家若不得他衛護，只恐此時你我不知怎生樣子了。只可惜他中不得一名進士，我如今卻有心要弄頂紗帽與他，只是不知他還在京城否？」仇氏道：「以我料之，此人必不曾去。」元春道：「母親何以知之？」仇氏道：「海恩人說話，是有一句只說一句的。他的書中曾言有了定期，親到辭行。若是回去，必來我家辭別的。今不見他來，是以知其必不曾去。但是京城地方如此寬闊，東西南北，不知他住在那間店兒裡面。況且他是個最沉潛的，在我們店中住的時節，你也見的，無事不肯出門少立一會的。就是他兩個家人，亦不許出外走走，如此實難尋覓的了。此是你有此心，而彼無此機會也。」元春道：「只要用心訪尋，那有個尋訪不著之理？我想起當日在店中，曾做了一雙繡鞋相送與他。他止受了一隻，以為日後紀念。此時我亦將這一隻收拾好了，如今現在什襲之中。明日我只喚一個內監，拿了這一隻繡鞋，在各門內呼賣鞋子。只是一隻，再沒有別人肯買的。若有人呼買，就是海恩人了，此卻最妙的。見了海恩人之時，我另有話說，叫他在此候著。我卻在皇上面前代他弄頂紗帽，亦稍盡你我報恩心事。」仇氏道：「豈不聞古人云：『有恩不報非君子，有仇不報非丈夫。』這兩句說話，你我正當去做呢。」元春點頭稱善。

到了次日，元春喚了一個內監，名喚馮保。吩咐道：「我昔年在閨中，繡有一隻花鞋。及後失了一隻，再沒心神再做了，如今這一隻尚在這裡。我意欲命汝袖了此鞋，悄悄的出了宮門，到街坊上去，只將這鞋叫賣。若是有人叫買，你便賣了他，但只要問那人姓甚名誰，即來回我，不得張揚，自有重賞。」遂將一隻花鞋交與馮保手。馮保接鞋叩謝，悄悄的出宮而來。一路上逢人便叫賣鞋。人人看見是一只鞋，只管叫賣，個個掩口而笑，都說他是獃的。馮保一連走了兩日，卻不曾遇著一人叫買。直至第三日，在宮中吃了早飯，卻從東四牌樓這邊走出來，亦是一般樣叫喚，暫且按下。

又說海瑞自搬出了張老兒店來，終日思想歸計，只是沒有銀子，如何回得粵東？意欲向同鄉親朋告貸，自念交遊極少，只有潮州李純陽在翰林院內。就是徐煜邦在兵馬司任內，其缺亦是清苦。餘者都沒甚來往，怎生開口靠人？又念妻子在家必設懸望，諒此時亦已得見新科錄了。知我落榜，不知怎生愁悶呢？自思自想，好生難過。無奈只得往李純陽處走走。

剛出門來，恰好遇著馮保，手拿一只花鞋叫道：「賣鞋。」連聲不斷。海瑞看見，就閃著了眼猛省道：「這一只鞋，我好像見過的一般。是了，是了，不錯的，就是張老兒的令嬡相送與我的。此際只收了一只，現在箱子內。如今這一只，怎麼落在這人手上？諒必有個甚麼緣故。待我喚轉他來，再作道理。」便急趲上前去，叫道：「買鞋，買鞋。」喚了幾聲，那馮保方才聽見。回轉頭來，問道：「相公，你要買鞋麼？」海瑞道：「正是，請到小店議價如何？」馮保暗中歡喜不迭，遂隨著了海瑞，來到店房坐下。馮保問道：「相公，你果是要買麼？」海瑞道：「果然要買，不知此鞋一只，還是一對的？」馮保見問，心中疑惑，因紿之曰：「一對，那有一隻賣得錢的道理？」海瑞道：「如此不合式了。」馮保急問：「何故不合式？」海瑞道：「在下亦有一只，與尊駕這只相同，故此要買。若說是一對，只恐剩了你的一只，豈不屈了你的麼？」馮保問道：「原來相公亦有一只？乞借一觀可相像否？相公意下如何？」海瑞道：「這又何妨？」便令海安開箱，取了出來。馮保接過手來，將自己的一併，就是一對所出的，絲毫不爽，因暗暗稱奇。喜歡濃濃的說道：「相公，這一只果然與在下的合式，想又都是一手所出的了。怎麼止有一只？到要請教呢。」海瑞道：「這一只鞋兒，卻有個大大的緣故呢！待我說來你聽。」便將赴京之始及茲之末備說了一遍。馮保聽了，始知原委，因問道：「相公高姓尊名？」海瑞說了姓名，馮保聽了道：「原來就是海老爺，失敬了。如今在此久居的呢，還是暫寓的呢？」海瑞道：「本議即歸，只因缺乏路費，難以走動，故而遲延至今。左思右想，鬱鬱無聊，只得散步，往李翰林處走走。剛出門來，偶見此鞋，因而觸起舊日之情。請問駕上，這鞋兒卻從那裡得來的，乞道其詳。」馮保道：「說來話長了，我有幾句話兒，你試猜一猜看。」海瑞道：「煩說來，待在下試猜得中否？」馮保便朗吟道：

家住京城第一家，有人看我賞宮花。
三千粉黛❺歸吾約，六院娥眉任我查。

❺ 粉黛：婦女化妝品，後借喻美女。唐白居易〈長恨歌〉：「迴眸一笑百媚生，六宮粉黛無顏色。」粉，敷面的白粉。黛，畫眉的黛墨。

日午椒蘭❻香偶夢，夜深金鼓迫窗紗。
東君❼喜得嬌花早，故伏甘霖夜長芽。

吟畢。海瑞道：「猜著了，莫非駕上是宮內來的麼？」馮保道：「怪不得你們讀書的這般利害，一猜便猜中了。我直對你說，咱家不是別人，乃是內宮西院的司禮監。昨奉了張貴妃娘娘之命，著咱家拿這鞋子出來叫賣，說是有人要買，就要問了姓名，立時覆旨。卻原來咱家娘娘受過老爺大恩的，故此著咱家前來密訪，想是要報老爺的恩了。老爺可住在這裡，聽候咱家的信，自然不錯的。」遂即告別起身，回宮而來。

見了張妃，跪下說道：「娘娘，奴才為主子訪著了。」張妃便問：「訪著甚麼？」馮保道：「容奴才細奏。」便將如何得遇海瑞，叫喚買鞋，逐一說知。張貴妃聽了道：「是了，是了，不錯的。你可認定了他的住址麼？」馮保道：「奴才已經認得了，故此回來覆旨。」張貴妃道：「你明日可將他那只鞋兒拿來我看，我自有話說。」馮保應諾。

次日天明急急起來，連早膳也不用，一徑來到東四牌樓，到海瑞房內，彼此相見了。馮保備將張

---

❻ 椒蘭：后妃居住處。亦借指后妃。明葉子奇《草木子．談藪》：「宋宮人王昭儀，……有〈滿江紅〉詞云：「名播椒蘭妃后裏，歡承笑語君王傾。」」

❼ 東君：對主人的尊稱。清袁枚《新齊諧．梁朝古冢》：「朱生匆匆出署，將覓船赴浙，忽差役寄東君札來，止之。」

貴妃要看繡鞋一節，對海瑞說知。海瑞道：「謹如尊命。」乃取了出來，交與馮保手帶回宮去。馮保大喜，作別而去。正是：

山窮水盡疑無路，柳暗花明又一村。

不知馮保將鞋拿進宮去，張貴妃怎麼發落，且聽下回分解。

批評：

海公到了此際，幾疑落魄京師，孰料忽有這一段恩惠，真人不能逆料者也。所謂事難預定，古人之言誠不謬矣。張貴妃受恩報恩，乃是自然之理。然今馮保持履偵探，復又要取原物，方有話說，作事精細，的實可見。

第十六回　海剛峰窮途受勅

卻說馮保取了鞋兒，急忙來到宮中。見了張貴妃，將鞋兒呈上。張貴妃看過，果是原物。乃吩咐馮保道：「爾可去傳我的話，稱他做海恩人。請他暫且安心住下，旬日之間，必有好音報他就是。」馮保領命，復到海瑞店中而來，口稱：「海恩人老爺，娘娘見了鞋兒，認得是自己原物。叫我來對恩人說，暫且安居，旬日之間，自有佳音相報等語。」海瑞謝道：「下士鄉愚，有何德能，敢望娘娘費心？相煩公公代奏，說我海瑞多承娘娘錦念❶，已自頂當不起，焉敢再厪❷清懷❸。善為我辭，則感激不盡矣。」馮保道：「咱家娘娘是個知恩報恩的人，老爺只管寬心住著，咱家告辭了。」海瑞送出店門，馮保又叮嚀了一番，方纔回宮復命不表。

元春此時既知海瑞下落，便欲對嘉靖帝說知，求賜海瑞一官半職，以報厚恩。只是海瑞與己無親，如何敢奏？左思右想，忽然叫道：「有了，有了，就是這個主意。」

少頃，駕臨西苑。元春接駕，山呼畢，帝賜平身，令傍坐下。內侍把三峽水泡上龍團香茗。帝飲

---

❶ 錦念：敬稱他人對自己的掛念，關注。

❷ 厪：音ㄐㄧㄣˇ。同廑。蒙受，接受。明張居正〈謝賜玉帶疏〉：「內臺賜見，兩廑綸綍之溫諄。」

❸ 清懷：清高的胸懷。宋蘇舜欽〈藍田悟真寺作〉詩：「清懷壯抱失素尚，胸中堆積塵土生。」

畢，對元春說道：「今日天氣炎熱，朕今揮汗不止。與卿到荷香亭避暑，看宮女採蓮罷。」元春道：「臣妾領旨，謹隨龍駕。」內侍們一對對的擺隊伍，一派鼓樂之音，在前引導。帝與元春攜手，來到荷香亭上坐著。那亭子是白石雕砌成的高廠，四面盡是玲瓏窗格，對著荷池。那池裡的荷花，紅白相間，下面有數十對鴛鴦，往來遊戲。又有畫舫數對，是預備宮娥採蓮的。此時帝與張妃坐於亭上，只見清風徐來，遍體皆爽。即令宮女取瓜果雪藕之類及美酒，擺在亭中，與妃共飲，帝在居中坐。張妃再拜把盞，帝飲數盃，令宮娥彈唱一回。只見張妃眉頭不展，帝笑問道：「卿往日見朕，歡容笑語，為甚今日愁眉不展，那是為何？莫非有甚不足之意麼？」元春連忙俯伏，口稱：「妾該萬死。臣妾乃市井下賤，蒲柳之姿，蒙陛下不棄，列以妃嬪之職，則恩施二天，妾實出望外。受恩既深，常恐不足以報高厚。臣妾實有下情，敢冒奏天顏，伏乞恕罪。」帝笑令宮女挽起，道：「卿且坐著，有事告朕，朕當為卿任之。」元春再拜奏道：「臣妾本乃下賤之輩，昔在父母豆腐店中，饑寒莫甚。上年一家俱病，父母將危。幸有廣東瓊山舉人海瑞，在妾店中作寓，見妾一家無依，虧他慷慨，屬捐客囊，為妾一家醫藥，遂得生全。今妾得侍至尊，父母俱貴，惟海瑞落魄京城，不得歸家。妾聞此情，心中實不忍。自恨弱質，不能少報其德，故此悶悶不樂。不虞為陛下察覺，妾萬死不容辭矣。」帝聽罷大笑道：「朕只道卿為著甚麼，卻原來為此。這乃小事，何須介意？他既是舉子，怎不赴試，甘於落魄呢？」元春復奏道：「彼曾入闈，怎奈名落孫山。」備將海瑞初次入京，誤過場期，遂細奏知。帝道：「此人功名不偶，命值坎坷。朕當為卿代報其德就是。」元春連忙謝恩，歡呼萬歲。帝即令取過紙筆，親書道：

海瑞懷才不售，功名不偶，此爾命數使然。朕特起之，著賜進士及第。吏部知照，即以儒學提舉銓用。欽此。

寫畢，遞與元春看道：「卿意云何？」元春復山呼拜謝。帝令內侍，即將上諭發出吏部知道。隨與元春共飲數杯，方纔散席回宮。

再說海瑞在店中，思想馮保取鞋去了，不知作何景況？正在沉思之際，忽聽外面一片聲喧，瑞急令海安出看。海安走出店來，只見幾個報錄的，內中一人手捧報條一張道：「那位是新進士海老爺？快請出來，待我們叩賀。」滿店的人都道他是瘋癲的，這個時節，連殿試都過了，武闈又沒有恁早，報甚麼進士？大家都笑起來。海安道：「我家老爺是姓海，既中了進士，可拿報條來看。」那人便將手中報條展開，只見寫著：「捷報貴寓大老爺海印瑞，蒙旨特賜額外進士及第。」海安看了，心中暗暗稱奇。便把報條拿進裡面，對海瑞說知。海瑞大喜，即時望闕謝恩。打發報子去了。正欲回身，又見有人來報說，是吏部差來的。海瑞接轉展看，原來是簽掣浙江淳安縣儒學。海瑞心中不勝大喜，即打發了報人。次日衣冠伏闕謝恩，隨到吏部拜謝。那吏部看見海瑞是個格外恩賜的人員，料得為天子所知的，便加意相待，自不必說。次日即令人送其文憑到寓。

海瑞此際既得了文憑，只是苦無盤費，不得赴任。想起李純陽與他最厚，便連夜來見純陽，欲借銀子赴任。李純陽笑道：「似此小弟實屬不情了，弟自到京以來，今已六載，家中付過兩次銀來京。

現在拮据之狀，莫可名言。但弟與兄相交最厚，義不容辭，十兩之資，可以勉為應命。幸故人勿以不情見怪也。」海瑞道：「弟亦知兄拮据，但事在燃眉，不得已而犯夜行之戒。」純陽道：「兄勿言此，令人慚愧。」遂令人取了十兩銀子出來，親手遞與海瑞道：「微敬勿哂。」海瑞再拜稱謝道：「蒙兄分用，此德當銘五中。」閑話一回，方纔別去。

回至寓中，只見馮保手捧著一個黃錦包袱坐在店裡。一見了海瑞，喜笑相迎。說道：「恭喜老爺榮任，娘娘特著咱來道喜，並有程贐❹相貺❺呢。」說罷，把包袱雙手送與海瑞。海瑞接來，覺得沉重，說道：「海瑞何德何能，屢費娘娘厚意？」便望闕謝恩，然後收下。馮保道：「娘娘說，恩人老爺路上須要保重。一念放心做官，有甚事情，自有娘娘擔當。」說罷，起身告辭。海瑞囑道：「相煩公公代奏，說海瑞不能面謝娘娘恩典，惟有朝夕焚香頂祝，愿娘娘早生太子。」馮保應諾而歸。

少頃，人報張大人到，海瑞急急出迎。卻就是張老兒前來道喜，並送程儀。彼此閑談了一番，方纔別去。海瑞將張妃的錦袱打開看時，卻是三百兩紋銀。又將張老兒的拆看，是一百兩元絲。此時海瑞有了四百兩銀子，計及到浙盤費之外，尚剩三百餘兩。滿心歡喜，急將適間所借李翰林十兩銀子，原封包好。另將一百兩銀子，包在一處。作書一札，其意略云：

---

❹ 程贐：贈與他人的路費或禮物。贐，以財物贈行者。《孟子・公孫丑下》：「行者必以贐，辭曰餽贐，予何為不受。」

❺ 貺：音ㄎㄨㄤˋ。加惠、賜與。《詩・小雅・彤弓》：「我有嘉賓，中心貺之。」

異鄉拮据，形倍淒然。弟以冷曹❻累兄，實不得已而為之也。幸而天假我便，承西院張貴妃惠我三百金。又叨張貴妃父親張公惠我百兩。值此旱涸之際，忽西江之水直甦救涸魚。除應用盤費外，尚餘三百兩奇。故人亦在涸轍之候，我敢不施一點西江水而蘇涸鮒乎？除將原璧歸趙外，另具百數，少表故人之情，幸勿見卻。嵩侯陞祺不備。海瑞恭拜。

寫畢，將原銀併百兩一包的，連書著海安送去。隨又修下家信，亦是一百兩銀子，令海雄交與千里馬，附回粵東省城，轉寄瓊州。打點明白，立即收拾行李起程，主僕三人出京去了。

再說嚴嵩自從開復以來，百計夤緣，每在帝前獻媚。今日暗奏這一部大臣貪贓，明日冒奏那一班武將怠玩。帝無不准，不知黜革了多少官員。帝十分寵他，不數月就陞了刑部侍郎。時威權愈大，嚴嵩之勢愈熾，心恨張老兒不死，反得大官，身為內戚，每每思欲中傷之。豈知天不從人，海瑞去後，張老兒是一病不起，數日死了。帝念其國戚之貴，賜銀開喪，贈太師，謚貞侯，嚴嵩愈惱。

此時嚴嵩威權日盛，文武多有附勢之者。步軍統領張志伯，因嵩得封國公。嵩生子名世蕃，未週歲，張志伯即以幼女扳親❼，其女長世蕃一歲。二人既訂了親，彼此互相作奸，鬻爵賣官，種種不法。帝頗有所聞，而不一問。嵩又建設府第，闊十頃，其中花園亭榭，與宮中相等。正是：天上神仙府，

---

❻ 冷曹：清閒冷落，職位不重要的官。曹，古代分職治事的官署。

❼ 扳親：聯姻，攀親。清李玉《人獸關．牝詛》：「倘我功名成就，怕沒有一樣戴紗帽的與我扳親，何必性急？」扳，音ㄆㄢ。

人間宰相家。嵩又以美女十名，教以歌舞，各穿五彩雲衣，每當筵前舞蹈，望之如五色雲錦，燦爛奪目，名為霓裳舞。習演既精，乃送與嘉靖帝作樂。帝愈寵貴，即加太保銜，陞吏部尚書，兼協辦大學士。

張志伯在京既久，意欲討個外差，出去快活快活，就來央嚴嵩。嵩道：「外差不過指揮、巡按，公乃武職，兩缺俱不合例。除非欽差則好。」張志伯道：「近聞各省多有侵銷帑項，庫中多有虧空者。大人何不奏請聖旨，差某前往清查，藉此可以少伸心志。倘有所入，敢不與大人南北麼？」嚴嵩點頭稱善，即日具疏入奏，以各省虧空太多，非耑差大臣清查不可。若用文臣，未免官官相衛。武職出巡，則有公無私。查步軍統領為人忠厚廉明，可充任此職，帝即允奏。正是：

一封朝奏入，百害日滋生。

畢竟張志伯可得外差否，且聽下回分解。

批評：

海公得了意外之官，正愁拮据，忽張妃、張老兒相饋贈，寬闊有餘。一以分助故人，一以寄慰妻子，可謂公平心腸也。張志伯扳附奸權，得出外差。實欲席捲各省金帛，歸與嚴嵩分肥，故嵩力贊之，非為公而實因私耳。

第十七回　索賄枉誅縣令

不題嚴嵩專權。再說那張志伯奉了聖旨，即日收拾起程，由直隸、山東巡察而來。一路上好不威嚴，頭旗寫的是「奉天巡察」四字，帶領兵部裡驍騎百十餘人，請了上方寶劍，所過州縣地方，有司無不悚然。額外的供應，儼如辦理王差一般。張志伯滿望席捲天下財物的，故以先聲奪人。方出京來，便擅作威福，首先掛出一張告示：

欽差總巡天下糾察御史公張，為曉諭事：照得本爵恭膺簡命，總巡天下各省錢糧以及貪官污吏。受恩既重，圖報彌艱。本爵惟有一秉至公，飲水茹藻❶，以期仰副聖意。所有各省倉庫錢糧，均應徹底清查。如有虧空，即行具奏。並各省命盜奸拐重情，如有貪官污吏希圖賄賂，故意出入者，一經察覺，或被告發者，亦照實具題，決不稍為寬貸。各宜自愛，毋致噬臍❷。預告。

---

❶ 飲水茹藻：形容生活艱苦樸素。茹藻，素食的意思。茹，吃；藻，水草的總稱。

❷ 噬臍：自嚙腹臍，喻後悔已遲。北齊顏之推《顏氏家訓．省事》：「雖得免死，莫不破家，然後噬臍，亦復何及！」噬，音尸\，咬；臍，腹臍。

這告示一出，沿途州縣無不心驚膽戰，傳遞前途❸，以作準備。誰知這張志伯立法雖嚴，而行法實恕，只管打發家人預通關節，所過州縣，勒要補折夫價銀一萬，則免盤詰，否則故意尋隙陷害。所以地方有司，莫不送財，以圖苟免了事。

一日，巡至山東歷城縣地方。這歷城縣知縣姓薛名禮勤，乃是山西絳州人氏，由進士出身，即用知縣。為人耿直廉介，自從到任以來，只有兩袖清風，並未受過人間絲毫財賄。闔縣百姓，無不知其賢能，竟有廉吏之聲。這日接得前途遞到公文，報稱張國公奉旨巡察各省錢糧、官吏，並有私書單道其中陋規之意。這薛知縣乃是一個窮官，那有許多財寶奉承與他？況且自思到任以來，並無一毫過犯，案牘清理，諒亦無妨，只備下公館飯食夫馬等項而已。

先一日，就有張府家人來打頭站，帶領二十餘人來到縣中，高聲大叫知縣姓名。這薛知縣已在堂聽得明白，心中大怒，只得走將出來相見。那家人端坐堂上不動，問道：「你係知縣麼？」薛公應道：「只某便是。」那家人笑道：「好大的縣尹！既知國公爺奉旨到此糾察，汝為甚麼一些都不預備？直至我來，仍是這般大模大樣的，你可知我家公爺上方寶劍的利害麼？」薛公聽了道：「敝縣荒涼，沒有甚麼應酬的。只是夫馬飯食，早已預備下了，耑待公爺經過就是。」那家人應道：「怎麼這般胡混，難道前途的有司，都沒一毫知會與你麼？」薛公故意道：「前途固有公文先到，亦不過是知會預備夫馬迎送而已。」那家人大怒，罵道：「你這不知好歹的東西，故意裝聾詐啞。少頃國公到來，好歹叫你知道。」說罷竟自去了。知縣雖知不妙，只是不肯奉承，任他甚的主意便了。

❸ 前途：前面的道路，前方。唐杜甫《杜工部草堂詩箋．石壕吏》詩：「天明登前途，獨與老翁別。」

少頃，張志伯領著一行從人來到，薛公只得出郭迎接。張志伯吩咐進城歇馬，知縣便在前引導。迎到公廨❹，張志伯坐定，薛公入見，請了安，侍立于側。張志伯問道：「貴縣倉庫可充足否？」知縣打恭稟道：「倉庫充足，並無虧空。」志伯又問道：「縣中案牘可有冤抑久滯不伸者否？」知縣道：「卑職自莅任以來，案無大小，悉皆隨控旋問，亦無久懸不結之案。」志伯所問言語，不過是故意恐唬的，好待知縣打點。誰知這薛公毫不奉承，對答如流。志伯心中有些不悅，便作色道：「既是貴縣的案牘無滯，錢糧充足，本爵欽奉聖旨，耑稽查糾察來的。貴縣雖則可以自信，然本爵亦須過目，方可覆旨。就煩貴縣立即備清單，好待本爵查閱。」知縣不敢有違，打恭道：「謹遵台命，待卑職回署，立著書吏開列呈覽就是。」志伯道：「不須回去商酌，就在這裡開註。」便令人取過紙筆，放在面前，勅令書寫，不容遲緩。薛公無奈，只得當堂寫明。先把倉庫錢糧開列，後把各房案件開註呈上。志伯觀看，只見寫著是：

歷城縣知縣薛禮勤，謹將縣屬管下倉米谷石開列。計開：天字第一廒，貯米一千五百六十九石零三升六合七勺。地字第二廒，貯米一千二百三十一石二升七合八勺。玄字第三廒，貯米一千七百二十五石六斗一合一勺。黃字第四廒，貯米一千零七十三石零二合。宇字第五廒，貯米九百二十五石一升七合三勺。宙字第六廒，貯米一千零十二石零三合。洪字第七廒，貯米八百石

---

❹ 公廨：官署。北魏酈道元《水經注・淇水》：「漢光武建武二年，西河鮮于冀為清河太守，作公廨。」廨，音ㄒㄧㄝˋ。

零七升二合三勺。荒字第八廒，貯米九百一十二石三升三合七勺。

常豐倉穀石開列後：東字廒，貯穀二千八百二十五石三升八合三勺。西字廒，貯穀一千零五石二升九合一勺。南字廒，貯穀一千石無零。北字廒，貯穀九百一十五石七升一合。上下中末四廒，每廒貯陳穀三百一十三石無零。庫存錢糧：地丁銀，除報銷外，實存銀三萬八千七百五十三兩六錢三分七厘。

各房案件開列：刑房命案未結共一十三件，已結共一十八件。兵房盜案未獲共二十八件，已獲共一十三件。禮房拐姦兩案未結案共五件，已結案共一十一件。又戶婚案未結共一十六件，已結共一十六件。

戶房田土案共一十七件，已結案共二十一件。糧屯兩房未結案共一十七件，已結案共八件。吏工兩房並無未結案件。

志伯看畢，把清單收了，對薛公道：「貴縣今夜且在公廨歇宿一宵，待本爵明日一齊眼同查驗可也。」薛公應諾，晚上令人取了酒飯上席，志伯一概不食，仍舊發了出來。那些家人們要這樣要那樣，稍有不到，百般辱罵。薛公明知他們有意尋衅，只是詐作不聞，任由他們絮絮叨叨的，只是不理。

到了二更時候，忽有一人自稱張志伯心腹家人進來，與知縣扳談❺。自言姓湯名星槎，因與知縣言及錢糧倉庫之事。知縣道：「本縣歷來亦有虧空，乃是前任相沿下來的。在下接篆❻之時，業已稟

❺ 扳談：拉扯閒談。清蒲松齡《聊齋誌異．小髻》：「長山居民某，暇居，輒有短客來，久與扳談。」

明列位上憲，方纔出結的。現在收准移交之後，並無一毫虧欠。」湯星槎笑道：「太爺固是不曾虧欠一毫，其如上手不清，何以混接？只恐國公不准。向來欽差出巡，皆有定例，所過州縣，均有備補夫價銀兩，以免苛求毛疵。今太爺何不仍循舊例，應免明日多事，不知尊意如何？倘若有意，某情愿先為介紹。」知縣笑道：「管家有所不知，想在下一介貧儒，十載寒窗，青毡坐破，鐵硯磨穿。一朝僥倖，兩榜成名，筮仕❼遠方，兩袖清風，一琴一鶴之外，並無長物。家有老妻幼子，尚且不能接來共享此五斗折腰之粟❽，其中苦況，不待絮言，而管家諒能洞悉也。那有銀子來作夫價？倘若國公不肯作情，明日吹毛求疵，亦惟付之命數而已。」湯星槎見他堅執不從，遂長嘆而出。回見志伯，備將知縣言語說知。志伯笑道：「汝且退，吾自有以處之。」次日黎明，志伯吩咐從人，擺了隊伍，一對對的來到縣衙，知縣隨後亦至。志伯升堂坐下，先行點過了書吏差役名冊，隨喚戶倉糧三房書吏上堂，吩咐引導到倉廒，點視倉貯米穀。書吏領著斗役看廒報數，斗役當面量報，果然與清單所開石合相符。一連查閱八廒，並無差錯。又來查視穀石，亦皆照數並無少欠。志伯道：「米穀照依開列現在數目，固無少欠，但不知從前還有虧空的否？」知縣忙打恭道：「歷有虧空，共計一萬八千石有奇。只是上手之事，卑職接任之際，業已稟上憲報明在案的。」志伯頷之，復到庫房查點銀數，亦合現在清單。志

---

❻ 接篆：古時印信用篆文，俗因謂印信曰篆，謂接印曰接篆。

❼ 筮仕：初次出來做官。宋王禹偁《感流亡》詩：「因思筮仕來，倏忽過十年。」筮，音ㄕˋ，占卜。

❽ 五斗折腰之粟：為微薄薪俸而屈身事人。《晉書．陶潛傳》：「郡遣督郵至縣，吏白應束帶見之，潛歎曰：『吾不能為五斗米折腰，拳拳事鄉里小人！』義熙二年，解印去縣。」

伯道：「一縣的庫，祇有這些須的？當時前任，亦有虧空否？」知縣道：「自正德三年王縣令手上起，至前令止，共虧空三萬八千餘兩，亦有通報卷宗可據。卑職接准移交的時節，祇有這些須數，並未侵蝕半絲。」志伯不答，復行升坐，令各書吏將所有未結案卷抱上堂來查閱。須臾，各吏抱著案宗，紛然上堂，逐件報了案由。志伯點過了數目，怎奈不多一件，無可如何。心中轉怒，指著知縣道：「你說自到此任並無虧空，怎麼倉庫兩項均有虧空？且多過貯的？不是你侵吞，更賴到那裡去？如此貪墨❾要你何用？蠹國肥家，法難寬縱，若不正法，何以肅官方而儆將來也？」吩咐左右：「與我綁了。」左右緹騎答應一聲，不由分說，搶上前來，把薛公的烏紗除下，五花大綁起來。志伯請出上方寶劍，令中軍官斬訖報來。左右已將知縣簇下，此際雖有同城文武在側，只得自顧自己，誰敢上前說個保字？只聽得薛公大罵奸賊，挾私假公，枉殺民社，引頸受戮。百姓觀者無不下淚而暗恨志伯，幾欲生啖其肉。

此時志伯既殺了薛知縣，即令縣丞陸亨泰暫署縣事。又令人榜薛知縣之罪於通衢，以為打草驚蛇之計。次日，志伯起馬望著江南進發。前途地方官聞知此信，各各心懷畏懼，惟恐賄賂不足，竭盡民脂以填貪壑。正是：

奸權擅作禍，百姓盡遭殃。

❾貪墨：指貪官污吏。明張居正《答應天巡撫宋陽山論均糧足民書》：「懲貪墨，則閭閻無剝削之擾。」

畢竟後來張志伯如何，且聽下回分解。

批評：

張志伯藉嵩之勢，討得外差，便以奇貨自居，所過州縣，劫掠一空，真如巨盜矣。朝廷差官巡察地方，原以為民，今反以害民也。薛公以介直臨民，一貧如洗，適為奸賊所殺，哀哉！天子之用人，可不慎選賢能歟！

第十八回　抗權辱打旗牌❶

不說張志伯擅作威福，枉殺了薛知縣，暫且按下不表。再說那海瑞領了文憑，帶領著海安、海雄，一路水陸並進，不一日，來到省垣❷。先到藩司處稟見，驗看過了，然後到任，望著淳安縣內來。那學裡的生員同寅❸，都來迎接。海瑞一一相見過了，上任視事。在學裡也沒甚的事情，只好邀了那些生員到來訓遵經義，所以生監們都喜愛他，說他認真司鐸❹。一日海瑞偶然想起，我今已得一職，在此為官，把妻子拋棄在岳母處，這卻心中有所不忍。乃修書一札，取了五十兩銀子交與海雄回粵，迎接家眷。海雄領了銀札，拜辭海瑞，搭了海船，望粵東南而來。

❶ 旗牌：舊日高級武職擔任傳遞號令的小吏。清李玉《牛頭山》：「岳鵬舉（飛）蓋世英雄，怎麼謫他做旗牌賤職？」

❷ 省垣：省城。垣，原意指矮牆，後泛指牆、城牆。

❸ 同寅：同僚。原意指同具敬畏之心。宋張鎡《南湖集・送李季言知撫州》詩：「同寅心契每難忘，林野投閒話最長。」寅，敬。

❹ 司鐸：主持教化的教官。原意指古代頒布新令，必奮木鐸以警眾。《文選・張衡・東京賦》：「次和樹表，司鐸授鉦。」

又說那張氏夫人，自從丈夫入京之後，就在娘家過活。誰知身中已懷六甲，到了十個月足，生下一女。張太夫人好不歡喜，諸事親為料理。滿月之後，取名金姑。此際張氏一面撫育女兒，耑盼丈夫的捷報。到了次年五月以後，還不見一些聲息。及閱南宮試錄，方知海瑞名落孫山。未幾有書寄回，稱說留京宿科。張氏只得又安心守待。至本年七月內，接得京來家信，始知丈夫不曾得中正榜，不知為何叨蒙朝廷特賜進士，改授淳安儒學，又有百兩銀子付來安家。此刻張氏母女喜得眉開眼笑。張太夫人說道：「我道女婿是終不在人下者，今日果然。但他如今已到任上去了，諒不日會來接你。」過了數月，忽然海雄持書而回。稱說奉命來接家屬，並有書信與太夫人請安。張氏大喜，即拆書札來看。其略云：

別鄉數載，裘葛❺四更。幸藉福蔭，博得一官。現在分發浙江淳安提學，雖屬冷曹，亦感朝廷格外之典。茲已抵任，身子幸獲粗安。古人云：「富貴不忘貧賤友，身榮敢棄糟糠妻？」特遣海雄來家迎接，幸即隨同到任，俾得一酬杵臼❻之勞，亦少慰夫妻之意。書來之日，即便束裝。岳母大人處，另有稟帖請安，毋庸多及。此字。

張氏賢夫人妝次。

剛峰手書

---

❺ 裘葛：粗陋的衣服。《莊子・天下》：「使後世之墨者，多以裘葛為衣。」成玄英疏：「裘葛，粗衣也。」

❻ 杵臼：意喻操持家務。杵，舂米、搥衣、築土用的棒槌。臼，搗物用的容器。

太夫人亦將書信看了。海雄道：「小的來時，老爺現有五十兩銀子交付小的，以作夫人路費，此項都不用過慮了。但不知夫人何日起身，待小的好去僱備船隻。」張氏道：「擇吉起程就是。」海雄應諾，便先行僱備了船隻，耑待吉期解纜不題。

再說海瑞自在學任以來，用心訓迪，又稟知上司，除了學中幾處陋規。上憲嘉其廉能，大加嘆賞說：「海提學才幹卓異，可司民牧。」一為他具題，請仍改授州縣，以資委用。本上，帝批准了，發回本省。該撫即便拆開來看。只見硃批是：

奉旨：該撫所題淳安儒學海瑞，才幹卓異，堪為民牧。乞改授州縣，以資委用。所奏如果屬實，著即出具考語具題，遇有州縣缺出，即行委署❼。如堪治理，另題實授，欽此。

該撫看了硃批，即時發下藩司，著將海瑞改註候委知縣冊內，聽候委用。未幾，淳安縣知縣以貪墨❽被百姓上控免職。該撫就以海瑞委署淳安縣知縣事。海瑞此際，身膺民社，益勵精忱。凡有興利除害之事，無有不為。不避怨嫌，只顧為民為國，一清如水。那些百姓愛之有如父母，上任不一月，盜賊頓息，民歌樂業，竟然有路不拾遺之風。海瑞不憚勞苦，每夜帶領著二僕，改裝訪察，不知拿著了多少匪人，審判如神。書差❾畏其明察，不敢欺隱。百姓號之為海爹，如嬰兒之呼父也，其依之如此。

---

❼ 委署：代理、暫任。

❽ 貪墨：貪財受賄。

未幾，海雄接家眷至任。時夫妻相會，又見了四歲的女兒，海瑞之歡喜，自不必說。

過了兩月，人傳朝廷差張國公稽查各省錢糧案牘，糾察官吏廉墨。頭旗大書「奉天糾察」四字。現在朝廷賜他上方寶劍，十分威肅，一路盤查將來。聞得山東歷城縣知縣薛禮勤，一言不合，為他所殺。所過地方供應夫馬，十分煩劇。倘有怠慢，立時有事。海瑞聽了嘆道：「天子為何差這樣的人來此，適足以攪民矣。且自由他。我這裏是沒有許多供應的。」

過了幾日，鄰縣就有文書移知，並有私書，說是國公之意，如此如此，否則必遭參革。海瑞笑道：「豈有此理！我一毫也不備辦，看他奈何。」遂命人於前途哨探。果然不三日，張府的家人頭船來到，只見淳安縣城中，十分冷落，並沒有半個人兒在外招呼。怎怪那張府的家人氣怒，盛氣而來。走到縣裡，仍是這般冷悄悄的。那家人就是星槎。當下湯星槎怒氣不覺來到二堂⑩，坐在一把椅子上，大聲道：「怎麼國公的差事都不備辦？知縣到底往那裡去了？」海安、海雄忍耐不住，便齊聲問道：「駕上是那裡來的？請道其詳。」星槎冷笑道：「你們在此做甚麼的？」海安道：「是跟隨海太爺辦事的。」星槎笑道：「卻又來！你們既是充當縣裡的長隨⑪，就該曉得官場中的禮套。我們國公是奉旨來稽查糾察的欽差，鄰縣諒有公文移知。爾等怎麼這般冷落，莫非欺藐我們麼？」海安道：「我們這裡乃是一個極貧極苦的縣分，現在衙中的米薪都不敷用，那裡還有餘項來供應差務？只浼駕上方便些須就是。」

---

⑨ 書差：猶書辦。承辦文書的差役。差，官府的差役。清林則徐〈密拿漢奸札稿〉：「但書差久已通同一氣。」

⑩ 二堂：舊時官府中大堂後面辦公之處。

⑪ 長隨：官府雇用的僕役。清趙翼《廿二史札記》卷三十六：「今俗所謂長隨，則官場雇用之僕人。」

湯星槎聽了大怒，忿然而去。臨行恨恨的說道：「你們且看仔細，少頃便是了。」遂悻悻而去。

再說海瑞在內廳聽得外面喧嚷，心中大怒，遂悄悄的走在屏風後竊聽。正聽得海安與星槎問答，不覺的怒從心上起，惡向膽邊生。親聽得星槎含恨而去，隨即喚了海安、海雄入內，吩咐道：「適間來的就是張巡按的家丁。方纔你們與他口角，彼必然迎上前途，搬弄是非，要來我縣蹧蹋了。你等且到外邊私行打探，國公船隻車輛共有多少，急來回覆，不得稍誤。」海雄、海安二人領命飛奔而去，小心打探。去了二十餘里，正迎著張志伯的座船蔽天而來。海安等故意坐在一隻漁船之內，只顧跟著官船而走。原來張志伯的船只除官船之外，大小共三十餘號，每一船都是沉重裝載的。安、雄二人看在眼內，急急走來回報。海瑞聽了，自忖他是從京中出來的欽差，又沒家眷隨來，不過一兩隻船就可以彀了，為其麼有許多船隻？想必是裝載贓物的了。且自由他，看他來意如何，再作區處。正說之間，人報張國公差旗牌胡英來到，稱：「奉令箭到此，請爺出去迎接。」海瑞道：「國公奉旨而來稽查地方，本縣理應迎候，亦不過護送出境而已。怎麼差來的賤役，也要本縣去迎，這款何人所設的？」衙役稟道：「歷過州縣，都是這般迎候。老爺不可抗違，國公不是好惹的呢。如今旗牌現在衙前，耑待老爺迎候。」海瑞不覺勃然大怒，吩咐三班衙役，排班升堂。這話一傳了出去，三班的差役，各房的書吏，俱各紛紛上堂站立，分列兩邊。三梆已罷，海瑞升堂于暖閣⑫之內。書差陸續參叩畢，海瑞道：「今日本縣特為本衙門與萬民爭一口氣的，你等休要畏縮，須要照依本縣眼色行事，如違，責革不貸。」兩旁書差唯唯聽命。

⑫ 暖閣：舊時官署大堂設案之閣。

海瑞吩咐開門，傳旗牌入見。左右答應一聲，把頭儀兩度大門⑬開了，大聲喚叫：「本縣太爺，著來差報名進見。」那差官是受人家奉承的，所過州縣，無不詞訣之，滿擬知縣出來迎接，得意揚揚的站在署門。忽聽此言，初時猶以為喚別處的差官。未半刻，只見兩個衙役走上前來說道：「差官，你怎麼耳聾了？如此呼喚，你卻不聽見？如今老爺現在堂上，立喚你進去說話呢。」那旗牌聽了此言，不覺三尸神⑭暴跳，七竅內生煙。勃然大怒道：「狗奴才，你在這裡絮絮叨叨的，叫那一個？」衙役道：「是特喚你進去，俺家太爺坐了堂等你呢。」那旗牌冷笑道：「好大的知縣，待我進去看他怎的？」遂大踏步盛怒而入。海瑞見他手持令箭，乃起身離座，對著令箭拜了兩拜，令人請過一邊供著。然後復行升座。那旗牌看見知縣復行升座，心中大怒，道：「請問貴縣高姓大名？」海瑞笑道：「你既為差役，不向本縣報名叩見，倒也罷了。怎麼反來問起本縣的姓名？本縣的姓名，已有在那萬歲爺的傳臚冊上，諒不用說你亦知道。你今至此何事，可對本縣說知。」那旗牌笑道：「俺奉了國公令旨，特來著你等預備夫馬供應船隻、縴夫、水手等項。毋得刻延，如違聽參。」海瑞道：「這話是國公說的，還是你說的？」旗牌笑道：「令在手上，就是我說的。」海瑞道：「原來如此。我們縣中大荒之後，百姓死亡者半。現在力田之際，那有閒丁當役？且請國公自便罷。」旗牌道：「怎麼說自便兩字？你

---

⑬ 儀門：明清官署、邸宅大門內的第二重正門。《江寧府志・建署・官署》：「其制大門之內為儀門，儀門內為蒞事堂。」

⑭ 三尸神：道家認為人身中有作祟之神三，叫三尸神。每逢庚申日，向天帝呈奏人的過惡。《金瓶梅詞話》第七十五回：「這春梅不聽便罷，聽了三尸神暴跳，五臟氣沖天。」

這廝想必做厭了這知縣麼？只顧彌天的大膽，胡言亂語冒瀆。我亦管不得許多，只要立刻取齊一百名縴夫，五十號大船，前去繳令就是。」

海瑞道：「國公的座船不過一隻，那裡用得百名縴夫，又要五十號大船何用？」旗牌道：「你只管預備就是，那裡管得許多閑事？」海瑞笑道：「本縣自蒙聖恩授此縣以來，所有一文皆係動之庫項。今汝勒要如許船隻，將來的開銷卻出在那一項上？這卻不能從命。若是國公的座船需人牽纜，本縣就立刻督率眾役當差便了。」旗牌那裡肯依，罵道：「放屁，那裡來的偌大瘟官，誰敢抗違國公令旨？你敢下座來，與我去見國公，算你是個好些兒的。」說罷，哈哈大笑。海瑞聽了大怒，說道：「那有如此大膽藐法的差役，膽敢在本縣公堂之上大模大樣？」吩咐左右：「與我拿將下去，重打四十。」兩傍差役答應，一齊來扯旗牌下去。正是：

福由人自作，一旦失威嚴。

畢竟海瑞可能打得那旗牌否，且聽下回分解。

批評：

一官出巡，就有許多小人藉端需索，如今日之旗牌亦然。雖有國公令箭，無乃過於苛求，擅作威福。海公打之為是矣。天下如旗牌之輩，更自不少，安得海公之大毛板，重重打之為快矣。

第十九回　贓國公畏賢起敬

卻說旗牌出言不遜，惱了海瑞，吩咐衙役，速拖翻在地，重責四十大毛板，然後說話。左右答應一聲，立即上前，不由分說，將旗牌捽到堦下，按著頭腳，一聲吆喝，大叫行杖，打了十板，旗牌咬著牙根，只是不肯求饒。海瑞看了如此，大罵衙役畏懼，不敢用力。便親離座位，奪過板子，盡力打去，竟不計數，約有五十餘板，打得旗牌叫喊連天，皮開肉綻，鮮血迸流。叫道：「好打，好打。」海瑞怒氣未息，令人取過鍊子來，自己與旗牌對鎖著，吩咐退堂，便一同來見志伯。

卻說志伯的船隻業已傍岸，所有縣屬城守捕衙，各官俱來迎接。志伯既登了岸，卻不見知縣。便問道：「知縣何處去了？卻叫本爵到那裡去住？」捕衙跪稟道：「本縣因要辦公事，諒即來也。」說尚未畢，只見旗牌與那縣官對鎖著，一路迎上前來。志伯見了，不解何意，便吩咐縣官，快上前問話。知縣即便上前稟見。志伯道：「貴縣為甚與本爵的旗牌對鎖，請道其詳。」海瑞道：「只因貴差來縣，勒要備辦供應，並要縴夫、船隻，將卑職的公堂鬧了。所以卑職將貴差打了，對鎖著來見國公請罪。」志伯聽了，心中大怒，道：「原來如此，且到縣裡說話。」吩咐先將兩人的鎖開了。隨即來到縣衙，升堂坐下，傳知縣問話。

海瑞昂然而入，打恭畢，侍立於側。張志伯道：「本爵並非私行，乃欽奉聖旨，稽察天下倉庫案牘。所到地方，理應供些夫馬。所以本爵欲到之處，預將令箭傳知前途，以便汝等備辦。貴縣何故竟將該差痛責，豈非辱藐本爵麼？」海瑞道：「上司往來，地方官迎送出境，此是自然之理。但貴差到署，勒要縴夫百名，大船五十。想此際正在農忙之時，本縣百姓，皆是耕作食力的。頃刻之間，那得百名人來。況且小縣地方，一時焉有許多船隻？故此卑職略為推延，以為趕辦。而貴差則擅作威勢，公堂謾罵，欺藐官長。故此卑職將他責打，以警將來。萬乞恕罪。」志伯道：「本爵乘船而來，每縣只當送出本境，便要換船，難道不該覓船的麼？那船隻又大，近因冬旱水淺，必須用人牽纜，始得過去，難道縴夫也用不著的麼？致於船隻五十號，自有本爵的東西裝載，故此開明數目，以免滋事。今貴縣一些不曾預備，又將我的差官責打，明明是欺藐本爵，本爵難道沒有斬知縣的利刃麼？」海瑞從容進曰：「國公剛刀雖利，不誅無罪之人。卑職自莅仕以來，一向奉公守法，並不曾虐民媚上。今國公既欽奉聖旨糾察奸邪，盤查倉庫。皇上之意，本以為民。今國公至此，適足以擾民也。卑職不自揣度，有言奉告。伏乞容訴一言，即死亦瞑目。」志伯道：「你有甚麼言語，只管說來。」海瑞道：「且說朝廷差公撫恤天下，問民疾苦，糾察官吏，蓋意至良也。公身為大臣，仰荷重爵，自當仰體聖意纔是。怎麼動以遊騎先行，百般濫勒？所過州縣，勒令補折夫價銀若干兩，飯食錢若干兩，又仍復勒要酒食、船隻、夫馬，否則以天子之命而挾制之。州縣既竭營資財，民亦備極勞苦。然從無不取民之官，一旦營辦不前，必致多方搜括。萬民之膏，一旦飽其貪壑，豈身為大臣者之事也？竊為公不取矣。」志伯聽了，滿面羞慚，不覺怒髮衝冠的大聲作色道：「何物知縣，敢揭吾短處？」吩咐左右推出。海瑞急止之道：「死固不可辭，然亦有說。」志伯問道：「還有何說？」海瑞道：「卑職開罪明公，罪固應死。而明公受賄百萬，又當如何？」志伯道：「你卻從那裡見來？」海瑞道：「三十餘號沉重滿載之船，內是何物？」志伯道：「三十餘載，乃是奉皇上特諭沿途採買下的磁器花盆等物，怎麼說是贓物？」海瑞道：「皇上大內所需各項器皿，例有各省進奉，何勞聖慮，特以巡邊大臣採買，而啟天下之疑心耶？」志伯被海瑞這一句說話倒住了口，卻無言可答，怒道：「這是本爵的事，不要你管。」海瑞道：「明公說是不用卑職來管，卑職亦要與皇上算一算賬。明公自出京以來，所過州縣，多者二三萬，至少者一萬餘兩，統計所過州縣一千有奇，計贓百萬不止。此事只恐明公他日歸朝，未免招人物議。今海瑞既已問罪，諒亦難逃一死。但死亦要具奏天子，俾知海瑞曾亦算與國家出力，死且不朽矣。」即在袖裡取了一個算盤出來，對著眾人算計道：「志伯一路而來，大約共有三百餘萬。」志伯滿腔惱怒，只恐海瑞認真，縱然殺了他，亦不得乾淨。遂笑道：「我看你這廝乃是瘋癲的。」吩咐從人趕了出去。海瑞大笑道：「這是卑職的公堂，明公要趕卑職到那裡去？且請息怒，海瑞不過與明公戲言也。」志伯就乘機道：「雖屬戲言，下次卻不可如此。免人看見，只當是真的一般。本爵今夜且住汝的衙署罷。」海瑞道：「當得如命，但敝署隘窄，恐不足以息從者奈何？」志伯道：「不妨，只本爵與三五親隨在內，其餘悉在外邊，並不攪擾貴縣。」海瑞應諾，便請志伯入內，至花廳住下。海瑞並不來相陪，一面提犯審訊。

少頃家人搬了四味葷菜，兩盆素菜，一碗清湯，一壺水酒。說道：「家爺現在公堂審案，不得奉陪，望乞公爺勿罪。」志伯看了，不覺啞然而笑道：「你家大爺，既有公事，只管自便。」遂將飯略用半碗，連酒也不吃。那親隨的人亦是這些飯菜，各人肚裡好生不悅，然見主人都不言語，也只得忍耐。志伯被這海瑞當著眾人搶白一場，心中大怒。便喚親隨來吩咐道：「你且到外面看這海瑞做甚勾當❶，即速回來報我。」親隨領命，悄悄的來到外邊，只見海瑞正坐在大堂，提了一干人犯，在那裡審問。親隨見了急急回來報之，志伯便私到堂後竊看。只見海瑞口問手批，頃刻之間，把幾案的事一一了結，無不欣服。志伯回到花廳，自思此人果有卓卓餘才，只是可惜了，不得展其驥足❷。又轉念他今日如此行徑，倘若認真與我作對，這便如何是好？看來他在此地決得民心，如此能廉耿介，必定一些破綻都沒有的。我卻拿甚麼來參革他？一味的胡思亂想，自不必說。

再說海瑞把公事辦完，退入私衙，喚了海安吩咐道：「你明日可領著三班衙役，共二十名，在碼頭聽候。明日他起程之時，本縣卻與你等一齊牽纜就是。」海安道：「小的們當差牽纜，固然本該的。但老爺身為民牧，怎麼反去作此下賤之事？即此衙役，亦向無當差之理。老爺何不喚那各處的地保，前來吩咐叫他立傳數十名民夫就是。」海瑞道：「這是甚麼話？現今秋收之期，禾稻將次登場，若是抽取他如何防守相望？倘有失竊，豈不枉了他們數月勞苦？這卻使不得的。你只管依著去做，不必多言。」海安應諾，即到外廂喚起差役，將海瑞的言語，對他們說知。眾役聽了，笑道：「我們在本縣，也當了十數年的差，並未曾見代民當過夫役的。不特不會，抑且失了衙門威風。煩大叔代回一聲，只說並無其例，求太老爺另喚民夫就是。」海安道：「便是我亦這般說，怎奈老爺不依，說是恐妨失農

---

❶ 勾當：事情。《水滸傳》十六回：「夫人處分付的勾當，你三人自理會。」

❷ 驥足：喻俊逸之才。《三國志・蜀書・龐統傳》：「龐士元非百里才也，使處治中，別駕之任，始當展其驥足耳。」

務。你等只管伺候，明日老爺也來相幫我們呢。」眾役聽說是太爺都幫著牽纜，不敢則聲，只得應允。

次日，志伯天上未明即便起來，海瑞便來參謁，稟請盤查倉庫。志伯道：「貴縣的倉庫，定然是穀足的，不用查驗了。本爵就要起馬了。」海瑞道：「粗糯之飯，亦望明公一飽。」志伯道：「昨夜打攪不安。」即時吩咐起馬。海瑞也不強留，相送出了縣衙，來到碼頭。志伯下了座船，張府的家人正在那裡亂嚷，說是沒有縴夫，海瑞即與海安并差役等一同下了水，把纜頭牽著。那些百姓看見，齊聲道：「豈有此理，本縣太爺是我們的父母，怎麼都來當夫，要我們何用？」大家都跳在水裡，說道：「父母大人請上岸去，待小人們來牽纜就是。」海瑞道：「你們且去，休妨了大眾的農務。」百姓齊道：「父母太老爺說那裡的話來，我們當夫是應該的，怎麼要連累太爺受苦。」遂一齊將纜頭牽住。志伯看見，急令人傳海瑞上船，謝道：「貴縣如此愛民，真乃社稷之福。本爵回京，自當奏聞聖上，陞公官級。」說罷，吩咐開船而去，連百姓也不用牽纜了。滿城之人，無不贊嘆。

不說海瑞回衙。再說張志伯一路巡察過了，即日回京復命。先將贓物陸續繳了嚴府。是時嚴嵩已為丞相加太師，權傾人主。當下嚴嵩喚了來人訊問志伯行徑。志伯家人道：「家爺一路都依著中堂的言語，有清單呈上。」嚴嵩即令取來觀看，只見：

河南省：共得白金五十三萬，土物玩器共一百一十二箱。

山東省：共得白金四十二萬，土物玩器共三十九箱。

浙江省：共得白金三十六萬，土物玩器共七箱。

江西省：共得金條五十八條（巡撫送），白金四十萬，土物玩器七十六箱。

江蘇省：共得白金六十萬（梁太昌送），土物綢緞共一百箱。

廣東省：共得黃金一百二十條（關差鄒炳春送），洋鐘表大小共一百八十架，翡翠犀石念珠二副，洋貨疋頭五百箱，白金共七十萬。

其餘各省俱是六十萬，土物不等。

嚴嵩看了大喜。立即吩咐嚴二，照數收貯，待等志伯覆旨後，再為瓜分。正是：

下虐民和吏，飽填貪壑中。

要知後事如何，且聽下回分解。

批評：

海瑞一生有膽，不避權貴，即此可見其大概矣。志伯之勢炎，可堪炙手。然遇了正直之公，竟低首無言。斬薛知縣之威一旦盡喪，邪不勝正，於今信然。觀此清單，則可知志伯之需勒各省州縣矣。如此欽差，若使再出，則恐民不聊生矣。

第二十回　聖天子聞奏擢遷

卻說嚴嵩看了清單，滿心歡喜。吩咐家人嚴二，照單查收，且暫貯庫，待等張志伯見過了皇上，再作道理。按下不表。

再說張志伯次日早朝，山呼❶舞蹈畢。帝賜平身，慰勞備至。因問：「卿到各省，目所擊者，風土如何？」志伯道：「各省糧稻均屬平平，人民亦甚安妥。」帝又問道：「天下官吏最關緊要者，乃是州縣。州縣有司民之責，縣令賢否，即百姓憂樂。卿歷各省，曾見有一二最稱廉介者？最稱濫墨者否？可為朕言之。」志伯自忖，海瑞如此刁強，我卻引他入京，徐徐圖之，以絕後患，有何不可。乃乘間奏道：「臣奉陛下聖命，巡察各省。所過州縣，無不悉心訪察。山東歷城縣薛禮勤，貪墨民怨，臣甫入山東之境，即風聞其事。及抵歷城，細加詳訊，該縣供認不諱。臣於審得實據後，即恭請上方寶劍斬之，民皆稱快。及至浙江，有署淳安縣知縣海瑞，廣東瓊州人，由儒學改任知縣。在任廉介，且愛民若赤。臣到淳安時，正值旱淺之際，來往船隻，皆需牽纜。臣到縣時，又值農忙之候。海瑞則免民之役，躬率差役家下，並自己代民牽纜。臣親自慰謝之。臣見如此天下之大，若能廉介直者，惟海瑞一人而已。若以之居側近禁，必有可觀。」帝聞奏大喜，即取吏部缺冊觀閱，祇有刑部雲南司主

❶ 山呼：封建時代臣民對皇帝舉行頌祝儀式，叩頭高呼萬歲三次，叫作山呼。

事員缺，帝即將海瑞名字註於冊上，勅吏部知照。

張志伯謝恩而出，來到嚴府。與嚴嵩相見，彼此慰勞。三巡茶罷，嚴嵩笑道：「親家出此一差，不知費了多少心力，才得如此，可謂能事矣。」志伯道：「在下自從出京以後，一路上巡查而去，莫不心膽皆畏。惟至浙江淳安縣，那縣令十分矯強，與在下抗拒了一番。若不知他怎生的利害，所有沿途收受的禮物，彼亦得知，要與在下算賬，險些兒被他弄得不好看。後來只得勉強吞下氣去，將多少言語才得開交呢。」嚴嵩道：「這樣可惡的知縣，親家就該立請上方寶劍誅之。」志伯道：「在下亦是這樣想，只因海瑞在縣愛民如子，即此百姓敬之有如父母，若遽殺之，惟恐激變。故不得已隱忍，另尋妙策除之。適朝見皇上之際，曾以海瑞具奏。天子愛其才廉，即時提了雲南司主事。業已勅吏部知照了。不日海瑞來京，那時卻伺其短，因而殺之，方為全計。」嚴嵩聽了大喜，即時吩咐家人備酒。一則與志伯接風，二則慶賀功勞。二人在席又說了許多各省陋弊，彼此一問一答，直飲至午後才散。嚴嵩邀了志伯，到後花園來坐定，把所得的贓物分為兩份。志伯道：「此物就暫寄在大庫，待在下陸續來取，不然只恐招人竊議。」嚴嵩點頭，志伯珍重而別。

再說海瑞自從送了張志伯之後回衙，從此更加恩惠於民，民樂為之死。不兩月，朝廷有恩旨到，陸擢部曹❷。海瑞望闕謝訖，即便打點入京赴任。此時百姓聞之，皆來挽留。海瑞道：「非是本縣捨得汝等，只是朝廷之命，不敢推延。自古君命召，不俟駕而行，此之謂也。但愿汝等守法奉公，父訓其子，兄勉其弟，勉為良善，共樂此昇平之福，則本縣大有厚望者也。」說罷不覺掉下淚來，百姓亦

❷部曹：明清時代，各部之司官稱為部曹。

隨著哭泣。海瑞將印信送與新任，隨即起程。帶著妻子，一路望北京而來。

水宿風餐，曉行夜住，非止一日。到了皇都，暫且僑寓，次日到吏部稟到。吏部收了手本，即令赴任。此際海瑞領著妻女，竟無處可住。那部裡向有主事公廨，只因年遠久傾，滿地荊棘，卻要修整收拾，才住得下。海瑞宦囊澀滯，那有銀子？此時張老兒亦死已久，那李翰林散館後，陞了編修，海瑞只得又到他那裡告貸。李編修正在拮据之時，勉強代為打算了幾兩銀子，海瑞才得略蓋茆房三椽，安頓妻女。既上了任，便要上衙門謁見。第一緊要就是丞相，海瑞一連去了三朝，只不得見。你道為何？卻因嚴二把持宅門，凡有官員初次稟見者，必要三百兩的門包❸，否則任你十天半月，也不能見的。丞相怪將下來，又不是當耍的。所以內外的官員，每每都要受這嚴二挾制。

海瑞次日又來伺候，見嚴二危坐在門房之內，只得忍氣吞聲走上前去，把自己的手本遞上，陪笑臉說道：「二先生，相煩通傳一聲，說擢刑部主事海瑞求見丞相已經數日，萬望方便。」嚴二將那手本擲在地下，說道：「好大的主事，二先生是你家養出來的麼？怎麼要與你奔走？好沒分曉，一些事也不懂得，還不快走。」一頓言語，說得海瑞紅了臉，覺得沒趣，走了出來，坐在大門外板凳上，一肚子的氣。海安看見主人這般光景，問道：「老爺因甚如此氣惱？莫非見了嚴相，有甚的蹧蹋麼？」海瑞嘆道：「見了嚴相，受些氣也罷了，只是白白受了那嚴二的烏氣，實屬不值得呢。他說我不識分曉，你道有這等可惡的麼？」海安道：「老爺有所不知，適間小的才打聽得一件事來，正要對老爺說

❸門包：賄賂守門人的財物。清顧炎武《日知錄・閽人》：「《後漢書・梁冀傳》：『客到門不得通，皆請謝門者，門者累千金。』今日所謂門包，殆昉于此。」

知。那嚴二是丞相的心腹家人，把持宅門，凡有內外的官員初次稟見丞相者，三百兩見面門包，另有送與丞相的參謁❹禮。那就說不定的一萬八千，至少都要一千，沒有就不能得見丞相。怪將下來，說是欺藐了他，即時對吏部說知，除名掛劾❺，這等利害！老爺不知其中陋弊，故此連來幾朝，都不得見。且勿氣惱，回去再作道理。」海瑞聽了嘆道：「輦轂之下❻，目無法紀如此，帝之任用小人，殊不覺察。」遂與海安同回。

張氏夫人問道：「老爺見了丞相，有甚麼說話？」海瑞只是搖頭不答，不禁嘆息。張夫人看見丈夫如此，心中疑惑，只道他為了甚麼不是之處，便私問海安。海安備將如此如此，這般這般，逐一告訴。張氏方才曉得。少頃用飯之際，海瑞略食了幾口，就放下了。張氏道：「老爺且莫煩惱，此是上壓下的勢子，煩惱亦無益的。還須打算到裡面稟見了才好，不然這個官就有些不妥呢。」海瑞愕然道：「你卻從何而知？」夫人道：「問海安故得其情。」海瑞道：「想我一介窮官，那得這些銀子與他？前日收拾這三間茆房的銀子，還是在李編修處借的。世情如此艱難，京中又沒甚相好可以挪轉得的。我意欲拼這頂紗帽不戴，索性與他做個見識。」夫人道：「老爺你休將卵來撞石，自取破亡。想你十載寒窗，磨穿鐵硯，才得這官。今日為甚麼事？就拚了這個前程。若是知者，便道老爺不阿權貴；有等不知者，還私相議論，說是老爺在任濫墨，致此免官而歸，還是忍氣待時的為是。」海瑞道：「夫

❹ 參謁：晉見上級或受尊敬之人。《北史．韋藝傳》：「藝容貌瓌偉，每夷狄參謁，必整儀衛，盛服以見之。」

❺ 掛劾：掛冠彈劾。掛，辭職為掛冠。劾，彈劾。

❻ 輦轂之下：猶言在皇帝車駕之下，借指京城。輦轂，皇帝的車輿。

人之言固屬愛我，但目下如何措辦呢？」夫人道：「妾自閨中積有數年，現有白銀二百，業已隨帶在身，以備老爺不時之需。今愿奉君前去作贄，不知可能彀如數否？」海瑞道：「還差一百，另有參謁禮不在其數。」夫人道：「若得進見就是了，那嚴相千富萬有，那裡爭你這一份薄禮。況他看見你這樣狼狽，諒亦原宥❼的。今缺一百，妾有金首飾，料可抵數。老爺一總拿了去，暫應此急如何？」海瑞道：「去了這些首飾，夫人卻那裡得來飾鬢呢？」夫人道：「我向來不戴的，你只管拿去。」隨喚金姑去取來。

金姑此時年已八歲，頗識人事，說道：「母親好好的東西，怎麼拿去與人？」夫人道：「你那裡曉得？沒了這些東西，你的爹爹就保得住這頂紗帽，不然沒了官，只怕連飯都沒得吃呢！快去拿來。」金姑道：「做官才有飯吃，難道爹爹當日未做官時，就不吃飯的麼？」夫人怒道：「小孩子嘴巴巴的，就要討打呢。」海瑞嘆道：「可知此物如此可愛，這難怪他。」因對金姑道：「我兒你且去拿來，為父的自有一個主意，包管就帶回與你就是。」金姑道：「爹爹說過的，休要失信。」海瑞道：「說過就是。」金姑隨即進去，少頃捧著一個小盒出來，道：「在這裡，拿去罷。」海瑞接來，覺得沉重，揭開蓋一看，只見有兩對大邊花，一對金釧，一對金耳圈，一枝扁簪，另有一對東珠結成蝴蝶樣的邊花。海瑞道：「這些東西諒可抵得，夫人可將那二百兩拿了出來，即時就去。」夫人便進內，把兩袋銀子拿了出來，交與海瑞。海瑞喚了海安上來捧著，隨即別了夫人，一徑望著丞相府中而來。

時嚴二正在門首坐著，海瑞忙上前笑臉相問道：「二先生用飯否？」嚴二只是不理。海瑞又道：

❼原宥：諒情而寬赦其罪。

「二先生，丞相可曾退朝回府否？」嚴二道：「退了朝，又怎麼？」海瑞道：「在下有個小茶東，敬送上二先生買杯茶吃，相煩通傳一聲。」隨在海安手上拿了兩袋銀子，上前笑嘻嘻的送與嚴二。嚴二接在手內問道：「多少？」海瑞道：「足二百兩。」嚴二聽了，忙把銀子擲在地下，笑道：「你真是頑皮，那一個不曉得這裡的規矩，三百兩，少一毫也休想見呢。」說罷便欲轉身。海瑞急上前說道：「二先生不必動怒，另有商量。」嚴二道：「你商量了再來。」海瑞道：「即此就與二先生商量。」隨向海安手拿了那個小盒子，遞與嚴二道：「在下一時不能措辦，尚缺一數，今有些須之物，諒可抵數，望乞二先生一觀看量如何？」嚴二遂揭開來看，見是些金器首飾，他本來不稀罕的，只見內有一對珠花，那珠子卻也圓瑩得好，嚴二心中大喜，便道：「既然如此，我只得將就些罷。」遂收了，隨道：「太師的參謁禮呢？」海瑞道：「見了太師，自然面送。」嚴二道：「只是太師少憩在萬花樓上，你且在此候著，待太師起來，我覷個便，替你通傳就是。但太師的禮是少不得的。」海瑞道：「這個自然，不須費心。」正是：

任他奸巧計，自有主持人。

畢竟海瑞見了嚴嵩，有甚說語，且看下回分解。

批評：

小人倚勢，每每欺侮君子。觀嚴二之行為，視天下之官員有如無物。喜怒不常，令人敢怒而不敢言，此殊堪令人髮指耳。

第二十一回　海瑞謁宦囊❶辱相

卻說嚴嵩退朝回府，用了早膳，自覺身子困倦，便到萬花樓上睡息片時，誰知一覺直到未刻方纔起來。嚴二侍立於側，嚴嵩洗了臉，家人隨將八寶仙湯進上。嚴嵩一面吃著，問道：「今日有甚事情？」嚴二乘機進道：「新任刑部雲南司主事海瑞稟見。」隨將手本呈上。嚴嵩忽然觸起張志伯之言，遂勃然怒道：「他是幾時上任的，怎麼這時候纔來稟見？」嚴二道：「是本月初五日到京，初六日上任的。計到今日已是半月。但該員在外一連候了十餘日，只因太師有公務，小的不敢通傳。」嚴嵩道：「這海瑞前在浙江時，頗有循吏❷之聲，你等休受他的門禮❸。」嚴二道：「領命。」嵩吩咐傳進。嚴二即來門房，見了海瑞說道：「海爺你今日好造化，恰好太師起來了。今傳你進見。若見了時，只說三日後即來稟安，只因他有公事，門上的不敢通傳就是。」海瑞應諾。隨著嚴二來到後堂，轉彎抹角，不知過了多少座園亭，方纔得見。嚴嵩在那三影亭上凴椅危坐，旁邊立著十餘美貌的孌童❹。海瑞即

---

❶ 宦囊：指做官所得的財物。明湯顯祖《還魂記・訓女》：「宦囊清苦，也不曾詩書誤儒。」

❷ 循吏：遵理守法的官吏。《史記・太史公自序》：「奉法循理之吏，不伐功矜能，百姓無稱，亦無過行。」

❸ 門禮：送給守門人的禮物，以求通報時給予方便。

❹ 孌童：舊指被當作女性玩弄的美男子。《北齊書・廢帝紀》：「（許）散愁自少以來，不登孌童之牀，不入季

便趨前參謁，行了庭參❺之禮。嚴嵩問道：「久聞貴司廉介，頗有仁聲。故天子特遷部曹，以資佐治，汝其勉之。」海瑞打恭道：「卑職一介貧儒，屢試不第。謬蒙皇上格外殊恩，特賜額外進士，即授淳安儒學。受命之日，跼蹐❻未安，惟恐無才，有忝厥職。復蒙當道以瑞才堪治縣，即以淳安知縣改授。卑職到任，惟有飲水茹蘗❼，矢慎矢勤，以期仰副聖意而已。何期殊遇頻加，深荷太師丞相格外提挈，得授斯職實出意外之幸，深感雲天之恩。自愧淺鮮抑末之才，蚊負❽堪虞，伏乞太師丞相早晚訓誨，則卑職實感再造之恩矣。」嚴嵩道：「此是天子之意，與吾何干？你且退去罷。」

海瑞復打一躬道：「卑職有個委曲下情，不揣冒昧，敢稟太師丞相，不知肯容訴否？」嚴嵩道：「有甚事情，只管說來。」海瑞先謝過了罪，隨說道：「太師大魁天下，四海聞名。今復佐君，總理庶務，燮理❾陰陽，調和鼎鼐❿，天下無不仰望，以為久病乍得良醫，蒼生皆有起色。卑職昨到京來，

女之室。」

❺ 庭參：屬吏在公庭謁見長官的禮節。宋陸游《劍南詩稿．送子龍赴吉州掾》詩：「庭參亦何辱，負職乃可恥。」

❻ 跼蹐：音ㄐㄩˊ ㄐㄧˊ，形容謹慎小心戒懼之貌。宋歐陽修《辭特轉吏部侍郎表》：「仰黷高明，唯知跼蹐。」跼，一作局，曲身彎腰；蹐，小步行路。

❼ 飲水茹蘗：謂生活清苦，為人清白。蘗，音ㄅㄧˋ，苦也。

❽ 蚊負：喻力小而任重也。《莊子．應帝王第七》：「其於治天下也，猶涉海鑿河，而使蚊負山也。」

❾ 燮理：協調治理。《書．周官》：「立太師、太傅、太保，茲惟三公，論道經邦，燮理陰陽。」燮，音ㄒㄧㄝˋ，協調。

赴任後，即到太師府稟見。其如太師家人嚴二，自稱嚴二先生者，每遇內外官員初次稟見，必要勒令三百兩銀子以作門禮，否則不肯通傳，還稱太師設有陋習，每逢參謁者，必要千金為壽，否則故捏以他事，名掛劾章⑪。以此挾制，莫不竭囊供贄⑫。似此，則聲名喪地矣。大抵太師丞相皆未察覺所致，如此小人弄弊，太師豈可姑容？還望丞相詳察。」

嚴嵩聽了海瑞面揭其短，心中大怒。本欲發作，只恐認真，遂故作歡容道：「微先生言，幾被這小人舞弄，但不知先生來時，嚴某有勒索否？」海瑞道：「若是沒有見證，卑職焉敢混說？」嚴嵩道：「他卻取你的多少？」海瑞道：「須要不多，無過卑職傾家相送，尚欠一百兩。尊管還不滿意，不肯代傳，又以危言恐詐。卑職自念一頂烏紗雖然不是十分緊要，但是十載寒窗，妻女萬里從苦，故亦有所不忍。卑職妻子苦夫失官，不得已盡將閨中金飾交與卑職，持送尊管作抵，尚費了多少屈服之氣，始得相通。今日得親顏色，亦非小可。卑職從此衣食俱盡，丞相卻將何以訓誨？」嚴嵩聽了，不覺面上紅一塊青一塊的。說道：「豈有此理，這奴真欲傾陷⑬吾也。先生且暫少坐，容某訊之。如果屬實，則當正法，決不稍事姑容也。」海瑞道：「習性成慣，太師當以好言勸之。」嚴嵩越發大怒，即便喚

---

⑩ 調和鼎鼐：比喻處理國政。相傳商武丁（高宗）問傅說治國方法，傅說用如何調和鼎中之味作比喻，闡述治國之術。鼐，音ㄋㄞˋ，大鼎。

⑪ 劾章：即劾狀，揭發過失和罪行的文狀。

⑫ 供贄：初見尊長時奉獻的禮品。

⑬ 傾陷：陰謀陷害。《宋史・蘇轍傳》：「呂惠卿始諂事王安石，……及勢鈞力敵，則傾陷王安石，甚於仇讎。」

了嚴二進來，罵道：「你充當本衙家丁，有得你食，有得你穿，這就彀了。怎麼在外瞞著了我，如此滋事！你知罪否？」嚴二見海瑞在旁，又見嚴嵩發怒，諒是為著此事發作，只得跪下說道：「小的自蒙爺取錄以來，無不遵法守份，並無過失。乞爺明示，死亦甘心。」海瑞在旁卻忍不住插嘴道：「你休要瞞太師了，你適間受的是甚麼東西？」嚴二厲聲道：「你看見甚麼東西？無端在我主人面前讒譖？」嚴嵩喝道：「休得多言，我且問你，海主事現在告你私收門包，亦可有麼？」嚴二道：「沒有。」海瑞作色道：「明明二百兩，另外一盒金器，經我親交與你手上的，難道白賴麼？」嚴二被海瑞質對著，諒不能抵賴，乃道：「我們當家人的，上則靠著主人賞賜，下則仗著你們老爺們賞封。適間蒙老爺賞的，如今現放在門房裡，還未曾取起，怎麼就在主人面前讒害？既然老爺捨不得，就請拿了回去就是，又何必要造這言語？」海瑞道：「可是有的，如今當太師面還我便罷，不然恐太師執法如山，不能稍寬汝矣。」嚴嵩在上，聽得真贓正賊，只得叱罵道：「不肖的奴才，怎敢大膽私受人家賞賜？還不拿來，當面繳還主事老爺麼。」嚴二不敢再說，只得急急走到門房，將那二百兩銀子，並小盒兒一齊捧將入來，跪著道：「這就是海老爺賞與小的之物，今當海老爺交還，算是小的多謝海老爺賞了。」嚴嵩笑道：「你乃一個家奴，怎麼消受得起？這卻是海老爺故意與你作耍，你怎麼卻認真了？快些送還海老爺罷！」嚴二急忙將銀子釵飾交還與海瑞。海瑞接轉，便向嚴嵩拜謝道：「多蒙丞相破例相覬，使卑職啣結無既矣。」嵩明知其言刺己，乃故作歡容道：「先生勿怪，旋當整治此奴矣。」立即吩咐家人備酒，與海瑞敘話。海瑞告辭道：「卑職乃是部屬微員。明公乃朝廷極品，焉敢忘分，只此告辭。」嚴嵩道：「偶爾便飯，吃一碗去。」海瑞只是告辭，堅執不從。嚴嵩道：「諸事不合，祈先生包涵，敢忘厚報？」海瑞唯唯，辭謝而歸。暫且不表。

再說嚴嵩打發海瑞去了，即喚嚴二責罵道：「你怎麼這般胡塗？我原說過的，叫你不要收他的禮物，怎麼你竟收了？如今卻被他當場出醜，好生沒趣。想我自筮仕以來，只有勢壓於人，並不曾稍出遜言。今為你卻受了這一肚子的鳥氣，真是豈有此理的。」嚴二道：「老爺且息雷霆之怒，暫寬斧鉞⑭之威，想小的自從跟隨老爺以來，於茲八稔，所行之事，無不與爺商酌。自爺登仕以來，向設例規，無不凜遵，惟未見這個海瑞如此混賬。他適間膽敢毀謗老爺，何不立即參奏了他，以儆將來？」嚴嵩道：「海瑞為人剛直忠正，且不畏死。倘彼奮然扣閽⑮陳理，你我是非，則數載之勞苦心力，一旦為之盡付東流矣。汝不見前者張國公之事耶？此即可為前車之鑒矣。」嚴二道：「張國公奉旨糾察天下州縣官吏賢否，倉庫虛實，又何關海瑞之事？小的實所不知，乞爺明訓。」嚴嵩笑道：「虧汝還是一個丞相的家人，前者張國公奉旨巡察天下州縣，是奉旨躬代皇上之巡幸，還有誰人敢稍抗逆？所以每過州縣，派令州縣供應銀兩，一路俱皆遵辦。惟到浙江時，海瑞初署淳安知縣，不特不為供應，且自矯傲，國公到縣，亦不為禮。及張國公發怒，責其不恭之愆。彼則昂然不肯少屈，意與國公抗衡，並面叱國公之非，還要與張公爺算賬。後來張公爺看見勢事不好，恐怕當場出醜，只得忍氣吞聲，後來

---

⑭ 斧鉞：泛指刑罰、殺戮。《國語・魯》上：「大刑用甲兵，其次用斧鉞。」注：「斧鉞，軍戮。」軍戮即斬刑。

⑮ 扣閽：吏民有冤屈等直接向朝廷申訴。清閔齊級《六書通閽》：「又凡吏民冤抑得詣闕自愬者曰叩閽。」扣，敲擊；碰撞。通叩。閽，宮門。

還說了多少好話，纔得開交。張公爺尚且如此，何況我府近在禁垣⑯，他雖職分卑微，然乃是一個部曹，若是央求尚書、侍郎，亦可以上奏的。所以適間我也讓他，今後汝等再休惹他。吾自有主意，徐徐圖之。」嚴二應諾而出。從此嚴嵩心中挾恨海瑞，千方百計，尋事陷害，此是後話。

再說海瑞回衙中，妻子忙上前問道：「事體如何？」海瑞道：「幸喜不致失信。」遂喚海安，仍將銀子小盒交還小姐。金姑接轉，喜不自勝。張夫人道：「且喜見了嚴相，這頂紗帽方保得穩呢。」暫且按下不表。

又說那張娘娘，自蒙皇上寵愛，在宮三載，產下太子，皇上十分歡喜，遂有立他為后之意。尚未發言，而皇后已死。此際天下臣民掛孝，自不必說。到了小祥，皇上升殿，聚眾文武商議，欲立張氏為后。時嚴嵩在旁奏道：「陛下立后，乃天下之大事，何無一女可當聖意者？貴妃張氏，乃出身微賤，伊父市儈之流。既蒙陛下立為貴妃，則張氏之幸有過於望外者。今陛下若欲冊為正宮，不特該妃微賤，不足以配至尊，且恐臣民竊議，伏惟陛下思之。如陛下再續鸞膠⑰，當於各臣宰之家，遴選其四字俱全者冊之，名正言順，誰曰不然？」帝聽奏不悅道：「朕自別駕微員入居九五，亦由微而顯。今日之事，雖乃市儈之女，然工容言德，靡所不僭。事朕以來，端莊嚴謹。況生太子，朕故冊為正宮，卿何諫阻？」遂即日冊張氏為皇后，立其子朱某某為太子，即遷於昭陽正院居住。封妃母仇氏為榮國夫人，頒語布告天下。嚴嵩心中不悅。

---

⑯ 禁垣：皇宮城牆，亦指帝王居處。

⑰ 鸞膠：即再娶之意。傳說海上有鳳麟洲，多仙人，以鳳喙麟角合煎作膏，名續弦膠，能續弓弩斷弦。

看官要知道他為甚麼不悅之意，原來嵩有甥女，姓郝名卿憐，年方一十七歲。生得傾城之色，羞花之貌。詩詞歌賦，無所不曉。舉止閑雅，洵是神仙中人。其父郝秀，娶嵩之姊。郝秀曾為部辦，攜妻在京。及嵩得官之際，親戚來往。未幾，郝秀病死，其姊亦相繼而歿。郝卿憐時年十四，無所依靠，嵩遂接歸府第，養為己女。三年間，其女長大，更自超凡的美媚。嵩日夕撫育，愛如掌珍。時延大內樂部女，教以歌舞。滿望進於皇上，以固己之寵。久有此意，只奈皇后尚在，張妃之寵未衰，無可乘隙。今皇后已薨，正欲進獻，忽帝要冊張貴妃為后，故此嚴嵩從中諫阻。豈知天子不聽，決意冊立。嵩心中不悅，恨恨回府。自思有此機會，又被他人占去。如何不恨。正是：

不如意事機偏巧，但有心人恨便多。

要知將來嚴嵩果能把甥女進入宮否，請看下回分解。

批評：

嚴嵩頭一個權勢的人，卻見了海瑞，遂不敢擅作威福，致敬致恭，此非嵩能禮賢下士，卻是海公正直剛介，能令嵩之自然能恭敬也。嘉靖失偶，因張貴妃有子，冊為正院，此近義近理者也，而嵩諫之。嘉靖亦不以怪，豈其溺愛不明耶。

第二十二回　嚴嵩獻甥女惑君

卻說嚴嵩久欲將甥女卿憐進於天子，今見其志不遂，便恨恨而歸。回至府中，不勝憂悶。自思虧我蓄意許久，用了多少心血，纔得卿憐習諳歌舞。今一旦大失所望，如何是好？千思萬慮的，再不能算得一個好方法出來。忽然想起兵部給事趙文華素有學問，為人多謀足智，新與我相契，何不請他到來商議，或有計策，亦未可定。遂吩咐家人拿了一個年家❶眷弟的名帖，到兵部中來請趙文華過府閑話。家人領了名帖，便一徑來到兵科公廨，見了趙文華，將帖子致主人之意。趙文華看了帖子，即整衣冠，隨著來人急趨相府。

時嚴嵩早已令人預備下酒筵在那萬花樓上，嵩卻在花亭相候。文華來到花亭，見了嚴嵩，急急上前打恭請安。嵩一手挽起，相攜到萬花樓上，分賓主坐下。家僮獻上龍團香茗。茶罷，文華躬身道：「旬日事忙，不曾到府上問安，罪甚、罪甚。不知老太師相召，有何訓諭？」嚴嵩道：「閒暇無聊，特邀先生過我一談。」文華道：「屢擾郇廚，醉酒飽德❷，不知何以啣結？」嵩道：「先生何必客套？

❶ 年家：科舉時同年登科者的稱謂。

❷ 醉酒飽德：謂酒醉德滿也。今借為宴會後客謝主人之辭。《詩・大雅・既醉序》：「醉酒飽德，人有士君子之行焉。」飽德，備受德澤。

自古相識者，天下知心無幾人。今吾與先生在朝，甚愜素懷，故無事之際，敬邀先生閑話。」遂請入席。文華就要把盞，嵩道：「先生真是長作客套也。」遂對酌於樓上，彼此勸酬，極備歡暢。嵩道：「昨日皇上欲再冊后，僕欲以小女奉進，不虞今日已立張貴妃矣。此郤先後只差一刻耳，誠為恨事。」文華道：「昨聞太師曾諫來，怎麼皇上如此固執？」嵩道：「皇上以張貴妃有子，故立之。」文華道：「張貴妃出身微賤，帝實不察，將來何以母儀❸天下？誠不可解也。」嵩道：「吾欲將小女進宮，但此刻張貴妃已正昭陽，且帝愛其子，因重其母，倘不肯納，如之奈何？」文華道：「今觀帝亦耽於酒色者，當以計餌之，自無不納之理。」嵩因問其計。文華道：「今皇上與太師乃是忘形❹之君臣，來日早朝，乘間奏請帝過相府賞花，帝必不推。若是駕臨，太師則盛飾女樂，靚粧小姐而出，使之把盞進饌，則帝必樂。酒至半酣奏之，必然允納的。」嵩大喜，忙謝道：「先生真妙計也。」相與痛飲而別。

次日早朝，帝問嚴嵩道：「近日市中米價如何？」嵩奏道：「今春雨水調勻，正是『雨暘時若』❺。各處禾稻豐足，正所謂一禾九穗，實足為豐年之慶也。」帝喜道：「若此，則朕無憂矣。」嵩呼萬歲，道：「陛下憂民若此，故上天特降豐年，此蒼生幸矣，臣等不勝欣忭之至。際此昇平之候，臣敢恭迓❻

❸ 母儀：人母的儀範。《後漢書．光武郭皇后紀》：「郭主雖王家女，而好禮節儉，有母儀之德。」

❹ 忘形：親密無間。唐杜甫《杜工部草堂詩箋．醉時歌贈廣文館學士鄭虔》詩：「忘形到爾汝，痛飲真吾師。」

❺ 雨暘時若：晴雨適時，氣候調和。語見《書．洪範》：「曰肅，時雨若；曰乂，時暘若。」

❻ 恭迓：恭恭敬敬地迎接。迓，音一ㄚˋ，迎接。

六龍❼過臣第賞花，小顯君臣之樂，不知有當聖意否？」帝大喜道：「久聞相國園亭佳雅，朕每欲一玩。今相國有心相邀，明日必至，惟恐有累卿耳。」嵩忙謝道：「陛下聖駕一臨，草木生輝。臣不過水酒一杯之敬耳。」帝應允。嵩辭謝而去，回到了府中，即請文華到府，請他佈置。文華應命，便即喚了嚴府的家人，取那一件這一項，頃刻之間，擺設得如花團錦簇一般，水陸並陳。預將甥女卿憐修飾，又令各女樂預先打點。

至次早，嵩具朝服伺候。至午刻，只見黃門❽宦飛奔而來，稱說聖駕起行，已離正陽門，將次到了。嵩即令人于路焚香恭迎。少頃，只見黃傘飄隱，遠遠望見鑾駕。嵩即手捧玉珪❾跪於地下。那侍衛儀從，一對對的不知過了多少，隨即有女樂十六人，一派笙歌嘹喨，一對香爐過去，就是鑾輿。嵩即山呼萬歲。帝賜平身，嵩扶輦而行，一直來到內堂，方纔下輿。帝坐於當中，嵩復山呼舞蹈。帝賜坐，問道：「卿居此第幾年？」嵩道：「蒙皇上天恩，臣秉鈞衡❿於茲三載，居此不覺三年矣。」帝笑道：「光陰似箭，日月如梭，卿與朕相處，屈指不覺將近十載矣。」嵩謝道：「臣以一介庸愚，謬蒙陛下知遇殊恩，不次超擢，感刻既深，惟有赤心一枚，以報陛下也。」須臾，筵宴齊備。嵩以小碧

---

❼ 六龍：皇帝車駕的代稱。皇帝的車駕為六馬，馬八尺稱龍。故謂六龍。漢劉歆《述志賦》：「總六龍於駟房兮，春華蓋於帝側。」

❽ 黃門：東漢給事內廷的黃門令。中黃門皆以宦者充任，後遂稱宦者為黃門。

❾ 玉珪：古代帝王、諸侯舉行隆重儀式時所用的玉製禮器，玉珪上尖下方，形制大小，因爵位及用途不同而異。

❿ 秉鈞衡：「秉持國家政務重任。」

紗車坐帝，令兩個美女牽拽以行，來到萬花樓。果見幽雅不凡，迥殊人世。儼然瓊鳥瓊臺，即大內亦無如此佈置。帝心甚喜，贊道：「此是神仙之府，朕焉得長處此也？」嵩謝不迭。

賞玩了一番，隨即登樓。那樓高數仞，更且四面窗扇，皆以玻璃為之。其中朱棟雕樑，自不必說。嵩請帝坐於當中玉龍墩上。帝仰望無際，青山遠疊，綠水瀠洄⓫。正是：欲窮千里目，更上一層樓⓬。

當下帝觀眺良久，不覺心曠神怡。嵩即親自把盞，隨有女樂一十餘人，皆衣羅綺，油頭粉面，真如錦簇花團一般。為首一女子，更覺美艷非常，立於諸女之中，如雞群之鶴，以春蔥捧玉卮⓭跪獻席前。帝注視良久，不覺神為之蕩，笑道：「卿真乃神仙中人也。」頻以目視之。嵩乘間進曰：「此女有福，得見天顏，亦一時之大幸也。」帝笑道：「此女不減太真，朕欲為三郎，未審丞相肯見惠否？」嵩曰：「此臣女卿憐也，今年十七矣，尚未有問名者。然蒲柳之姿，恐不足近褻聖躬。」帝笑曰：「司空見慣，故以如此，使蘇州刺史斷腸幾回⓮矣！丞相勿吝。」嵩即與卿憐齊呼萬歲，當席謝恩。帝大喜，即賜卿憐平身，命人以小車先載入宮。與嵩暢飲一番，然後回宮。嵩直護駕至宮門方回，好不歡

⓫ 瀠洄：水流回旋貌。瀠，大水。迴，水回旋而流。

⓬ 欲窮千里目更上一層樓：引自唐王之渙《登鸛雀樓》：「白日依山盡，黃河入海流。欲窮千里目，更上一層樓。」

⓭ 玉卮：玉製的酒杯。《漢書・高帝紀》注：「（玉卮）飲酒禮器也，古以角作，受四升。」卮，音ㄓ。

⓮ 使蘇州刺史斷腸幾回：引自唐劉禹錫詩〈贈李司空妓〉：「高髻雲鬟宮樣妝，春風一曲杜韋娘。司空見慣渾閑事，斷盡蘇州刺史腸。」

喜。復與趙文華飲至月上東牆，方纔各散。至次日，聞帝即於是夕在翠華苑留幸嚴女。嵩得了這個喜信，以千金謝文華之妙計。從此與文華更加相厚，格外另眼相看。不一月，將文華改擢刑部郎中，暫且不表。

又說嚴氏卿憐，自從入宮得帝寵幸，做盡百般艷媚迷惑人主，帝寵日深，遂被嚴氏所惑，常在嚴氏苑內。未幾月，冊嚴氏為上陽院貴妃，宮中稱為嚴妃，十分寵愛，言無不從。嚴妃便欲謀為皇后。適張后失寵，帝聽信嚴妃朝夕讒譖，遂決意廢張皇后而立嚴氏。群臣聞知，多有上本阻諫者，帝只留中⑮不發。八年五月，帝御溫德殿，以皇后本市曹女，不得母儀天下，廢為庶人。立嚴妃為皇后。群臣不敢復諫，張后遂被廢矣。

嚴氏既立，因見張后有子，恐他日自不能立，乃復進曰：「皇后怨陛下深矣，不如仍復立之，庶無後患。」帝問：「何出此言？」嚴氏道：「張后怨陛下之廢彼為庶人，心深慊怨，口出不恭之言，待其子稍長，即為復仇，故宜避之。」帝怒甚，即時放張后母子於冷宮，永不許朝見。可憐張后並無失德，一旦為奸妃所害，日囚於冷宮，不見天日。時太子年已三歲，日夜啼哭，后甚憂之。宮中之人，無不竊嘆。海瑞聞之，即上本中奏，勸帝復立張后，其內有云：「太子久已儲立青宮⑯，天下所共知也。今一旦被廢，竊恐無以取信於天下。惟陛下思之。」等語。帝聞奏不悅，只念海瑞向日廉介，況

---

⑮ 留中：君主把臣下送來的奏章，留置宮禁之中，不批示，不交議。《史記．三王世家》：「四月癸未，奏未央宮，留中不下。」

⑯ 青宮：太子居東宮，東方屬木，於色為青，故稱太子所居為青宮。

又是正言，乃批其本尾云：

覽奏備悉。卿忠心為朕，然事已更，豈可復乎？姑隱圖之，不負卿意也。汝其隱之。

海瑞見了批語，嘆道：「讒言惑主，雖有忠言，皆逆耳矣。」海瑞不覺已在部三年，應該報陞遷擢的。只因嚴嵩記其曾上過奏本一事，心中恨之，故特不遷瑞之官。瑞亦不在意，惟愿天子早日省悟而已。

帝既惑于嚴氏，自然重信嚴嵩。此時嵩位極人臣，帝寵信無比，乃尊嵩為國丈。嵩便肆行無忌，朝廷大小事務，悉歸嵩手。凡有陞遷、降調，一切皆稟自於嵩，然後入奏。又另植群黨，以趙文華為通政司。

時張志伯已任陝甘提督，嵩欲以志伯為護衛，遂奏請撤回志伯為京城兵馬都督府。這缺為是京城總管，掌理九門軍馬。志伯既得了恩命，即日起程赴京都。先到嚴府請安，隨將禮單呈上。內開的是：錦州大氈毯一張，黃州柑子一百簍，寶石如意一枝，珍珠如意一枝，碧玉寶帶一圍，金供器五件，西洋時鐘一對，錦緞千端，水晶簾一掛，玻璃照身鏡二面（高九呎厚五寸許，紫檀鑲），浣火布一丈，玉馬一疋（高五尺，有輪自能行走，轉動如生）。

嚴嵩看了禮單，惟喜的是那張大氈毯。笑道：「僕因萬花樓高大，冬月欲得一方氈毯鋪於樓上，以便煖坐。只苦無此大材料，常以為憾。今見此毯，諒與樓之寬窄不差甚麼。」志伯道：「丞相試鋪在樓上，看是如何？」嵩即令人展開，鋪在樓上，果然一些不寬，一些不窄，儼如度製的一般，遂大喜道：「莫非親家量過了的，然後喚人織的麼？」志伯道：「然也。」嵩笑而謝之道：「親家真知我心也。」遂令人備宴，相與暢飲，盡歡而散。正是：

只因心愛處，即便遂懷來。

後來張志伯如何，且聽下回分解。

批評：

人之交，交勢。勢敗則離，勢炎則合。觀志伯之心，阿諛奸相如此，概可知矣。嵩之擢超志伯，亦復不為不厚矣。小人之交，故以如此。

第二十三回　張志伯舉薦庸才

卻說張志伯次早入朝，朝見已畢，帝令平身。宣上殿來慰勞，問曰：「陝甘一帶近日如何？」志伯奏道：「陝西一省幸賴寧安，惟涼州一度陷於鄯善之夷，彼時有窺視之心。甘北界鄰胡地，亦圖入腳❶。臣到任後，即時加巡警，嚴飭戍士，所以守禦嚴而釁無從起耳。此乃陛下洪福，國家之幸也。」帝喜曰：「卿可謂擅理而善治者也。今卿來京，不知守者可如卿萬一否？」志伯奏道：「臣奉恩命之日，即在各營鎮哨內悉心遴選。查有中營中鎮胡芳，年力精壯，善得撫守之法。且待軍士有恩，人樂為之死。臣將軍務，令其暫署，候陛下簡放❷才幹兼優者經任，以資彈壓。」帝道：「此任甚重，非素諳撫治之員，不克勝任。卿意以何人可當此職？」志伯奏道：「臣觀才幹兼優者固不乏人，然非在外重鎮，即夾輔都城，恐不能移易。臣伏見相國族弟嚴源，年力強富，諳曉治道，具有王佐之才❸，孫吳之略❹。現為駕部郎，這人可當此任。陛下試召之，面訊其治理之道，必有可觀。否則，臣甘

---

❶ 入腳：進入。《天雨花》第十四回：「下流不肖畜生身，公然入腳勾欄院，背違祖訓亂胡行。」

❷ 簡放：清朝由特旨授道府以上的官職。清《會典事例．吏部漢員開列》：「交吏部帶領引見，聽候簡放。」

❸ 王佐之才：輔佐帝王創業治國的人才。《後漢書．王允傳》：「王生一日千里，王佐才也。」

❹ 孫吳之略：超凡出眾的計謀策略。孫吳，即戰國時以善用兵知名的孫武和吳起。

受欺罔之罪。」帝曰：「卿為社稷之計，舉賢才，荐忠良，乃大臣之體。朕甚嘉尚，何罪之有？」遂令黃門官持節到相府宣召嚴源，明日早朝見駕。黃門官領旨去訖。帝即對張志伯道：「明日吉辰，卿即接印任事可也。」隨賜玉如意一枝，飛魚袋一個。

志伯山呼謝恩出朝。急忙來到相府，恰好嚴嵩正在書房用饍。張志伯進見，嵩即請同吃。志伯道：「飯且慢吃，特為君報喜而來。」嵩問：「有何喜事？」志伯便將帝問彼答，現在簡放令弟源老兄，已差黃門官持節來宣，明日早朝陛見，即為大將軍的話說明。嵩聞言反覺不悅，道：「蒙親翁美意，特為舍弟吹嘘，但舍弟自江西來，諸事未諳，僕無奈以一職而羈其身。今忽然膺此大任，只恐弗勝，誠不免畫蛇添足，似此如之奈何？」志伯尚未及答，人報黃門官奉節至，請爺快出接旨。嵩急穿朝服出至中堂，跪接聖旨。黃門官口誦聖旨道：

現據張志伯奏保丞相族弟嚴源，有王佐之才，孫吳之略，朕甚嘉悅。特著黃門官持簡到宣，卿宜攜弟明日早朝陛見，朕另有委諭。毋延，欽此。

嚴嵩謝恩已畢，向黃門官謝過了勞。黃門官道：「恭喜相國，令弟今承特召，必有大缺簡放，可喜可賀。」嵩謝道：「乃尊使福庇所致。」黃門官作別回朝復命不題。

再說嚴嵩打發天使回宮，即來與張志伯商議道：「明日舍弟入朝，只恐皇上面詢其戍守方略，舍弟如何能答得來，怎麼是好？」志伯道：「太師不須憂慮，可令人請令弟來此，僕自有以教之，必不致誤事的。」隨又著人到府中取地輿圖來，二人領命，分頭去訖。少頃，嚴源來到。二人相見畢，志伯便向他道喜。源道：「何事可喜？乞即示知。」志伯道：「二爺旋作大將軍矣，豈猶未知耶？」遂將如何始末，備細說知。嚴源聽了，驚呆半晌，始道：「謬承親翁大人吹噓，恐僕有負所荐，如之奈何？」志伯道：「不妨，且坐片時，自有分曉。」言未畢，家人取圖來到。志伯展開，懸於壁上，乃是一幅地理圖。上載著陝甘兩省的山川關隘形勢，以及路徑險要，一一均有註腳。那裡為最重之地，何處是衝繁之區，指摘清楚，歷歷如見。志伯道：「二爺明日到了那裡，必要先整飭那裡，又次及那裡。」一一為之解說，再三指示。嚴源默記於心。志伯又將如何答應戍守之道，復為開說。嚴源亦細心記之。嵩喜道：「非親翁之大教，真弄巧反拙也。」顧謂嚴源曰：「汝默記之，毋致臨時遺忘可也。」源當面稱謝，嵩即命人取酒共酌。志伯辭道：「現奉聖旨，僕明日上任。僕尚有事，只恐明日不能相從二君入朝，幸勿見怪。」遂辭去。嚴嵩恐源不能記憶，是夕竟不放嚴源歸，將圖形屢屢指點，復令其誦讀註腳之語。直至四更，始息片刻。

剛轉五更，兄弟雙雙抖擻朝衣，令家人提了絳籠，一徑入朝。金雞三唱，天色漸曙，忽聞景陽金鐘三響，各內侍鳴鞭靜殿，各文武分班立著。嵩與源二人跪堦下。少頃，御香氤氳，一派音樂，兩行宮女及許多太監，擁簇著帝升殿，坐於九龍繡墩之上。文武山呼已畢，帝令捲簾，宣嚴嵩、嚴源上殿。二人山呼萬歲，趨上御前，俯伏金堦。帝賜平身，二人謝恩起立於龍書案側。帝顧嚴嵩曰：「此即汝族弟耶？」嵩奏道：「乃臣弟嚴源也。」帝隨問源道：「卿現居何職？」源俯伏奏道：「臣現充駕部郎之職。」帝笑道：「志伯荐卿之才高，朕今日當展汝驥足。朕欲以卿為陝甘提督諸軍，卿料能守此否？可為朕言之。」源頓首道：「臣乃一介庸愚，毫無知識，謬蒙張都督過譽。臣不才，惟有竭盡忠誠，以報陛下高厚於萬一耳。至於守撫事宜，非可以預定者，見機而行，遇時而進，撫則不失為討，討則仍復為撫。撫討兩道，即治理之道。誠非臣所能逆料者也。」帝聞源語大喜道：「真將才也！大將在謀，今卿得之矣。朕欲以全涼委卿，卿其勿負朕意。」源頓首道：「臣無才無識，誠恐弗克勝任，有負陛下委託之重。」帝道：「卿之才，朕已知之。」即以嚴源為甘涼總督諸軍事，賜上方劍，即日起行。源九頓謝恩出朝。二人好生歡喜，少頃就有許多官員前來道喜。此際嚴源恰如山陰道上❺，竟然接應不暇。次日，趙文華即以千金為壽，另有名馬玉帶之類相送。（文華可謂善於趨炎附勢者。如此逐臭❻，何不知恥若此。吾甚為之惜矣。或曰：「不然，公太迂腐，故有此說。今日之做官而享富貴者，非昔日之趙文華耶？只知為彼惜，我亦惜公不及文華矣！」可發一笑。）嚴源既受了恩命，即日打點赴任。吏部那邊即時差人送了文劄，並上諭訓旨過府。嚴源擇吉起程，一路上的供應迎送，所過州縣官，無不攢眉❼吞氣，儼然先日之清算張國公也。暫且不表。

光陰似箭，日月如梭。海瑞在部，不覺四年有餘，備極劬勞。二次報功，皆被嚴嵩駁回，不許填

---

❺ 山陰道上：謂應接不暇。原指景物美而多，令人目不暇接。語見南朝劉義慶《世說新語・言語》：「王子敬云：『從山陰道上行，山川自相映發，使人應接不暇。』」

❻ 逐臭：喻惡人臭味相投，沆瀣一氣。《文選・曹植與楊德祖書》：「人各有好尚，蘭茝蓀蕙之芳，眾人所好，而海畔有逐臭之夫。」

❼ 攢眉：皺起眉頭，憂慮不快的神態。漢蔡琰《胡笳十八拍》五：「攢眉向月兮撫雅琴，五拍泠泠兮意彌深。」

報卓異，每欲尋隙陷之。只因海瑞辦事小心，又並無一些破綻，嵩故無從下手。時張志伯在京城，恐怕海瑞見帝，即敗露其先日，故每勸嚴嵩隱忍，總不遷其官爵，使彼不得見帝。故以如此，瑞又在部年餘。

一日，人傳嚴嵩與弟甘涼總督嚴源常有私書來往。嵩子世蕃，年方十五，終日在外嫖蕩，恃勢淩人。昨日在千翠勾欄院飲酒，一語不合，酒後使性，竟將院娘擊死。知縣前去相驗，拘問鄰人，方知是世蕃所為。知縣竟不敢根究兇首，反把屍母扣押，令其遵依領埋。如此肆橫，種種不法。海瑞聽了嘆道：「似此則小民受害者，恐無寧晷❽矣！」只是自己官職卑微，咫尺天顏，無由得見，心中煩悶。值部務稍暇，乃過李純陽編修處閑話。李翰林延至內堂，彼此談論。說起朝中之事，海瑞慨然曰：「皇上任信嚴嵩，則社稷將見傾危矣。」相語未畢，忽人傳李侍讀到拜。李純陽道：「海兄且少坐片刻，待小弟陪了客來，再來敘談。」海瑞笑道：「既有貴客至，請自便罷。」李純陽拱一拱手，往外陪客去了。

且說海瑞獨坐無聊，遂將純陽的書籍翻閱。看了幾本，不覺一本書內，有一小摺兒夾在其中。海瑞展開來看，卻不是別的，乃是嚴嵩的劣績十二款。只見上寫道：

第一款：二年春三月，嵩在通政任內，窺見順城門張一敬之女美媚，以勢娶之。其父母不允，嵩諷縣令以橫事陷一敬於獄。嵩因娶其女為側室，阻隔其父母往來。一敬幽死於獄，敬妻旋亦

---

❽ 寧晷：安寧寧靜的時刻。晷，音ㄍㄨㄟˇ，光陰，時間。

屈恨而死。嵩恐女為父母復仇，夜縊死其女以滅口。

第二款：嵩改擢刑部尚書，凡有天下撫院所咨命盜各案，必取押咨銀若干兩，否則駁飭。

第三款：嵩在刑部尚書任內，因江南一家三命之案，兇首有財，令人持至嚴嵩，以白金三千為壽。嵩受之而翻其案，使死者抱憾九泉。（五年九月事也）。

第四款：嵩遷丞相加太師，日益肆橫，目無君父，把持擅專，所放之官，佈滿天下。六年五月，嵩以太保劉然不為己用，遂矯旨收之，殺於獄中。

第五款：福建閩王某，因無貢物於帝，以及嵩賄。嵩即譖於帝前，稱閩王不貢，便有不臣之意。閩省地接番夷，恐王為患，勸帝早除之，免滋後患。帝乃賜閩王死。嵩復使該地方官抄籍王家解京，以肥己囊。

第六款：嵩善窺上意，每遇帝喜，必暗奏之，彼黨羽某人好，他人歹。帝惟嵩言是信，升降不明，朝廷解體。

第七款：嵩有心固寵，欲為椒房之戚。以甥女育為己女，特請帝至府中獻弄，蠱毒惑君上，陷害張后以及青宮，皆廢為庶人，現今幽於長門宮。

第八款：嵩與步軍統領張志伯結為黨羽，又為兒女之親，屢屢保荐，直至封爵，出鎮大州。今復奏帝調回，總掌九門之鑰，其居心更有不可問者。

第九款：嵩與主事趙文華友善，朝夕綢繆，欲為己用，超擢文華通政之職。遷擢由心，目無君上。

第十款：私加官關課稅，以飽貪壑。

第十一款：放縱家人嚴二，刻剝重利放債。

第十二款：府第款式，仿照大內，而更極其新巧，僭越有罪。

海瑞看了，隨大喜道：「有對證了。」即急急的收於袖中。正是：

看明十二款，拚得一身亡。

未知後事如何，且看下文分解。

批評：

嵩之十二款，大底獨純陽所知。寫於紙上，蓋將存於書櫃，實不虞為海公盜去耳。張志伯之荐嚴源，正是呼朋引類，小人之欲作威福，必固先樹其黨，然後行事。此之謂也。

第二十四回　海主事奏陳劣蹟

卻說海瑞見了嚴嵩劣蹟十二款，便急急籠入袖中，竟不辭而去。回到館寓，展開再看，愈加惱怒，拍案嘆道：「如此國賊，若非參奏，殊非為君為臣、忠君愛國之心矣。」遂即作稿具奏，將這十二款劣蹟，書載於內。其奏稿云：

刑部雲南司主事臣海瑞，誠惶誠悚，稽首❶頓首，謹奏為國賊專權，官民被害，亟請嚴旨，立除橫暴，以安臣民，以靖天下事：竊見丞相嚴嵩，身膺重祿，深負國恩。自蒙陛下殊渥❷以來，不次遷擢，以郎官荐陞通政，旋擢尚書，復蒙格外殊典，欽加太師職銜，兼秉鈞衡。計嵩自及第筮仕以來，屈指未及十載。以獻媚工讒，遂致位極人臣，從古未有之幸，理當竭忠報國，以答高厚。乃嵩自得寵以來，日肆其暴虐貪戾，性成殘忍。甚至門庭如市，祇因大開賣官鬻爵之權。公用賄賂，罔顧❸王章，植黨樹威，其心莫測。小人任為心腹，君子視若寇仇。擅殺大臣，

❶ 稽首：舊時最恭敬的跪拜禮，叩頭至地。《周禮春官・大祝》賈公彥疏：「一曰稽首，其稽，稽留之字；頭至地多時，則為稽首也。」

❷ 殊渥：特別的恩惠。唐杜甫〈寄李十二白二十韵〉詩：「文彩承殊渥，流傳必絕倫。」

私放官職與其子姪。族弟嚴源，從豫來京，白丁得職。復令其兒女親家、現任九門總督之張志伯，謬奏混荐，乍膺重鎮，以代志伯回京，以便結成一塊。文武之權，悉歸嵩之掌握，誠欲危國家而為不軌謀矣。臣受國恩深重，雖肝腦塗地，亦難仰答高厚於萬一。睹此國賊專擅肆橫，情難啞忍。不揣昌昧，謹將嵩歷行劣蹟，條列於左，以冀陛下電察❹。乞將嚴嵩革職拿問，交三法司擬議。則國家幸甚，臣民幸甚矣。謹據確實以聞，臣不勝待命之至。計粘國賊嚴嵩劣蹟共十二款。恭呈御覽。

次日五更，海瑞穿了朝服，竟趨朝堂。內有同僚見之，問曰：「先生從來不曾趨朝，今日何故趨朝？有何大事？」海瑞道：「朝廷乃臣子陳說利害之地，但有事即得趨奏。公何必多問，自便罷了。」那同僚見他如此搶白❺，自覺沒趣，遂不再問。少頃，金鐘響嘵，帝已升殿，文武隨班朝賀，山呼舞蹈畢。海瑞越班而出，俯伏金堦，奏道：「臣刑部主事海瑞，有本冒奏陛下，伏乞賜覽，臣不勝幸甚之至。」帝突見海瑞在堦前，手捧奏章而跪，乃令內侍取來觀看。帝覽閱良久，自作沉吟之色，乃傳旨道：「卿且退，朕自有處。」竟將奏稿納於龍袖之內回宮。文武看了如此光景，皆不知何故。退出

---

❸ 罔顧：不顧。《三國志・蜀書・劉備傳》：「滔天泯夏，罔顧天顯。」

❹ 電察：急速調查。

❺ 搶白：用語言頂撞。元王實甫《西廂記》一本三折：「他又問：『那壁小娘子莫非鶯鶯小姐的侍妾乎？』小姐常出來麼？」被紅娘搶白了一頓呵回來了。」

朝房，有來問訊的，海瑞笑道：「此乃機密，少頃便見。」眾皆疑惑不定，只得各別回去。

海瑞亦別眾而回，一路大喜道：「倘蒙天子准了此本，則與臣民除害，縱瑞一死，也是值得。」回到私衙，復歡笑。張夫人便問其何以甚喜：「想必要遷陞官秩麼？」海瑞道：「遷秩到是小事，所可喜者，業已參奏了嚴嵩矣。」張夫人聽了，不覺大驚失色，道：「老爺為甚麼瘋了？」海瑞道：「好端端的辦著正事，為甚麼說我瘋了？」張夫人道：「若不是瘋了，難道死活都不曉得麼？今嚴嵩勢傾人主，炎權灼手。你竟敢參奏他，豈不是以卵擊石，自取其死耶？」海瑞道：「嚴嵩雖然勢大，但彼有犯法，理當懲創，怕他則甚？」夫人道：「雖則犯科作奸，律有明條。然彼女現為皇后，吾料老爺不能與彼抗衡也，姑待之罷了。」海瑞道：「夫人且自寬心，吾以一介貧儒，受恩深重，今見國賊不奏，何以仰答聖主洪慈？縱為奏嵩而死，亦所瞑目，夫人勿言。」

不說海瑞夫妻之話，再說嘉靖帝袖了海瑞奏稿，回至宮中，與皇后嚴氏觀看，道：「汝父為官不慎，致被廷臣參奏，卿意如何？」嚴后便俯伏在地，哭奏道：「臣妾之父，待下過嚴，是以不得眾心，因而有此一端，伏乞陛下察之，妾與父不勝幸甚。」帝曰：「雖云不得於眾，而本內十二款，彰彰有據，朕若故為庇衛，未免過於偏袒。今當批行廷臣，秉公確訊，卻示意於承審之員，彼此開解了事就是。」遂提起御筆，批其本尾云：

海瑞所奏，如果屬實，亟應嚴究。著三法司會同秉公確訊。如有稍虛，即加倍反坐❻，以警將

---

❻ 反坐：將被誣告罪名應得的刑罰，加在誣告人的身上。《唐律疏義．鬭訟三》：「諸誣告人者，各反坐。」

來。嚴嵩、海瑞即並押發收審，限三日具覆。承審官毋得稍存袒護，欽此。

這旨意一出，隨差了兩名內侍，分頭到兩處押交。嚴后再拜謝恩不表。

再說那三法司是太常寺卿、刑部尚書、光祿寺卿兼兵部侍郎。你道那三位是誰？太常寺卿劉本茂，刑部尚書郭秀枝，兵部侍郎陳廷玉，當下三法司接了旨意，即命廷尉提人。誰知硃票未出，內侍早已將兩人送到。郭秀枝即命權交刑部司獄看守，懸牌明日聽審。二人交到刑部司獄處，彼此分開看守，自不必說。

再講嚴后打聽三法司乃是某人某人，即暗令小內侍將三份禮物悄悄的送與三人，致囑方便。三人卻不敢收下，惟對使者道「謹遵懿旨❼」而已。郭秀枝平日是與嚴嵩相好的，心中自然要袒庇。又有娘娘之旨致囑，越要迴護。即來見陳廷玉道：「僕觀此案，乃海瑞怨恨嚴太師不遷其官，故而有此一端。今奉聖旨，還當仰體聖意為是。」陳廷玉道：「只是海瑞所奏十二款，似有確據，如何偏狥得來？只是皇后既有懿旨，等待臨時見機而行就是。」秀枝稱善。二人一同來見本茂，備以此意告知，本茂含糊應允，然心實不平，姑應之而已。

少頃升堂。三人坐下，吩咐左右，先請嚴嵩問話。時嵩已青衣小帽，來到堂上。三人略略起身拱讓，便令人取大墊，鋪於地上，讓嵩坐下。問道：「聞得太師與海瑞有隙，不知是否？」嚴嵩道：「海瑞與某向不通問，有何仇隙？此事是海瑞含怨某不遷其秩，故以冒奏，希圖洩忿。惟三位大人察之。」

---

❼ 懿旨：皇太后、太后的命令。

秀枝道：「太師之言，如見其心，且請自便。」嵩謝而退。

秀枝即喚海瑞到堂，海瑞亦是青衣小帽，朝上打恭。秀枝卻不讓坐，便問道：「汝告嚴太師十二款，可有確據否？」海瑞道：「嚴嵩專權罔上，肆暴恣橫，鬻爵賣官，植威樹黨，公行賄賂，天下之人，無不共知，何為不確？」秀枝道：「你卻不揣冒昧，但凡大臣有罪，諸廷臣會銜聯奏。汝乃是一介微員，輒敢妄奏國戚，汝知罪否？」海瑞笑道：「夫賊子亂臣，人人得而誅之，又何怪一部之微員也。海瑞受國厚恩，誓以死報。今奸臣蠹國，正瑞報主之時也，雖斷首捐軀，亦復何憾！」秀枝道：「汝既有確據，能指其人否？」海瑞道：「不能一一指出。但不論皇城內外，無人不知有此一十二款。」秀枝怒道：「既非能指實據，豈不是冒奏麼？觀此必有他人主使，不然這十二款從那裡得來的？」海瑞道：「人人皆知有，卻是那裡沒有？」秀枝道：「聽此口詞，不打那肯招認？」吩咐皂隸扯下去掌嘴。本茂急止之，道：「且慢！海瑞主事，你此事卻從何處得來，亦不妨直說出來。否則徒受敲掠，終亦要說的，此非達士所為也。」海瑞聽了本茂的言，忖思道：「有理，想我一時粗糙，竟不審辨真偽，遂聞於上。今被這郭賊問得無言可答，何不供開李翰林，亦得他來作個確證。」便道：「此十二款，卻從史館得來的，難道還不確鑿麼？」秀枝道：「史館所載的事實，皆入於金縢[8]櫃中，汝焉能取得？此又是胡說的。」海瑞道：「現自編修李純陽書籍中得來的。如有不信，可即傳李純陽來問。」便可以見其確鑿矣。」郭秀枝笑道：「原來你與李純陽捏造的，且帶下去。」左右答應一聲，將海瑞

---

❽ 金縢：即金匱。銅制的櫃，用以收藏文獻或文物。晉左思〈魏都賦〉：「闕玉策於金縢，案圖錄於石室。」唐呂向注：「金縢，金匱也。」

簇下。本茂對二人道：「海瑞之言，必有來因的，可喚李純陽到問，便知端的❾。」即令廷尉官往喚純陽。

且說純陽那裡知道此事，正與客對弈。忽家人來報道：「不好了，不知海主事怎樣把老爺的密事宣洩於帝之前。今日奉旨，令三法司會訊嚴、海二人。誰知這位海主事卻把老爺扳扯❿在內。如今三法司已差了廷尉官來請老爺，現在堂上，請爺出去相見。」李翰林聽了，不知這話從何說起，便丟下了棋子，急急出來迎接。那廷尉官見了純陽，將來意說知。李純陽道：「不知海公為著甚事，扳扯在下，公可悉其情否？」廷尉官道：「原來尊駕還不知道麼？那海主事前日將嚴相參奏一本，奏其十二款，帝即批發三法司會審，在堂上供出太史來的。我們且到那裡再作計議可也。」李純陽道：「暫容入見妻子一訣。」廷尉官應允。純陽便入內見了妻子，備將上項事情說知。其妻莫氏大驚，且泣道：「君家今日此去，可保生回否？」（莫氏之言是料夫無生還之理，故以此問之，是激烈之語。）純陽道：「夫人莫要悲憂，此去即不能生還，亦無所憾。但我在生一世，只有一子，年尚未冠，一生祇有這點骨血，汝當善視之，毋負我意可也。」莫夫人道：「夫妻之義，父子之情，自不必說。老爺且自放心，吉人天相，諒亦不妨的。」此時李公子在傍，見了這般光景，道：「父親不必如此戀戀作兒女態，生死有命，又何遲疑之有？」純陽聽了大喜道：「好，好，有汝如此，吾死亦瞑目矣。」遂出外與廷尉

❾ 端的：究竟、來龍去脈。《兒女英雄傳》第七回：「你這人不要害怕，我是來救你的，快些隨我出來，到這月色燈光之下，問你個端的。」

❿ 扳扯：攀扯、牽連。

官同到三法司堂上去了。正是：

忠臣能有忠臣子，強將麾下無弱兵。

未知李純陽此去可得生否，且聽下回分解。

批評：

海瑞之供李純陽者，乃不得已而欲他來為確證故也，卻不虞其被殺。故海公之戀戀不忘於李氏者，蓋因此而不敢忘也。李純陽之被殺，卻在不知故公然而往，亦因其子一言所激耳。

第二十五回　青史筆而戮首

卻說李純陽聽了兒子李受蔭一番激烈言語，遂奮然就行，同著廷尉官，一路望著三法司衙門而來。廷尉官進內稟知喚到，郭秀枝便吩咐，且候明日隨堂帶質，當下廷尉官將李純陽帶回看守。

至次日午堂，一干人證俱到，三法司升堂危坐，先帶李純陽上堂。李純陽看見秀枝在座，歎曰：「吾必死矣！」原來郭秀枝與李純陽同在翰林院時，兩不相睦。純陽最鄙其為人，故相左❶。當下秀枝見了，分外眼明。儼然問官一般，威福擅作。乃把硃筆來點李純陽之名，書吏在傍高聲喝點。李純陽心中不忿，也不答應於他。郭秀枝連點三次，只見李純陽不應。乃怒道：「何物書獃，如此大膽！法堂之上，尚敢如此矯強耶？」純陽笑道：「實不敢自負，但賤名自殿試傳臚之日，經聖天子御筆點過，至今無人呼喚，不虞為汝等所呼，大奇，大奇。」枝愈怒道：「汝恃著太史，不服王法麼？」純陽道：「率土之濱，莫非王臣。有功受賞，有犯領罪，何敢不服王法？但吾之名諱，非汝得而呼之者也。」本茂看見彼此皆難過意❷，遂從容道：「李太史之言，怕不有理？惟公既已奉勘，不得不如此。」

---

❶相左：互相違異。清陳夢雷〈絕交書〉：「倘時命相左，鬱鬱抱恨以終，後死者當筆之於書。」

❷過意：過分的盛意。《史記．公孫弘傳》：「今臣弘罷駑之質，無汗馬之勞，陛下過意，擢臣弘卒伍之中，封為列侯，致位三公。」

純陽道：「此是奉旨否？」本茂道：「亦非奉旨，然事有因，故致勾攝❸太史，何太於過執？且說現在事罷。」因問道：「刑部主事海瑞，冒奏嚴太師一十二款，奉旨發在法堂聽勘，昨已嚴訊一切。惟海主事不能歷指事蹟，致此再三研訊❹，稱說一十二款，乃從太史家內書籍中撿出，不知果有此否？」純陽聽了，如夢初覺，方知海瑞私自取了他的密緘具奏。乃道：「一十二款果是嚴嵩實在劣蹟，但不知為海瑞所盜耳。」本茂道：「太史身為史官，凡有文武內外臣工以及大內一切賢否之事，均應密緘金櫃，何乃疏忽至此，為海主事所盜。忽略之咎，只恐難辭。」純陽道：「嚴嵩所犯一十二款，乃是確據無疑的，此故朴書於史冊，惟恨一時未曾於入金櫃，不虞為海瑞所盜。忽略之咎，固無可辭矣。但嚴嵩身為貴戚大臣，犯科作奸不知，可有罪否？」本茂道：「太師犯法，自然皆與民同，無實據何以為案？太史亦太造次❺矣。」純陽尚未及答，只見秀枝大怒，拍案叱道：「汝為史官，不稽實蹟，動輒秉筆誣捏，罪有應得，汝知否？」純陽道：「有無反覆，盡屬公言，則朝廷可以不必設史館矣。」秀枝叱曰：「朝廷設立史館，原以直朴之臣，原以書載那廷臣賢否，豈容汝等一人在內舞文弄墨，以傷正氣者哉？若不直供，只恐毛板無情，悔之不及矣。」純陽道：「事屬確切，須死不移。」秀枝大怒，便欲行刑。本茂道：「玉堂金馬❻之臣，未曾有受辱者。如果屬實，應具奏天子，當明正法。公

---

❸ 勾攝：逮捕，傳拿。出《剪燈新話・富貴發跡司志》。

❹ 研訊：研究訊問。見《福惠全書・刑名部・詞訟》。

❺ 造次：輕率，隨便。

❻ 玉堂金馬：漢玉堂殿和金馬門均為學士待詔之所，後亦用作翰林院的代稱。

切不可因一時之怒，辱及仕途，為將來者怨。」

秀枝怒氣未息，叱令發在廷尉看守，吩咐退堂。退入私衙，與二人商議道：「幸喜純陽不能實指的確，此案似可規避，不知二公之意若何？」陳廷玉尚在無可無不可之間，惟劉本茂不允，說道：「若反史館之案，則十部綱鑑❼皆不足信矣。」獨不與聯銜會稿。郭秀枝看見劉本茂不允，乃私以陳廷玉名字，聯銜具覆。其覆稿云：

臣郭秀枝、陳廷玉等謹奏，為遵旨議覆事：竊臣等奉敕著三法司會勘刑部主事海瑞參奏太師嚴嵩一案。臣等遵即會合，秉公確訊。現據主事海瑞供稱，與太師向日未嘗往來，亦無仇怨。惟太師自秉鈞衡之後，海瑞日望其提挈遷秩，如是者引領❽數載，不得遷擢，遂以為怨。故與翰林編修李純陽謀陷，擅造浮言❾，計共一十二款，希圖中傷之。經臣等再三研訊，矢口不移。旋傳李純陽到質，據稱伊與海瑞同鄉，更兼同年，梓里❿之情，故多來往。純陽自散館⓫後，

❼綱鑑：明清人取朱熹《通鑑綱目》體例編寫歷代史，於「綱目」、「通鑑」各摘一字，謂之綱鑑。

❽引領：引頸遠望，形容期望殷切。

❾浮言：沒有事實根據的話。清蒲松齡《聊齋志異．仇大娘》：「偽造浮言以相敗辱。」

❿梓里：故鄉。宋范成大《石湖集．楊君居士挽詞詩》：「孝至蘭陔茂，身脩梓里恭。」

⓫散館：明清翰林院庶吉士入翰林院庶常館學習，三年期滿，經過考試之後，或授以編修、檢討，或分發各部任給事中、主事，或出任州縣，謂之散館。

改授編修，心意未足，乃向嚴太師求卓異⑫擢遷侍講侍讀之缺。而嚴太師以正言責之。純陽誠恐有罪，遂思先口傷之，以緘宰相之口。故特浼刑部主事海瑞，故以一十二款作為偶爾搜檢，冒昧上陳，彼此希圖瞞聽，共洩私忿等情。再三研訊，堅供不諱，似無遁飾。臣等伏查例載，下僚以私怨上司，捏造浮言，冀欲中傷者，首犯議斬主決，從則免官，仍治以枷杖之罪。臣等未敢擅便，謹將今訊過緣由，據實具覆，伏乞皇上睿鑒，訓示遵行。臣等不勝待命之至。

這覆本一上，天子看了，惟不見有劉本茂名字，心中疑惑，乃命內侍悄悄地宣召劉本茂進宮，細問原委。內侍領了密旨，來至劉本茂私第宣召。恰好劉本茂正因昨日郭、陳二人聯覆之事，忖思海、李二人，本是為國之誠，今一旦為郭賊所誣陷，眼見得身首異處。我豈可袖手旁觀？況我亦是奉旨的，既不聯奏，亦當另覆纔是。於是在窗下作稿，書繕正了，要待明早面呈御覽。忽家人報稱有天使至。本茂匆匆衣冠出迎，延入書院，讓正面坐下。茶罷，本茂道：「天使光降，有何聖諭？望乞示知。」內侍道：「適因天子看了刑部尚書郭秀枝等覆奏本章，聖心疑惑。又見奏章上並無大人名字，故此特差喒家⑬前來宣召老先生進宮去問話呢。即請速行。」

本茂即與內侍同到宮中，見帝於卿雲軒中。帝正將郭、陳二人覆奏看閱。本茂上前俯伏，口稱萬歲。帝勅平身，隨賜繡墩。本茂叩謝畢，帝問道：「海、嚴之案，卿亦在列。今是非均無定著，卿又

---

⑫ 卓異：清代吏部定期考核官吏，政績突出，才能優異者，稱為卓異。

⑬ 喒家：我。明徐渭《漁家三弄》：「喒家姓察名幽，字能乎，別號火珠道人。」

不簽名聯奏，卻是為何？莫非其中另有別情否？卿當為朕言之，毋使枉縱，以昭平允可也。」本茂奏道：「臣奉旨會勘海瑞參奏嚴嵩一案，已得其情矣。只因郭秀枝、陳廷玉二人任情偏斷，故此臣不敢簽名，以壞陛下之法。今臣另有察勘嚴、海二人實情，具覆小摺呈覽。」遂在袖中取出一摺，呈於帝前。帝展開一看，只見上寫著：

太常寺臣劉本茂謹奏，為據實具覆，以期聖鑒事：臣竊查海瑞，向與嚴相並無仇隙，而瑞性固耿直，每惡其為人，常有參奏嚴嵩之心。但以微員，不獲時覲天顏為恨。故雖有奏嵩之心，而無可乘之隙。五中隱忍，非一日矣。適瑞偶過翰林編修李純陽家閑話，適有客到訪，純陽便出款友。海瑞獨留書齋，久坐無聊，偶檢閱純陽案頭書籍，不意見純陽記嵩劣蹟共一十二款。瑞見之益怒，遂有參奏之機。即時不別而行，連夜修成奏章，申奏陛下。其忠君愛國之心如此。而李純陽送客後，亦不曾覺。及瑞在堂供出純陽所記之事，臣等即傳伊到問，一字不差。此乃海、李二人之實情。但純陽身為史官，自應慎事，何得以國家密事，暇放家中案頭，殊屬忽略，難辭其咎，合依洩漏機密律治罪。其主事海瑞有功無罪，毋庸置議。不知有合聖意否，伏乞皇上裁處，臣等不勝幸甚之至。謹表以聞。

帝看畢，持疑未決，復問道：「卿何備得其情，若此真確？」本茂道：「臣於訊審之後，私到廷尉處，叩其真情，是以知之為確。」帝聽了沉吟不語，良久乃道：「卿且退，朕自有以處之。」本茂辭謝而出。不表。

又說那嘉靖君看了兩處覆奏，只見各執一詞，較之本茂所呈，似近情理。然嵩有此一十二款，難怪海瑞參奏。諸臣不簽一字者，乃畏嵩之勢而緘口結舌。幸有主事一人為朕敷陳，不然則聽嵩蒙蔽不已。方欲批發，將嵩革職治罪。適嚴氏來到，俯伏堦下，口呼萬歲。帝賜平身，便問道：「卿何至此？」嚴氏泣道：「妾父不得眾心，被海瑞誣陷，昨聞廷臣多有附會之者，惟陛下察之。」帝道：「卿父向與朕厚友，今復為國戚，雖然作奸犯科，朕當宥之。但海瑞所奏一十二款，得之史館，事難反覆，如之奈何？」嚴氏道：「史館有事，則不該宣洩於外，即此可見矣。譬如陛下立法之事，史臣亦可任意洩耶？李純陽忽略機密，罪無可逭⓮，願陛下先誅純陽以警將來，則是非從茲定矣。」說罷，不勝哀泣。帝惑之，即時批了一道旨意云：

> 據三法司申覆前來，海瑞本與相國並無怨嫌，惟編修李純陽，不合私造浮言，夾於書籍之中，故使海瑞得見。瑞即認真，動此忠君之念，旋以一十二款具陳朕以盡忠。其中委曲，亦毋庸再問。嚴嵩仍復原職。海瑞不合造次冒奏大臣，但念其因公，並非私意，尚可原情，著仍主事用。罰俸半年，以警不應。其編修李純陽不合忽略，故捏大臣，著即處斬完案。欽此。

這旨意一下，可憐這李純陽一旦身首危然。後人讀到此處，誰不為之痛心哉！及李純陽被斬之後，

⓮ 逭：音ㄏㄨㄢˋ，逃避。《書・太甲》：「天作孽，猶可違；自作孽，不可逭。」

海瑞方纔得釋，聽得這個消息，即如飛的奔到法場而來，撫屍大哭。且吩咐家人，勿要收斂，急奔朝堂而來。時已將晚，海瑞卻不能少候，直趨殿上鳴鼓。正是：

只因全友誼，那惜顧身軀？

畢竟海瑞這一上殿如何，且看下回分解。

批評：

郭、陳二人偏袒嚴嵩，劉本茂公護海瑞，帝亦未嘗不知嵩實有一十二款劣蹟，今置而不問，含糊了事，實為嚴氏之寵起見矣。海公奏嵩至激至烈而不死，而李翰林獨遭駢首，夫事有幸有不幸，而究不失為忠臣。亦云幸矣。

第二十六回　紅袍諷以復儲

卻說海瑞在廷尉衙門得釋，聞知李純陽被害，遂急急來到法場，撫屍痛哭一番。隨令人看守，自己卻急急的走到朝房而來。此際天色曛暗❶，海瑞也等不到明朝，悄悄的走到龍鳳鼓邊，拿起搥兒，把鼓亂擊。咚、咚連響，驚動了守禦的官軍，立將起來把海瑞拿住，問他所以。海瑞道：「我有隱情，除非見了萬歲爺，方可說的。」那些侍衛見他說話含糊，便把他帶住。少頃，有司禮監出來，問道：「誰人大膽擊鼓？」侍衛道：「刑部主事海瑞擊鼓，業已帶下，候旨定奪❷。」內監聽了，吩咐：「把這蠻子海瑞帶著，待咱家好去復旨。」侍衛們應諾。內監即到內宮，奏知皇上。帝即出殿，時已曛黑，滿殿點著了燈燭，便傳海瑞進見。那些內侍如狼似虎的一般，走到外邊，把海瑞抓進殿來。海瑞連忙叩頭，只呼萬歲。帝問道：「你乃一介微員，何敢誣揑宰輔？罪有應得。朕念你出於無心，故特加恩寬恕。如今復敢擊鼓，難道還有甚麼委曲於你麼？」海瑞頓首奏道：「微臣參奏嚴嵩，原為忠君起見。然臣蒙恩寬宥外，李翰林忽被駢首，此臣所以不敢偷生也。特詣寶殿，伏乞陛下立賜臣死，以全朋友之義，以明微臣之志。」帝道：「李編修洩漏機密，罪應正法，汝何得獨為他殉耶？」海瑞道：「陛

❶ 曛：音ㄒㄩㄣ，日入。《文苑英華．南朝梁王僧孺．從子永寧令謙誄》：「唯昏及旦，自旭至曛。」

❷ 定奪：決定事情之去取可否。《長生殿．埋玉》：「待我奏過聖上，自有定奪。」

下垂拱萬方，百姓莫不群沾德澤。君臣、父子、兄弟、夫婦、朋友，乃五倫備者。夫夫婦有恩，朋友有義。今李純陽身為編修，秉筆史館，書記嚴嵩一十二款，乃其分內之事，實不虞瑞之偶見而盜之。今蒙陛下賜以一刀之罪，純陽罪固當誅，死而無憾。然臣實為害純陽之人，敢獨偷生耶？伏乞陛下亦賜臣以一刀之戮，則微臣無憾矣。」帝聽了海瑞這一番言語，不覺長嘆道：「卿可謂不負人者也！然李純陽已死，不能復生。卿乃朕之直臣，朕忍輕棄耶？」乃傳旨：「賜李純陽冠帶，用五品之禮安葬，追贈為翰林學士。因海瑞之忠義，轉賜以玉如意一枝，以旌其義。」海瑞謝了恩，領旨下殿。早有禮部以五品冠帶一襲，交與海瑞。

海瑞接了，急急來到法場。時李夫人正與公子撫屍大慟。海瑞大呼：「尊嫂、賢姪止哀，有恩旨來。」李夫人聽得有人叫喚，便止了泣，只見海瑞到來。海瑞作揖道：「尊嫂且接恩旨。」李夫人即便與公子跪著。海瑞捧住冠帶道：「奉聖旨，以李翰林加五品職銜，賜冠帶殮葬，家屬謝恩。」夫人公子口呼萬歲，把冠帶接受訖。旋各官僚皆來弔唁。海瑞此時穿了一身孝服，跪在一旁，如喪父母一般，逢人便道自己之過。少頃，棺木已備齊了，隨即入殮，將柩寄於城外之資報寺。海瑞竟隨著靈柩相守，夫人與公子到覺過意不去，勸道：「海老爺，不必憂焦了，如今且請回衙理事。亡夫之靈柩，自有愚母子服伺。」海瑞堅執不肯，直至小祥後，方纔回衙。即對夫人說道：「李年兄❸因我而死，今其家眷流於京邸，又無依靠，吾甚過意不去。意欲將女兒許配了他的公子，一則以報李年兄之恩，二則女兒終身有著，不知夫人意下如何？」張夫人道：「老爺之言甚善。如今他們母子無依，先接過

❸年兄：科舉考試同榜登科者互相的尊稱。唐李端《眾妙集．聞蟬寄友人詩》：「因垂數行淚，書寄十年兄。」

來居住，且供應公子讀書，其婚姻之事，慢慢再說。若是預早說明，只恐公子畏人談論，不肯過來同住呢。」海瑞大喜，次日即到公館來，見了李夫人，便將相往同住之意說了一遍。李夫人道：「多承叔叔厚意。但是愚母子在京亦是無用，不日當整歸鞭。惟是目下並無分文，難以行動耳。」海瑞道：「賢嫂且往舍下暫住，待愚叔打算盤費，再送尊嫂賢姪回家未遲，幸勿推卻。」李夫人不得已，乃與公子搬到海瑞私衙。張夫人加意殷勤，情同姊妹一般相待，自不必說。海瑞偶暇之時，便用心教那受蔭的經史，諄諄講解義理。李受蔭卻也聰明，一聽了書便悟。因此海公更喜其聰慧，比自己生的還倍加愛惜。如此住了一年，過了李翰林的大祥。海瑞便請了冰人❹，對李夫人說合他兒子的親事。李夫人道：「愚母子流落天涯，上無片瓦，下無立錐，母子飄泊，猶如萍寄❺。多承海老爺提攜，使愚母子不致饑斃他鄉，則感恩靡既矣，焉敢仰扳千金小姐作媳？煩善為我辭可也。」媒以李夫人之言回覆，海瑞便自來見李夫人道：「以小女配令郎者，實瑞所應報先人者也。尊嫂休得推卻。」李夫人看見海瑞如此情殷，只得依允。只是慚無聘物，只得將玉簪一枝，權為聘禮。海瑞接了，從此改口相稱，此時又更加親厚矣。夫人雖然屢欲回家，怎奈海瑞堅留不放。一則要女婿近身攻書，二則又因盤費未備。不覺又過一年。

時值皇上四旬萬壽，京都臣民各處張燈結彩，與帝恭祝稱慶。大小臣工，皆有恭祝貢物。海瑞是個窮官，更兼近日又多了幾口養活。可憐他自上任字❻了一領紅袍，直至於茲。冬夏也無更替的。如

---

❹ 冰人：媒人。明謝讜《四喜記・憶雙親》：「這一曲『鵓鴣兒』就是我孩兒的冰人月老。」

❺ 萍寄：浮萍寄跡水面，喻行止無定。《全唐詩・張喬・寄弟》：「故里行人戰後疏，青崖萍寄白雲居。」

此窮苦，那裡還有甚銀子備辦貢物？不過空手隨班祝賀而已。

是日，帝大喜，遍賜諸臣之宴，海瑞亦在列內。只見嚴嵩手捧玉卮，跪於帝前，頓首祝道：「臣願陛下福如東海，壽比南山，皇圖鞏固，帝道遐昌。臣有恭祝聖壽之詩一律，恭頌萬壽。」遂將詩呈上。帝看詩畢，笑曰：「丞相過譽，朕恐不當。今日可謂太平筵宴，君臣之樂，無過於此，豈可無詩以紀其盛？凡你諸臣，皆各和一首何如？」諸臣皆呼萬歲。隨有刑部侍郎唐瑛、左春坊左庶子劉保邦，各吟一首，無非都是些讚揚之句。帝覽畢，乃向海瑞道：「諸人皆有詩章，主事何忍緘口？」海瑞俯伏奏道：「臣才遲鈍，今尚思索矣。」帝令速和，海瑞即便到自己的位，濃磨香墨飽筆，題成一律呈上。帝覽詩，再四吟哦，復又沉吟半晌，不覺慨然長嘆，低頭不語。眾臣莫知其故，海瑞面上卻有歡容。帝即宣瑞到御座之前，諭道：「觀卿數語，使朕有愧於心。然事已至此，如之奈何？」海瑞頓首奏道：「陛下恩遍萬方，何惜一開金口，使彼母子亦得稱慶。」帝大喜道：「依卿所奏。」海瑞頓首謝恩，歡呼萬歲，退回原位。

帝對文武百官道：「朕行年三十入繼大統，屈指不覺十載。回憶少年所行之事，大半乖錯，今甚悔之。現與卿等共聚一堂，詩酒相娛，亦可謂千古一時之盛，但缺一樂矣。」諸臣齊道：「陛下垂拱萬方，四海一家，乃最樂之天下，獨有缺者何也？伏乞陛下示知。」帝嘆道：「古人云：『有子萬事足，無官一身輕。』今朕富有四海，汝諸臣工無不竭誠盡職，翼輔王室，可謂樂矣。但缺一樂者，惟朕無子。若有太子，今日席前稱慶，卻不稱全美乎！」諸臣未答，海瑞急急趨上御前，俯伏奏道：「陛

❻ 字：獲得。本義為生育。《山海經．中山經．注》：「字，生也。」

下有子，何以云無？」帝故意道：「寡人何處有子？卿何以言之？」海瑞道：「張皇后產太子，曾經頒行天下，於今七載，陛下豈忘之耶？」帝作驚喜之狀道：「朕卻忘懷了。非卿言，朕幾不省。今日不可不使皇子一睹盛事。」海瑞復奏道：「太子稱慶，禮固宜然。今陛下何不召來，與諸臣相見？一則太子得親祝遐齡，亦稍盡人子之道，庶不負陛下以仁孝治天下也。」帝正欲降旨，只見班中閃出一人，手執象笏，俯伏金殿，口稱：「萬歲，微臣嚴嵩有一言冒奏，伏乞陛下恩准，則臣等亦不勝幸甚。」帝笑道：「卿試言之。」正是：

奸臣恐怕君恩降，故欲讒言阻止君。

未知嵩奏何事，且看下回分解。

批評：

帝棄張后，不覺數載，竟遺忘了。今海瑞以八句詩就能感動，可謂詩力可以回天矣。父子之情，莫不關切，今日之赦太子，卻為此也。然海公之力固亦不小，嚴嵩聞瑞之奏，帝之答，便即行諫阻，卻不顧人父子之恩者也。似此則是奸臣之本來面目。

第二十七回　賢皇后重慶承恩

卻說嚴嵩在殿上，聽得海瑞與帝之語，誠恐特降恩旨，把太子赦了出來，仍居儲位，則己女之寵就衰矣。隨即俯伏金堦，奏道：「前者皇子與張氏有罪，被廢已經數載，天下臣民皆知。陛下不宜聽海瑞之言，致有出乎反乎之譏。此必海瑞勾通長門❶，因此乘機巧說，以圖聳惑，望陛下速誅之，則天下幸甚矣。」帝笑對嵩說道：「卿有子否？」嵩道：「臣祇一子。」帝曰：「朕欲卿子代朕子幽禁數載，卿愿否？」嵩道：「臣兒無罪，不得入此幽宮。」帝笑道：「可知道，又來了。汝子無罪，故不得入此長門，豈朕子有罪，合當長禁耶？丞相勿再言，且退。」嵩慚愧而出。帝即令內侍持節赦皇后、太子出冷宮，另備宴於綺春園，父子相慶。諸臣送駕回宮，各各散出。嚴嵩急急回府，再作計議，自不必說。

再談那張皇后與太子自從貶入幽宮，不覺四載。母子二人，日夕惟有對泣而已。幸賴有馮保時時開解，不然則恐不能雙全矣。這日，張后在冷宮，想起今日乃是皇上萬壽，又值四旬，因對太子說道：「今日正是汝父四旬萬壽，天下臣民，皆來稱慶。若是我與你不曾被廢，今日不知怎生高興呢。」太

---

❶ 長門：漢宮名。漢武帝時陳皇后退居長門宮，愁悶悲思，聞蜀郡司馬相如工文章，奉黃金百斤，令作解愁之辭。司馬相如為作《長門賦》，帝見而傷之，復得親幸。後以長門借指失寵的女子。

子聽了，含著一眶眼淚，說道：「可恨奸妃狠毒，致使我父子不能見面。他日重睹青天，我怎肯與他干休？」說罷痛哭起來。馮保在旁勸慰道：「娘娘、太子爺，都莫要哭，朝廷豈無公論？且自寬懷忍耐而待之的好。」說猶未畢，忽聽叩門之聲。馮保出問何人，只見司禮監胡斌手捧節鉞❷說道：「皇爺有旨，特赦皇后、殿下二人，立即到綺春軒朝見，即速前往。」張后與太子連忙望闕謝恩。旋有小內侍，捧著冠服進來。張后與太子換了吉服，隨著胡斌來到。

時帝已在綺春軒等候，忽見張后攜著太子而來。其時太子年已七歲，生得志氣軒昂。帝一見，不覺喜動顏色。皇后與太子俱伏於地下待罪，帝即下座，親手挽起后與太子，重新祝壽。帝動了父子之情，不覺流下幾點淚來。張后道：「罪妾幽閉深宮，以為今生不能再見天日矣。何幸陛下突施格外天恩耶？」帝慚愧笑道：「昔日之事，毋煩絮說，且言今日之歡。」此時筵席已具，太子親自把盞。帝大喜，與張后敘些舊話，直至月上柳梢，方纔撤席。是夕帝與張后宿於綺春軒內，令馮保侍護太子於青宮。次日，帝令侍講學士顏培源為傅，教習太子詩書，改綺春軒為重慶宮。卻只不題起改易之事情。張后亦不敢多言，百凡緘口而已。馮保打聽明白，纔知是海瑞之力，即奏知張后。張后感激海瑞之恩，特召太子入宮諭曰：「吾與兒得復見天日者，皆海主事之力也。汝當銘之五內❸，他日毋忘其功。」太子道：「兒當鏤心刻骨，將來圖報恩人就是。」暫且不表。

---

❷ 節鉞：符節與斧鉞。古代授予將帥作為加重權力的標誌。《孔叢子・問軍禮》：「天子當階南面，命授之節鉞，大將受，天子乃東面西向而揖之，示弗御也。」

❸ 五內：指脾、肺、腎、肝、心五臟。《後漢書・董祀妻傳・蔡琰・悲憤詩》：「見此崩五內，恍惚生狂癡。」

又說那嚴氏卿憐，得知皇上復召張后，特赦太子，仍復青宮，心中大怒。又見帝久不臨幸，未免驚憂，終日嗟怨，淚不曾乾。（可知如此苦況，獨不思他人否。諺云：「燒紅的火棒，拿不得兩頭。」就是此等人可笑。）乃修書一封，令人送與嚴嵩，令其為計。

嚴嵩正因女兒之事，心中憂悶，連日不曾上朝。忽然接得宮中書札，乃展視之，見寫著：

女卿憐百拜。敬稟者：女蒙大人豢養，並荷提撕，得侍椒房，亦云幸矣。不意坐位未煖，忽有此變。今張氏與太子皆蒙恩赦，女料不日皇上必復其位。太子今已復居青宮，張后現居綺春軒，帝即改為重慶宮，觀此則可想矣。雖不明言更復，其改名重慶者，蓋有自也。倘一旦復位，置吾何地？當先思所以自衛之計，庶免不測之虞。惟大人圖之可也。書不盡贅，惟早決。謹稟。

嚴嵩看了，沉吟半晌，無計可施。自思皇上之意，卻要改復。未言者，是所不忍也。若不及早自衛，必有不測之禍矣。乃復書一札，令人持回。致復卿憐，叫他依書行事。來人將書持回，卿憐即時拆開細看，其書云：

覽閱來書，備知一切。但此事之禍機已伏，發在遲早，則未可料。其改重慶二字，乃重相歡慶之意。汝宜早退舊地，仍讓正院於彼。則帝喜汝之賢淑，而禍患盡息矣。汝宜悉想，毋致噬臍。吾爾與有榮施焉。此覆，不盡所言，統惟早定大機可也。

嚴氏看了父親回書，自思讓位之說亦得。但我已在正院四載，今日復居人下，豈不被人恥笑？若不讓回正院與他，皇上必然有以怪我，此際更不可開交。左思右想，別無妙計，只得自作小奏一箋，令人持獻於帝。帝覽其奏云：

臣妾卿憐，誠惶誠悚，九頓謹奏：竊妾乃蒲姿柳質，謬蒙聖恩，特置正院，受恩之日，心身未安。時以聖意過深，不敢固辭，忍隱五中，直至於茲。今恭逢皇上四旬萬壽，八方慶洽，所有囚徒，皆被恩澤。皇后張氏、太子某，皆蒙恩赦，俾得重沐恩膏。妾心數載之默祈者，一旦已酬。今謹具寸箋，伏乞皇上鑒原，仍以皇后張氏復正昭陽。妾仍侍側，不勝幸甚矣。謹奏以聞。伏乞陛下睿鑒。妾卿憐臨池，不勝惶恐之至。

帝覽奏即批其箋末云：

覽閱來奏，不勝欣忭。具見卿賢恭德淑，洵堪嘉尚。准如所請，著即日移居臨春院。其昭陽正院，著司禮太監王貞，即行灑掃。差禮部郎中侯植桐，備法駕恭迎張皇后復居故宮。其文武諸臣，仍往朝賀三日。欽此。

批畢，即令來人持回，嚴氏看了，即日移遷臨春宮去了。

王貞把昭陽正院灑掃一番，張燈結彩伺候。郎中即具了鑾駕儀從，引領著到綺春軒來。早有太監們進了后冠服，張后穿了，望門謝恩畢，隨即登輿，就有許多宮娥、侍女隨從。太子身穿吉服，腰懸寶劍，護駕而行。來到正院，一片音樂，迎入宮中。禮部率領文武諸臣朝賀畢，張后傳懿旨，捲起珠簾，宣諭諸臣曰：「哀家前者因咎被廢。今蒙皇上重加殊恩，復正昭陽。汝等皆宜忠君愛民為首，毋負至意。」眾臣領命。其時，海瑞亦列於內。張后看見，特宣上堦諭道：「哀家今復昭陽者，賴卿之功也，特賜錦緞十疋，如意一枝。」海瑞叩頭謝恩，諸臣皆散。帝亦進宮，與張后稱慶。從此夫妻相愛如初，按下不表。

且說李夫人思念家鄉，堅意要回潮陽。海瑞亦不便強留，便叫張夫人致意：「吾女年已及笄，必須婚配。今既回粵，彼此相隔數千里之遠。況我在京，不知何日滿任，恐耽誤了親事。不若擇個吉日，就在衙中成親，甚為兩便。」李夫人應允。海瑞便擇了吉日，把女兒金姑招贅李受蔭為婿。不覺過了滿月，惟是沒有盤費打發他母子起程。海瑞焦悶了數日，並無一策，忽然想起太子待我恩深，今值此窮蹙之際，何不修書，向他借貸些須？主意已定，遂即拂拭花箋，濃磨香墨，一揮而就。封緘完固，袖到青宮門首，候了半日，方見馮保出來。馮保見了，忙上前作揖道：「海恩公在此何幹？」海瑞回禮道：「殿下安否？」馮保道：「太子幸托清安，現在太傅處念書呢。」海瑞道：「在下有寸緘，敢煩公公轉致如何？」馮保道：「這個使得。」海瑞便在袖中取了書札，交與馮保道：「相煩即送，明日在下來聽回信。」馮保答應，各相揖別。海瑞回到本衙，對張夫人說知。夫人道：「此書一到，太子必然見允的。」

不說海瑞耑盼佳音，再談那馮保接了書信，急急來到青宮，恰好太子放學，馮保即把海瑞的書札呈上道：「海恩公今日在宮門外遇了奴婢，先請問爺的安，次將書札交與奴婢，說是要面呈殿下開拆。」太子接了札展開，只見上面是：

臣海瑞謹百拜，致書於青宮殿下，敬稟者：瑞因敝親家李純陽之家屬，即日回粵，苦無資斧，百貸莫應。敢冒昧敬于，乞貸千金，俾得藉資敝親回粵，不致流落京城，並故翰林之柩，得歸故土，以正首丘❹，皆賴洪慈所賜矣。耑佈，並請金安。

太子看畢，說道：「海恩人固已如此，但我一時沒有，怎生是好？」便向馮保問計。正是：

惟有感恩與積恨，千年萬載不成塵。

畢竟馮保說出甚麼計策來，且看下回分解。

---

❹ 首丘：不忘故土或死後歸葬故鄉。《楚辭・九章・哀郢》：「鳥飛返故鄉兮，狐死必首丘。」丘，墓。《禮・檀弓上・疏》：「丘是狐窟穴根本之處，雖狼狽而死，意猶嚮此丘。」

批評：

海瑞每欲留著李夫人母子者，一則因己女年幼未及笄期，若彼歸去，則婚姻終不能就。今女已長，既成大禮，則可以去之矣。青宮之見書作難色，益非吝惜，實是未得其取金之計，故借重於馮保也。

第二十八回　奸相國青宮中計

卻說太子看了海瑞的書札，自思年來幽禁冷宮，今始得出，縱有每月的月俸，亦是有限，如何便得千金來與他？況且他是我一個大大的恩人，今日初次來啟齒，卻怎好不應他的命，情上難過。遂對馮保道：「目下海恩人急需，修札來與我告貸千金。只是兩手空空，如何是好？」馮保道：「海恩人是必迫於不得已，方向千歲開口。今日卻要應承他的纔是。」太子道：「固然如此，但此際卻到那裡去弄銀子來？爾可替我想個主意。」馮保道：「爺何不到戶部去借一千兩銀子與他呢？」太子道：「吾亦知向戶部庫裡可以借得。但是動支庫項，該部必要奏請。倘彼動本，皇上知道，問吾要此銀子何用，勢要說出來的。汝豈不知青宮的規矩麼？凡有與外臣往來，以及私相授受者，均干例禁❶。況且我奉赦未久，今與海恩人來往，倘嚴嵩藉此為詞，復施讒言，則我與汝恐又要入冷宮去矣，此是使不得的。」馮保聽了，眉頭皺了幾皺，不覺計上心來，便道：「有了，有了。」太子道：「有了甚麼？」馮保道：「奴婢想起來了，那嚴嵩他家現放著許多銀子，爺明日何不向他借幾萬兩來用用呢？」太子道：「他與我不睦的，怎麼反向他去借銀子？虧你說得出了。」馮保又再三沉吟說道：「又有好計在此，說來聽如何？行則行之，否則另議罷。」太子道：「你且說來，看是中用否？」馮保道：「太子爺明日可

❶例禁：條例中所明令禁止者。

請了嚴嵩進宮來，只說請他講解五經。來了的時候，理合讓坐獻茶。待奴婢先把一張椅子，砍掉一只腿兒，再將錦披圍住，自然是看不見的。復把一盞放在滾水之內煎至百滾，那盞兒自然是滾熱的。烹上了茶，卻不用茶船❷，就放在茶盆之上。待他來拿的時候，必然燙著了手。一時著熱，必然身手齊動，那三腿的椅子一動，豈不連人翻倒？那奸賊一倒，那盞茶卻難顧了，必定連茶也丟在一邊，打碎了茶盞。爺即變起臉來，將他抓著去見皇上，說他欺負爺不在眼上，好意請他入宮講經，優禮相待，他竟敢當面打碎茶盞，就如親打爺一般。那時另有說話，怕奸賊不要賠爺的茶盞麼？此際就大大的開口，要多少，隨爺說就是了。若得了銀子，將來送與海恩人。應剩下的，爺買菓子吃也是好的呢。」太子聽了大喜，不覺手舞足蹈起來。說道：「妙計，妙計。即依計而行可也。」遂先令馮保去相府相請。

那嚴二看見是內宮的人，不敢怠慢，急急進內通報。是時嚴嵩正在書院坐著看書，只見嚴二來說：「青宮內侍馮公公要見。」嚴嵩便親出來相迎，延入書院讓坐。馮保謙讓道：「咱們是個下役，怎敢與太師相國對坐？這卻不敢。」嚴嵩道：「公公乃是青宮近臣，理應坐下說話。」馮保還再謙謝，方纔就坐。嚴嵩便先向馮保面前請問了太子的安好，然後問道：「公公光降，有何見諭？」馮保道：「只因太子爺今歲就傅，所有五經俱未曾聽過講解。故特令咱家前來，敬請太師明日清晨進宮，太子爺親詣，教太師講解，伏望太師明日光降。」嚴嵩道：「太子現有師傅，常在青宮侍讀，怎麼反喚老夫前往呢？」馮保道：「只因太傅不十分用心講解經史，爺大不喜歡他，故以特請太師爺前往呢。」嚴嵩

---

❷ 茶船：又名茶舟，即茶杯托子。清顧張思《士風錄・茶船》：「富貴家茶杯用托子，曰茶船。」

道：「既蒙太子宣召，明日恭赴就是。」馮保便作別回宮而來，對太子說知。太子道：「這事盡在你一人，你可預備，切勿臨時誤事。」馮保道：「奴婢自當理會得來。」

次日清晨，嚴嵩竟不上朝，來到青宮。時馮保早已把那椅子并茶盞弄妥了，走在宮門候著。嚴嵩即便上前叫聲：「馮公公，恁早起來了麼。」馮保連忙說道：「太子候久了，請進裡面相見。」嚴嵩便隨著了馮保而進。到了內面，只見太子坐在龍榻之上，見了嵩至，即忙起身迎謂道：「先生光降不易。」嵩便向上朝參，太子急忙扶起道：「先生少禮。」吩咐馮保拿坐位來，嵩謙辭。太子道：「焉有不坐之理？請坐下說話。」嵩便謝恩坐下，馮保立在椅后，暗以自己的腿來頂住缺處，所以那椅子不動。嚴嵩道：「蒙太子宣召，今早趨朝，不知太子有何旨示？」太子道：「孤昔者獲咎，奉禁四載，於前者蒙皇上特恩赦宥，使孤就傅。惟太傅不善講解五經，孤心厭之。故特召先生進宮求教，幸勿吝也。」嚴嵩道：「臣學淺才疏，不克司鐸之任，還乞太子另宣有學之輩。」太子道：「久聞老先生博學宏才，淹貫諸經，故來求教，幸勿推吝。」遂喚內侍送茶，那內侍即便捧了兩盞茶來。先遞與太子，隨以眼色示意，太子會意，便拿了那一盞在手。餘下那一盞，便是滾熱的，送在嚴嵩面前。嚴嵩便將手來接，初時還只道是那茶水燙熱的，不以為意。及拿在手內，如抓著一團紅炭一般，那裡拿得住來？便將手一縮，早將那盞茶丟在一邊去了。馮保在後面把腳放開，嚴嵩身子一動，那椅子就倒了，把他翻個觔斗，那茶竟濺著了太子的龍袍。太子此際強作怒容，罵道：「是何道理，在孤跟前撒潑麼？」吩咐馮保：「與我抓著了，扯他去見皇上，分剖道理。」唬得嚴嵩魂不附體，跪在地下，不住的磕頭謝過。說道：「臣不覺失手，冒犯殿下，實不敢欺藐千歲，伏乞殿下原情。」太子怒道：「孤亦明白，你看孤年幼，故以當面欺藐是真。孤豈肯受你這一著的？去到皇上跟前再說。」叱令馮保：「把嚴嵩帶住，孤與彼一同面聖去。」馮保此際心中暗笑，那裡還肯放寬一線。把嚴嵩緊緊的抓著胸前的袍服，一竟扯到大殿而來，太子隨後押著，一同來到金鑾。

此時早朝尚未曾散，文武看了，不知何故，皆各驚疑。皇上一眼看見了，叱令馮保放手。馮保將嚴嵩鬆了，嵩即俯伏於地，頭也不敢抬起。太子上到龍案之前，俯身下拜，與皇上請了聖安。皇上賜令平身，上殿側坐。問道：「吾兒不在青宮誦讀，卻與馮保把太師抓到殿庭，是何緣故？」太子奏道：「臣兒蒙父皇特恩，令臣就傅。只因臣兒五經未諳為愧，故令馮保過相府，敬請嚴嵩進宮，講解詩經。可奈嚴嵩欺臣年幼，進得宮來，臣以師傅之禮相待，而嵩竟敢把臣的茶盞當面打擲得粉碎，欺藐殊甚。故以特扯他來見陛下，伏乞陛下與臣作主。想相國欺臣，就是目無君上，乞陛下公斷。」帝聞奏，向嚴嵩道：「太子好意相延，進宮講書。你何故擅把御用的茶盞擲打，是何道理？這就有罪不小了，汝可知否？」嵩叩首不迭，奏道：「臣奉東宮令旨相宣，即時趨赴，蒙殿下賜茶。此際臣實不知茶盞故意弄得滾熱的，伸手來接，被燙鬆手，誤將茶盞打碎是真。臣焉敢欺藐？伏乞皇上詳察。」

帝聞言自思，此必馮保所為。但今日之事，惟有解開就是，便對太子道：「相國之失手，本出於無心者。今已碎了，可令他賠還就是。」太子道：「明明是他有意將茶盞打碎的，今還說是茶盞故意弄得滾熱，只這一語，便可以見矣。今蒙父皇訓示，臣敢不遵？但嵩有驚駕之罪，不可因此以啟將來諸臣不敬之端。伏乞皇上著令相國立即賠還臣的盞價，並治以不敬之罪。」帝道：「吾兒，汝卻要他賠還多少？」太子道：「臣只要他賠一千兩就是。」帝便宣諭道：「相國，你不合誤打碎了御盞。今著汝賠還銀子一千兩，明日清晨繳到青宮去，並與太子負荊請罪。汝本有不敬之罪，朕決不枉法，該著發往雲南充軍三年，但是朕今需人辦事，特加恩典，著發在雲南司過堂❸三日，以贖其罪。」嚴嵩不敢再辯，只得叩謝天恩，各皆下殿。嚴嵩受了一肚子的屈氣，抱恨回府而去不表。

再說太子與馮保大喜，回到青宮說道：「今日有以報海恩人矣。」馮保道：「爺太公道，皇上問爺要賠多少？爺就該說要數萬，怎麼只說一千兩？如今有一千兩送與海恩人，卻沒有餘剩的了。」太子笑道：「你我有衣有食，要他則甚？這就彀了，不必妄求了。」馮保口雖則應允，然心中實有不甘。自思：「虧我隨著爺與娘娘，受了四載之苦，那裡去得一文半文來。今日有了這個機會，那肯就此輕放了他，明日嚴嵩這老賊要來繳那一千兩銀子，待我故意將他受難，諒想他必要我相傳的，待咱詐他一些銀子用用，也是好的。想他們不知詐了人家的幾萬億數，我卻弄他三五百，可就似羊腿上拔去一根毛，有甚麼相干？」主意已定，耑待行事。自語之間不覺天將傍晚，馮保伺候晚膳已畢，時已二鼓，各歸安寢。然馮保把詐財之念思慕一夜，何曾合眼？

到了次早，天尚未明，即抽身起來，俟嚴嵩繳銀進來，好詐他一番。眼巴巴的望了半日，方纔見那嚴二引著兩人，抬著一箱銀子來到。馮保一見，故作起模樣來，假意作睡熟的光景。那嚴二走上前來，叫了幾聲公公，馮保只是不應。嚴二將他肩上拍了一下，馮保只作夢中驚覺的光景，罵道：「你是甚麼人，敢來打我？」嚴二走上前去賠了個笑臉，說道：「馮公公，是我。」馮保把眼揉了幾揉道：「原來就是嚴二先生，休怪休怪。到來做甚麼？」嚴二道：「奉了太師之命，送一千兩賠償銀子到來。

❸ 過堂：清代訴訟當事人到公堂上聽審，稱過堂。取到堂點名之意。

相煩通傳一聲，請殿下閱收。」馮保笑道：「很好，我們的規矩可帶了來麼？」嚴二聽了，心中明白，便向袖中取了一錠銀子，約有五兩多重遞與馮保道：「這是些須之意，幸勿嫌輕。」馮保拿在手上一擲，擲到堦上去了，說道：「豈有此理！你們是充家人的，難道不知規矩麼？你們丞相府中鬧熱得很，所以每遇內外之官員稟見，就勒要三百兩。我這裡青宮冷淡，凡有要求見爺的，門包也是三百兩。若是少了半毫，再休想見得著呢。」嚴二聽了不覺好笑。正是：

彼來我往皆以理，今日冤家遇對頭。

畢竟後來嚴二卻與馮保多少銀子，且聽下回分解。

批評：

帝之愛子，偏袒權臣，俱是一樣心腸，只圖草草了事，卻不計及真偽也。馮保之詐門包三百，似出於情理之外，然對嚴二之施，則不為過矣。

第二十九回　怒杖奸臣獲罪

卻說嚴二聽得馮保要他三百兩銀子的門包，不覺啞然而笑道：「公公休要取笑，若是嫌少，又加些就是。」馮保道：「誰與你作兒戲事？這是一定之例，少則不能見的。只怕遲了日子，爺在主子跟前說聲，你家丞相恐怕肩不起呢。」說罷，竟轉身將要入內之意。嚴二急急喚住道：「公公，且請少留貴步，有事慢慢的商酌。」馮保怒道：「有甚麼商酌之處？只管在那裡絮絮叨叨的，令人好不耐煩呢！」嚴二道：「如今身上卻沒有許多銀子，故此要與公公商酌。」馮保道：「你只管說來看。」嚴二道：「我們實不曉青宮向有這個例，如今方纔得知。若說三百兩，就要回去與主人商酌送來如何？」馮保道：「不是要你主人的銀子，是要你平日訛詐的。想你自從投在嚴府十有餘年，詐的銀子盈千累萬。今日相偏我的三百，只如毡上去了一根毛，有甚麼相干？怎麼說出這話來？想必要將你的主人來壓咱家。好好的與我滾出去了，這銀子休想繳進去。」嚴二見他如此說話，正是大拳打中了他的心坎，不得已道：「既蒙公公過愛❶，在下就送一百兩過來就是。」馮保搖首道：「不中用，不中用，若少了一厘，也不濟事的。你自去商酌就是。」嚴二道：「只是目下哪得銀子如此方便，倘若誤了期限，如何是好？」馮保道：「只要你肯出三百，我便肯掛個賒賬的。你既情愿，這裡有紙筆，你可寫張欠

---

❶ 過愛：謙詞。猶錯愛。《紅樓夢》第八十四回：「賈政笑道：『這也是諸位過愛的意思。』」

券來。」嚴二道：「如此可借一用。」馮保引他進到門房，給與紙筆，嚴二即便寫了一紙借券，遞與馮保觀看。馮保接來一看，只見上寫著道：

立借券人嚴二，今因急需，借到馮保公公紋銀三百兩，約以本月清還，恐後無憑，立券約以為存照。

嘉靖　年　月　日嚴二親筆。

馮保接了借約，問道：「幾時交足？」嚴二道：「就依著這個月內便了。」馮保方纔應允，把借券收了，然後纔進內說知。太子道：「你在外收了進來就是。」馮保領命，便出對嚴二說道：「咱爺吩咐，就此收了便是。」嚴二即令一人把一箱銀子抬到大殿之上，對著馮保點驗明白，方纔作別。馮保道：「你的東道，是延不得的。若失了信，咱卻要與你算賬呢。」嚴二唯唯應諾，恨恨而歸不表。

再說馮保收了銀子，進內稟知。太子道：「即今你將原銀送到海恩人那裡去，道我多多拜上。」馮保應諾，即時喚了兩個內侍，把這一箱銀子抬起，自己引路，望著海瑞衙中而來。時海安正在閑立，馮保便將上項事情說知。海安急到裡面說知，海瑞即忙出迎。馮保令小侍把箱子抬到裡面，與海瑞相見畢，說道：「幸不辱命，咱爺多多拜上。若是恩公有甚麼急需之處，不妨又來。現在一千兩，你可收下。」海瑞謝道：「一之為甚，其可再乎？」便望空拜謝，復向馮保致謝一番。說道：「今瑞在窮厄之際，叨蒙公公與殿下恩施，得濟此急。海瑞惟有焚香頂祝，以報高厚耳。容日登堂叩謝。」馮保道：「些須意思，甚麼相干，何必介意？若說到宮面謝，這卻不用。主人曾有言，恐怕為嚴賊曉得，說是交結外臣，反為不美呢。」海瑞道：「如此就煩公公轉致就是。」馮保作別回宮而去，自不必說。海瑞既得若干銀子，便送到李夫人處，說是盤費。李夫人道：「那用得許多？不過二三百金足矣。」海瑞道：「剩下的以為讀書膏火❷之資。」堅要全收，李夫人只得收下，擇吉起程。海瑞吩咐家人即去雇備夫馬。夫馬停妥，話不多贅。

忽人來報，嚴嵩因為打碎青宮的御用茶盞，被青宮抓去面奏皇上，罰他賠了一千兩銀子。又說他驚駕，要發往雲南充軍三年，只因朝中無人辦事，如今特加恩典，著發在老爺處過堂三日，權作三年。明日嚴相便來過堂，故此特著家人來說。海瑞聽了不覺大喜，手舞足蹈起來。笑道：「天呀，你真真報應不爽了。」又以手指著嚴府那邊說道：「奸賊，你平日倚權肆橫，今日卻有這個日子。」遂傳了差役皂隸到來，吩咐道：「明日奸相嚴嵩過堂，你們只看我的眼色行事就是。若是叫你們拿下，你便拿下。若是叫你們動手打，你們即便動手重重的打就是。如違，重責不貸。」差役們應諾，海瑞恨不得就是次日好去報仇，一宵無話。

次日清晨，海瑞起來，即便吩咐海安在門外伺候。海安領諾，即來門首。候了半個時辰，見前面擺著幾對馬及隨從的家人，前遮後護，擁簇著嚴嵩到來。海安即便上前叩見。嚴嵩道：「請起。」遂下了馬，坐在一張馬鞍上，令海安進去通報。海安應諾，隨即稟知海瑞。海瑞聽了，即時吩咐三班衙役，開門伺候。然後出來，立在大堂之上，吩咐海安便請。海安便來稟道：「家爺在堂上，恭接太師

❷ 膏火：油火，此指供給學習的津貼。

爺。」嚴嵩此際，隨即換轉了青衣小帽，把眾家人約在外邊，自己隨著海安而進。只見海瑞立在堂上，笑容可掬，嚴嵩即便趨前。海瑞作揖道：「恭請太師金安。」嚴嵩道：「剛峰安好。」海瑞道：「荒衙何幸，得太師光降？請坐，容海瑞參見。」嚴嵩道：「慚愧，老夫有罪，今且奉旨過堂。正是剛峰端坐，待老夫聽點。」海瑞道：「豈敢。想太師爺位極人臣，又是當今國戚，佐輔國家，多立奇勳，天下蒼生，仰如父母。今因小小瑕疵，聖天子不過略順青宮小意，不得已令太師光降。然太師貴步一臨，草木皆春。還請太師少坐，少盡一參之敬。」嚴嵩見海瑞這般殷勤謙恭，只道是真敬意，便笑道：「如此有佔了。」竟走到上座坐了。海瑞道：「太師少坐，待海瑞取茶來。」便進去了。

嚴嵩坐在堂上，只見兩旁衙役立者，察其動靜，各皆似有怒容。自思海瑞平日是與我不合式的，今我既奉旨到此過堂，他不特不作一些氣，且還如此謙恭。既是如此，怎麼又令差役升堂？莫非有甚別故不成？正欲下坐，海瑞忽然突出，向外役問道：「上面坐的是甚麼人？」衙役道：「是嚴太師。」嚴嵩聽了，也站起來道：「就是本部堂❸在此，剛峰莫非眼花了麼？」海瑞道：「來此何幹？」嚴嵩道：「奉旨到此過堂，汝豈不知耶？」帶著三分怒氣，復坐下，便道：「豈有此理，豈有此理！」瑞怒道：「你既奉旨前來過堂，就該遵著王法，報名聽點。怎麼反把我的座位公案佔了，是甚麼道理？」嚴嵩亦怒道：「沒甚麼道理，就是偏宮私殿，老夫亦不妨坐著，何況這一座小小主事公堂耶？海瑞，你這般怒氣不息，到底為著甚麼？你與誰來？」海瑞道：「就與你來。」吩咐左右：「與我抓了嚴嵩。」那些差役平日知道嚴嵩的利害，不是好惹的，個個面面相覷，恰如泥雕木塑的一般，只見答應，卻不

---

❸ 部堂：清代各部尚書、侍郎之稱。各省總督例加尚書銜者，亦稱部堂。

敢動手。海瑞看了大怒，即叱海安、海雄二人上前。安、雄二人一聲答應，如狼似虎的一般兇惡，走上公座，一把將那嚴嵩抓了下來。嚴嵩大怒，罵道：「畜生，反了，反了！」海瑞即便升堂，問道：「你這廝膽敢不遵聖旨，不報名，不聽點，亦不過堂，反把公案佔了，皇上又不曾差你來此做問官，你知罪否？」嚴嵩笑道：「任你怎樣說，諒亦不奈何我。如此，你卻把我怎樣的？」海瑞聽了此話，勃然大怒，正是：三尸神暴躁，七竅內生煙。

當下海瑞大怒道：「你恃著權勢，諒我不能奈何於你。不思王子犯法，與庶民同。今汝既已獲罪，奉旨前來，尚敢如此殭強，我且打你一個藐法欺旨。」說著，吩咐左右：「扯將下去，重責四十大板。」各差役仍不敢動，惟安、雄二人把他扯翻堦下。海瑞怒將八枝簽兒撒將落地。那衙役無奈，抬起大叫行杖。皂隸不得已，拿了一條三號板子，走到面前，還說了一聲「告罪」，纔將板子輕輕的打將下去。海瑞看了大怒，叱退皂隸，親自離座，接過了板子在手，重重的打了三十五板，以湊足四十之數。可憐打得那嚴嵩皮開肉綻，鮮血迸流，在地下亂滾亂罵。海瑞大聲道：「此是初次，明日早些到來過堂。如再敢猖獗，又是四十大板。」叱令差役將嚴嵩扶了出去，吩咐退堂。

外面嚴府的家人，在外候久了，突然間看見了主人這般狼狽而出，各人吃了大驚，急急上前致問。此際嚴嵩連話也說不出來，只是搖頭不答。家人們急急趕回府中，把一乘坐轎打來，纔將他坐了回府。嚴嵩痛極，躺在床上，竟不知人事一般。家人們不敢動問，只是守著伺候，直至過了一個時辰，嚴嵩痛定甦醒，方纔說出話來。即喚兒子世蕃到床前謂曰：「可恨海瑞擅作威福，故意讓我坐在公案上。即又翻過臉來，將我責打四十，並將欺藐聖旨四字大題目壓我，受了這一場虧，怎麼忿得？故此喚汝前來，就在此寫成草本，明日早朝，卻與這廝見個高低，定個生死，方可出我口氣。你可用心寫來。」世蕃聽了，連忙取過了文房四寶，把奏稿立時修起，對著父親念了一遍。嚴嵩點頭示可，安息一宵。

次日早朝，嚴嵩令人抬到午門，眾文武看了，各各驚問何故。嚴嵩便將海瑞挾仇，假公洩忿，毒打四十，險些一命嗚呼，逐一說知。各人聽了私相嘆息，怎麼這海瑞恁般大膽，當朝一品又是國戚，皇上素日心愛的近臣，怎麼卻下此毒手，豈不是自欲討死耶？各人都為他捏住這一把汗。有幾個心惡嚴嵩的，心中好生歡喜，恨打少了他。須臾，金鐘響處，鳴鞭淨殿，文武各各隨班而進，分站兩傍。內侍一對對的出來，一派音樂之聲，一對雉尾宮扇，擁簇著天子出宮而來，升了寶座。兩班文武，上前山呼起舞蹈畢。只見嵩故意一步步挨到龍書案前，口稱萬歲。天子見了，吃著一驚，便問道：「卿因甚事，如此狼狽？」嚴嵩即便叩頭奏道。正是：

金殿幾句話，法場失三魂。

畢竟嚴嵩怎麼樣啟奏，下文便知。

批評：

海公之毒打嵩者，蓋亦過於刻薄，故嵩勢不與同日月也。若衹以言語譏諷，面孔示意，則嵩亦低頭甘受矣。或謂海公大膽，擅打宰相。實不知彼既犯法，則與庶民列。今打之，卻不以宰相打之，以犯人打之，吾謂打之固宜矣。

第三十回　恩逢太子超生

卻說嘉靖看見嚴嵩這般狼狽，便開金口道：「卿家為甚這光景？」嵩泣奏道：「臣因獲咎，蒙陛下殊恩，格外姑寬，令臣到雲南司衙門過堂。不料主事海瑞，意圖陷害，無端將臣重打四十狼狽棒，可憐臣體受傷過重，只恐性命不保，伏乞陛下作主。」遂向袖中取了摺章遞與內侍呈覽。帝賜平身，隨將奏本一看。只見寫道：

臣嚴嵩稽首頓首，謹泣奏，為擅毆大臣，目無國憲，乞恩正法，以警將來事：竊臣原以不檢，誤傾青宮御茗，打碎御用茗盞，例應即死。仰蒙陛下殊恩，格外寬容，罰臣賠價銀一千兩，並發臣到雲南充軍三載。緣以庶務紛繁，需臣協辦，復蒙特典，發臣就近到雲南司衙門過堂應點。此陛下格外殊恩，亦不得已從權之事也。臣感激之外，遵即前往該司衙門聽點。孰料該主事海瑞，欲圖殺臣。無端發怒，喝令狼僕虎差，將臣扯下重打。復又自提大板，儘力行杖。致臣雙腿幾無完膚，旋即暈去。該主事復令狼僕，將臣拖出。幸有家奴扛回灌救，適時始得甦醒。忖思臣雖獲咎，叨蒙陛下格外施恩。今海瑞則不容於臣，是抗陛下也。況臣承恩，位備台輔，而海瑞輒是以一介部屬微員，擅杖宰相，不獨無法，抑且欺藐聖旨。有此悖逆，勢難稍寬，以致將來效尤。伏乞陛下飭著廷尉，立即將該主事鎖拿嚴究，早正國法，則警將來效尤者。臣等不勝幸甚之至。謹據實以聞。

帝覽畢，不覺龍顏大怒，說道：「何物海瑞，擅動打大臣，這還了得！」立即傳旨，令御林軍五名，前往鎖拿海瑞當殿問話。御林軍領了聖旨，飛奔前去，不一刻已將海瑞拿到，俯伏金堦。天子大怒，罵道：「嚴相國偶因小有過失，朕著發在你的衙門過堂三朝。因甚你卻這樣目無法紀，無端毒打大臣，你知罪否？」海瑞叩頭道：「臣該萬死，乞陛下容臣一言，死亦瞑目。」帝道：「你尚有何說？」海瑞奏道：「嚴嵩藐視青宮，致奉旨發臣司過堂應卯❶，此乃陛下曠古未有之施也。乃嵩不遵聖旨，仍恃祿位，到臣衙門猶擺列儀從。及至公堂，勒要臣接，此際只得公堂迎候。而嵩即佔臣公案，危肆威權，如問官比，此法堂乃陛下特以肅規矩的，臣雖微員，亦為陛下之所特設以執法也。嵩則自恃威權，不遵聖旨，臣乃食陛下之祿，為陛下執法。是以臣不忍枉法，寧甘擅杖大臣之罪，於是執杖親毆，果然有的。但嵩位極人臣，尤敢肆其威福，則與欺君罔上幾希。臣實如此，惟陛下察之。」嚴嵩在旁急奏道：「陛下猶有格外之恩，汝則不能遵耶？」帝聽罷，不覺顏色皆變，喝令御林軍把海瑞綁縛，推到西郊地，午時處決。左右一聲答應，把海瑞五花大綁起來，帝叱推出。海瑞亦不再言，面笑而出之。

剛到午門，恰好遇了馮保。馮保一見，唬得魂不附體，上前細問緣由。海瑞具以直告。馮保道：

❶ 應卯：舊時官吏每日清晨卯時到官府去聽候點名，稱應卯。

「恩公且自寬心，待我進宮啟知娘娘與殿下，必然有救的。」海瑞道：「多有不能彀了。煩公公善為我辭，說海瑞叨沐殊恩，今生不能相報，統俟來世罷。」說罷，急趨而去。馮保如飛的跑到昭陽正院，來見了張后，說道：「不好了，不好了。」張后忙問何故。馮保便將前事說明。張后大驚道：「如此怎處？可速請殿下來商議。」馮保點頭，飛也似的跑來到青宮，且不細說原故，稱說：「奉娘娘懿旨，請爺立即到宮中，現有緊要密事相商。」太子聽得這話，也急來到宮中。只見張后兩淚紛紛，不知何故，未免吃了一驚，急問所以之由。娘娘便把海瑞如此如此，這般這般，說了一遍。太子道：「似此如之奈何？難道看著恩人被殺麼？馮保，你有甚麼計策？說來好去搭救恩人呢！」馮保道：「沒有甚計策，況且日子促迫，雖然保奏也遲了。莫若太子親到法場，對那監斬官說了，且將恩人帶回候旨。待等皇爺怒氣少息，然後再說，或者可以赦免，不然竟無別策矣。」太子稱善，隨即拜別了母后，乘著快馬，與馮保望著教場而來。

再說海瑞被綁到法場中，自料再無生活之理，因舉首向天祝告道：「蒼天呀蒼天，想我海瑞，平日務以除暴安良是念。昨見奸賊嚴嵩，不合❷將他責打，觸怒批鱗❸，致奉聖旨斬決，不容緩。但願瑞死之後，上蒼默佑，早除奸佞，俾得國家安樂，廊廟清寧。瑞在九泉，亦復何憾！」祝罷，坐於石墩之上，耑待行刑。少頃，就有三五位同僚部員，前來祭奠。海瑞一一稱謝，並無一句怨言，眾皆稱贊。未幾，只見四名擺手擁著一位官員來到，不是別人，就是嚴嵩門生姓張名聰，現充兵部郎中，乃

---

❷ 不合：不該，不應當。《後漢書．杜林傳》：「臣愚以為宜如舊制，不合翻移。」

❸ 批鱗：傳說龍喉下有逆鱗徑尺，有觸之者，必怒而殺人。後以喻觸怒帝王。

是奉旨監斬而來。當下到了法場下馬，就在亭子內坐著，問左右是甚麼時候，左右答以巳初。張聰道：「天色尚早，你們可小心看守了，待等時候到了，立請催斬官來處決就是。」遂轉身公廳後邊去了。

再說太子與馮保二騎趕到法場，一直闖到裡面，方纔下馬。那些押解的官兵，那裡認得是青宮太子，又見他二人來得這般兇猛，忙喝道：「是甚的人，敢闖法場重地？還不去！在這裡想是要討死麼？」馮保叱道：「何物官軍大膽！敢是瞎了你們的狗眼，認不得青宮，亦該認得咱老馮呢。」官軍聽了這話，吃了一驚，各人急急跪在地下叩頭不迭，說道：「有眼如瞎，死罪，死罪。」太子叱令起來，問道：「何人監斬？」官軍以張聰對。馮保道：「大膽的官員，殿下到此，都不來接駕，這還了得！」那張聰在後面聽得喧嚷，急急出來觀看。那些官軍見了，指著說道：「這就是監斬官了。」張聰猶不知備細，還在那裡作威作勢的道：「甚麼人在此絮刮❹，與我拿下去見太師。」那些官軍帶笑說道：「老爺，你道二位是甚麼人？」張聰道：「莫非是那死囚的親人麼？與我一併拿下去打！」官軍們說道：「只怕老爺不敢，這就是東宮殿下呢。」張聰聽了，唬得渾身發抖，忙俯伏於地下，不住的叩頭請罪。馮保叱道：「起來，慢慢的再與你班人算賬。我且問你，海老爺現在那裡？」張聰道：「海瑞在那邊石墩上，聽候行刑。」太子道：「快些放了，來見孤。」張聰不敢怠慢，急急走到石墩上，親把海瑞的索子鬆了。說道：「海老先生，你的救星到了，快些前往相見。」海瑞道：「怎麼說？」張聰道：「你休細問，前去便知。」遂領著海瑞來到廳上。太子一見，不覺流下淚來。叫了一聲：「海恩人。」海瑞見是太子，跪將下去，不禁流淚說道：「臣有何好處，敢蒙殿下龍駕到此？臣死不安矣。」

❹絮刮：同絮聒。言語嚕嗦，嘮叨不休。

太子親自挽起，命張聰取坐位過來。海瑞道：「不可，此是法地，臣乃待刑之人，太子到此，已為越禮矣，可與臣對坐的麼？今臣得見太子一面，死亦瞑目於九泉。惟愿殿下善事聖上，惟仁慈孝友是務，則天下幸甚矣。餘無所請，請駕回宮。臣即當受戮矣。」說罷痛哭起來。太子亦流涕道：「恩人且自放心，孤當面見父皇，保公不死。」

說話猶未畢，人報催斬官到了。太子便問是誰，左右答道：「是嚴太師之子嚴給事。」原來嚴世蕃此時已為兵部給事兼刑部郎中了，所以著他為催斬官。當時太子道：「宣來見孤。」左右領旨迎將出來，恰好嚴世蕃已下了馬，將要進廳的光景。官軍道：「殿下千歲有旨，著催斬官進見。」嚴世蕃聽得殿下兩字，心中暗忖道：「偏偏又遇著了他在此，包管這廝是殺不成的，深為恨事。」只得上廳來見，說道：「臣嚴世蕃見駕，愿殿下千歲。」太子道：「平身。」世蕃起來，侍立於側。太子故意問道：「尊官高姓？」世蕃道：「郎中姓嚴名世蕃，乃嚴嵩之子。」太子道：「原來就是相國公子，到此何幹？」世蕃道：「臣奉聖旨，前來催斬海瑞。」太子道：「海卿乃是忠良之士，不幸為汝父所害，孤家今親來保他。你且回朝，待孤見了父皇，自然與你繳旨就是。」世蕃那肯依允，便道：「殿下令旨，臣敢不遵？但海瑞一犯，乃是奉旨處決，立等繳旨的，臣不敢枉法。」太子怒道：「怎麼說是枉法？」吩咐馮保：「與孤趕了出去。」馮保便走來喝道：「不知死活的奸賊，在太子爺面前混言亂語的麼？還不快滾出！」罵得世蕃唯唯應命，不敢出聲。無奈且與張聰退出廳外，無計可施。又不敢行刑，只得聽候而已。太子對海瑞道：「恩人，且在此少候，待孤進宮見了皇上，好歹討個情來，只要不死就是。」即便吩咐馮保，在此倍伴著海瑞，自己領著張聰與嚴世蕃三人，來到朝門下馬。太子吩咐二人在此候旨，遂親自進宮而來。

恰好帝午睡未醒，張后此際亦在宮中，見了太子回來，急問道：「我兒，海恩人不知如何了？」太子道：「海恩人今在法場，兒已令馮保在彼作伴，特領著監斬官張璁、催斬官嚴世蕃前來候旨。母后有何妙計，可以救得海恩人性命？」張后道：「吾亦思之再三，只是皇上未醒。若是醒時，你我母子二人切實哀懇，或者帝怒稍解，則海恩人有救矣。」太子道：「倘若父皇不准，又如之何哉？」張后道：「我有言語，可以料得著的。亦諒皇上必然恩准。」母子說話之間，宮娥來稟皇爺醒了，張后便與太子急急趨近龍榻問安。帝見太子，便問道：「吾兒不在青宮習讀，來此何幹？」太子跪在榻前奏道：「臣兒有不揣之言，冒奏陛下的。」這一奏，有分教。正是：

受恩深時還恩倍，方是人間大丈夫。

畢竟太子所奏何言，皇上准否，且看下回分解。

批評：

海公之赴西郊，自分必死，餘無所憾，惟恐帝終不能屏逐奸賊，以安社稷為念是繫矣。觀其致囑青宮之語可見矣。太子與皇后之諄諄苦留海瑞者，非特以前日之恩為言，蓋實惜其忠君愛國，不忍視其受此無辜也。讀者須自參悟。

第三十一回　馮太監笞杖討情

卻說當下太子見了皇上，請問安好畢，帝問道：「吾兒不在青宮誦讀，到此何故？」太子俯伏榻前奏道：「臣有下情，叩乞陛下恩准，容臣保奏。」帝道：「汝小小年紀，有甚事情，只管說來。」太子道：「刑部主事海瑞，不知身犯何罪，致奉旨西郊處斬？臣敢保之。」帝道：「海瑞目無法紀，擅杖宰相，故此正法。兒何為他保奏？」太子道：「海瑞有恩於臣母子，故願保之，以報其德。」帝笑道：「海瑞乃部屬一介司員，與兒風馬牛固不相及❶，有何恩德？」太子道：「臣奉旨幽禁，非海瑞苦諫陛下，何得今日父子完聚？實有大恩於臣，臣豈敢作負心人耶？陛下治天下，以仁義為本。海瑞之杖宰相，自有解說。」帝問：「有何解說之處？」太子奏道：「夫宰相與部曹，則職位隔如天壤，下屬固不得開罪於上官者，例也。今者犯罪，奉旨充軍過堂，則不得以宰相目之也。嵩自仍復一宰相，而瑞則知奉旨之軍配犯人也。彼復自恃威權，不遵法度，公然佔坐公案，此海瑞故以杖之也。海瑞不敢執法，一任奸臣妄作妄為，於瑞則為諂諛之臣，陛下何所取之？今瑞只知奉旨，不避權貴，執法不徇，此正陛下之直臣。陛下有此直臣，正自賀不暇，何反殺之？誠恐後來忠直之臣，望風而為諂佞之

---

❶ 風馬牛固不相及：比喻事物之間毫不相干。語見《左傳．僖公四年》：「君處北海，寡人處南海，唯是風馬牛不相及也。」

輩矣。惟陛下察之。」帝被太子這番言語說得心花都開了，自忖：「彼雖年少，而條陳確確在理。若殺海瑞，只恐後來之臣，相將畏縮。若竟釋之，則嚴嵩心必不甘。」沉吟半晌，乃道：「兒且退，朕為瑞寬恩就是。」

太子謝過了恩出宮，復到西郊而來。海瑞跪接，太子一手挽起道：「恩人，救星至矣！」遂將進宮如何哀懇皇上，皇上如何傳旨，細細說知。海瑞復謝道：「太子之於瑞，可謂生死而骨肉❷也。」語畢，人報聖旨到。海瑞與監斬、催斬兩官，一齊跪接。只見馮保手捧聖旨而來，立在當中開讀曰：

海瑞擅杖宰相，罪當斬首。但嚴嵩以獲罪，奉朕敕旨，發往該衙門點名應卯者，非現任宰輔之比。嵩故不合佔坐公案，而瑞亦不合擅行刑杖。除嵩業已受杖，毋庸置議外，其海瑞照不應律，發廷尉衙門，重杖八十，監禁刑部獄三個月，以警將來。期滿，該有司具奏，請旨定奪。嵩著開復，以佐朕躬，協理庶務。欽此。

讀畢，海瑞山呼謝恩。太子即令人鬆了一應刑具。旋有差官來提海瑞。太子對那差官道：「海主事是孤恩人，今雖奉旨受杖，汝等休得故意狠毒。如敢抗違，孤是不依的。」差官唯唯應命。太子即命馮保親送海瑞前往，並致囑馮保：「須要看著行杖，如有故意肆狠，即來回我。」瑞復向太子泣謝道：

❷ 生死而骨肉：使死者復生，白骨長肉。形容刻骨銘心的感激。語見《左傳・襄公二十二年》：「吾見申叔夫子所謂生死而骨肉也。」

「殿下愛臣之深，猶如再造。瑞雖肝腦塗地，不足以報殿下之萬一也。」太子遂挽起慰之曰：「恩公請自放心。此去自有孤為恩公作主，即寶眷亦有孤照應。」瑞再拜謝恩，隨與差官並馮保而去。太子與兩官回去不表。

又說那嚴嵩遣人探聽海瑞得青宮保奏不死，今奉旨倍杖監禁。嚴嵩聽了，跌足道：「何故太子偏偏要如此與我不偶也？」遂即時修書一札，令人致於廷尉，卻想就在廷尉杖下結果了海瑞性命。當下廷尉官接得嚴嵩書札，忙啟視之。只見上面寫著是：

嵩拜書於廷尉大人座下：海瑞以一介微員，擅杖宰相。嵩以奏請聖旨押赴西郊正法。不料青宮為之護衛，致皇上特開格外之典，赦宥海瑞得以不死。今奉旨發在貴衙門發落。但瑞與嵩有不共日月之仇。若瑞不死，嵩亦不得獨生也。耑此致懇，祈為鑒諒。倘海瑞到日，狼頭重棒八十之內，結果伊命。此恩此德，嵩當銘之五內，敢不仰報大德。美顯之缺，惟公欲之，決不食言。此致。

廷尉官看了書札，自思：「嚴嵩之命，若是不遵，必然受怪。若從其議，則那海瑞與我無仇無恨，怎忍將他委曲？況又有太子為他作主，此事屬在兩難之際。」左思右想，卻無可如何。

少頃，人報海瑞已到衙了，青宮特差馮保公公護衛而來，稱說是來監杖的，請爺立即升堂發落。廷尉官聽見有青宮太監在此，即忙請馮保入內相見獻茶。馮保道：「海老爺是奉旨來貴衙發落的，咱爺放心不下，特著咱家來監杖呢。」廷尉官道：「海老爺既是奉旨發落的，在下照應就是。」馮保道：「照應不照應，出在駕上，咱家那裡管得許多，好歹都在眼裡看見的，自然有個道理。請升堂罷。」廷尉官唯唯應命，吩咐升堂，多擺一張椅子，請馮保同坐。馮保讓道：「這卻不敢，咱是個內官，怎敢坐這公堂？這是朝廷辦公的所在，使不得的，請便罷。」遂立在公案之側。廷尉官告了幾聲不當，方纔坐下。差官隨將海瑞帶上堂來。廷尉官看見馮保在此，便站起身來拱一拱手。海瑞跪在地下，廷尉官道：「海公今日是奉旨發落的，休怪晚生得罪了。」海瑞道：「這是理當，乞大人早施刑罷。」廷尉官即便吩咐左右：「好生些扶海老爺下去。」海瑞聽了，自己卻走到堦下。左右皂役上堂請杖。廷尉道：「二號。」馮保道：「那裡受得起二號的，取七八號的來。」廷尉道：「沒有許多號數，只是三號的罷了。」馮保點頭，皂役取了三號的上堂看驗過。馮保道：「輕輕的，若是重了，只恐要你們的狗腿割下來陪呢。」皂役唯唯領命，吏書高叫行杖。左右吆喝一聲，皂役動手。未五杖，海瑞叫痛起來。馮保道：「罷了，罷了。這就算了罷。」廷尉道：「那裡使得。這是奉旨的事，在下不敢枉縱。」馮保道：「既然如此，待咱替了他罷。」廷尉官道：「取笑了！」只是吩咐皂役，須要最輕的就是。皂役聽了言語，真是用盡了工夫，打將下去輕輕的。海瑞亦不覺得十分疼痛，又聽見了馮保的話，若是呼痛，誠恐連累皂役陪杖，故此忍著，杖完了方發喊。馮保即忙挽他起來，說道：「海恩公，今日杖已受過了，尚有三個月獄中的煩悶。你老人家只管進去，安心坐著，自有咱爺不時來看你呢。」海瑞道：「多感殿下、公公的厚情大惠，煩為多多拜上，說海瑞今生不能啣結，來生犬馬相酬報恩。」馮保道：「知道了，請自珍重。」各自泣別不表。馮保回宮。

再說廷尉令人將海瑞送到刑部獄中而來，那刑部司獄❸將海瑞收下。誰知嚴嵩見廷尉不曾毒打海瑞，務要斬草除根，又著人來對刑部侍郎桂岳說知，就中取事。桂岳原是嵩之門生，又新拜在嚴嵩膝下的，此際領了嵩命，立即傳了司獄來到，吩咐道：「今日發有本部主事海瑞到此，汝可想個計策，取張病狀結果了他。」司獄官胡坤道：「海瑞本與我等無仇，大人何故要將他斷送？況且又是本部的同僚，還該用些情面為是。」桂岳笑道：「胡太爺，你只知其一，卻未知其二也。」遂將嚴嵩本與海瑞有隙，現有人來說，要你我二人結果了他性命，好去回覆。胡坤道：「這等說，既然太師爺有命，那敢不從？卑職即行就是。」桂岳道：「你的意思何如？」胡坤道：「除非斷了水米，不過旬日就結果了。」桂岳點首稱善。胡坤退回獄中，喚了牢頭禁子入內吩咐，告了嚴嵩之意。禁子們領了言語，就將那海瑞禁在獄底之中。那獄底是獄牢盡頭之處，黑漆一般，凡有將死及已死的犯人，便抬到那裡去，耑候驗看過收殮，就叫獄底。若是好端端的人，到此坐著，只見陰風透體，毛骨悚然，任你怎麼壯健的人，也逃不出性命來的。

當下海瑞被禁子們手銬足鐐的，又加上腦箍，舉動掣肘❹。蹲在地下，只覺冷氣侵骨，時復一陣昏迷，睡坐不寧，竟然病將起來。那海安等二人送飯到獄，又不得入內，都被他們擋住。海安無計可施，便欲求見太子。誰知馮保這幾日有事，在昭陽院內，不得出來。海安在宮門外，一連候了兩三日，並不曾見那馮保的影兒，只得歸與張夫人商議。張夫人道：「要見老爺的形蹟，除非是他們刑部中的

---

❸ 司獄：清刑部置司獄，掌督獄卒。見《清史稿．職官志一》。

❹ 掣肘：比喻使人作事而故意留難牽制。事見《呂氏春秋．具備》。

人，方可進得去，你們再休想見得著的了。」海安忽然想起一人來，說：「有了。刑部郎中鄧來儀老爺，乃是老爺的同年。他是廣州東莞縣人，大家都是鄉親，況且老爺與他相好，又是同部的。他每五日一到獄中，查看犯人。何不哀懇求他，帶小的進去見老爺一面，看有甚話說，也是好的。」張夫人道：「如此甚好。你可即速前去，道我本當前來親求的，只是嚴嵩耳目甚多，恐累老爺不便，多多拜上就是。」

海安領命，如飛似跑的來到鄧郎中的私第。他的管門家人都是東莞人，彼此都是鄉親。海安說了來意，那鄧管家代他回明了，來儀吩咐著他進見。海安見了鄧郎中，即忙跪下叩頭，泣告道：「家主母特命小的前來代懇，說家老爺與奸相作對，在廷尉衙門杖了八十，如今現禁在獄中。小的們幾次送饍進去，皆被守獄的擋住，不得進去，又不知家老爺在內怎樣的了。所以家主母放心不下，特令小的來代懇求，乞老爺念在鄉情，誼屬同僚。倘老爺明日查監❺，待小的隨著進去，見家爺一面就感激了。」鄧郎中道：「聞得嚴嵩意欲令禁子們斷了你老爺的水米，就要在獄中結果了性命。又令嚴二把守獄門，不許送飯進去。想必此時你主已餓了三日。至查監，要後日纔輪著我的班期，你後日清晨來此等候。」海安叩謝而回。正是：

風聞遭難處，動了故鄉情。

---

❺查監：巡查牢房。

未知後事如何，且看下回分解。

批評：

嵩之於瑞，所謂恨入骨髓也。西郊不死則囑廷尉，廷尉不行又囑桂岳。桂岳領命，於是海瑞不勝其苦矣。滿擬一死以了此志，孰知有鄧郎中之查獄，人參餅得以藉延殘喘，後終得青宮為之提脫。此瑞固不敢過望者。而君子實有神靈陰相之，故以如此。

第三十二回　鄧郎中囹圄救餓

卻說海安再三向鄧郎中哀懇，鄧郎中動起鄉情，便對海安道：「你且回去，上覆夫人，說我後日方是值巡之期，自然進獄見你家老爺，好歹作個計策。你若要去，後日清早來此，充作我跟隨的人進去就是。」海安叩頭謝過了，隨即回去，歸對張夫人說知不表。

再說那鄧來儀應諾了海安所託，忖思：「海瑞今為嚴嵩所禁，必然斷絕水米。若至後日進去，多管是餓得慌了。此際又不能送飯與他吃，豈不是白白空走一遭，似此如何是好？」左思右想，忽然想得一計，說道：「有了，有了。」即到裡面，向夫人取了五錢人參，隨喚家人到外邊買了二升糯米進來，吩咐了一將米煮熟，用棒槌舂爛，又把人參槌爛和於糯米之內，打成奶餅一般，將一張紙包裹好了。直至後日清晨起來，殊不知海安早已來到，見了鄧郎中，又稱主母再三申意。鄧郎中道：「此時天色尚早，你且在我這裡用了早飯，然後相隨我去就是。」海安應允，隨著府內的家人們，吃了早飯。鄧郎中喚了海安吩咐道：「少時我到獄中，你便跟著了一同進去，只要見機行事，切不可造次。」海安應諾。鄧郎中穿了衣服，只喚三個家人和那海安，共是四個相隨，來到刑部監獄。

誰知嚴二早已坐在獄之門首，見了鄧郎中，尤自不甚理會的光景。鄧郎中亦不言語，喚了禁卒，把監門開了。海安並在從人之內，一齊混了進去。鄧郎中來到亭子上，就有司獄前來參見。鄧郎中道：

「這幾日可有新收的犯人否?」司獄道:「新收犯人十八名,女犯一名,官犯共六名,俱已入冊,請大人親點就是。」鄧郎中道:「取冊過來。」司獄忙將新收犯冊呈上。鄧郎中接冊在手,隨著書吏相隨,先到南一倉點名。書吏把著冊子叫道:

黃觀福,直隸大興縣人,犯因姦致命事。

盧一志,直隸香河縣人,犯劫財斃命事。

伍亞初,江南長洲人,犯拒捕殺人事。

劉華,江西南昌人,犯毆斃服叔事。

蔡鳴騶,湖北荊州人,犯團毆斃命事。

胡大猶,直隸宛平縣人,犯積匪滑賊事。

柳三,陝西長安人,犯邪教惑眾事。

共是七名,鄧郎中逐名點過,親行驗看過鐐銬,隨又到西三倉來。書吏把一起五名犯人喚了出來跪著,逐一叫名:

侯三保,直隸東光縣人,犯毆斃髮妻事。

阿洪,天津衛人,犯醉殺家主事。

廖松,江蘇吳縣人,犯雞姦幼童事。

郭容秀,江西南昌人,犯鬥毆殺人事。

高鏡,江蘇無錫人,犯包攬詞訟事。

點名既畢，鄧郎中逐一以好言慰之。復到北二廠來。書吏喚了一起，共是六名犯人，逐個點過了名。隨到女倉，只見女犯一名。鄧郎中問他名姓，乃是江南常州人，姓龔名賽花，原犯謀殺親夫事，因為孕未離胎，故以留禁。鄧郎中問過了，復來到官犯倉坐，令書吏點名。書吏持簿唱名道：

劉學元，粵東從化人，原任江西撫州府錄事，奉拿進京候審。

何伯仁，江西南安府人，原任浙江衢州通判，被百姓控告吞蝕社穀。

呂知機，徽州人，原任廣西遠平縣知縣，虧空餉。

徐徵，江南太倉人，原任廣東龍川縣知縣，濫刑斃命事。

柳春發，廣東大埔人，原任山西太原府知府，以醉毆上司，奉拿來京候審。

海瑞，廣東瓊州人，原任刑部雲南司主事，以擅毆上官，奉旨監禁。

鄧來儀點了五名，叫到海瑞的名字，便不見有人答應。來儀道：「這人卻往那裡去了？」書吏只稱不知。鄧來儀怒道：「監獄重地，怎說不知？」旋有獄卒上前跪稟道：「海主事現奉嚴相國之命，著監於獄底。」來儀道：「他們都是一般官犯，怎麼獨將他禁於獄底，是何意見？」獄卒道：「這是太師主意，小的們那裡得知？不過奉命而已。」鄧來儀道：「且去那裡查點。」

獄卒不敢違抗，只得引導鄧郎中來到獄底。只見一派陰氣，漆黑一般，卻不見人，只聞咿唔之聲。來儀道：「這是何人之聲？」獄卒道：「這就是海老爺之聲。」來儀道：「為甚的這般黑暗，快取燈來。」獄卒隨即應諾，即到外邊取火。來儀四顧無人，便走近唔聲之旁，喚道：「你是海兄麼？」海瑞在那黑暗之中，聽得有人喚他，便應道：「是我。你是那一個？」來儀道：「我便是東莞鄧某，汝知否？今日特為救你而來。」旋在紗帽內取出那個人參糯米餅兒，摸到海瑞身邊，交與道：「你且拿著，餓時便吃些須，即可以暫延殘喘。弟自有為兄之計。」海安即便走近前去，正欲說話，忽見那獄卒點著火來，海安急急走開。那獄卒將燈放在一邊，方才得見海瑞那副狼狽形容。鄧來儀故意點名驗看畢，旋到亭中坐定。

時已未刻，那鄧郎中的家人送飯點心來到。那嚴二在門首看見，恐怕他與海瑞相好，送進去就會分食海瑞，抵死不肯放進。那家丁大怒道：「你是甚麼人，怎敢斷絕巡監老爺的點心？」硬要進去，嚴二大怒，把那點心傾在地下，彼此二人在獄門大吵起來，驚動了司獄官，並那鄧郎中都出來查看，只見自己的家人卻被嚴二扭住廝打。鄧郎中喝住了，問道：「你們為甚麼喧嚷？這裡是甚麼地方，敢如此大膽麼？」鄧管家便將嚴二如此如此，這般這般，備說一番。嚴二猶自在那裡不乾不淨的叫罵。惱了鄧郎中，喝道：「何處狂奴，敢在這裡撒潑？」嚴二道：「你又係那裡來的呢？難道不曉俺嚴二先生的聲名麼？」來儀道：「原來你就是太師的家奴，怎麼膽敢把我的人並點心打碎，是何道理？」嚴二道：「俺奉了太師鈞旨❶，來此把守獄門。你的家人混將東西要送進獄，是以將他打碎，難道不應的麼？」來儀聽了，越發怒道：「你家的太師又不曾代理刑部，你怎麼卻來這裡把守？難道六部裡的事，都是你家把持不成？這點心是我用的，你敢將來打碎，這還了得！可惡之至，不打你這奴才，何以見同僚於本部？」吩咐左右：「與我拿下。」那些獄卒俱不敢動手。來儀大怒，叱令家人上前。

---

❶ 鈞旨：對將相命令的尊稱。《水滸傳》第一〇二回：「兩個公人帶王慶上前稟道：『奉老爺鈞旨，王慶拿到。』」

那四名家人得了言語，急忙上前，把那嚴二抓著。來儀道：「快取大毛板來，與我重打。」海安是恨入骨髓的，急急向獄卒尋了一條頭號大毛板，儘力打去，不計其數。可憐打得那嚴二皮開肉綻，鮮血迸流，在地下亂滾亂罵。來儀怒氣未息，復令海安除下皮鞋，緊緊的掌了十下嘴巴。打得那嚴二的嘴恰似雷神一般，腫痛難當，這回就不敢罵了。來儀恨恨而去。海安滿心歡喜，亦自歸家，回覆夫人去了。

再說那嚴二被打，動彈不得，令人取了一乘轎子來到，抬了回去。時嚴嵩正在堂上觀書，只見嚴二狼狽而回，急問其故。嚴二便將鄧來儀如此如此，這般這般，逐一說知。嚴嵩嘆道：「你卻不知好歹，他是一個該管的官員，進去巡查犯人，乃是奉旨的。送點心進去，亦是應該的。你怎麼不分皂白，竟把他的東西打碎，怎怪得他動怒？若是遇了我，還不止如此呢，你還算好造化呢！」一頓話，說得嚴二啞口無言，只得忍痛不語，回到府中，好生唧怨，暫且不表。

再說那海安回見張夫人，備言海瑞之苦。張夫人道：「似此如之奈何？非死即斃矣。」海安道：「若要解脫此厄，除非尋著了馮保公公，方能有濟呢。」張夫人道：「如此，你可再往等候。須要耐心等候，休再空回。」（前者因馮保有事服役，整整數日不出，故海安不得一見。今張夫人故重囑之，令其耐守，切勿空回。觀此數語，不惟夫人之留心致囑，亦作書者之照應前文矣。）

海安應諾，即便出了衙署，徑望著東宮而來。等了一日，卻只不見，悶悶回去。至次日，天尚未明，便來宮門等候。直候至未時光景，方纔看見馮保從那邊而來。海安見了，此際恰如獲得至寶一般，慌忙上前叩見。馮保不知所以，急急挽起，說道：「尊管何故如此？」海安道：「可憐我家主人將餓斃於獄中，故此家主母特著我來央浼公公方便。自前五日在此相候，直至於今，幸得相遇公公，家老爺有救了。」馮保聽了，問道：「你家主人前者受杖，業已發往刑部獄中。三月之後，即便超脫，汝今何忽言此？」海安便把嵩恨海瑞，暗囑監卒如此如此，又令嚴二把守獄門，恐怕有人照應，這般這般，備說一番。馮保不勝大怒道：「何物奸相，擅敢陷害。你且隨我到宮中去見爺爺。」海安謝了，隨著馮保進宮而來。時太子正在書齋觀史，忽見馮保領著海安來到，便問道：「海管家，來此何幹？」海安見問，跪在地下，只叫得一聲千歲，便痛哭起來，連話也說不出來。太子看了，不知何故，問道：「到底為著甚的，這般光景？」海安只是痛哭，馮保沒奈何，代他備細說了。太子聽了，不覺勃然大怒，說道：「嚴嵩，嚴嵩，你亦太逞刁了！一個人既服了罪，這就罷了，怎麼苦苦的偏要尋害？這卻豈有此理。海主事乃孤恩人，孤豈肯任汝肆毒耶？」便對海安道：「你且勿哭，孤自有主意，包管你主人安然無事就是。」海安聽了，叩謝不迭。太子即時穿了衣服，就命馮保、海安二人相隨，一直望那刑部獄中而來。正是：

淚落千條原為主，怒生一刻要酬恩。

畢竟太子此去，可能救得海瑞否，且聽下文分解。

批評：

鄧郎中之打嚴二，是執著鵝頭之處，故嵩不敢代為出頭，而之奸滑亦有理處。海安自從改邪歸正，無時不以主人為念。觀其見了太子，只知痛哭而不能語，蓋淚從血性中出矣。

第三十三回　赦宥脫囚簡授縣令

卻說太子聽了海安之言，不覺勃然大怒，即時令海安、馮保二人相隨，徑往刑部衙門而來。到了大堂，只見並無一人出來接駕。馮保亦怒，高聲叫道：「有人麼？」叫了許久，方纔有一老者從內而出。馮保道：「你是甚麼人在此？」老者道：「小老乃是看守衙署的。」馮保道：「他們官府都沒一個在此的麼？」老者道：「各位大人們都有私衙，各各回去的。若有公事，齊來聚會。清晨自然都到，過午時候，他們都各回私衙去了。所以把一兩銀子，僱小老在此看守東西的。」馮保道：「原來如此。你可到各處通知，只說有人要見幾位大人們說話。」那老者聽了笑道：「你這人好沒分曉。這是甚麼所在？這是甚麼的官府？你是甚麼人？動輒這般大話？還不快走，想是要吃打麼？」馮保道：「譬如他們各位大人到那裡去了？」老者道：「今日是嚴太師那邊演戲，所以他們都到那裡去了。你到底是甚麼人，只管在此絮絮叨叨的做甚麼？快些走開去罷。」馮保道：「你要問我是那裡來的麼？我就是你家各位大人的小主子，司禮太監馮太爺在此。」老者聽了，將馮保看了幾眼，說道：「老眼模糊，一時不認得貴人，休要見怪。」馮保道：「我亦不來怪你，你可即去各位大人們處通知，只說青宮爺在此，立等問話就是。」老者聽了，唬得心膽俱驚，答應一聲，飛也似跑的來刑部尚書何堦的府中報知。

何堦聽得太子來到，不知為著何事，即便急急來到署內。只見太子坐於廳上，旁立二人。何堦急趨上前道：「臣何堦接駕來遲，希望恕罪。」太子道：「主事海瑞身犯何條，怎麼你們竟要斷了他的水米，是何道理呢？」何堦見問，自知太子此來，卻要尋覓對頭出氣的。因道：「海主事奉發到獄，微臣一些不知。這幾天都是左侍郎桂岳輪值，殿下須著他來見，一問便知了。」太子笑道：「雖是桂岳輪值管事，難道你身為尚書，竟不一問耶？如此廢弛，實屬不成政體。」何堦唯唯服罪。太子令何堦立傳桂岳來見。何堦叩謝訖，即刻令人請桂岳至。桂岳當下見了太子。太子大怒道：「海主事是奉旨發來監禁的，你怎麼卻把他如此難為？想是要斷送了他的性命麼。他與你有什麼仇？」桂岳只推不知。太子道：「主政在你，怎說不知？可速請海主事出來。」桂岳領命，急急來到獄中。

其時海瑞得了那人參糯米餅充飢，漸覺有些起色，臥在地上。桂岳急令獄卒扶了出來。桂岳將他一看，只見形容枯槁，那棒瘡不知怎的發將起來，行走不便，舉動維艱。桂岳見了，急急上前安慰道：「主事安否？」海瑞道：「這幾天很安樂，只是地下大濕了些。」桂岳道：「都是他們之過，待在下把他們警責就是。如今青宮爺前來望你，請到外邊相會去。」海瑞聽得太子到來，便故意倒在地下，作呻吟之聲道：「我遍身疼痛，舉動不得，不去了。」桂岳道：「如此怎好？」說未畢，只見馮保走了進來，一見了大罵道：「你們這等壞良心，一個好端端的人，放在這裡不過幾天，就弄成這般光景。且到外邊，再與你等算賬。」海瑞道：「馮公公，可憐我自到獄以來，被他們日夕狠打，於今變了一個殘病之人，走又走不得，煩你取板來，將我抬了出去，見殿下一面，死亦瞑目。」馮保叱桂岳道：「好，好，好！你卻將他打得渾身痛楚，行走不得。如今太子爺立即要他問話，這卻怎的？也罷，你且與我背了他出去。」桂岳道：「這卻容易的。」便令家人上前，背負海瑞。馮保叱道：「誰要你們這項小人來背？要你背呢。」桂岳被馮保罵得慌了，無可奈何，只得上前把海瑞背負。那海瑞是心中恨極他的了，故意在他脖子上吐了許多津涎❶鼻噴。桂岳一路吞聲忍耐而走，來到刑部大堂放下。

太子與海安見了，急急走來問候。瑞便翻轉身來，俯伏地下泣謝道：「臣何幸蒙殿下龍駕辱降，使瑞身心不安，雖犬馬不足以報萬一也。」太子道：「海恩人，為甚的這般狼狽？請道始末，自與恩人作主就是。」海瑞便說：「始初進獄，即被桂岳等舞弄❷。嚴二把住獄，不許家人送飯，要生生的將我餓死。放在獄底黑暗之中，蹲在地下，過了幾晝夜，只因地氣潮濕，把身子弄得殘廢了，如今成了半身不遂，乞殿下作主。」太子聽了，勃然大怒，喚了桂岳上前，罵道：「海主事與你無仇無隙，虧你下得這等狠毒心腸。若不是孤今日來看，多管死於獄底。他是奉旨而來的。今後孤將他交與你服侍，每日三餐，如有缺少，我是不依你的。」桂岳唯唯應命。馮保在旁道：「若是我們走了，背後他又是這般苛刻的。為今之計，卻將海恩公把大秤來秤過，看有多少斤數，上了冊子，交與這廝供養。若是養輕了，要這廝刮肉陪補呢。」太子點頭稱善，便喚轉桂岳吩咐如此如此，這般這般：「若有差失，孤只要你的肉割了下來陪補就是。」桂岳不敢不遵，說道：「遵旨。」太子吩咐：「海安，你有甚話，只管上前去說。」海安即便走到海瑞身邊問道：「老爺有甚言語吩咐小的回去。」海瑞道：「我亦沒甚吩咐。你回見夫人，只說我身安，不用掛念。不過期滿釋的，餘無別囑了。」海安應諾。太子

❶ 津涎：口水。
❷ 舞弄：擺弄。

復令馮保，將一套新衣服與海瑞換了，然後叮嚀而別。臨行又吩咐了桂岳道：「只管好生服侍海主事，孤五日親來秤驗一次，須要打點，勿謂孤言之不預也。」方纔與馮保乘馬回宮去了。

桂岳受了滿肚子屈氣，又不敢向海瑞發作，只得令人將海瑞送在官倉裡住下，每日好酒好菜供奉，真不敢一些怠慢。海瑞自出仕以來，卻不曾受過這般安享，每日在那醉鄉之中，私嘆道：「此間樂，不思蜀矣。想我海瑞，不過在家，就是一行作吏，終日縈縈擾擾❸，惟恐政事不清，那得這般享受？今日卻口厭粱肉，身厭綺羅了，恨不得在此多住幾年罪。」果然五日一次，馮保親來問候。不上半月，把個海瑞養成一個胖子一般，暫且不表。

再說嚴嵩滿望囑託桂岳，把海瑞餓死獄裡，以報了私仇。這一日，忽見桂岳慌慌張張的走來說道：「太師之謀又不成矣，如之奈何？」嚴嵩愕然，急問何故。桂岳便將太子與馮保到獄，怎生叱罵，卻又怎的勒要供養。上了秤，五日一驗，若是輕了，就要向孩兒身上的肉割下陪補，逐一說知。嚴嵩聽了跌足道：「有了這人在朝，我這私仇何日得報？必要想個計策除了此人，你我方纔立得腳穩，徐徐圖之。你且回衙理事，這遭就算便宜了他罷。」桂岳謝別而去。嚴嵩即從此更恨海瑞，時刻未曾去懷，暫且按下不表。

再說張后在宮，日夕憂念海瑞在獄，無由得出。忽一日，帝在宮中飲宴，后乘機進曰：「海瑞乃陛下直臣，諸文武中無可多者，陛下宜加恩赦之。」帝因道：「朕已加恩，赦其死罪，著令刑部監禁三月，待等期滿，將畀以外任，兩相了事。不然彼與嚴嵩勢不兩立的。」后曰：「既蒙陛下殊恩，三

❸ 縈縈擾擾：糾纏攪擾。

月亦是一般。於今天氣炎熱，囹圄倍苦，陛下常有寬囚之典，今何不一視同仁，赦宥海瑞，彼亦感恩靡既矣。」帝聽后言，點首稱善，笑道：「朕當釋之，卿勿掛心。」張后謝過。是夜帝宿於宮中。次日早朝，帝即傳旨一道，著吏部侍郎封樾賫往刑部獄中，特赦瑞出獄。

封樾領旨，賫旨來到獄中，傳了海瑞來到亭中，宣讀聖旨道：

奉天承運皇帝詔曰：國家有律，有犯必懲，亦惟有恩，可原則赦。茲爾海瑞，為國竭忠，敢言奏宰相，朕前以赦之。今復狠杖一國戚，罪有應誅。朕念忠誠，故加格外之施，免其死罪，倍杖償辜。復令監禁百日，以警將來不敬者。今值三伏之際，溽暑❹炎蒸。每念坐囚者手足拘繫，舉動維艱，自覺倍形熱苦。故國家定有寬刑之律，每遇盛暑之時，則寬其縲絏，俾得舒暢。此我國家之殊恩者也，行之歷久。今海瑞亦廁其列，彼是忠藎❺之臣，更宜特加曠典。茲著加恩赦宥出獄，汝其欽遵，隨使來朝，朕另有詢，速赴毋延。欽此。

宣詔已畢，海瑞歡呼萬歲，隨同天使出獄，直趨金殿見帝。海瑞二十四拜，謝帝赦宥之恩。帝宣諭曰：「非朕枉法，每念竭忠之臣，倍加愛惜，以勵將來者。今赦汝出獄，著往山東濟南府，以歷城縣知縣

❹ 溽暑：指盛夏潮濕悶熱的氣候。《禮記．月令》：「土潤溽暑，大雨時行。」

❺ 忠藎：竭忠盡心。宋．范仲淹《范文正公集．除樞密副使召赴闕陳讓第五狀》：「伏望聖慈，察臣等忠藎之懇，素有本末，實不以內外之職，輕重於心。」

用。如有循聲，再行內召重用。汝其勗之，即便起程赴任可也。」海瑞叩謝龍恩出朝，竟不歸家，直造青宮叩謝。太子道：「恩人此去，自當珍重，不過三年後，復得相見也。」瑞叩謝而別回來，張夫人此際夫妻復聚，其樂可知。

次日，太子特命馮保賜白金三百，俾為赴任之需。海瑞道：「屢蒙殿下殊恩，深愧萬無一報。今復愧領，殊屬不安。」馮保道：「不必介意，咱爺愛你，故有此賜。恩人到任，請自為官，自有咱爺在內照應。」叮嚀而別。次日，吏部令人送了文憑到來，海瑞便到青宮謝貺，又到吏部裡謝照訖，擇吉起行。只攜著海安、海雄，並張夫人一共四人，蕭條行李而已。出了京城，便望著大路而去。夜住曉行，飢餐渴飲，四人在路上，竟無人知是出京赴任的知縣。

到了山東道上，海瑞就將家眷住在旅店，且不上任。海瑞帶了海安，改扮測字先生的模樣，一路訪查將來，只留海雄在店服侍夫人。海瑞每日裡就在各處熱鬧的所在，去擺測字，海安不離左右。如此半月有餘，訪了幾宗大案。正是：

要悉民情處，全在費工夫。

畢竟海瑞查訪得甚的案件出來，且聽下回分解。

批評：

海公之被禁囹圄數月，一日得出，復作縣令，別人則不事訪察，又去多事矣。今海公只知為國為民，卻不受甚麼利害。所以一到該省，即便改裝測字，以冀稔悉民隱耳。今之縣令，則只知蝕刻以肥貪壑而已。嚴嵩固未嘗忘懷海瑞者也，今因青宮之為護，亦無可如何耳。

第三十四回　訪查赴任票捕土豪

卻說山東地面，多聚富豪之家。一府之中，必有數千餘家，都是巨萬之富者。他的地之氣厚，每發科甲，較勝於他省。其時濟南府歷城縣，有一富戶，姓劉名東雄，富甲一郡。只因這東雄為富不仁，恃財淩貧，族又蕃衍，又復恃大欺小。各村坊的小戶，受其欺淩迫逼，一則畏他財可通神，二者懼他丁強人眾。這東雄武斷鄉曲，視人有如無物。廣有田地，騾馬成群。自己卻建了一所庄院，離著縣城五里。其中倉廒庫房俱備，盛栽花木。娶有十數個美妾，以實其中，朝夕歡樂。又有一十餘個狼僕，分管各處租業亭園，計每年徵銀六十五兩外，其餘放債、各項批貨諸籌，筆難盡表。東雄既已富甲一鄉，便已無惡不作，鬧出事來，拚把一二萬銀子丟了，便弄得好不冠冕。所以遠近之人，都不敢犯他私令。若是近著歷城的村庄，某人有女美貌，這東雄便要娶歸作妾。其父母不肯，東雄就有千方百計，務必得到手裡，方肯甘心。竟有率領家人，白日搶回庄上，旋以百金置其家中，以為聘禮，其家父母無如之何。又重利放債，譬如小戶人家間有急需，問彼借貸，必倍其利。而貧戶急需之時，則不遑計其利害。而東雄故意不索，直至數月，計其本利相對，則令家人日夕嚴討，勢必不能償還，或押以田地，或勒取其子女，如不遂意，即行送官縣差。那知縣因與東雄結好，所言無不依從。於是負欠之家，並遭其害。知縣受了囑託，自然順著人情，故作威福。那些貧戶敢不忍氣吞聲，鬻妻賣子，勉強償還？

所以劉東雄財雄一方，勢霸一郡，歷年已久，鄰郡皆知。一則富於財帛，故東省官員，無不樂與交結者。東雄既做這樁昧良的事，自然要交結官府。本府本縣固知加意奉承，其餘闔省官員，東雄無不趨奉。東雄恃著這腳，便恣意妄為，無所不至。其被害者，不知凡幾。

當下海瑞改裝，私行訪察二十餘日，已經訪得親切，心中大怒，便即上任視事。點卯過了，即時檢閱案卷，查看得劉東雄犯卷疊疊。即時出了一張硃票。差人立拿劉東雄到案審辦。那差役拿了硃票來看，只見上寫著道：

山東濟南府歷城縣正堂，為訪查拿究事：照得本縣下車以來，訪聞得樂逸庄劉東雄，武斷鄉曲，重利剝民，目無法紀，妄作威福，遺害閭閻，為害殊甚。本縣念切民休，亟應立拿重究，毋使稂秀不齊。為此票差本役，速即冊去，按址協同地保，立即鎖拿劉東雄，帶赴本縣，以憑嚴究擬辦。去役毋得故縱干咎。速速須票。嘉靖某年　月　日兵房承。限一月銷。縣行。

差役把硃票看了，笑道：「再不料這位太爺一些世務不諳，如今卻來作此威福。這票子慢道一張，就是千張萬張，也只好拿來覆甕糊窗❶而已。」遂不以為意，只管放在一邊。

過了幾日，海瑞只不見到，立即傳了承票差役進內問道：「昨差之票，怎麼這時候還不把犯人帶到，這是甚麼原故？」差役稟道：「蒙太爺恩賞硃票，小的們即速前去。奈這劉東雄府第深沉，小的

❶ 覆甕糊窗：覆蓋甕口，糊糊窗戶，謂如同廢紙。

們不敢進去，所以不能拿來。太老爺如欲拿這劉東雄，除非躬親前往他的家中，方才可以獲得。」海瑞道：「我亦知道他是本縣一個土豪，你們常常與他來往，貪受他賄，與他結成一塊，衙門有事，即往通報。如此情形，本縣早已稔悉。今再勒限，五日內務要拿獲劉東雄到案，如若不獲，即提正身❷嚴比。」眾差役唯唯領命。及至下來的時節，大家都笑起來，說道：「這位太爺，想必訪得劉大爺的富豪，意欲吃他一口。但是劉大爺的銀子，是要甜順的纔得咽下，若是他這般擅作威福，不特劉大爺不肯與他，還只怕在上司那裡弄送他呢。」內中一人道：「你我休要管他，就把這硃票拿去劉大爺看，他見了必然大怒，那時你我卻將些說話來聳動他，他必然不肯干休的，到上司那裡去弄送，管教他下不塲呢！」眾人齊道：「有理，有理。」遂各各拿了硃票，一程來到劉府，對庄丁說知。時劉東雄正在庄上悶坐。忽見庄丁來稟，縣差某某求見。東雄道：「且傳他進來見我。」庄丁領命，復出庄前，對差役說道：「你們好造化，恰好我家員外在那裡閑坐，如今喚你們進去，可隨著我來。」一眾差役說聲相煩，便隨著庄丁進內，轉彎抹角，不知過了幾處園亭，纔得到那亭子上。只見員外坐在亭子內，差役即忙上前叩首請安。劉東雄道：「請起，有甚說話？」眾差役道：「乞大爺恕罪，小的方敢直說。」劉東雄道：「說過就是，只管說來。」眾役齊道：「大爺莫怪，只因新任太爺姓海名瑞，原是部曹降調來的。這太爺卻不曉得世務，到任未及十天，就出了一張票子，把大爺的尊諱寫在上面，立要小的們來請。小的那有閑心理他，把票子擱了幾天，只道罷了。誰知今早喚了小的們進去，問請到大爺否？小的們只說大爺是個有臉面的鄉紳，實不敢票喚。他便大怒，說我們故縱，勒了五天的限，如有不能

---

❷ 正身：確係本人，並非冒名頂替者。

喚到，即要倍比。所以小的們不得已，敬詣府上來，稟知大爺。還求大爺作主，免得小的們受苦，這就感恩不淺了。」劉東雄聽了，問道：「票子在那裡？」差役們道：「現在小的身上，卻不敢與大爺觀看，恐怕得罪呢。」東雄道：「你且拿了出來我看。」差役道：「說過，大爺請休怪。」遂向懷中取了出來，遞到東雄手上。東雄接過仔細一看，笑道：「且自由他。我卻明白了，正是他初出京來，囊中乏鈔，意欲與我打個抽豐❸是真。但是他不曉得奉承的意思，若要用我銀子，這也不難，除非恭恭敬敬的寫個帖子來拜，我卻送他個下馬禮❹，有甚麼要緊？如此行為，我只好與他一個沒趣，待他好知道我劉東雄的手段。不干你們之事，請回去致囑他，說我的言語，叫他好好的做這知縣，倘若不懂得好歹，我這一封書，管教他名掛劾章呢。」吩咐家丁，取了十兩銀子，賞與眾人，眾差役連忙叩謝而去。

到了五日限滿，海瑞還不見他們回話，乃令兵房送簽帶比，該房即時將簽稿繕正，一齊送進署內。海瑞立時簽押訖，差了皂役前去，立刻帶赴聽比。皂役領了硃簽，急急來到快壯兩班，尋著了他們。把簽與看。那幾名差役便將簽接轉同看，只見上寫著：

特授歷城縣正堂海簽：差本役即速前去快壯兩班，喚齊承辦劉東雄一案，日久並不弋獲❺之玩

❸ 抽豐：找關係或借口向人索取財物。

❹ 下馬禮：贈給剛到任官員的禮品。

❺ 弋獲：緝獲。

役張青、劉能、胡斌、何貴、槐真等，帶赴本縣，當堂嚴比。去役毋得刻延，致干並比，速速。

差皂役張源

眾差役看了道：「這位太爺真是不曉事的，今日只得對著說明。張老兄你且回館，到了午堂，我們眾人就去便了，決不干累的。」張源應諾。

到了午後，海瑞升堂，立傳皂役回話。張源即便領著張青等五人跪到案前，當堂銷差。瑞視五人笑道：「好差役，你卻會賺錢❻，辦公就一毫都不在意。五日之限已滿，你怎麼還不把劉東雄帶到麼？」張青叩頭稟道：「小的們該死，求爺息怒，容小的們直稟。」海瑞道：「任你怎麼巧說，亦難免這三十大板。」張青道：「小的罪固應比，但有個下情稟明，立斃杖下，亦所不憾。」海瑞道：「且自說來。」張青道：「小的們奉了太爺鈞票，即到劉東雄庄內，闖了進去。恰好東雄在內，小的們便將鈞票與他觀看，便欲下手上鎖。頗奈他的家丁共有百十餘人，見了硃票，個個如狼似虎的，眈目相視，有不肯干休之勢。小的們祇有十數人，自料寡眾不敵，故以善言說知。雄即冷笑道：『濟南一帶官吏，亦知我的所為，並沒一差一吏敢上我門。若是你家縣令要打抽豐，除非好好奉承，還有想頭。似這般不敬，只恐自討一場沒趣。倘若太老爺不知好歹，我只消一封書札到京，管叫太老爺卸任。』這等說。」海瑞便問：「他是甚麼人？為何一封書札到京，便叫我做不得這個縣尹？」張青道：「太老爺還不知麼？這東雄富甲一郡，守土官吏以及巡按指揮，皆與他來往交厚，即當今位極人臣的嚴太師，乃是他

❻ 賺錢：掙得錢財。賺，音ㄨㄢˋ，通賺。

乾爹。故此他有此腳力，一概不懼。這話就在嚴太師身上，太老爺休要惹他罷。」海瑞聽了，不覺勃然大怒。正是：

只因一句話，激怒百般尋。

畢竟海瑞可能拿獲得劉東雄否，且聽下回分解。

批評：

劉東雄以富甲於一郡，歷來守今皆知趨奉，希圖沾染。今海瑞身為民牧，便欲與民除害，故務必先除東雄。須硃票文嚴，無奈東雄情性，所謂司空見慣渾常事者也。因此差役得而顯揚之，幾欲藉雄之語，以壓瑞也。世情如此，可嘆可恨。

第三十五回　酬禮付諜窺惡徑

卻說海瑞聽了眾役之言，不覺勃然大怒道：「這是劉東雄親口說的麼？」張青曰：「正是。」海瑞道：「爾既見了他，怎麼不將他拿來？想是得了銀子。」張青道：「那庄上的強壯耕丁，何止百計？小的們若是下手，只好白送了性命。」海瑞道：「然則你們是再不敢拿他的了？」張青道：「小的們實實不敢。」海瑞大怒道：「可見你們慣於賣放匪徒，所以如此。」吩咐皂役把眾人拖下，每人重責三十大板。皂役們一聲答應，將五人扭下。海瑞吩咐，用頭號板子重打，如有徇情，三板不見血，執板人陪打。皂役聽了，不敢徇情，果然三板就見血，打得五人皮開肉綻，鮮血迸流，在地下亂滾，險些兒起不來。海瑞道：「今日比了，還要勒限，如再違限，將來枷比。將家眷先行監禁，伺獲犯之日釋放。」青等唯唯，又勒了五日的限。海瑞又差了十名散役，隨同張青等前往幫辦。旋命皂役先將張青等五人家眷拿到監禁，然後退堂。

入到私衙，自思：「我如今在此作縣，這一個土豪都不能除得，還與百姓除甚麼害？今日張青等之言，這劉東雄是恃著強勢的大光棍，所以府縣都不敢奈何他。想必歷任的府縣，都與他來往，受他的賄賂，所以弄得根深本固，不得搖動得倒。即使張青等此去，亦是無用，徒將他們委曲矣，但是立法不得不如此。」想了半晌，忽喚海安到來，對著他耳畔說道：「如此如此這般這般。」海安應諾，旋即來到班館。張青等正在那裡敷棒瘡藥，見了海安，眾人齊立起來。海安道：「請自方便，你們今日受了委曲了。」張青嘆道：「今日真是委曲。在堂上捱了三十重重的板子，又勒了限，妻子又提去監禁了。這條賤命，料亦走不去的。」海安道：「你們做了許多年的差役，難道官的意思都不曉得麼？」張青道：「太老爺的意思，我們怎麼曉得？乞大叔說知，這就感恩不淺了。」海安道：「我見你們可憐，待我實說與你們聽罷。我家老爺是在京降調來的，幸得嚴丞相提攜，終得回這個知縣。一路出京而來，就聞得這位劉東雄是本縣大大一個富豪，故此到任就出票拿他，卻欲弄他三五千兩。誰知你們拿不到手，他便生氣。在公堂之上下不得場，所以將你們重打，遮掩眾人耳目處。你們說他是嚴太師的乾兒子，恰好我的太爺又是拜在嚴太師膝下的，如今甚悔。你們不用憂心，只管將養就是，這事是罷手的了。你們家眷，不出三日，包管出來。」青等聽了，如夢初覺（孰知正在夢中），方纔悟道：「原來如此，這有何難？這位劉大爺是好揮霍的，每常那一位新太爺到，他不來交結？待我們棒瘡好了，走到他的庄上說知此意，包管是有禮送來的。連大叔你老人家也得沾些潤氣呢。」海安又說了許多機關的話，方纔別去。青等私相笑道：「這位太爺怎麼這樣，弄銀子都沒方法。若是早有聲息，這時候銀子到手了。」胡斌道：「我們明日去對劉大爺說，看他如何。好歹叫他送個禮來就是，免得我們受苦了。」眾人齊聲道：「有理。」

過了三五日，各人的棒瘡都痊癒了。遂一同來到庄上見劉東雄，以此意說知。東雄笑道：「這叫做過後尋舟——不得渡矣。他先前若是恭恭敬敬的，我即與他個臉面。如今知我是太師的人，他便轉過話來，我卻不吃這一注的。」眾役齊道：「大爺好歹賞些薄面與他，救一救小的們性命則個。」東雄道：「你們且回，我自有處。」差役謝了，回衙不表。

再說海瑞自命海安與眾差役說話之後，時令海安打探他們口氣。海安這一日來說，差役業已前往劉東雄處說了，他說自有主意等語。海瑞聽了點點頭兒，卻不言語。又說劉東雄正在庄上，忽然庄丁傳進一札，說是北京千里馬付來。東雄拆書觀看，其書云：

屢接厚惠，感佩良深，祇以途遙，未遑面謝為歉。茲有義兒海瑞，原在部曹，緣事左遷，出為貴縣令尹，前月已抵貴境。但此人赤貧，自行作吏，悉僕提撕。今遠隔一天，自難照拂。惟先生推此屋烏之愛❶，時濟惠之，并賜教言，使彼知避凶趨吉，則實有造於僕者也。耑此奉達，並候近福不一。

東雄先生文幾

分宜嚴嵩頓首

東雄看畢，便問投書人何在。庄丁道：「其人手拿著許多書信，說還有幾處投遞，忙迫去了。（讀者試掩卷思之，其札因何至耶？）東雄自思：「差役來說的話不差。今既太師有書到此，叫我照應於他。也罷，看在太師面情，與他一個分上罷。」次日具了十色禮物，一個名帖，著庄丁送到縣署而來。海安

❶ 推此屋烏之愛：愛其人而推及與之有關的人或物。《說苑．貴德》：「武王克殷，召太公而問曰：『將奈其士眾何？』太公對曰：『臣聞愛其人者，兼屋上之烏；憎其人者，惡其餘胥。』」

接著禮單、帖子，拿與海瑞觀看，海瑞暗喜道：「中吾計矣。」只見禮單上是：

金爵盃十對，玉筯子十雙，錦緞十端，西毡毯一席，白金一千兩，黃金四錠，金華紹酒十壇，金華茶腿十隻，燕窩一盒，鈎翅四桶。

海瑞吩咐收了，又將名帖來看，只見上寫著：「年家眷同門弟劉東雄頓首拜。」海瑞不覺笑了起來，照舊回了一個帖子，賞了一兩銀子與那庄丁，著海安出來致謝。海瑞吩咐送來的東西，一概封誌，不許動了一些。

次日對安、雄二人道：「昨日劉東雄送了一份厚禮前來，我已故意收下，以穩其心。今卻要回送過去，方纔像樣。只是怎能彀得這些禮物來呢？你二人可為我到那裡借一借禮物去，擋一擋架子何如？」海雄道：「別的可有得借得，若是這些東西，縱然借了來，送到那邊去，倘若他竟收了，卻將甚麼來去還人？」海瑞道：「你們且到店內，與掌櫃的商量，他肯借時，卻問明白了價，若是他那邊收了，照價送還。待等冬季領了俸薪銀兩，照依原價發給就是。」海安道：「如此，恐怕他店內的不肯。」海瑞道：「大抵你們不愿去，自覺難於啟齒是真。也罷，你可將我的名帖分頭去請那京某店、紹酒店、綢緞店、玉器店四處的掌櫃到來，我當面向他求借就是。」海安、海雄二人只得分頭去請。到了下午，請了四處掌櫃來到。海瑞衣冠出迎，請到花廳內坐。那些掌櫃的那裡肯坐，說道：「太老爺是小的們父母，小的們焉敢冒坐？」海瑞道：「居常私見，就是分賓主。公堂之上，方拘此禮。」再三推讓，方纔坐下。那綢緞店裡的姓魯名祺，當下魯祺說道：「不知父台老大人相召，有何吩咐？」海瑞道：「說來慚愧。只因本縣在此一貧如洗，前日有個鄉紳送了我幾色禮物，雖然不曾受他的，只是禮相送還，本縣亦要回敬過去。只奈沒有一些東西，又沒銀子去買，故特請列位到來商議，要向寶店內各借幾色，裝一裝臉。若是那邊收了，該多少價錢，照依送還就是。」各人道：「太老爺吩咐，小的們凜遵就是。若取多少，只管著人到店取來。」海瑞道：「不是這等說，本縣不過是權宜之事，你等不必疑心，每店只要動借四色就很彀了。」各人唯唯應命，叩謝而出。海瑞復喚轉來，吩咐道：「祇要四色，若是我的家人多借一些，你等須來見我。」店人齊叫道：「真難得這位太爺這樣清廉，真是我們行戶❷有福。若是往時新任的官來，便是那一位官親掛賬，這一位師爺賒取，其餘家人們個個到來侵沾小利。怎似得這個大爺，這般清淨，向我們借幾樣東西，還是這樣恭恭敬敬，真是不愧上蒼的知縣了。」各人回到店中，將貨色上好的揀了四色，即刻送至署內。

須臾之間，綢緞、火腿、紹酒、京菓、玉器，共十六色，俱已齊備。海瑞寫個名帖，夾著禮單，令海安、海雄抬了送去，並囑其留心窺察庄上來往路徑。海安二人領命，抬著禮物來到。庄丁問了來歷，即來報知。劉東雄看了禮單、名帖，笑道：「這纔是個道理呢。他是個貧知縣，怎好受他的禮物？」一些不收，賞了來人十兩銀子，禮物仍復發回出來。海安有心要窺探他的地方，便對庄丁道：「家老爺略備些須之敬，今大爺不肯賞收，是不肯賞臉與家老爺了，乞大叔引在下到大爺面前，面懇賞收，

❷ 行戶：加入商行的商戶。《續資治通鑑．宋仁宗嘉祐六年》：「後十日，有詔令（韓琦）與殿中侍御史裏行陳洙同詳定行戶利害。」行，行業。戶，商戶。

不然，就連這賞錢都不敢領了。」庄丁遂引著二人進內，轉彎抹角，過了一帶粉墻，進三重朱門，就是水閣。過了水閣，又是一度小橋，橋下是個大池，池下許多蓮花，紅白相間。三間煖閣，纔是劉東雄坐的地方。

海安進到裡面，只見劉東雄身穿單衿，坐在一張湘妃竹椅上，海安二人，慌忙叩頭請問安好，並致海瑞相慕之意。東雄也不說「請起」，大端端的坐著不動，說道：「就煩二位尊管歸拜貴主人，說我心收就是。」海安道：「小的家主素慕大爺慷慨，又屬同門，忽承大爺賜惠，不以客套，故將厚禮全收，以顯相好。今家主人稍備一芹❸之敬，而大爺揮之門外，豈不屑與家主人相交耶？」東雄道：「不過一刺❹到了便是，何必定要收下？今尊管既然如此，將就收一二色就是。」乃吩咐庄丁，將兩壇紹酒收下，其餘的璧回。海安復又再三相懇，劉東雄道：「立意已定，無煩尊管強勸矣。」復令每人賞銀五兩。海安、海雄叩謝而出，抬了禮物，循著舊路而回。正是：

有心窺捷徑，奸惡豈能知？

畢竟海安回署，見了海瑞如何說話，且聽下文分解。

---

❸ 一芹：自謙禮品微薄。清陸隴其《三魚堂文集・與鄭堂邑書》：「一芹之微，聊申鄙忱，並祈哂納。」

❹ 刺：名片。明・張萱《疑耀・拜帖不古》：「余閱一小說，古人書啟往來及姓名相通，皆以竹木為之，所謂刺也。」

批評：

海公見張青等受比之日，則轉念東雄之稔惡，亦不得獨責張青等也。其代說東雄之語，海公則終心藏之而不敢忘之。卻將計就計，而始終中之。海公之思算，可謂大有過人者也，真不愧神君之譽矣。一往一來，禮之道也。海公之千難萬難，始得強為應酬，而實重在海安、海雄之暗記路徑者也。

第三十六回　竊書失檢受奸殃

卻說海安、海雄二人，把禮物擡回，來見海瑞，備言其事，並說共得了二十兩銀子的賞封。海瑞道：「除了兩壇紹酒的價銀，餘者你二人拿去，買些衣物。」想海安、海雄二人，自隨海公作吏不下十載，今日卻得了二十兩，這是他二人大造化之處。安、雄二人叩謝。海瑞道：「你可曾探得路徑否？」海安便將庄內的路徑，口說指畫，備細說知。海瑞聽了，留心記著。

過了兩天，就是七月十五日中元❶勝會。探得那劉東雄，延僧仗眾，在庄上搭起一座高臺，做功德，超幽施食。如此歹惡心腸，即做大千億萬功德，亦難補缺得。想必因陷害人口過多，故特設此盂蘭勝會❷，以冀萬一之懺悔矣。庄上張燈結彩，十分鬧熱。遠近的人，都到那裡去看。

當下海瑞得知這個信息，即便改了裝，扮作算命先生的模樣，由署後而出，隨著行人，來到庄上。只見燈燭輝煌，梵音咒韵。其中又設茶缸十餘個施茶，往往來來的不知多少人數。正面就是八個僧人，在臺上念經解結。臺左一所小廳，擺設著八張學士椅，俱係顧繡大紅緞椅帔❸。中間一張香几，一張

---

❶ 中元：時節名。道家以農曆七月十五為中元節，道觀在這一天作齋醮。僧寺則作盂蘭盆齋，祭祀亡故親人。

❷ 盂蘭勝會：在盂蘭節所舉行的法會。《盂蘭盆經》記載，目連聽從佛言，於農曆七月十五日置百味五果供養三寶，解救其亡母於餓鬼道中所受倒懸之苦。盂蘭，義為救倒懸。

紫榆八仙桌子。那桌上東邊是插屏，西邊是天青色大花瓶，上供著幾枝玉簪花，兩枝大荷花，當中一個寶鴨仙爐，內焚沉檀❹，香氣撲鼻，卻沒有人在此。海瑞暗想：「必是劉東雄坐的。」便故意走到椅子上坐著。少頃，只見三兩個高長漢子來到。海瑞料是助紂為虐的庄丁，竟不出聲，只管坐著。那庄丁上前喝道：「你這人好沒分曉。既來看高興，若是渴了，東廊下有茶，又有板凳，到那裡歇腳吃茶，豈不甚便麼？竟在這裡則甚？看你的打扮，莫非是個算命的麼？」海瑞便立起身來，道：「我正是算命的。」內中一人道：「我幾年的運氣怎麼這般顛倒❺，先生，你且與我算一算，看是如何。」海瑞道：「今年貴庚？」那人道：「丙申三月十一巳時。」海瑞故意推算良久，說道：「大叔休怪在下直講。你這八字，雖然不少穿，不少吃，惟是實強主弱，一生都要靠著他人的，卻不能自振家聲。行至己巳、庚午這兩個字，卻還有些意思，亦是有限的財帛。壽享八旬，一子一女成家。」那人帶笑謝道：「先生真是再生鬼谷，猶如眼見的一般。」眾人聽說，都要求他占算。海瑞一一贈之，左撞右盤，自然有幾分合著。直算到點燈時候，恰遇劉東雄出來，那庄丁們見了，急急走開。

東雄見了海瑞，卻不認得，便問眾庄丁道：「這是甚麼人？你們在此做甚麼？」庄丁道：「他是算命的，偶來此觀看高興。遇了小的們叫他占算，果然靈驗非常，再沒一句話假的。所以大家都叫他推算，直至這個時候，不虞撞了大爺。」海瑞聽他叫大爺，知是東雄，便急急上前作揖道：「小可❻

---

❸ 椅帔：披在椅子上的一種長方形裝飾織物。帔，音ㄆㄟˋ。

❹ 沉檀：沉香木與檀木做的熏香料。

❺ 顛倒：原意為上下倒置。這裡指命運不好。

不知，多有得罪大爺。」東雄笑道：「他們說你占算十分靈驗，你可與我推算一紙如何？」海瑞乘機道：「大爺提挈是最好的，只是天色黑了，小可還要進城，明日一早來罷。」東雄笑道：「這時候城門已閉了，你且與我用心推算。這裡很有便舖，你不必過慮。」海瑞謝道：「怎好打擾？」東雄道：「這時諒亦餓矣，且請用晚膳纔算罷。」因對庄丁道：「外面喧嘩，你們可引到紅渠閣去，那裡又清淨，就在那裡擺飯，不論你們那一個相陪，用了飯我卻來呢。」海瑞又謝了。那庄丁便引著海瑞來到閣中，只見前面沼裡滿栽紅蓮，一片清香。進得閣來，明窗淨几，放著文房四寶，瑤琴寶劍，原來是東雄常坐的所在。那庄丁搬了一桌酒菜到來，坐下相陪。海瑞恐怕醉了誤事，卻推不飲酒的，只是用飯。飯畢，庄丁收拾去了。

少頃，只見兩個絳紗燈籠照著東雄而來，海瑞急忙起身迎接。東雄帶著醉意坐下，道：「先生休要拘禮，請坐。」海瑞坐下。東雄道：「在下生於戊申年正月初五子時，煩先生直言一算。」海瑞即將八字排開，推算一回，說道：「此乃雙蝴蝶之格，大富大貴之命也。」東雄笑道：「先生休獎，須要直言。」海瑞道：「台造于戊年所生，戊乃中央之土，土能生金，故主大富。申庚皆金，金旺生水，水旺生財，故斷得大富。若論貴字，得怪勿怪，一生得貴人提挈，至四十一歲，必得異路功名，正途則無分也，得官不在三秩之下。若論子息，三枝送老，但妻宮略要少些為妙。尊駕一生疏財仗義，雖然揮霍，每遇謀望，皆事事如願。貿易則利倍於本。此時正交子運，目下雖未得官，卻現有貴人扶持，祿馬❼暗動，官秩不日就有消息。壽可至九十。此是在下直言，幸勿見怪。」東雄一邊聽，一邊點頭

---

❻ 小可：自稱的謙辭。

道：「先生真是靈驗，所言皆合。不才仰承父祖所遺，頗稱饒富。若說貴字，在下雖不善讀書，然幸得大貴人與我交好，若論二三品的官秩，他不過吹噓之力，便可為得的。今歲正月間，曾有信息來知會我，約在明年，可以得官。今先生之言，恰如親見一般。尚有小兒及拙荊、小妾的八字，亦求先生一算。今夜辛苦了，且宿一宵，明日起來再推罷。」海瑞道：「不妨的，夜靜人稀，心清氣淨，更得精神。請大爺寫下八字，明早來取。待小可逐一批評如何？」東雄便將兒子、妻妾的八字寫下，交與海瑞。又說了許多好話，方纔作別道：「先生就在此相屈一宵，只因今夜功德圓滿，燄口❽超幽之時，在下要去參佛，不能相陪，先生休怪。」海瑞道：「大爺請便。」東雄別去。

海瑞看見天氣尚早，纔交二更，乃挑起燈來，把八字推算。少頃，只見一個丫環，十五六歲，捧著一壺香茗、一盤點心進來，放在桌上，說道：「這是大娘送來與先生下茶的。先生為我們推算辛苦，大娘說煩先生留意直言，明日重謝呢。」說罷自去。海瑞想道：「如此好婦人，卻這般識理，可惜配錯匪人。」且把門來閉上，自思：「我今日之來，原為著要打探劉東雄的犯罪實跡，好去稟知上憲，如今卻坐在裡面，濟得甚事？」獨坐無聊，只見桌几上堆著好些書札在內，海瑞即隨手撿一札來看。事有湊巧，卻是嚴嵩從京來的，其書云：

❼ 祿馬：相術語。意謂人生祿食命運，隨乘天馬運行，皆有定數。

❽ 燄口：佛教《救拔燄口餓鬼經》中餓鬼的名字。「其形醜焦枯，身體枯瘦，口中火燃，咽如針鋒，頭髮蓬亂，爪牙長利，甚可怖畏。」後即為餓鬼的代稱。

字付東雄老誼台先生閣下。啟者：前蒙惠我東珠百顆，光潔圓淨，洵是罕稀之珍。拜登之下，深銘五內。貴省巡按雄岳，乃僕門下，今將到任，若是抵省之後，自當來拜候矣。但彼人地生疏，諸事之中，還祈指示。前者所言關倫氏一案，該撫業已具題，以威逼斃命為定讞❾，僕已駁飭之矣。至於捐銜一節，本朝定例，捐二品封典以贈父母則有。若捐自身職銜則不許，惟四品可矣。以僕忖之，莫若來年到京，援例加捐郎中，此際復加捐即用，僕自當以刑、兵兩部掌印為君握篆。旋以績最，隨奏擢侍郎，則不三年可出外任矣。僕如此籌度，不知有當尊意否？如可行之，則賜回示，俾是日報捐，預為根本，屆期則無庸又費周章也。耑此佈達，並候近祉，不備。

海瑞看畢，自思道：「這廝真是財可通神，他竟有本事勾通奸相。若不早除，他日養成氣候，得了官爵，則天下百姓無遺類矣。關倫氏到底何人，又見上有威逼斃命字樣，此必這廝所犯之案。上司具題，故彼賄賂嚴嵩，將案駁回，遂使冤無可伸了。怎的本縣卻不見有這案卷移交？這就奇了。將此書且收起，明日卻將為證，奏嵩殺府尊，俱在此書矣。」復又翻閱別札，都是闔省官員與他來往致候之札，內中有兼敘案件者，有特託夤緣者。閱至尾後一札，卻是本府的，內云：

啟者：前云關倫氏一案，聞上憲業已具題。然先生能致意於嚴相，則必奏駁。但見證之張三姥，

❾ 定讞：定案。讞，音ㄧㄢˋ，議罪。

矢口不移，將來似難移轉。今該縣已將該氏押候，必欲令其改供。而張三姥再四不肯，似此殊礙結案。前日該令曾有密函來稟，欲在旬日內將該氏鴆❿卻，以免疑礙。但該氏一死，則案易於轉動矣。耑此佈覆，並候日安，不備。

海瑞看了，纔明白現在停質出詳的，但不知關倫屬在那一縣的百姓，料亦只在濟南府屬，這個還可以查訪得的，亦將這書收了。不覺已是四更將盡，其時實覺困乏，乃就几上睡了。

天明，庄丁持水進來，只見門尚未開，又見紗窗未閉，便從窗口而入。見海瑞隱几而臥，鼻息吁吁。回視案上書札，翻得亂了，庄丁便想道：「書札怎麼這般亂了？莫非這先生翻閱了麼？」遂走近案頭，將書疊齊，只不見了兩封書信。庄丁自思道：「這兩封書札，未知是閒書抑或事關緊要，卻不見了，必是他偷藏過了。」遂急急扯醒海瑞，問道：「先生你可曾翻閱這書札否？」海瑞道：「我在案上推算八字，直至五更方纔睡了，卻有甚空時去翻閱你的書札？」庄丁道：「你休要瞞隱，那些書札都亂了。」便一把抓住往外就跑。正是：

一札私書能致禍，總因失檢致生殃。

畢竟那庄丁抓住了海瑞往外跑走，欲到何處，海瑞性命如何，再看下回分解。

❿ 鴆：音ㄓㄣˋ，傳說中的一種毒鳥，以羽浸酒，能毒殺人。

批評：

海瑞自來細心作事，今日偶失檢點，一旦弄出馬腳，險些兒送了性命。亦事之偶然，而實出於無意也。當時海公藏書之後，復為之檢好，不亂其跡，則可以掩飾過去，可不慎歟！

第三十七回　機露陷牢冤屍求雪

卻說那庄丁搜書不見，心疑海瑞偷盜，便上前把海瑞叫醒，便問書信。海瑞道：「我在此推算八字，那裡見你家甚麼書信？」庄丁怎肯依他，一手抓著海瑞，一手開門，竟扯到劉東雄面前來。

那劉東雄正在書院中打坐，忽見庄丁扭著算命的到來，便問道：「你們為什麼？怎的把先生扭著，成何規矩？」庄丁說道：「他是個歹人。」東雄道：「怎麼知他是個歹人？」庄丁道：「昨夜大爺好意，叫他在閣中安歇。誰知他竟把大爺的書札偷了，想來是個歹人，不知是那裡來的？大爺審他，便知來歷。」海瑞叫道：「勿要屈我，我從二更推算八字，直至五更方纔睡去的，不信且看桌上批評了幾帋八字，就可以知的了。」東雄道：「都不用多辨。但在你身搜得書札出來，便是真的。」遂喝令庄丁把他身上遍搜，果然搜出兩封書信來。東雄看了，不覺大怒道：「可巧天地哀憐窺破，不然我的性命送在你手了。」乃喚庄丁：「扭到後花園去，待我審問來歷。」眾庄丁答應一聲，把海瑞簇下，擁到後花園，來到亭子上，只見儼然擺著公案刑具。海瑞自悔失於檢點，今一旦卻遭在這廝手上。東雄坐在正面，吩咐將這歹人帶上來。庄丁把海瑞擁到面前，叱令海瑞跪下。海瑞勃然大怒道：「你是甚麼人，本縣卻來跪你？」東雄聽得本縣二字，心中猛省，笑道：「你莫非是歷城知縣海瑞麼？」海瑞笑道：「本縣便是，你敢無禮麼？」東雄大怒，叱道：「畜生，你自視得一個知縣恁大，卻想來胡弄我麼？今日被我拿住，又有何說？」海瑞道：「吾乃堂堂縣令，是你父母，你敢把本縣做甚麼？」東雄道：「漫說是你這一個畜生，不知多少巡按、府縣，葬於水牢者，不知凡幾。」吩咐庄丁：「把他推到水牢去，叫他知道利害。」庄丁應諾，將剛峰蜂擁而去。

過了一帶高牆，又是一重小門，開了小門，推在裡面。只見黑暗暗的不辨東西，聽得水聲潺潺。卻原來這所在乃是跨濠搭蓬的，上是大板，下是濠塹。將人推到裡面，斷了水米，七日之後，必然餓死。隨將屍首推在水裡，下面團團豎了木樁，那屍首在內卻流不出去的，所以無人知覺。此時剛峰被推到裡面，聽得庄丁將門鎖了，自思：「這個所在，必死無生的。我剛峰亦是為民起見，今日卻要遭於此地。海安那裡知道？就是夫人亦難以明白吾之去向。過了幾日，衙內沒了官，他們必然去報上司知道，另換新官來署。我那家眷卻不知作何光景？況且宦囊如洗，安、雄二人那裡弄得盤費送夫人回家？上司還說我不肖，逃官而去。這劉東雄還怕不肯干休，又要斬草除根，連家眷都要陷害，這是可知的。」一想到此處，不覺掉下淚來，長嘆道：「我剛峰一生，未嘗有些須欺暗之事，怎的如此折磨？」然亦無可如何，只得坐在板上，不禁長嘆。直至紅日西沉，猶不知曉暮，遠遠聽得更鼓之聲，方知入夜。

剛峰此際又飢又倦，把身子躲在板上。矇矓之間，似有一人衣冠楚楚，立在面前，說道：「剛峰，你不用憂愁，自然有個出頭的日子。但吾等含冤於此十有餘載，屍骸水浸，還望剛峰超雪❶。」剛峰道：「你是甚人？在此為甚的被害？可說來我聽，若有出頭日子，自然與你伸冤雪恨。」其人道：「吾

❶ 超雪：超度亡魂，洗雪冤枉。

乃江南華亭縣人，姓簡，名纕，字佩蘭。于正德庚辰科鄉荐，旋叨鼎中第二名，即蒙親點巡按此省。一出京城，沿途密訪，已知劉東雄稔惡。到了本省，未及上任，先改扮混入此地，以冀密訪東雄實跡。誰知被他窺破，飽打一頓，備極非刑，推在這裡，飢寒而死，將吾屍骸推在水內。屈指十有一年，現有巡按印信為證，尚在懷中。明日剛峰上去，可即稟知提督，乞其領兵前來，將此莊圍住。先拿了東雄，隨來此地搜檢。下面尚有五個屍骸，一是太守李珠斗，一是本縣尹劉東昇，其餘三個乃是本縣百姓：一因妻子被搶，尋妻受害；一因欠了東雄米穀，拏陷於此；一因妹子被搶，尋妹遭禍，竟無發覺者。剛峰前途遠大，正未有艾，不日自當出去。」言罷，一陣冷氣，倏忽不見。卻把剛峰驚醒，卻是南柯一夢。

剛峰自思：「我難道還有出頭的日子麼?夢中之言，大抵不差。但不知怎的得出去纔好。」乃立起身來，再拜道：「倘君有靈，立即指示吾路途，再見青天，何懼冤仇不復!」說畢，忽聞風聲吼吼，少頃雷雨大作，電光射入牢來。剛峰叫道：「天呀!可憐剛峰今日為國為民，反陷身於此。然瑞死無足惜，但有六人之冤，無由得洩。倘蒙眷佑，俾瑞得出牢籠，收除兇惡，共白深冤，則瑞死無所憾矣!」言未已，忽然一陣紅光射入，一聲霹靂打將下來，把那水牢打一個大洞。一陣光亮，狂風大作。此際剛峰心搖膽戰，不知所以。誰知這陣大風，竟把海瑞撤出牢外。少頃，雷雨少息，電光尚未息時，有光亮射來。海瑞醒了轉來，卻不是牢裡。憑著電光細看，乃是一座危橋，自身坐於橋上。剛峰暗想：「適間雷雨，就是救我的。」遂望空叩謝，乘著雨而走，亦不辨東西。但聽得前面更鼓之聲，側耳聽時，已交五更。剛峰便向著更鼓之聲處而奔，此際顧不得衣衫淋濕。遠遠透出燈光，卻原來就是那提督行署。

明朝所設提督，如今之總督一般。每三年一次巡邊，所以各府俱有行署。以備巡察駐腳的。當下剛峰到燈光近處，方纔知道是一所衙門，便闖進裡面，卻被更夫拿住，叱道：「甚麼人，敢是奸細麼？」剛峰道：「我是歷城縣知縣。」更夫笑道：「你是知縣，怎麼這般狼狽？快些直說。」剛峰便問：「這是甚麼人員的衙署？」更夫道：「這是提督行署。你既是知縣，為甚麼不見你來叩接我們大人？」剛峰聽了，喜得手舞足蹈的說道：「我正要求見大人，相煩通傳一聲，說歷城縣知縣海瑞要見，有機密事面稟。」更夫道：「你休要走了。」海瑞道：「我是特來求見的，怎肯走？你若不信，可與我一同攜著手，去門上大叔處說話。」更夫應諾，便與剛峰來到宅門，叫醒了那守門的家人，說了上項事情。那家人把剛峰看了一看，說道：「你且在門房坐著，待我上去回明了大人。」

且說那提督姓錢名國柱，乃是浙江嚴洲人，由武狀元出身，歷任到提督，平生耿直，不避權貴。當下家人走到上房，便報有歷城知縣海瑞冒雨而至，聲稱有機密事要面稟大人等語。錢國柱自忖：「這知縣是在城裡的，如今冒雨而至，想必有甚關係本縣的事，故此冒雨而來。」便吩咐即傳進見。家人領命，急急來到門房說道：「大人起來了，傳你進見呢。」剛峰便隨著家人來到川堂，燈燭之下，見提督行了庭參之禮。國柱道：「貴縣何以冒雨一人至此？請道其詳。」剛峰便將如何訪察，被劉東雄關在水牢，幸得某人夢中示知，及雷雨相救，逐一告知。國柱聽了道：「那裡有這等土豪勢惡，可見當時府縣廢弛政務，致此養虎為患。依貴縣尊意若何？」剛峰道：「求大人立刻傳令兵丁前往，把劉東雄庄上圍住，一齊打進裡面，不分好歹，見人就拿。若是遲延，東雄知風，必然遠颺了。」提督依允，即時傳令點兵三百，命中軍官領著，隨海瑞前往庄上，捉拿劉東雄全家。這令一下，中軍官立即點齊，同著剛峰，如飛而來。及至到了庄前，天尚未曙，剛峰道：「先分一百五十名，將這庄子團團圍住，百五十名，隨我進去。」中軍官應允，即令兵依計而行。一聲吶喊，剛峰在前引導，打進庄來。那些庄丁一個個從夢中驚起，不知何故。有等穿衣不及已被拿了的。一百五十名兵丁，奮勇拿人。那些庄丁雖然有勇，然值此倉猝之際，又見是官兵來拿，各各手軟腳酸的，被他拿下。當時東雄正在驚慌，急急披衣走出來看，恰被剛峰看見，叱令兵丁上前拿下。

此時，天色大明。剛峰對中軍官道：「大老爺，且先押解人犯前往行轅請功，待卑職在此拆毀水牢，打撈屍首。」中軍官應諾，傳令留下五十名官兵，聽候剛峰使用，餘者押犯回轅而去。剛峰即時把那紅渠閣中的私書，盡行放在身上。隨令十名官兵把守庄門，餘者帶著來至水牢。令四十人一齊動手，即時把水牢拆去，地板拔起，只見下面盡是濁水。剛峰令人把水略略車乾，然後命十人下去，躍入水裡，果然負了五個屍首上來。只因是被水浸著的，所以不爛，但一身黑腫，不辨面目矣，衣服仍在。及至負了上來，其屍就卸了，祇淨白骨。剛峰親自細細檢查。內中有一屍，中有銅印一顆。剛峰檢視，印上有文曰「山東巡按關防」六字。剛峰道：「此必簡巡按之屍也。」即忙拜謝其陰相之恩，令人別以錦被裹之。但不知那個是前任縣令屍首，再加詳檢。只見一屍的衣服，上有角帶在內，剛峰道：「此必是前縣令也。」亦向著拜了幾拜，亦令人別以布裹之，親書記認。餘者三屍悉用布帛包好，取了五張竹笪，把五個屍首盛著，令人先行抬到城外之大安寺前放著。

其時海安、海雄二人尋到庄上來。只見剛峰渾身濕透，兀自在那裡指手畫腳的，竟不知自己身上濕了。安、雄二人上前見了，纔把自己的衣服脫了下來，與剛峰換了。海瑞令他二人先回，隨將東雄庄內各物，當眾點過，上了清單，一一封誌。其諸婦女卻關在一室，不許他人擾亂。留兵丁三十人把守，自己來行轅繳令。正是：

不惜身勞苦，為民除害先。

要知劉東雄如何，且聽下回分解。

批評：

海公之在水牢，本是自忖萬無生理，幸一日天雷相救，始得藉拴渠魁。所謂善人君子，天必佑之。簡巡之冤，十有一載，骸浸水中，亦云苦矣。今幸一旦得剛峰伸雪，亦云幸矣。東雄之惡，雖寸磔亦不足以償其辜也。

第三十八回　案成斬暴奉旨和番

卻說海瑞吩咐已畢，便與眾兵丁一齊來到行轅。海安業已將冠帶拿來伺候。海瑞整冠束帶，來見國柱。國柱起身迎接，道：「貴縣辛苦了，請坐。」瑞告坐畢，呈上搜得劉東雄私書一束，共三十六札。都是嚴嵩及各部，並本省的官員往來關目利弊的書信。國柱看了，對海瑞道：「此項書札，若復留之，只恐他們不安，莫如焚之，以安眾官之心，如何？」海瑞躬身道：「大人所見甚是。」隨令人取火至，當面焚之。海瑞又將點封東雄之財物各項清單呈上。國柱道：「這清單仍歸貴縣案卷就是。」海瑞把清單收了。隨將五個屍首現放在大安寺，聽候相驗過，以便收殮的話稟明。又呈繳巡按印信一顆。國柱道：「此案關情重大，軍門❶亦不在主政，貴縣且將人犯帶回審確，詳辦就是。」海瑞應諾，就請提標著兵護解過縣。海瑞揖謝，方纔押著人犯進城。

到了衙門，海瑞進內用過膳，隨令升堂。就留官兵在署防護，隨即出堂升座，三班衙役，兩傍伺候。海瑞吩咐把劉東雄帶上堂來。左右帶到，東雄立而不跪。海瑞叱道：「汝乃土豪勢惡，今日被我拴來，罪該萬死。怎麼見了本縣還不下跪？」東雄笑道：「若論百姓見了你，就該下跪。只是你老爺見了汝這一個烏官，不怪你不來迎接就罷了，怎麼反說是要你老爺下跪呢？這般不知好歹。且問你，

❶ 軍門：明代稱總督、巡撫為軍門。清代作為提督或總兵加提督銜者的尊稱。

我好端端的在家中，把我擁簇到這裡，做甚麼？」海瑞罵道：「你乃土豪勢惡，目無法紀，交結內官，逼斃人命，擅收大臣，私立水牢，罪惡滔天，萬死難償。那關倫氏一案，可即招來。」東雄道：「你老爺犯法，何止萬宗。你問時，我亦不記得許多，莫費了你的氣罷。」海瑞道：「水牢內三個百姓，是那個那個？從實招來。」東雄道：「莫說你是一個知縣，就是府裡，還不敢問我呢！」海瑞大怒，叱道：「你平日恃著權勢，卻不把官府看在眼裡。今日要你曉得我海某的利害呢。」喝令左右拖下，取頭號板子，先重打四十，然後再來問話。此際差役們看見本官盛怒之下，亦不敢用情，即來扯著衣服，拖翻在地，把東雄重重的打了四十板，打得兩股皮開，鮮血迸流。海瑞復令上堂再問。東雄只是不招，還自怒目圓睜，罵不絕口，說道：「讓你怎麼的委曲於我，只恐一封書到京城，你這頂小紗帽還帶得牢否？」海瑞道：「王子犯法與庶民同，今汝恃著嚴嵩，便輒欲橫行天下，本縣是不能稍貸汝的。」吩咐帶去監禁，其餘家人、庄丁人等，一共四十五名，發在外羈押❷候聽審。

海瑞退入私衙，自思：「劉東雄這廝不肯招供，其意蓋欲遲延，待他好弄手腳。我偏與他個不然，坐供出詳便了。」遂連夜查檢劉東雄歷犯款績，錄案詳報上臺。其時巡按員缺，係布政司王綺兼護。文書詳到，王綺見了，便再三研勘，一則與劉東雄向有來往，二則知他是嚴嵩門下，卻有心迴護，遂將詳文批駁：

據詳稱劉東雄恃財倚勢，凌虐鄉愚，侵田占地，強奪良人妻女，並敢私設水牢，卒陷多命，並

❷ 羈押：將未決的犯人關押在監禁場所。

將巡按、知縣擅自囚害。如果屬實，亟應嚴辦。但查正德年間，有簡巡按來山東，未及到任，即無蹤跡。其家人報稱瘋癲迷失，屢覓不獲。今據該縣指稱，前簡巡按屍首，現在劉東雄家內水牢撈起，現有印信可據。查簡巡按自迷跡之日，屈指計算十有一年，豈至今屍尚未腐，猶捧印信耶？此故不足深信。候委員確驗詳覆到日，再為核奪。其餘四屍，均著一體殮埋，候查案再奪。

這批文一下，海瑞料是上司有故縱劉東雄之意，若不嚴鞫招成，將來必至反案。遂即時升堂，復提出劉東雄再審。這一回極備嚴刑，五般重刑，均已用過。劉東雄卻打熬不過，只得招認。海瑞令人給與紙筆，叱令盡招。劉東雄只得親筆招供，一共認了大小不法事情，統計三十六款。水牢共淹斃五命，簡巡按為首。其餘威逼自盡者，連關倫氏案，共逼死七人，一一盡招，已成鐵案。海瑞即又詳上司，連人批解上去。此際上司見了親供，也不能為他護衛，卻嘆其自招之速而已。次日，那護巡按不忍自審，乃委按察代訊過口供。海瑞便上院面請上方劍殺劉東雄。上司無奈，只得從其所請。遂將劉東雄寸磔❸於市，人人稱快。其餘助虐之家人、庄丁，分別軍、流、徒、杖，發落完案。劉東雄之家屬，分別問罪。海瑞既除了這劉東雄，所有平日匪類，聞風知警，各皆勉為良善。海瑞復行出示，暴東雄之罪於市。一日相傳到京，嚴嵩得知東雄為海瑞所殺，心中大怒。觸起前仇，又要計陷於他。終日尋隙伺釁的，只奈一時無從入手，暫且按下不表。

---

❸ 寸磔：猶寸裂，舊時碎裂肢體的酷刑。《桃花扇・草檄》：「皆思寸磔馬阮，以謝先帝。」磔，音ㄓㄜˊ。

且說那南交地方，即今之交趾國是也，地近粵西、貴州等省。那國素來強悍，不遵王化，時有入寇之心。國王姓朱名臣，乃是漢人。只因其祖在南交貿易日久，宗族蕃大，遂廣施金帛以買眾心，首先倡亂，遂得南交一帶，自稱交趾王。太祖皇帝因其地遠難征，只得賜璽以服其心而已。及至正德年間，其國王乃名朱光裕，便妄自尊大，自稱南交大帝，便欲侵占本朝土地，乃暗令番將瑚元領兵五萬，來寇南關。這南關屬粵西南寧府界，那府裡只有一員都司，領兵八百把守，此時瑚元領番兵一路奔殺前來，好不聲勢，分隊而進：頭一隊番將烏爾坤領兵五千為先鋒，二隊番將一珠領兵五千為副先鋒，三隊番將廣心領兵五千為應護使，四隊番將五十七領兵五千為合後，五隊番將陸海領兵五千為解糧官，六隊番將乜先大領兵五千為探聽使。

六隊番將，一路奔殺將來。到了南關，一聲砲響，安下營寨。那都司與知府聽得番兵入寇，自見兵馬稀少，慌做一團，不敢出迎，惟令兵馬緊守關隘，飛報指揮使。馬湘江聽得如此利害，亦不敢擅動，急急中本奏聞朝廷，請旨定奪。

嚴嵩接著了告急本章，喜道：「海瑞今番難逃吾計也。」連夜修起本章，次早入朝具奏。帝接奏章，展于龍案，只見寫道：

太師丞相臣嚴嵩謹奏：為邊烽乍起，請旨定奪事：現據粵西指揮使臣馬湘江報稱，於本年二月內，有交趾國王某頓萌異志，突遣番將瑚元領卒五萬，前來侵界，茲已兵抵南關。其都司、郡守，以兵微將寡，不敢出迎，即行飛報。該指揮使亦不敢擅調大兵，飛章告急前來。臣竊思太祖皇帝朝，當時天威遠播，猶以地遠難征，賜予敕璽，以慰其心。今昇平日久，武事廢弛，若與之決勝負，誠恐一旦稍敗，有辱國家銳氣。臣愚意以為宜撫。陛下若遣一介素受番人仰望之臣，前往宣示聖諭，說以利害，則番將自當慰服。但查得現有歷城知縣海瑞，本乃瓊南人。粵東瓊州，鄰近南交，可悉番將情形。陛下若以之前往，必有可觀。不知有當聖意否？伏乞皇上睿鑒施行，天下幸甚。

帝覽奏，即時下了一道旨意，差兵部差官星夜賫往山東。差官領了聖旨，飛馳前往，不日來至山東。當下文武官員，一齊恭迎聖旨。到那萬壽宮開讀，差官高聲朗誦道：

奉上諭：茲據粵西指揮馬湘江奏稱，交趾國王不遵王化，遣兵入寇，已抵南關。該指揮以兵微將寡，未敢擅動，飛奏前來。復據丞相奏稱，非用名望素著之臣，前往說以利害不可。今查歷城縣知縣海瑞，為人忠耿，籍貫瓊州，善諳番人言語。故特奏請，表海瑞為天使行人❹之職。朕如所請，今差官賫旨前來，加汝海瑞為兵部郎中，並賜方物若干。汝其拜受恩命之日，即刻起程，前途講和。有功之日，再加陞賞。欽此！

欽賜海瑞各物，計開：玉如意一枝，蟒袍一襲，角帶一圍，皂靴一對，飛魚袋一對，錦緞百端，黃金十錠。

❹行人：掌朝覲聘問。明代行人司有行人之官，掌傳旨、冊封、撫諭。

欽賜南交國王方物，計開：敕書一度，銀璽一枚，蟒服一襲，平天冠一頂，皂靴一對，玉拱璧一雙，玉如意一枝，金爵杯十對，玉箸十對。

宣讀畢，海瑞謝恩，送天使於驛館安歇。

次日，具本申謝，順付天使回朝訖，海瑞即時收拾起程，文武各官相送出城。海瑞把家眷留下，著海雄服侍夫人，自己帶領海安，望著粵西地面而來。所過地方，文武護送。其時，嚴嵩暗中歡喜，以為瑞必被番人所殺。正是：

一心指望將人害，事到頭來陷自身。

畢竟海瑞此去可得平安否，且看下文分解。

批評：

海瑞所謂能者多勞也。嚴嵩屢使之，雖則名為朝廷出力，然實陰以害之也。在海瑞則知有公，而不知有利害者也。若是一死於王命，彼亦甘心。南交國王亦不自諒如是，今領兵五萬而來，不過以卵敵石者也。

第三十九回　詐投遞入寨探情形

卻說海瑞拜受恩命，即日賫捧著御賜敕璽，離了歷城，一路望著山東大路而行。出了本境，就向粵東肇慶水路進發。所過地方官應供船隻夫馬，自不必說。海瑞每到一處，先發告示一道，以杜滋擾。其示云：

欽差兵部郎中行人大使海瑞，為嚴禁滋索，以肅功令事：照得本府恭膺欽命，持節南交，並賫捧恩綸，寵錫番檄。所過地方州縣，不免供應。但本府自出境以來，除扛擡龍亭之外，只攜一僕，日用兩餐，所費無幾，不必珍饈，即園蔬苦菜，亦堪下飯。你等州縣，不必特為設備。如有匪類乘藉稱本府親隨，詐索舡隻夫馬折價，以及飯食等弊，許你等立即指拿，解赴行轅，本府以憑嚴究，決不拘縱。你等一體遵照毋違。特示。

所過州縣，秋毫無犯。

海瑞在路次❶，亦不與州縣官員交接。到了粵東，就由肇慶水路進發，過了多少險灘惡峽，來至

---

❶ 路次：旅途中間。《警世通言・趙春兒重旺曹家莊》：「路次相見，各問寒暄。」

南寧。該府君即時督率屬員，出郭迎接。海瑞此時因有皇命在身，大小官員都來朝請聖安。當下海瑞進了館驛，將聖旨敕璽放下，隨赴有司衙門詢問軍情。太守道：「前月番王朱臣，命將瑚元領兵到此，本屬不過數百護城兵弁，自難迎敵。故此飛稟指揮使，祇望發兵來援。誰知指揮心怯賊眾，不敢擅動，祇令附近營哨之兵卒，同鄉民守護土城而已。今被困一月有餘，而賊仍未少退。城中絕了樵採，四民嗟怨。觀此情形，亡在旦夕。幸得大人遠來，必有以賜教。」海瑞道：「番兵乃烏合之眾，乘興而來，若是日久，不許與戰，彼必糧盡而逸。此時乘勢擊之，可獲全勝。彼若敗北，吾隨以恩旨撫之，則彼無不乘機感激矣。」郡守應諾。海瑞乃在南寧住下。

那指揮使聞得天使已到，即趕到南寧來，與海瑞相見，便問皇上之意如何。海瑞道：「聖上以蠻夷地遠難征，故令僕賫捧御賜敕璽前來安慰。但不知大人之意若何。」指揮道：「番兵雖已逼近關隘，計有月餘。然我軍不出，南關堅固，彼亦不敢正視，彼此相持而已。」海瑞道：「然則並不曾交鋒耶？」指揮道：「並不曾出戰，彼亦按兵紮寨而已。」海瑞道：「彼遠涉內地，糧草不繼，必當自退，虛而乘之，此勝算也。以愚意忖之，今軍民俱絕樵採，此是第一樁緊要的事。今可馳檄鄰郡，飭令每郡供應柴薪十萬擔，即日取齊。若百姓得薪，則不致惶恐，可無內顧之憂。然後相時而動，乘彼遁逸之際，一鼓而下，則賊可勝矣。」指揮使道：「大人高見不差，但是天子有命，今故延擱，倘將來朝廷知之，豈不致於未便耶？」海瑞道：「將在外，君命有所不受。蓋以機不可失，而事不固執者也。今若以敕璽前往，必至自討沒趣。夫彼主朱臣，積懷不軌，非止一日矣。今貿貿❷然而來，其鋒正不可當。若

❷ 貿貿：輕率、考慮不周。語出《禮記・檀弓下》：「有餓者，蒙袂輯屨，貿貿然來。」貿貿，目不明貌。

以弱示之，彼必自驕其志，不以為備。糧盡，勢難久駐，當謀歸計。彼軍一退，我卻乘虛以襲其後，必獲大勝。隨以威命收撫之，彼必投降無疑矣。此乃兩得之方，一則可以保養士卒，二者恩威並濟。人有良心，豈不自忖？此將軍立功之時也，惟詳察之。」指揮使謝道：「大人所見極是，依計行之可也。」海瑞乃與指揮同駐於南寧之內。指揮使即便檄飭各營將佐，各以精兵赴南關聽調。

再說番將瑚元，已率兵三萬直抵南關。一聲炮響，把南關圍了，祇望明兵出迎。誰知一連十餘日，並不見動靜。瑚元心疑，速令細作探聽。回報明兵俱紮于關內，並無出戰之意，惟日築垜塞缺，並督帥民壯在內相守，防範十分嚴密。瑚元聽了，心中憂悶：「彼恃堅固，深溝高壘，不與我戰，是將欲老我師也。吾遠涉而來，利在速戰，若與久持，是必糧草不繼。似此如之奈何？」輾轉憂思，終夜不寐。

次日升帳，召集諸將議曰：「吾等奉命而來，本欲與主上出力，奪取大明關隘。今到此將及一月，並不得利。吾料明兵之意，所以堅壁不出者，欲老我師也。若與彼相持日久，我軍必疲，且恐糧草不繼，如之奈何？」諸將皆曰：「吾等自領兵以來，卻不曾與彼相交兵刃。今日事勢，元帥何不發書請戰，彼豈能忍辱耶？彼若肯出，吾等竭一朝之勇氣，或可成百世之功，亦未可定。不知元帥尊意如何？」瑚元聽了諸將之語，自忖若不請戰，何以回報主上？乃即時令中軍幕官，立作戰書，令人到門下投遞。那守關的軍士接著，即呈於指揮使。指揮使遂拆開來看，卻是本朝字體，並非番字。原來南交國俱讀《四書》，惟奉解縉，而不敬奉孔子，故此能作國家字體。當時指揮使細看，其書云：

南交國統兵大元帥瑚元謹頓首拜書于大明元戎麾下：竊元奉國主之命，領兵五萬，欲將軍會獵于關外，以決雌雄。茲駐紮月餘，而未曾一睹大閫軍容。豈以元軍過弱，不足以較鋒刃耶？抑將軍實有馬頭不敢西向之意？如書到日，可即示知。如果畏威懼劍，則請即日來降，早獻關隘。吾主待下有禮，若將軍來歸，必蒙恩擢，定以元戎加之，此千古一時之功也。惟大元戎察之。耑待來命，不贅。上致大明元戎老將軍麾下。瑚元拜訂。

指揮看了，不覺勃然大怒，擲書於地說道：「瑚元何人，敢將此不遜之詞前來欺侮！」便問投書人何在。左右答道：「今早番將著人前來致書，守關軍兵不敢放入，用麻繩縋木桶子於關下，以接其書。那投書人早已回去了。」指揮即持書來見海瑞，備言其故。海瑞接來細看，說道：「大人知其來意否？」指揮道：「此番人見我軍日久不出，故以此不遜之詞，前來激怒，蓋欲邀我軍出戰，彼則奮力以劫吾關隘也。」海瑞拍掌笑道：「大人之言，料如指掌矣。今賊既欲激我，大人卻有何妙策以禦之？」指揮道：「大人胸中具百萬甲兵，必有良謀，幸祈賜教。」海瑞謝道：「豈敢。但是為今之計，大人可即批回。待瑞扮作小軍模樣，到彼寨中探聽虛實，並探熟彼之出入路徑。若知道便捷之徑，則容易進兵了。」指揮道：「番將不近人情，大人若到彼處，恐彼不情，將大人陷害，如之奈何？」海瑞道：「不妨，吾命繫於天，死生自有定數，何必忠之？大人可即修書來，待瑞即去可也。」指揮乃立即修下回書，用了印信，遞與海瑞觀看。見上寫著：

大明粵西都指揮使謹頓首復書於大元帥瑚元麾下：茲接來書，已悉一切。但本朝素以仁慈治政，所以我太祖洪武皇帝平定八荒，四海來歸，何止百十餘國。汝南交一隅之地，先亦伏關來順。我太祖皇帝惠及天下，無不一視同仁。故以特予敕璽，封汝主為南交國主。歷昔至今，皆區區伏德，不敢稍萌異念。迨後該國王某以酒失德，國人怨之。汝主以商販流民，詐譎成性，幸得起家，並圖大位，年來亦自蠖屈，惟恐我天朝興起問罪之師。而我世祖皇帝，復特加格外之恩，故免討逆之罪。今汝主不知報德悔罪，反敢逞此小醜，意欲跳梁，獨不思天朝一十三省雄兵猛將，何止百億？汝乃一隅小國，輒敢與國朝抗衡，此真所謂猶欲以卵敵石，安得不破者也。南關金湯之固，諒汝輩亦奚能為耶？書信到日，可即棄甲拋戈，早為悔罪，猶可予以自新。倘若執迷不悟，恐大兵一出，汝等無遺類矣。統限一月之內，盡行退回本國，上表請罪。如敢抗違，即當帥眾來剿。書不盡意，爾宜知悉。

海瑞看了讚道：「大人筆下如刀劍之利，彼等一見，自當碎膽矣。瑞當即行。」指揮道：「大人須要加意提防，幸勿輕入虎口。」瑞應允，即便取小軍衣服換了，帶著戰書，獨自一人而往。

只因關門已被大石頂住，瑞乃用繩繫腰，由城上縋下。既落在關外，即將繩索解脫，望著番營而來。早被伏路番將拿住。海瑞道：「我是大明元帥帳下的小卒，奉了本營主帥之命，特來下書與你家元帥的，煩引進則個。」那小番把海瑞看了一看，暗自笑道：「這般軟弱的軍士，怎能抵敵得我們過？所以閉門不出，卻原來就為此也。」乃作笑容道：「你家元帥戰又不敢戰，只管守著做甚麼？這又不是來與你們考文才的，怎麼書來書往做甚麼？」海瑞道：「你且休問，相煩通傳一聲就是。」小軍遂將海瑞領著帶到轅門，時正交二鼓。小卒道：「天色尚早，你且在此候著，待等三鼓報了，我自然與你通傳就是。」海瑞只得應允，乃取了一錠銀子，送與小軍道：「這關外的地方，虧了我們是個內地的兵丁，卻不曾得見過關外的光景。如今天色尚早，相煩老爺帶我走遭，看看關外的景色，也是好的。」小軍既得私饋，也不暇備細查問。正是：

財可通神，錢能役鬼。

未知海瑞觀看景色如何，且聽下回分解。

批評：

財之為患甚矣，夫小卒不貪賄，則海瑞不得遍觀番營，瑚元可以不敗。所謂人一貪志忽萌，則志已昏，故不堪自恃矣。海公之改扮小軍者，蓋其有膽有智也。即此可見其只知有國而不知有身也。

第四十回 計燒糧逼營賜敕璽

卻說小軍應允，將銀子收下，說道：「你既當兵，怎麼連地方不曾見過呢？」海瑞道：「我們是新充的，食糧不上兩月，所以不曾見過這個關外的地方。故特煩老爺引我一遊。」小卒道：「雖則引你到外邊玩賞一回，不是緊要。但你身上穿的號衣❶，不合我們軍中的樣。你可脫了下來，待我將這一件號褂與你穿上，這就可以去得了。」海瑞道：「如此更好。」那小卒遂將自己的衣服換了，與海瑞穿著。隨即出了營門，領著海瑞到各處營寨觀看，復一一令其指示。小卒那裡得知他的就裡❷，每到一處，便指著怎麼怎麼，這般這般，說了出來，一則要自誇威勇。一則談談閒心。海瑞一一記清，不一會把番營大寨盡皆觀看清楚，記在心中。小卒道：「你可觀盡否？」海瑞道：「八門俱已看過，果然威風。但只欠了些糧草屯積。若是有了糧草，只恐我們都不能與你家相拒呢。」小卒道：「你說我們沒有糧草，你且隨著我去看一看呢！」遂領著海瑞轉過營後，只見一個小山頭上，有些小軍們在那裡紮營，上面俱是皮車。小卒指道：「這不是糧草麼？」海瑞故意道：「有限的，怎麼得彀支應？」小卒道：「你卻是個新當兵的，難道你家關內，也堆著十年二十年的糧草麼？不過是陸續運解而來。」

---

❶ 號衣：舊時兵士、差役穿的制服。因帶有記號，故稱號衣。號，記號、標幟。

❷ 就裡：個中、其中。宋・梅堯臣《宛陵集・賜書詩》：「就裡少年唯賈誼，其間蜀客乃王褒。」

海瑞又道：「我們解糧運草，是鄰省接解來的，所以便捷。若是你們老遠的運解，豈不費力麼？」小卒道：「我們雖則遠涉，但是亦有以逸待勞之計。」海瑞道：「怎麼說是以逸待勞？我卻不曉得。」小卒道：「我們的糧草，卻是從貴州那邊偷運過來，到了東京川口上岸，離這裡不上五百里之遙，兩三日便到的了。」海瑞道：「如此卻纔容易，不然就運動轉難矣。」小卒道：「好夜深，我們前去這時候大抵已報三鼓矣。我們且回去罷。」海瑞遂與小卒一同回到大寨而來。

恰好那瑚元升帳理事，小卒令海瑞仍舊換回穿來原服，領了進去，稟道：「小番們奉令巡哨，拿著一個小軍。詢問起來，卻是大明營中遣來送書的，業已帶來，請令定奪。」瑚元道：「帶了上來。」小卒便將海瑞帶領到帳中跪下。海瑞叩了三個頭，說道：「小的乃是大明營中奉元戎差來下書的。」遂向袖中將書取出，呈遞上去。瑚元接來細看一遍，不覺勃然大怒，將書扯得粉碎，罵道：「你家戰又不敢戰，只管推延，這是何故？我卻不管，明日就引大軍前來攻關。好漢的只管出關迎敵，若不敢出，就算不得威的了，可即草表獻關。如若不然，有朝攻破城池，玉石俱焚。」海瑞唯唯應命，故意做出驚慌之狀，抱頭鼠竄而出。瑚元乃集諸將聽令道：「今日大明指揮有書回報，內中延以時日，其意卻真欲老我師。本帥已經對著來使說了，准以明日攻關。諸位各宜竭力向前，初陣須要得利，譬如破竹，數節之後，迎刃而解矣。」乃令烏爾坤領兵三千攻打頭陣，乜先大領兵二千往來接應。明日五鼓造飯，平明進兵。務要奮勇齊攻，如有怠惰不前者，即按軍法。眾將領命，各各準備去了。瑚元隨後點起大軍繼進，暫且按下不表。

再說海瑞急急奔回，到了關下，仍用麻繩吊了上去。來到行轅，見了指揮。指揮便問：「探得軍情如何？」海瑞道：「瑚元輕勇無備，不足懼之。」遂將瑚元如此這般，逐一說知。指揮驚道：「各路援兵，尚未到來，今大敵猝至，如之奈何？」海瑞道：「賊乃烏合之眾，全無隊伍。一則吾所恃者城池堅固，濠壑甚深，彼焉能立破？刻下可令隨營各將，連夜上城防守，且把旗鼓偃息，彼兵若到，且不理他。待至驕惰之際，然後以大砲乘高視下攻之，則彼必敗走矣。且先擋了目前這一陣，然後徐圖良策，截其糧草。彼軍乏食，不戰自亂矣，必速奔歸。那時我卻乘虛襲之，無不應手矣。」指揮聽了大喜，隨即傳令：「各隨來將佐，帥本部兵丁，盡伏城垛上，以大砲、檑木、灰瓶等物，預先藏著，聽得砲聲響處，一齊突起，放砲攻之。」各營將佐，領了將令，即時盡帥所部上城。

到了次日黎明時候，遠遠聽得人叫馬嘶。海瑞此時亦在城樓觀看，遠遠望見番兵旗幟。海瑞急令各人偃旗息鼓，各各伏於城上地基，不許交頭接耳。番兵來近，只見關上並無旂幟，又不見一卒在上，心中疑惑，急急報知烏爾坤。烏爾坤乘馬親來觀看，果如所云。自思道：「此必明兵疑兵之計。」吩咐各人奮力攻城。軍中鼓聲大震，眾番兵只顧奔前吶喊，卻不見一人。開砲打去，卻那城樓堅固得很，一連攻了半日，亦不見有人迎敵，城牆果然攻打不開。瑚元領著大兵隨後亦至，前軍報知，瑚元傳令各軍士下馬裸罵，以激其眾。軍士聽令，各各下馬，坐在地下大罵道：「不早出降，攻破城池，草木同劊，悔之晚矣。」百般的辱罵，城上只是不應。竟有脫衣露體搧涼而罵者。約近巳時，海瑞在垛眼張了良久，說道：「可矣。」指揮令人將號砲點著，一聲砲響，三軍一齊突起，將火砲、灰瓶一齊施放，那番兵正在得意之時，忽然被那砲子灰瓶打來，那裡抵擋得住？只顧躲避，急急奔逃。那灰塵乘著風勢，刮面吹來，開眼不得，霎時之間，被砲者不計其數。瑚元後軍，卻被前軍摧動陣腳，自相踐踏，死者甚眾。城上發喊助威，番兵只道明兵開關殺出，急急奔走，逃上十餘里下寨。海瑞望見番兵去遠，乃令開關，乘勢出屯，就與指揮駐於關外。一則便於調遣人馬，二者且占形勢，不致番兵迫近關門。當下瑚元敗了一陣，急奔十餘里，方纔下寨紮住。計點折去五千餘軍。笑道：「吾卻中了蠻子之計也。頭陣已此，後當加意便了。」忽然軍吏來報，糧草祇堪五日。瑚元道：「如此奈何？新糧草未到，軍中乏食，必然生變。」即時著了烏爾坤領兵一千，去寨外五里屯紮，以為犄角之勢，一有消息，即刻回報。是時，烏爾坤領了將令，立即部兵前往屯紮去了。瑚元又傳令，著乜先大持令箭沿途催趕糧草接應，自不必說。

再說海瑞在關外屯了幾日，忽然城內郡守差人來報：「所調兵馬俱已陸續到齊，請令定奪。」海瑞即來對指揮說道：「刻下各營新兵已來，大人何不盡令出紮關外，好待在下調遣也。」指揮稱善，即傳令箭，立時傳了新兵，盡出城外住紮。海瑞道：「吾料番將之糧不日將至，誰可去截他的？」帳下一將應聲出道：「末將不才，願去走遭。」海瑞視之，乃驍騎額附❸龐靖也。當下海瑞道：「此去東京口，乃是番將運糧上岸之所。你可領著一千軍士，到夜半偷至那裡埋伏，若是番將運糧上岸，待其上盡，突起燒之。」龐靖應諾，立即點起軍兵，攜帶著硫磺、燄硝引火之物，連夜起行，前去埋伏。

過了三日，番營各將俱以乏糧為憂，皆來帳上稟瑚元道：「刻下營中乏食，解糧官未到，似此如之奈何？」瑚元道：「吾亦因此憂愁，前日已令乜先大前往趕催矣，諒不日亦至，汝等皆宜靜守，不得驚揚，恐怕敵人知之，必然乘虛來襲矣。」說尚未畢，人報乜先大奉命催糧，中途為明軍所殺，明

---

❸ 額附：滿語，義譯駙馬。清制，對公主、格格配偶的稱號。

兵就奪了本國衣甲並令箭，去到東京川口候著。恰好運糧車來到，被明軍詐稱元帥有令，令將糧車屯荒野地。是夜三更時候，一齊火起，那糧車盡被燒完了，特來報知。」瑚元聽了此言，不覺大叫一聲道：「天亡我也！民以食為天，兵亦以糧為命，今糧被毀，目下又即乏食，如之奈何？」帳前幕官進道：「可即連夜遁歸，再作道理。」瑚元稱善，即刻暗傳號令，令軍士各各束結，就今夜三更拔寨齊起，急急遁歸，不得違令。眾將應諾，各各准備不題。

再說那海瑞在寨中，正與指揮商議退敵之策，忽龐靖回來報稱：「業已盡將番人糧草燒毀一空，特來繳令。」瑞與指揮大喜，即將龐靖上了頭功。未幾，探子來報：「番將因為燒了糧草，現今營中乏食，即刻結束，意欲遁歸，即來報知。」瑞聽得急對指揮道：「今賊勢已蹙❹，即夜欲遁，我等可即賚捧敕璽前往勸降，彼必迎受矣。」指揮道：「賊勢既窘，我兵乘虛擊之，此為上計，大人何故反縱之去？」瑞曰：「不然。彼先逞其跳梁❺之心，今不得利，又值乏食，其眾心已散，故此連夜遁歸，欲圖再復。今我不以兵馬逼之，而反以聖恩加之，使其復得興頭，所以服其心也。若以兵襲之，彼必大敗而怨愈深，彼復返國，旦夕皆思報復，則無寧謐之邊鄙也。」指揮道：「大人果然善算善度，即可行之。」海瑞道：「請即今便行如何？」指揮道：「當以多少人馬隨往？」海瑞道：「一軍不用，只攜吾僕一人而往足矣。其餘扛抬錫物，照式人夫而已。」指揮即時傳令兵丁，改裝扮作扛抬夫役。仍藏利刃在身，以備不虞，立即跟隨海瑞星夜前往。海瑞攜著海安，押著錫物，如飛的奔向番營而來。

---

❹ 蹙：窘迫。《新唐書・王珂傳》：「珂益蹙，會橋毀，潛具舟將遁。」

❺ 跳梁：跋扈、強橫。《後漢書・馬援傳》：「可有子抱三木，而跳梁妄作，自同分羹之事乎？」

將近二更左側，已近番營。海瑞吩咐暫將夫馬各物紮在一里之外，先令海安一人前往通知。海安本欲不敢往，只因海瑞這般說話，又見主人如此用心，那裡便敢推託，只得慨然而往，獨自一騎來到番營。那些番兵正在那裡忙忙迫迫的收拾不迭，那裡還有閑心前去瞭望。海安闖進鹿角❻，直至營門，纔見有兩個番兵在那裡閑坐。海安拼膽上前說聲：「老爺。」那番兵卻一把將他拿住，罵道：「甚麼奸細？敢來此探聽消息。」海安說道：「老爺且莫如此。我若是奸細，亦決不直到此地，並顯然招呼老爺了。」番兵道：「如此，爾來何幹？」海安道：「我是特來報喜信的，相煩立即通報一聲。」番兵聽得報喜兩字，便不勝大喜，急應道：「如此隨著我來。」正是：

欲知伊利鈍，但聽口中言。

畢竟海安此時見了番將如何，且聽下回分解。

批評：

雲峰曰：「海公之論，容與指揮不同，一則欲撫，一則欲擊。然撫擊之意，則可以見二人之優劣矣。大抵君子處事，光明正大，不欲乘人之危而下石者也。海公之謂歟？」

❻ 鹿角：古時軍營前的一種防衛工事。把帶枝杈的樹木削尖，半埋入地，以阻止敵人侵入。

第四十一回　設毒謀私恩市刺客

卻說海安隨著了番兵，一直來到大營。小番兵道：「你且站在這裡，待我進去通稟了，然後再來喚你。」海安答應了。小番兵即進帳前，恰好瑚元在帳督率各人收拾各物，忽見小番進來，便問何事。小番道：「現有大明營中差來一人，聲稱是朝廷天使海大人的家人，今奉了伊主之命，前來相請元帥，前往迎接天朝皇帝恩旨。」瑚元聽說，吩咐且喚那來人到來，有言相問。小番領命，即來到營外，帶領了海安進帳。海安急忙跪下叩頭，聲稱大元帥。瑚元道：「你是那裡來的？」海安稟道：「小的乃是大明營裡欽差海某家人，名喚海安，奉了家主之命，前來敬請大元帥出寨迎接恩旨。」瑚元道：「你家老爺奉著甚麼恩旨前來，與我何干？為甚的要請我去接呢？」海安道：「小的家主乃是兵部郎中，奉了當今天子聖諭，特賚恩旨而來，並有天子所賜敕書、銀璽、方物等項，故此特著小的前來，家主現在里許相候。」瑚元道：「你家主既到這裡，如何不直進帳，卻在一里之外相候，叫你前來通語，莫非其中有詐否？」海安道：「吾國以信義待人，從不作賊盜之事，因為現有皇命敕璽在身，故要大元帥前去迎接恩旨，並無別意。」瑚元自忖：「彼既稱是奉欽差而來的，又有敕璽，我想當日我家先王，亦是曾受天朝恩典。既有敕璽之予我，今師既敗，彼有此惠，吾何不乘機就之？一則可以掙扎顏面。」主意已定，便吩咐海安道：「汝且先回，本帥隨後就來迎接。」海安叩謝而出。瑚元一邊吩咐軍士擺隊迎接，一路火把齊明，接著海瑞齊到大營而來。海瑞開讀聖旨道：

奉天承運皇帝詔曰：大國有征伐之師，小邦有預備之眾，此不得已而用。朝廷之有造於汝國者，不謂不深也。茲汝不思報本，而反欲弄兵潢池❶，是棄舊好而圖速滅也。朕垂拱八荒，勇猛之將，何止萬員。精銳之兵，難計億兆。若以大旆一指，何難立滅此朝食？但不教而誅，有所不忍。今特差兵部官員，捧御賜方物，並予封爵，汝其受之，自當革面洗心，無再自造其孽。封汝朱臣為南交國王，銀璽一顆，以彰顯榮。其部下文武，各加一級。汝當恪遵，毋負至意。勗哉欽此！（想我太祖武皇帝，白衣起義，旋受和陽之寵，平定八荒，清靖四海。所有暹羅、日本、龍賴、新州等國，不下三千餘邦。莫不仰沾聖澤，望威投誠。而我太祖武皇帝，不忍以強視弱，遍賜恩施。凡有梯航來國，莫不時加殊渥。茲爾南交，國祇彈丸，我歷聖尤加特典。敕書疊錫以彰榮，銀璽頻頒而定爵。）

宣讀已畢，瑚元謝恩。海瑞令人將御賜各物交替，呈上銀璽一顆，瑚元再拜而受之。復與海瑞見禮，並詢閥閱。海瑞通了名姓，說道：「今元戎既已奉詔，即當班師各守疆土，毋生妄念，歲修好禮，永為唇齒，則瑞實有厚望矣。」瑚元道：「大人放心，南人不復反矣。」時天色已明，海瑞辭回，瑚元

❶ 弄兵潢池：起兵、叛亂。《漢書．龔遂傳》：「其民困於飢寒而吏不恤，故使陛下赤子盜弄陛下之兵於潢池中耳。」潢池，池塘。

直送至十里，方纔分別，隨即傳令班師回國。海瑞看見番營拔寨齊起，亦即與指揮作別，回京復命不題。

再說嚴嵩自從打發了海瑞去後，心中暗喜，以為必借瑚元之力以殺之也。遂爾肆志橫行，無所不作。每欲傾害張皇后以及太子，然奈無從入手之處，日與趙文華、張居正等商議。趙文華獻計道：「太師何不尋覓一人扮作刺客，帶到宮中，待等聖駕出朝之時，突沖御道，必被拿獲。其人便稱為張皇后與太子所使，帝必大怒，定發三法司審議。此時張后與太子雖有雙翅，亦不能飛出宮闈矣。」嚴嵩聽了大喜道：「此計甚妙。然那得其人，為我行此妙計？」張居正道：「在下現有一人，姓陳名春，乃山東青州人。投在府中，業有十載。在下待之甚厚，彼每欲以死相報。今當與彼商之，許其不死，彼必應諾，則此事有濟也。」嚴嵩喜道：「既有此等妙人，大人即當為僕行之，自當厚報。」張居正道：「這個當得竭力。」

遂即告辭回府，喚陳春入內，以言挑之曰：「汝自來我家，不覺已近十載，但吾待汝似比諸僕厚之。今欲倩汝為我幹一事，不知汝願去否？」陳春道：「小的自投府上而來，蒙老爺愛如子女，小的受恩深厚，時愧捐軀莫報萬一。今老爺若有用小的之處，雖赴湯蹈火，粉身碎骨，亦所不辭也。老爺但有使用，只管驅策就是。」居正道：「非我要用你。只因那太師嚴爺，向我尋一個有膽有勇的人，所以我將你吹荐了。你過日可過府去，他有一事與你商議。你與他去幹，就如報答我一般。」陳春道：「但不知太師要使我那件，老爺可知一二否？」居正道：「你乃吾之心腹，諒汝不肯洩漏我的機密，對你說知罷。只因嚴太師先日有位小姐，曾進於天子宮中，封為昭陽正院，把前后張氏及太子皆貶於冷宮，已經四載。誰知那刑部主事海瑞，乘著皇上四旬萬壽之日，在天子面前再三聳諫。天子一時念起父子之情，准了海瑞的保本，立即恩赦了他母子出來，仍舊封為昭陽正院，把嚴氏退出偏宮。今嚴氏失寵，太師心中不忿，故屢欲以計去張后母子，仍復嚴氏之位，故此想出這條計策。明日你過去，充在他們家人隊內，跟到宮裡去。太師是常常與帝飲酒弈棋的，這日故意在宮到黑。你那時卻在宮中躲著，身懷利刃，五更三點，天子必然出朝，那時你卻直沖御道，一刀殺了皇上。嚴太師得了天下，你就是一個開國功臣，封王屢代不替。若是不能殺得，被儀從之人擒獲，你便大聲高叫：『太子、皇后救我。』此際天子必要將你發在三法司去審問，嚴太師必在其列。那時你只口口咬定是與馮保相好，他是個太子心腹太監，來叫我如此如此，這般這般的是太子吩咐。若是他登了九五，必然顯爵相酬。太師自必超生於你，重有賞賜。你肯去否？」陳春道：「既是老爺將我荐了，怎麼叫爺失信？明日隨爺過府去見太師便是。」居正大喜，立時錫以酒帛金珠。次日，果然帶著陳春來到嚴府相議，自不必說。

再說太子此時年已一十三歲，終日常侍帝側，帝甚愛其孝順聰慧。一日帝問道：「朕千秋萬歲後，傳位於汝，汝將何以治天下？」太子道：「臣奉祖宗遺法，陛下現憲，加之以仁慈，庶可以不忝厥職矣。」帝又問道：「然則處下如何？」太子道：「忠良之輩用為股肱❷，俾以顯爵厚祿，小人則逐之。所謂親賢遠佞，恩威並濟，務使天下無貪墨之官，殃我赤子。朝中有賢能之佐，以衛社稷。所以仰報陛下也。」帝道：「處邊備如何？」太子道：「修城濬池，時刻預備，以能將鎮之。綏遠懷柔，使彼

---

❷ 股肱：輔佐。《書・益稷》：「帝曰：『臣作朕股肱耳目。』」股，大腿。肱，胳膊。

等馬首不敢西向。」帝道：「夫用將貴於老成，休任少年。老則歷練軍紀，討撫得宜。年少者則輕於躁進，汝其牢記之可也。」太子謝過。

方欲出宮，忽然御前起了一陣怪風，刮面吹來。帝覺毛骨悚然，對太子道：「日午天晴，何以有此怪風？朕甚不解。」太子道：「此名旋風，乃驚報也。陛下宜防之。」帝笑道：「太平日久，君臣相樂，有甚不測之處？」乃呼酒與太子共飲。太子三爵後，即停杯止酒。帝問：「何以不飲？」太子道：「夫酒者，可以怡情，而適足以召禍，故兒少飲，以免禍耳。」帝道：「酒可怡情，故文人、墨客皆藉以為消愁悶之由。朕亦性好之，寧可一日無飯，決不可無酒矣。」太子道：「聖人云：『惟酒無量，不及亂。』願陛下少節之，臣不勝幸甚矣。」帝喜道：「吾兒所謂善於幾諫者也。」太子謝出。帝是夕宿正宮。張后道：「陛下數日未曾臨朝，竊恐諸臣疑議，乞陛下以政務為要。」帝道：「這幾日朕躬不快，今日粗安，後日即是朔日，當出聽政矣。」

到了次日，嚴嵩將陳春扮作家人，充在眾奴隊內，隨進宮中，與帝問安。看官，你道臣子入宮，怎麼又帶得家人進去？只因他與別個臣子不同，一來又是國戚，二者帝寵之深。嵩常常入宮，與帝弈棋、飲酒時，或要取甚麼東西，要那中貴❸走動不便，帝乃時敕嚴嵩准帶家人三四名，相隨入宮，以便使用。所以嚴府的家人，隨主入宮之時，即在宮門外伺候。當下嚴嵩見帝問了聖安。帝道：「昨日暹羅國來貢西洋啞叭酒，其味香烈，今當與丞相試之。」嚴嵩謝道：「陛下愛臣過深，雖口食亦必賜予臣，雖粉身碎骨，無以報陛下於萬一也。」帝令左右將酒擺於百花亭上，與嚴嵩對飲暢談。酒至半

❸ 中貴：顯貴的侍從宦官。李白〈古風〉之二十四：「中貴多黃金，連雲開甲宅。」

酣，嵩起奏道：「天氣炎蒸，西洋之酒，其性過烈，陛下少飲為佳。」帝道：「然則何以消此永日？」嚴嵩道：「與陛下手談❹如何？」帝喜，即令撤席，取棋與嚴嵩對著。嵩故意留神細看，每下一子必致再三思索，以延時刻。帝連北三局，嵩起，故亂其子道：「陛下且休，何必嘔此心血？」帝因命侍夜膳。

嵩在宮中，直至初更方出。此時陳春乘著黑暗之處，早已伏於複道之下，將身蹲著，耑待五更行事。嵩遂辭出，帝帶酒來到昭陽，張后服侍安寢。纔轉五更，張后便請帝起身洗面穿衣，臨朝聽政。眾內侍以及侍衛人等，皆來隨從。帝出宮，兩行紅燈照，一路而來。剛到複道，那陳春覷得親切，將及駕到之際，即時突出，持刀沖入道來。那侍衛驚覺，即時將陳春拿下，奪了利刃。陳春故意大叫道：「罷了，罷了。謀事不成，天也！張娘娘、太子爺，快來救我。」帝大驚，聽得親切，即時退回內宮。侍衛等便將陳春行刺之事具奏。帝未深信。敕發三法司審訊確實具奏。正是：

明鎗容易擋，暗箭最難防。

畢竟陳春此到三法司處，如何供出來，且聽下回分解。

批評：

---

❹手談：下圍棋。《世說新語．巧藝》：「王中郎以圍棊是坐隱，支公以圍棊為手談。」

雲峰曰：「嵩之計誠毒矣，教陳春口口咬定，因與馮保相好，故太子教令如此，此真欲一網打盡者也。」芝亭曰：「陳春可謂到極矣。從來行刺君上，不問自主，並聽從主使，不分首從，皆不得生。而彼則意毅為之，吾甚憐其愚也。」

第四十二回　施辣手藥犯滅口供

卻說當下陳春被捉，口稱是張后、太子所使，又供馮保所荐，侍衛等即將緣由奏聞。帝沉吟未答，自思：「青宮素來仁慈，未必敢行此不軌之事。況且太子年紀尚幼，又無別個兄弟恐致別立，此事卻有疑難之處。」又思：「張皇后並無親眷在京，且以正位昭陽，未必有此。」故特發下三法司會勘實情具覆。

此刻眾侍衛得了旨意，即時將陳春擁簇到廷尉衙內收管，聽候三法司提訊。嚴嵩早已知道，故意不出。及人至報陳春行刺皇上，今奉旨著三法司並太師會勘，嚴嵩故意作驚愕之色道：「豈有此理，可曾究出主使之人不？」從者道：「事關內院主使，案情重大，故特旨命太師會勘。」嚴嵩即時吩咐打轎，來到法司衙門，那三法司早已在此等候。你道三法司是誰？就是這三位：刑部尚書趙文華，太常寺正卿張居正，兵部給事中都察御史監察御史胡正直。當下三人見了嚴嵩，各各見禮。趙、張二人自是一黨，自然會意，惟胡正直不與同心。當時嚴嵩對三人道：「此案情最重大，三位大人還當如何審判？」趙文華道：「此乃內院之事，你我自當秉公研訊就是。」嚴嵩即令左右到廷尉那裡提犯到堂審訊，隨即升堂。

少頃，將陳春提到，當堂跪下。嚴嵩問道：「你是那裡人氏？」陳春道：「小的是山東青州人氏，姓陳名春。」嚴嵩道：「是山東青州，怎麼在這裡犯事？」陳春道：「只因小的來京貿易，折了本利，無可生計，就在大街上賣拳棒為生。」嚴嵩道：「你既是流落的人，怎麼反與內監相識？」陳春道：「那馮公公與小的本不相識，但因小的在街上賣拳，馮公公看見小的生得魁偉，兩膂有力，蒙他喚到酒樓談心，說起無依之苦。蒙馮公公施濟，認為相知，與了我一百兩銀子，在大街上尋了一個旅店住下，不時將些酒肉來與小的暢飲。彼此往來，共有半載，遂成莫逆之交。前月馮公偶然與小的說起：『欲做官否？』小的道：『世上誰不欲富貴？』馮公公便向小的說道：『你若要富貴，但只肯依我一件，即便立可得官。』此際小的便問他有甚事務。馮公公道：『如今正宮皇后與太子意欲尋一個有膽有識的人，去行刺皇上，若是事成之後，可做大官。』此時小的那裡便敢應承。馮公公道：『只管去做，自有我與太子擔承。』再三相浼。小的看見他如此懇切，又有恩惠於小的身上，只得依允。次日，馮公公便領小的到東宮去見太子。蒙太子賞賜金帛、酒飯，並蒙太子爺當面吩咐，許小的做一將軍職銜，此際小的不合應允。過了幾日，太子復召小的進宮商議，他說皇上一連數日不曾御殿，明日屆當朔望之期，必然御殿。隨令小的身懷利刃，藏在複道，待等駕到，突出行刺。小的應允，蒙太子賞刀一把，黃金二十鎰，并以酒食相饋。小的既感太子與馮公公之深恩，雖赴湯蹈火，自無不允。繼蒙娘娘召小的進昭陽正院，特賜以珍珠、翡翠等物。所以小的不得已，隨時就從著馮公公到複道中藏躲。及見聖駕，此時小的事出不已，即便突前行兇是真。求列位大人開恩則個。」

嚴嵩大怒，拍案罵道：「皇宮內院，豈是別人進得去的？難道宮門外都沒有人守的麼？且問你，你是昨夜進宮，還是預早進宮的？」陳春道：「小的是前月初九日，蒙馮公公帶進宮去，直住到此時的。」嚴嵩怒道：「皇后賢淑，太子仁孝，天下共知。汝何妄思誣捏，以卸己罪？可即從實招來，如有半句支吾，我這裡刑法重得很呢！」陳春道：「小的今日既已被獲，那敢說謊？此是確言，求爺詳察。」趙文華在旁插嘴道：「不肯招認，就要用刑。你還是招不招？」陳春道：「小的一派都是直言，再沒一毫謊誣的了。」趙文華道：「不打如何肯招？」吩咐：「拖下去，重打四十大板，看他招不招。」左右答應，一聲吆喝，如鷹拿虎捉的一般，把陳春簇下。此時陳春只道勉強過便可以過去，也不言語，隨著眾人下堦，被眾人按在地下，叫聲行杖。趙文華吩咐：「取頭號板子，與我重打。」左右即將頭號板子重重的打將下去。五板之後，那陳春就不能叫喊了。打到四十板之後，竟不能少動彈，幾致失聲。趙文華叱令以冷水澆其面。少頃，方纔醒來。陳春此時雖則復甦，然痛極心迷，不知人事矣。文華喝令，復拖上堂來，又問：「到底此是外邊甚麼人主使的？快些說來，不然復施三木❶矣。」陳春只是昏昏沉沉，竟不聞上面說話，又恐再用極刑，只得點頭，以冀免打。嚴嵩道：「此人句句確供，似無遁飾，亦不必苛求根株矣。」立即吩咐左右，仍舊帶往廷尉處收管，聽候再訊。胡正直在旁說道：「如此供詞，豈足憑信？當細心鞫之，方能澈其涇渭❷。」嚴嵩道：「彼已昏去，容當再訊。」於是各各散歸。

---

❶ 三木：古代加在犯人頸、手、足上的刑具。《後漢書・馬援傳》：「可有子抱三木。」李賢注：「三木者，桎、梏及械也。」

❷ 涇渭：指涇水和渭水。後以涇渭比喻人品的清濁優劣，事物的真僞是非。《詩・谷風》：「涇以渭濁，湜湜其沚。」

是日，嚴嵩回府，即請趙文華、張居正二人過府商議。嚴嵩道：「今日雖然陳春這般口供，且看那胡正直之言，似不深信的口語。倘若再問，究出直情，如何是好？」居正道：「這卻容易，今夜殺之以滅其口，則可以無憂矣。」嚴嵩道：「怎的能彀殺他？還望賜教。」居正道：「待座下今晚自往獄中殺之，明日敬來復命就是。」嚴嵩致謝道：「全仗駕上。」居正即便拜辭而出，回到府中，令家人立即辦下一酌酒席，以便等應用。旋又令家人到外邊取了毒藥為末，然後將酒席抬了出來。居正已暗將毒藥攪在酒內，旋著人抬到刑部獄中而來。時趙文華早已在獄門等候，居正一到，即便開門放入。來到獄中倉神亭上，提出了陳春。居正道：「你怎的受了這般的苦楚，自己放心，我自有處。」陳春道：「小的有死無異，老爺再休見疑。」居正道：「這個我自有主，卻念著你自到此地，未嘗不飽衣足食。如今困在牢裡，只恐茶飯不敷，今特備些酒飯在此，你可飽餐，且莫煩悶。」有從人將酒飯抬到陳春面前，說：「見你向日是穿吃慣的，如今在獄，諸事掣肘，我恐怕你餓了，所以我把些酒飯來與你吃。你一面放開心事，不過旬日之間，便可以了局的了。」陳春叩謝訖，文華令人將他的刑具鬆了，等他好去吃酒吃飯。那陳春那裡得知就裡，遂放開量大嚼一頓。此時酒飽肉饜，好生快活，竟自睡了。張居正與趙文華一齊來到相府回覆，自不必說。

再說那張皇后正在深宮，忽見馮保氣喘喘的急奔而來，說道：「禍事到了！」張皇后是個受過驚恐的人，聽了這一句說話，唬得魂不附體，急問道：「到底為著甚麼？快些說來。」馮保道：「如天大事，難道娘娘還不知道麼？」張后道：「我在這深宮內院，知道甚麼來？有話快說，免我狐疑。」馮保道：「今早聖駕在娘娘這裡出宮，剛出到複道，突遇刺客走來，幸喜侍衛官捉住。這人姓陳名春，乃是山東青州人氏，供稱曾與小奴婢相好，因而娘娘、太子與伊相議，教他伺便弒君。一一說出。如今皇上將這陳春發往三法司會勘去了。但不知究是何人所使，致累內院，此特來報知。」張后聽得此言，吃驚不小，指著蒼天說道：「那個天殺的這般狠毒，要害我母子性命。」馮保道：「這也不妨，如今娘娘何不領著太子，一同前往，到萬歲爺跟前問個明白，卻不是好？」張氏點頭稱善，即令馮保到青宮來請太子。太子聽得母后傳宣，即便趨赴。比及見了娘娘，娘娘說道：「你的大禍臨身，汝可知否？」太子聽了這一句，卻不知話從那裡說起，呆了好一會，復問道：「母后，到底為著甚麼？說出這話來？」張后道：「你只曉得在青宮誦讀，卻不知這禍事呢！」遂將馮保所言，備細說知。太子聽了，唬得三魂飄渺，七魄悠揚。自思：「這樁罪案，卻也不小，似此則我母子無活命矣。」乃持張后而泣。馮保在旁也覺不安，進曰：「娘娘、殿下且止悲淚，事當從長計議纔是。」太子道：「汝有何策可解此危？」馮保道：「亦無別策，惟殿下與娘娘即當詣皇上面剖是非，庶或皇上恩愛不究，也未可知。」張后點頭，乃攜著太子，望著帝處而來。於路十分驚懼，馮保亦不離左右。

帝恰好在那焚椒閣內，獨自一人坐著。張皇后母子進閣，俯伏於地而泣。帝令平身，問道：「卿與吾兒何故如此？」張皇后與太子、馮保皆免冠奏道：「臣等無罪，今突遭誣陷，因來匍叩金堦，歷表清白，伏惟陛下察之。」帝隨道：「卿乃朕之內助，兒乃國之儲貳，朕豈不深愛耶？且起來說話。」張皇后與太子、馮保謝過了恩，起來侍立帝側。帝道：「你們所憂者，不過是因陳春之事已矣。然朕雖不讀書，亦頗明理，豈有受人囑切而一口便說某人所囑者？朕未之信也。但該陳春口口聲稱為馮保至好，輾轉吹荐，似亦在理者，此事當細研訊之，務得其實。」太子復奏道：「臣蒙豢養之恩，於今一十有餘歲，然時時躬侍聖躬，又何暇得與別人徘徊？此事還望聖上詳察。」皇上笑道：「今據陳某所供，干連內院，朕固不信。然以弒逆大罪，不得不發與法司會勘。汝且回宮，朕自有處。」太子山呼叩謝，出宮而去。張皇后甚屬不安，馮保亦甚惶恐。帝皆叱令各回所處：「朕已明白了，決不為汝等害也。」張后與馮保各各謝恩而回。正是：

君明無妄佞，子孝父心寬。

畢竟皇上打發三人去後，還有何說，下文又見。

批評：

雲峰曰：「張氏與儲君，所謂表裡之相關，痛切母子也。今突聞驚報，且詞供自己，在別人則懼怕不迭，又何敢直至公堂首告內院。其一概可知矣。」芝亭曰：「嚴嵩之計固毒，然不知天命之數，妄為拗轉乾坤，此所以不能終成三人之獄也。豈可不察之。」

第四十三回　畏露奸邪奏離正直

卻說帝令太子與張后、馮保三人各退之後，帝自思：「觀此情形，實不干他母子之事。若說沒有人引誘，這陳春怎得進宮？事屬狐疑，到底莫釋。」乃召嚴嵩進宮，問其審出陳春實情否。嚴嵩奏道：「陳春口供干連內院，臣正無設法之處，所以未曾得其確據。昨著刑部司獄收管，仍候復訊。」帝道：「此事雖乃陳春行刺有據，然彼干連內宮，朕家人父子，豈骨肉自相戕賊耶？此決不得以此定讞者，惟當究其主使實在之人可也。」嚴嵩道：「臣亦這般疑議。惟趙文華以陳春乃一介愚民，非有宮中擅能出入者引誘入內，陳春焉得直近宮門？所以將這陳春重責，而陳春則故意詐死，臣等不得已暫且緩訊，押於獄中，再行定奪。」帝道：「姑且研悉其情，幸勿造次，至謗宮廷。」嚴嵩唯唯領旨而出，心中悶悶不樂，恐怕一朝敗露，豈不弄巧反拙耶？及至府中人報，陳春已於昨夜死於獄中，嚴嵩方纔放心。且喜沒得敗露的了，已成死供，再不能翻案的。暫且不題。

再說海瑞平定了南交，與指揮商酌定善後事宜，便起程回京復命。循著舊路而回，在路上風餐露宿，夜住曉行，不必多贅。由粵至京，七千餘里，虧他歷盡馳驅，二月有餘，方纔到得盛京。先在丞相府中銷了差名，然後見帝復命。帝見海瑞降夷回京，乃細詢其情形：「如何到彼寨中宣讀聖旨之處，卿可備細奏朕知道。」海瑞遂將到粵西與指揮如何商議，復如何定計燒毀番人糧草，致彼糧盡遁去。

即刻連夜追到某地，開讀聖諭，瑚元大喜，深以悔罪，拜受恩命，逐一奏知。帝喜甚，當殿賜酒與瑞慰勞，即擢海瑞為都察御史，留京辦事。海瑞謝恩出朝，即日上任視事。

此時，嚴嵩正自與張居正、趙文華一班人朋比為奸，今見海瑞突任京秩，又陞都察御史，這京都多少官員，為都察御史最堪畏懼的。三日一奏利弊，凡有大小官員，以及宗室親王，若有犯科作奸，皆由都察御史參劾，所以嚴嵩與張居正等，俱不得安。時又有行刺一案，正在狐疑之際，恰好胡正直與海瑞同衙辦事，未免把這宗案情對他細說。海瑞道：「這必然是奸賊所為，皇上怎麼發落？」胡正直道：「皇上明知此事不足為據，只因陳春死於獄中，無可對質之處，所以皇上草草了事，也不提及了。」海瑞道：「豈有此理！若不嚴行徹究，則將來必致效尤。」

次日遂上一本，章奏其事。所奏略云：

都察御史臣海瑞謹奏，為事涉曖昧，乞恩澈分涇渭事：竊臣蒙恩擢任御史，位備言官，不敢啞忍，以虧厥職。茲查得本年月日，有青州人陳春藏匿內廷，伺便劫駕。經侍衛臣登時拿獲，即聞陳春大呼「皇后、青宮救我」等語。旋奉聖旨，發交三法司，並嚴相等會勘，已經錄有供詞在案。次日，陳春即斃於獄。似此驟死，實屬起疑。夫陳春曾未受刑，當三司會審之時，不過祇杖四十，又非帶病受刑，何以猝然而死？臣竊疑之。今春已死，是案無可翻之。然小人謀策，既欲干連內院，並禍青宮，此與殺君奚異？豈可因陳春一死，而竟漠漠不問耶？以致事歸曖昧。伏乞皇上悉將陳春案卷發臣覆核，務使葛藤[1]立斷，澈清涇渭，則國憲有賴矣。伏乞皇上恩准施行，謹具以聞。

這本章一上，帝閱畢，自思海瑞之言，卻是有理。且將案卷發往他那裡去，看他怎麼憑空勘得出來。遂提起御筆，批其本尾云：

陳春一案，業經三法司員會勘，錄供在案。第未經得實，而陳春已死，是為疑案。今據該御史以事屬曖昧，請再覆核，以斷葛藤，亦未為不可。著將陳春一案宗卷，發交該御史覆核具奏，欽此。

這旨意一下，嚴嵩吃了一驚，急請趙文華、張居正商議，道：「刻下皇上因海瑞奏請，將陳春一案仍發交與他復訊，似此如之奈何？」居正道：「恩相不必憂心，今陳春已死，難道海瑞憑空去根究不成？」文華道：「不是這般說，海瑞審事精詳，今值此無頭公案，正在無從入手之處，其奏章所云『陳春又非帶病受刑，何以猝死』這話，卻是要根究陳春病死之由。必要提取獄卒拷掠，他們受刑不過，必然招供出來，這豈不是連你我二人都拖在水裡麼？為今之計，須要弄個計策，使了海瑞出去，叫他不能審問這案，方纔免得禍患。不然，吾等三人皆為海瑞所算矣。」嚴嵩道：「此言甚合我意。只是沒有甚麼差使，叫他立即去的。」居正道：「有了，有了。往年各國俱有貢物來京，惟安南一國

❶ 葛藤：葛和藤均纏樹蔓生，因以喻事務的糾纏不清。

自那年就不曾入貢，屈指三載。今太師何不具奏，請差海瑞前往催貢，則可以免得這禍患了。」嚴嵩大喜，即時修本，連夜入宮見帝。帝問：「卿乘夜來此何幹？」嵩奏道：「適聞人傳安南國造反，邊鄙之民，盡皆驚竄，臣竊慮之。倘若安南入寇，必連諸番，則兩粵之地，不復為國家有矣。」帝聞言也覺不安，對嵩道：「人言不知真否，怎麼並無邊報？」嵩道：「邊報未得若疾。譬如番人入寇，該指揮必然率兵堵禦，彼此相關，勝則無庸請兵，敗則具奏。如此，那得如此之快？若一動兵，必損錢糧兵馬，不如撫之為愈也。」帝道：「誰人可往為使？」嚴嵩奏道：「前者南交不靖，乃都察御史海瑞前往。彼以利害說之，番人拱手聽命。陛下何不再令一往，必然有濟矣。」帝道：「海瑞出差回京，坐席未煖，怎麼又令他去？似屬過於奔馳。」嵩道：「海瑞素著名望，番人欽仰，此去無有不濟之理。」帝不得已准奏，加海瑞兵部侍郎，充天使之職，前往安南催貢，並察動靜，並賜以一品儀從，立即前往。嚴嵩領旨出宮，心中大喜，即時到吏部去令人報知海瑞。

　再說海瑞自上了那奏章，即便在寓靜候批發。海安道：「今日老爺已經陞遷了，夫人尚在歷城。何不令小的前去迎接來京，同享榮華如何？」海瑞道：「且慢，現有疑案未決，待等皇上批發了下來，辦清了案，然後再接來京未晚。」過了兩日，只不見聖旨下來。海瑞自思道：「莫非奸賊已知，故意留中不發否？」次日，吏部差人送欽加職銜並上諭處。海瑞看了上諭，只得拜受恩命，自怨自嗟道：「我正欲澈清涇渭，免玷宮庭，誰知又有這個遠差，不得已擱下。」且把行李收拾，打點起程。次日，吏部、禮部，各各差人送儀從聖旨到。海瑞謝恩畢，即與海安一路出京而來，望著粵省而去。嚴嵩看見海瑞出京去了，復與張居正商議道：「海瑞這廝雖然去了，彼若回來，卻又要與你我作對。何不趁早想條計策將他殺了，斬草除根乾淨，去了我們禍患？」居正道：「這有何難哉？海瑞一主一僕，此去未遠。在下又有一人姓冼名充，此人生來有膽，性喜殺人。令他趕上海瑞住宿之處，伺夜靜時，突入殺之可也。」嚴嵩道：「甚妙，可即行之。」居正即便回府，喚了冼充，吩咐如此如此，這般這般。賞以金帛，成功之日，保他一個千總之職。冼充領命，藏了匕首，即日起程，如飛的追來，自不必說。

再說海瑞過了盧溝橋，是夜宿於官店。那橋頭有一座關帝古廟。海瑞吩咐海安道：「明日五更時候，即便喚我起來，到廟裡拈香。一則保佑皇圖永固，帝道遐昌。二來求庇你我一路平安，休得誤了。」即便燒湯沐浴。至五更，海安起來，請起海瑞。海瑞洗面更衣，恭肅至廟，點燭炷香，祝道：「弟子海瑞，蒙聖恩差往安南國催貢。伏乞神明福庇，該國王拱手悔罪，欽遵聖旨。二者祈保皇圖鞏固，帝道遐昌。三則求神恩保弟子與僕海安，一路平安至抵該國，無負聖恩。」說罷再拜，拿起籤筒，扯了一枝籤來，是要問路途上可有兇險之處否的，見是第十九籤，海瑞謝了神，令海安到司祝處取了籤簿來看，只見上面寫的是：

第十九籤　下下

波浪無端起，扁舟起復沉。野林防暴客，夜渡禍還深。

解曰：喜中驚，驚中喜。一朝時至矣，兩度皆全美。

海瑞看了一會，詳解不透，乃取了紙筆，抄錄懷於袖中。回到店中，天尚未明。海瑞向店主討了夫馬，用過早膳，與海安併十餘個挑夫出店，乘著早涼而行。正是：披星非為利，戴月豈圖名。只緣干祿重，萬里作長征。

海瑞在路上，尤以不得徹底根究陳春一案為恨。走了一日，就到野林地面，打了住店。海瑞自思：「簽語上有『野林防暴客』這句，今夜投店正是野林地面，莫非今夜有甚兇險之處麼？」滿肚疑猜，且用過晚膳。海瑞愈想愈慌，自忖神聖之言，不可不信，今夜必有暴客至此。暴客二字，非仇則盜者。我一生不曾與人有仇，但只恐竊盜到來，偷取行李，況且現在聖旨在那篋中，倘或失去，如之奈何？遂開了箱篋，取出聖旨，端正著供在帳中，暗暗喚起海安道：「你今夜且與我躲在帳中，必有匪人至此，小心防守，庶無遺失之虞。」海安道：「不必在帳中，待小的躲在門後，那賊必然鑽門而入，那時拴之，豈不容易？」正是：

防他有策，證彼無知。

畢竟那海安可拿得著賊否，且聽下回分解。

批評：

雲峰曰：「嚴嵩懼海公根究陳春一案，故以訛言，使瑞遠出，令伊竟無一刻安寧。益又令先充邀殺之，以絕株步，嵩直險毒人也！」芝亭曰：「使粵和番，方纔差竣。坐席未暖，又使奔逐。帝未嘗不知，而卒為嵩所使。吾甚不解，帝是誠何心也？」

第四十四回　賣兇殺害被獲依投

當下海安道：「既有賊人到此，這也不妨。亦不必在帳中守伺，待小的躲在房門背後伏著，那賊人進來，必從房門而進，那時小的乘其不備，突起擒之，有何難哉？」海瑞點頭稱善。

且不提主僕二人計議，再說那冼充領了張居正之命，藏帶著匕首，一氣急急追隨著。看這日追到野林地方，望見海瑞在前，他也不去驚動，諒海瑞必投店安歇，遂徐徐跟著。到了黃昏時候，海瑞主僕果然投店住宿。冼充大喜，待他入店之後，自身亦入此店，就在海瑞鄰房，耑待夜靜時動手。用過晚膳，又飲了許多酒，以壯其膽。在那店房內直等到二更之後，聽得滿店的客人俱已睡靜，冼充即便把衣服脫去，只穿一件皂布緊身，兩腿著了套褲，足下登了快鞋，懷了匕首，輕輕的把自己房門開了，悄步潛蹤，印著腳兒，來到海瑞房門之外。只聽得海瑞在內朗吟道：

百年秋露與春花，展放眉頭莫自嗟。詩吟幾首消塵慮，酒酌三杯度歲華。
敲殘棋子心情樂，撫罷瑤琴興趣賒。分外不加毫末事，且將風月作生涯。

冼充聽畢，自忖道：「這些舉動，真是腐儒之氣，這等時候不早去睡，還在那裡吟詠。」只得又等了片刻。又聞吟道：

小窗無計避炎氳，人手新詩廣異聞。笑對痴人曾說夢，思攜樽酒共論文。
揮毫墨灑千峰甫，嘘氣光騰五岳雲。色即是空空是色，淮南春色共平分。

吟畢少晌，又聽見裡面說道：「此詩新異，閱之令人不忍釋手，當作一律以美之。」又復吟曰：

絕異搜神語已陳，幾重舊案又翻新。狐狸塚現衣冠古，傀儡場中面目真。
冰桂雪花空幻象，雞鳴犬吠屬何人？尋常事久非人想，領土輕雲亦染塵。

吟畢，乃漸聞欠伸之聲，迨後寂然不聞復吟矣。

冼充竊聽良久，自思：此時當睡去了。乃從門縫中窺張，只見孤燈一盞，帳子內鼻息如雷。冼充便大著膽，將那房門輕輕的推了一推，卻是挨實的。遂將匕首鑽入門縫，撬了幾撬，那門閂也就開了。此際海安正躲著不動。冼充挨著門扇，輕輕的挨身進去，被海安黑地裡突出雙手將他撕住。叫道：「拿住了，拿住了。」海瑞卻從帳內跳出來，幫著海安。那冼充幾次掙扎，因海安蠻力，雙手撕住，不但不能動彈，連氣都險些被他撕絕了。海瑞道：「且勿放鬆，待我把條麻繩來縛住，休教走去了。」冼充自知不好，欲動匕首，誰知撕住不能用力，剛要斬海安，卻被海安一丟，刀已落地。冼充見無法可施，只得哀懇道：「不用綁我，如今既被捉住，料難走脫，不必費力。」海瑞乃將房門閂實，把一張交椅靠住門後，自己坐著，方叫海安將他放鬆。海安道：「放不得鬆的，他有兇器在身。先時將一小刀來斬小的，幸得看見，打落地下了。怕他身還有刀，放了必來刺人。」海瑞聞言，先把燈照過地下，將匕首拾起，又把他身搜過，見並無做賊器具，乃令海安釋放了他。洗充見手無寸鐵，料知插翅難飛。只得跪下哀告道：「小人肉眼不識泰山，冒犯尊嚴。幸開一面之網，恕免小人之死，則生生世世感德靡既矣。」說罷，叩頭不迭。海瑞怒罵曰：「我先還只道你是小戶貧民，逼於飢寒，故一時萌此不肖之念，覬覦行客。誰知你身藏匕首，其意益欲行刺，並非作竊。我且問你，係何人主使來？快些說來，還可略寬一線，不然黌夜懷刃，行刺欽差大臣，只恐寸斬有餘，而復累及妻孥宗祖也。汝慎思之，毋貽後悔也。」洗充聽了海瑞這一番言語，自思：「句句不差。今我被拿，已自不能逃脫。且又露兇器，不能強辯的了。不若直對他說，或者原諒我，係人所使來，係個從犯，尚可寬恕。否則天明將我交與有司，只怕一頓板子夾棍，不得不招。那時官官相護，有司豈肯容我直供？如嚴刑煆鍊，逼我招認為首，這是有冤難伸，豈不白白的坐了典刑？不如早些在他跟前直說為妙。」乃叩頭說道：「小的原是張居正府內家奴。只因大人出京之後，家主命小的身懷匕首，來趕上大人，不論甚麼地方，殺卻大人，將首級回去領賞。可憐小的逼於主命，不得已來此，不虞為大人所獲，罪該萬死。伏乞宏開湯綱，大發鴻慈。念小的係威逼而行，寬開性命，則來生犬馬圖報矣。」說罷又叩首。海瑞見他言詞直切，諒無遁飾之處，乃對洗充說道：「你的說話，果是真的麼？」洗充道：「焉敢亂說，但望開恩。」海瑞道：「你身為家奴，自然身不由己。主人有命，不得不從，自非你心中起意。吾自諒汝，汝且起來。」

洗充叩頭稱謝，起來立著。海瑞乃移椅轉坐，將房門開了，問道：「你如今不成功，如何回見家主？」洗充道：「小的今幸大人不罪，這就是洗氏歷代祖宗之幸。即此回去，家主將小的殺了，也不敢再萌異志了。」海瑞道：「不是這般說話，你既為他家奴，自然要受他約束，不敢抗違的了。如今又沒有首級回報他，豈不怒你？還要打個主意纔好。」洗充聽了，連忙雙膝跪下道：「小的蒙大人不殺之恩，無以為報，情愿投在府中，作個家人，早晚侍奉大人，以圖報答深恩，乞懇大人收錄。」海瑞道：「我如今要到安南催貢，一番跋涉，怎可相累。也罷，你仕在店中，待我回時，再作商量罷。」

洗充聽得要往安南這一句話，不覺喜得手舞足蹈起來，說道：「大人要往安南，小的最熟的路徑，正要與大人出力，好報高厚之恩。」海瑞道：「怎麼，安南的路徑你卻熟識？」洗充道：「小的幼時從父親在安南去貿易，其國王姓黎名夢龍，原是廣東廣州東莞人氏。其父名喚黎森，在安南貿易。那時尚是安南鄭王居位，鄭王無子，單生一位公主，名喚花花兒，生得美貌多才。這鄭王便要招一位乘龍佳婿，不喜他本國的人，要招漢裔。還高搭彩樓，在於五鳳樓前出下榜文，要招駙馬。此時所有各商人，俱齊齊整整的前去迎接綵毬，以冀打中，便為駙馬。那黎森纔得二十二歲，又生得面龐俊俏，此際亦走在人叢中去看一看。誰知天緣有在，恰好無千無萬的人，公主都不中意，偏偏就看了那黎森。一個繡毬打將下來，正中那黎森的肩上。那些番人大聲齊說：『有人中了。』大眾閧然而散。須臾，一群番女走下綵樓，將黎森擁簇到裡面去見番王。那鄭王看見了黎森生得好相貌，不勝之喜，即時把番服與黎森更換，立即封為駙馬。喚了禮儐，請公主與他拜了天地祖宗，合巹❶交杯，送入洞房，共

❶ 合巹：古代婚禮中的一種儀式。把瓠分成兩個瓢，新婚夫婦各拿一瓢來飲酒。又稱合瓢。巹，音ㄐㄧㄣˇ，酒杯。

成夫婦之禮。不上二年，那公主生下一子，鄭王一病而死。國中無人掌權，番人看見他是半個子，就一齊議立黎森為主。黎森雖然登寶位，不忍改易鄭王宗社，仍奉鄭氏為主，自稱鄭王後。在位五年，黎森亦死。其時黎森之子，方纔六歲，幸有大司馬侯光宗，忠心為國，擁著那六歲之兒，取名黎夢龍，去即大位。及至夢龍到了一十二歲上，便曉得仁義，不敢蔑祖，仍以鄭氏為主。取國號曰鄭黎氏，自號為鄭繼王，如今已是十八歲了。小的隨著父親之際，親見其事的。後來小的父親死在安南，小的不知長進，沒人管束，便任意花消，不半年，弄得乾乾淨淨，一身無靠，又病起來，倒在大街之上。雖有鄉親，也不肯周濟分文，遂致一絲殘喘，待斃通衢。適值繼王出來郊天，見了小的，問起情由，動了惻隱之念。將小的帶回養病，足足養了半年方痊愈。又蒙繼王格外施恩，賞小的為禁中軍士，在宮六年。想起父親棺柩無歸，乃向繼王哀懇，給假回家葬父棺柩。繼王大喜，說小的孝思不匱，賞了一百兩銀子，撥定船隻夫馬給與小的。自那年回家之後，葬了父柩，又沒生理經營，日復一日，就把那些銀子用光了，依然流落，幸得張居正老爺收錄。若說起到安南那裡，是小的最熟的路徑。二則可為大人致意，或可少報大人恩典於萬一，伏乞大人俯賜收錄。」海瑞聽他說得有原有由，笑道：「你本是一個孝子，怎麼一時差錯，卻投在奸賊的府中聽用，行此不仁不義、悖理逆天之事？好的是遇著了我，若是遇了別人，只恐你今夜卻不得生全了。也罷，你若肯改邪歸正，隨我前去。若是回來之際，都是始終如一，我卻荐你一箇噉飯之處。若說要隨我回京城裡去，這就不能的。因那張、嚴等在彼見了你，怎肯相容？你自去想來，如果堅心，方纔可應允我呢。」冼充叩首道：「小的蒙大人這番恩典，怎敢懷著異心？」乃對天指燈發誓，海瑞方纔放心，將他收下。

次日，海瑞起程，攜帶著冼充而行，一路上多虧他用心用力的服侍。後人讀到此處，有詩單讚海瑞，能以正言點化頑劣。其詩云：

石中本有璞，只少切磋人。若得良工剖，堪為席上珍。凡人皆有性，慣習失其真。今得一木鐸，諄諄改易心。惡念時時滅，金言日日親。芝蘭同作伴，不覺有香薰。試看冼充者，一念作好人。

畢竟冼充隨著海瑞到了安南，可催得貢物回來否，且聽下回便知。

批評：

冼充本是孝子，只因一念之差，險犯王章❷，身罹大辟。幸而海公量宏，因得赦其大過，而又以正言規之，頃刻之間，便成好人。冼充亦云幸矣。海公之量，有如滄海，不獨不加罪於冼充，而竟不罣懷於張居正，真是難得。

---

❷王章：帝王的典禮制度。《左傳・僖二十五年》：「晉侯朝王。王饗醴，命之宥。請隧。弗許，曰：『王章也。』」。

第四十五回　責貢獻折服安南

卻說海瑞帶領著海安、冼充二人，一路望著安南而來，按下不表。

再說那安南國番王黎夢龍，乘著父遺社稷，自稱繼王，便有自大之意。往常每年遣使到天朝進貢方物一次，自這黎夢龍登位以來，便欲妄自稱雄，起初一二年還遣官進貢，後自三年竟不來貢。其時有丞相何坤奏道：「伏見國家以來，皆與天朝通好。今聖上欲自尊大，三年不貢，天朝必然見罪，竊料不久當有問罪之師臨境矣。」黎夢龍道：「孤自蒙祖宗遺下社稷，復賴上天庇眷，物阜民豐，更兼鄰國皆懼孤威，莫不前來結好。又賴卿等同心協輔，兵精糧足，即使不貢，天朝諒亦無奈我何。孤不忍久屈人下，自非池中之物，卿勿復言。」何坤見夢龍立此心意，也不再言，出而嘆曰：「僅得彈丸之地，而遽欲自大，故激大國，是猶欲以卵擊石，安有不破者哉？」

不說何坤嗟嘆，再說那海瑞與海安、冼充二人，一路兼程而來。到了粵西，由桂林、柳州一路進發，直至南寧。此際，那郡守指揮忽然驚訝，只道他為甚的復來，俱向海瑞問候。海瑞道：「在下此來非為別事，只因安南國三年不貢，特奉聖旨到彼催貢，經臨貴境，攪擾不安。」指揮道：「大人差竣未幾，何以又出遠差？」剛峰道：「食君之祿，當報君之恩，何分勞逸？」即欲出關而去，指揮道：「大人車騎到此，豈有一宵不宿即便出關的道理？不佞稍備一杯之敬，伏乞大人賞臉！」剛峰說道：

「既蒙大人厚意，只得叨擾了。」是夜宿於關內。次日，指揮點了一百名精兵，護送剛峰前去。剛峰道：「不敢相煩。峰有二僕服侍足矣。只要十數名挑夫，很夠了。」指揮道：「雖然如此，然不佞實不放心。今大人既不欲多人相從，在下只撥三十名，以聽驅策，如何？」海瑞見他情意殷殷，只得應允。指揮便選了三十名悍兵相隨，親與郡屬官員相送至關外十里，方纔分別。猶自千聲珍重，萬句叮嚀。

海瑞既出了南關，不遠就是安南地界了。冼充道：「老爺且在這裡駐紮，待小的先到裡面說知番王，叫他前來迎接，方纔體面呢。」剛峰道：「此去須當小心，必要早早的回信。」冼充應諾，即望安南城闕而來。

走了兩個時辰，已到番城。冼充纔得入城，便有許多舊相識問安詢好。冼充此時都不暇應接，只顧望著皇殿而來。這日恰好是十五望日，諸番官文武俱到殿上朝賀。這繼王對著諸臣辦事，故此坐得許久，尚未退朝。這冼充是走熟的道路，一直而進。那些侍衛都是曉得他是繼王的家奴，沒一個不向他致意詢問寒溫的，所以並無阻攔。

冼充一直走到大殿，正見諸臣侍立兩旁，繼王當中端坐。冼充即便趨近案前，俯伏道：「奴才冼充叩見，願大王千歲。」繼王開目，看見是冼充，不覺喜動顏色，敕賜平身。問道：「冼充你自別寡人，一去數載，今日卻記得回來看看孤麼？」冼充道：「奴才自從叩別龍顏，扶父骸骨歸葬，幸藉大王福庇，一路風恬浪靜，直抵家鄉。葬父之後，即欲回來服侍大王。誰想天不從人，　病三年，終然落魄，不知受了多少奔馳，流到京城，幸遇兵部侍郎海大人取錄。又幸海大人欽奉聖旨，前來催貢，小的思念大王厚恩，故特前來請安。」繼王道：「甚麼海大人？」冼充道：「是天朝的官員，現為兵部侍郎。欽奉聖旨，前來我國催貢的。」繼王道：「如今現在那裡？」冼充道：「現在郊外十里坡紮下，特請大王前去迎接聖旨。這位海大人，就如宋朝的包龍圖一般的人品性情，皇上十分喜愛他的，所以特旨命他前來。」繼王道：「當朝有名的，祇有一個嚴太師。怎麼不令他來，卻令這人到此？」冼充道：「嚴太師見了這海侍郎，猶如蛇見硫磺一般。」繼王道：「為甚麼緣故？」冼充道：「只因這位海大人，生來情性耿直，只知有公，不諳徇私，不避權貴。他自出身做知縣時，便敢公然盤查國公的贓款。及至升進京城，做了一個司員，他又奏劾嚴太師。後來太師有罪，皇上發他在彼衙門過堂應卯，這位海爺竟敢將太師行杖。即此兩般，這就是個不避權貴，槩可見矣。此人乃是天朝一個正直之臣也。」繼王道：「他來我國何意？」冼充道：「不過與大王相見，要催貢物而已。」繼王道：「孤卻不去接他，你且代孤請他進來相見，孤王殿上立等就是。」冼充應諾，辭了繼王，即便飛奔來見剛峰，備將言語說知。剛峰怒道：「何物夢龍，擅敢抗旨，敢不出郊迎接？」冼充道：「老爺且請息怒，耐著些性，到了那裡，卻以硬對硬，彼即喜矣。」剛峰道：「原來他是這般氣性的。」遂與海安、冼充飛馬而來，一路昂然而入。

繼王自冼充出去之後，即令帳下武士百人，各帶寶劍，分列兩旁，自殿上直至堦下。又將鐵鼎一隻，下堆紅炭數十斤，鼎內注油沸揚，方請瑞入見。海瑞竟昂然而入。看見堦下武士百餘人，各各手按刀鞘，怒目而視，海瑞全不以為意，只顧上走。但見當中坐著一人，你道他是怎生打扮？

頭戴鹿皮雉尾冠，身穿錦絡繡龍蟠。獅蠻寶帶腰間繫，粉底皂靴綠線盤。兩眉恰似殘掃把，雙眼渾似銅鈴懸。一部絡腮鬍似草，鷹鈎大鼻膽難圓。

剛峰見了，長揖不拜。繼王道：「剛峰見孤，焉敢不拜？」剛峰笑道：「豈不聞大國之臣，不拜下邦之主耶？」繼王道：「孤自定疆界，數年未曾與你國通問。汝今來此，莫非欲作說客耶？汝且看孤之武士足備否？」海瑞笑道：「大王只知好武，不知修文，不十年，而國中之人，皆目不識丁矣。社稷不亡，其可得乎？」繼王怒道：「吾國文修武備，汝何得言此？」剛峰笑道：「大王以『文修武備』四字來哄唬人耶？」繼王道：「孤且言其一二與汝知道：丞相何坤、侍中江元、翰院勞孔，皆有濟世之才，非書生之見；數黑論黃，口有千言，胸無一策，弄章摘句，抱膝長吟者。比武則有甕都督、齊總兵、王遊府、張全鎮等，皆有萬人不敵之勇，熟諳兵略，何謂無人？」剛峰道：「大王之文臣武將，只可在此地恐唬番愚則可，若以之臨敵，則恐不戰而逃矣。瑞乃一介之使來到，而大王動輒百十餘人，設鼎以待，則修文演武之度可知矣。」繼王聽了，不覺赧顏❶，即下殿謝曰：「寡人有犯尊顏，幸勿見罪。」遂請海瑞上坐，問道：「先生遠辱敝邦，有何見教？」海瑞道：「久聞大王仁義卓識，素仰盛名，惟恨無由得瞻龍顏。今瑞有幸，奉使而至，得睹光儀，殊慰鄙念。吾天子向有褲於大國，而大國亦時修貢好，臣服抒誠。今已隔絕三年，未見來使，故寡君以大王為不敬，如楚之不貢包茅，無以縮酒之法。特命瑞造大國催徵，伏乞大王察之。早日預備貢物，俾瑞回朝復命，則不勝幸甚矣！」

---

❶赧顏：因慚愧而臉紅。赧，音ㄋㄢˇ。

繼王道：「孤三年不貢者，蓋別有意也。今先生乃天朝直臣，不遠而來，孤不忍拂先生之意。且權屈旬日，待孤飭令廷臣，趕緊商議，備辦貢物，遣使賫表，一同先生回朝請罪就是。」剛峰再拜謝之。繼王即宣丞相何坤設宴於光祿寺，相陪剛峰。飲畢，送瑞於館驛安歇。

冼充仍不時到宮中服侍。繼王道：「你又無父母，何不仍在寡人宮中，與孤掌管內務，豈不勝似奔逐天涯海角麼？」冼充道：「新恩固好，舊義難忘，小的久有此心，但念海大人視小的恩如父子，高厚之德，未報萬一，故不忍遽離之也。今承大王恩諭，小的明日對海大人說知，仍來奉侍大王左右。」繼王大喜。冼充出宮，即將此意對海瑞說知。海瑞道：「吾亦有意，欲待別時把你交與繼王。如今你既有言，明日將行李搬進宮去就是。」冼充叩謝了。次日，又在海瑞面前說了一番好話，方纔別去。

光陰似箭，日月如梭。海瑞不覺在那裡住了月餘，貢物尚未曾收拾完備。剛峰恐怕皇上盼望，乃修了一紙奏章，令人遞回京中，以慰聖懷。嚴嵩接著，不知又是甚麼緣故，遂私自拆開。看見寫道：

欽差臣海瑞誠惶誠恐，稽首頓首謹奏，為番酋奉詔悔罪事：竊臣不才，謬蒙聖恩，俾以行人之職，恭賫敕旨，前往安南，傳諭催貢。臣遵即謹賫詔前往，開讀恩旨。該番酋深愧伏罪，稽首乞恩，請即趕緊備辦貢物。臣已仰體聖意，督同該番日夕併工趕辦，但需時日，約六月盡方能竣工。臣計離京屈指五月有餘，誠恐有廑聖懷，並滋怠慢之罪；臣理合將該番伏罪情由，及趕辦貢物日期，先行恭摺奏聞。俟該番工告竣之日，臣即督同番使押解進京，伏乞皇上睿鑒！臣海瑞謹奏。

嚴嵩看了自忖道：「難怪冼充一去無蹤，誰知海瑞早已到安南。怎麼這黎夢龍又聽他的話？但不知這冼充如何下落？若趕不上海瑞，畏罪不敢回來還好；倘是見了海瑞，被海瑞用軟言哄他，帶著同往，將來回朝，就是有證有贓的禍事了，這便如何是好？」乃即令家人速請張居正來府說話。正是：

一封奏至心驚恐，又用奸謀起禍殃。

未知居正可曾來否，且聽下回分解。

批評：

海公之遇冼充，此天使之然也。否則繼王之自大，故有日矣。非聽冼充之言，那肯欽敬聽命耶？冼充之傾心於海公者，可謂有眼力之人也。

第四十六回　揑本章調巡湖廣

卻說嚴嵩看了海瑞本章，恐怕他日敗露不便，遂令家人立即前往張府去，請居正到來商議。當下居正聞召，速速來至相府。彼此敘會禮畢，嚴嵩攜了居正的手，來到內書房，私相竊議。嚴嵩道：「前者足下差那冼充前往中途行事，至今半載，不見蹤跡。初時僕猶以為彼因不能成功，畏罪逃匿，不敢回來。如今海瑞卻有本章到京，稱說已到安南。如今番王伏罪，立即趕緊辦貢。他恐怕聖上盼望，故此先行具奏。約以六月底在該處起行，不過九月間儘能回京。僕見此本，心卻甚疑惑。若是冼充不曾趕上猶可，若是趕上了，遇著海瑞，這廝是極會說好話的。一頓甜言蜜語，那冼充係一勇之夫，那裡曉得利害。只顧免了目前之厄，卻不料致後來利害。或者跟著他一路望那安南而去，亦未可定。日後回來，豈不是你我一場大禍麼？」居正聽了，如夢方醒一般，不禁跌足道：「是了，不錯的。丞相一言，卻把在下提醒了。正所謂：『只因一句話，驚醒夢中人。』這冼充他自幼曾隨伊父到安南貿易，後來父死，他便流落難歸。這番王本是廣州東莞縣人，乃念鄉情，遂把冼充收為內務家奴，十分得用。過了七、八載，番王憐其父柩未葬，特賜百金為路費。冼充得了百金，便奉父柩歸葬。後來一病三年，復行落魄，流蕩至京城，所以在下收留為僕。實見他身材伶俐，所以把這件差事委他，誰知他卻如此。丞相之言，猶如目睹一般的了。不然，海瑞竟能說得番王納款麼？必因冼充在內聳諛。若是將來回京，那冼充就是一個活證，這還了得，大家都有些不便之處，如何是好？」嚴嵩道：「我正為此著急，足下可想一妙計，能止海瑞不得回京麼？」居正忽攢眉閉目，抓耳撓腮的，想了一會，拍掌笑道：「有了，有了！」嵩急問：「有何妙計？」居正道：「計便有了，只要丞相出名具奏方可。」嚴嵩道：「只須止得他不回京，僕又何惜略動紙筆？足下且說，看是如何。」居正道：「將計就計。日下湖南一帶地方不靖，匪類聯黨，白晝橫行，官兵亦無法可治。明日丞相可將海瑞奏本一併申奏，兼道湖廣利害，非海瑞前往不可。目今安南貢物將次解京，可以毋庸海瑞督解，著其就近前行三楚❶鎮撫。若是皇上准了，那時丞相即差委兵部官員飛馳前往，堵攔著海瑞不必進京，就往鎮撫。若海瑞既不能進京，就可緩緩的打探冼充消息，另作計議，所謂急則治其標也，惟丞相察之。」

嚴嵩聽了，不勝大喜，說道：「果然妙計，即當行之。」遂修奏本，照依張居正所言，一一寫上。寫畢，遞與居正觀看。只見寫的是：

> 臣嚴嵩謹奏，為據情轉奏，並乞恩改授，以資彈壓，以安黎庶而彰國憲事：照得奉旨欽差安南使臣海瑞飛章前來，據稱奉旨前往安南催貢，於本年月日業已到境，宣讀恩詔。該番仰誦皇仁，畏威懷德，即時稽首伏罪。立飭番工採取奇珍異寶，日夕上緊趕辦各物貢獻。經海瑞督辦在彼，計約六月底始可告竣。計程九月間，始得回京復命。海瑞誠恐主上廑懷，故先行飛章具奏，候貢物工竣，即應督率回京等情，飛奏前來。據此，理合粘連海瑞原奏，一併奏聞陛下。再者：

❶ 三楚：戰國楚地。秦、漢時分為西楚、東楚、南楚，合稱三楚。

湖廣全屬，地連貴州，交界巴蜀，其地慣出匪類，每多不守正業，遊手好閑，三五成群，七九結黨，凌辱鄉愚，種種不法，皆由地方有司歷來廢弛所致。匪等見慣，積習性成，不獨不知有天，而且蔑法。因而愈積愈多，幾如蝗蝻，勢難撲滅。即省垣有司嚴訪查拿，而該匪等勢必逃匿，充斥四鄉，村民輾難安枕。良善之家，畏其兇暴，縱被魚肉，竟不敢與較，忍氣吞聲，敢怒而不敢言，匪等藉此肆行無忌。被害之民，無可如何。欲控不敢，懼其報復慘烈。忍之難堪，命之受害，幾有無以為生之苦。似此則愈縱其囂張，勢將不靖。近年荒旱水火頻仍，若不乘時鎮撫，必致愈肆猖狂。臣不敢瞞隱，有負國恩。伏乞皇上早揀賢能，迅速前往鎮撫，嚴整捕務，則匪等盡知有法，而良善之家，藉此得安枕席，實我皇上仁慈所致。臣等不勝幸甚，荊楚黔黎亦不勝幸甚矣。臣嚴嵩謹具以聞。

張居正閱畢贊道：「文不加點，具見洞達利弊。此本一上，天子自無不允之理。若得皇上批准，海瑞到了湖廣，然後太師發札遍諭闔省官員，遇便參奏，則可斷絕禍根矣。」

次日上朝，眾文武山呼已畢，嚴嵩出班奏道：「昨據海瑞令人飛章具報，今將原奏并臣嚴嵩另有奏章，恭呈御覽，伏乞皇上睿鑒施行。」天子即令內侍接了奏章，展開細看，便道：「據海瑞所奏，不日安南貢物將至。有此一人前往，使徼外番酋，亦知大義。海瑞可謂使于四方，不辱君命也。朕甚嘉之。他日回朝，自當格外擢用，以酬其勞。但丞相併言湖廣一帶匪類聚眾為害，亟當著人前往整飭，庶不致苦我黎民。但不知誰堪充此職役？丞相以為何人可使，即啟朕知道。」嚴嵩俯伏奏道：「現在欽差安南大使可充此職，皇上若以之前往，臣保得不三月當奏膚功矣。」帝道：「海侍郎固屬才智有餘，以之前往，可保必濟。但他現在安南催貢，尚未差竣回京，那得遣之？」嚴嵩奏道：「地方利弊，只在一時，若不早除其小醜，臣只恐不止此矣。海瑞雖未差竣回京，然該番既已有心趕辦貢物，諒不日亦當告竣，決然遣官隨同欽差謝罪。伏乞陛下以地方百姓為重，敕令海瑞急催貢物完竣，催督番使起程。若入本境，則交有司地方官護送，督解來京。仍著海瑞紆道迅速飛赴荊襄鎮撫，不必回京。此則實為兩便，伏乞陛下察之。」帝聞奏大喜，即飭翰林修撰草詔，差了八百里的飛遞前往。嚴嵩得了旨意，謝恩出朝，竟到兵部遴選差官起程，纔放心回府去了，不提。

且說那海瑞在安南，時常向繼王催貢竣工，俾得回京復命。又有冼充在內為之照應一切。這冼充不時假傳王旨，到各處工廠嚴催，所以那些工匠不敢遲延，日夕趕辦。未及三月，業俱告竣。當下繼王將貢物逐一點驗，裝潢封誌，令翰林院修了悔罪乞赦之表，具一清摺，將所貢獻各物計註明白。隨請海瑞到殿上，當面交代，呈上清單，請瑞觀看。海瑞將單細看，只見：

金盆玉樹盆景四座，火浣布❷二疋（長二丈闊一尺二寸），碧犀念珠一副（共一百零八顆），另佛頭間子（貓兒眼的），象牙一雙（重一百八十餘斤），沉香一枝（重五十斤），火雞四隻（每日食紅炭十斤），石犬一對（如鼠大共重二兩三錢），石猴一對（如拳大，高三寸，善曉人意，

❷ 火浣布：石棉布的古稱。宋蔡絛《鐵圍山叢談》卷五：「及哲宗朝，始得火浣布七寸，……大抵若今之木棉布。色微青黳，投之火中則潔白，非鼠毛也。」

能侍文房四寶），碧玉插屏一對（高五尺），紅玉酒杯十只（如血色光），文犀燭二枝（燃之能照水中怪物），玄狐皮四張（可作冠罩，能避風火雨雪），渾天珠一個（能量天上廣狹及度數時刻）。

海瑞看了，作揖稱謝。繼王即差殿前丞相何坤、都督甕元成，領兵一百護送。遂令在殿上擺酒送行，冼充亦來作餞，彼此皆不忍捨。繼王與冼充直送出關外二十里，方纔各別。正是：

一旦成知己，那堪賦別離？

欲知海瑞回朝如何，且看下回分解。

批評：

嵩與海公誓不同日月也。任你百般巧計毒謀，而卒不能傷。吾謂天護善人，何況忠臣賢士哉！天豈無知？嵩雖計謀慘毒，而妙在海公履險而不險，只是平安過去。即一嵩賊，又何能害海公也。

第四十七回　巡按臺獨探虎穴

卻說海瑞領了何坤等，押著貢物，望著內地而來。此際方纔得到桂林，即便接著兵部差官。那差官喚住行腳，開讀聖旨道：

奉天承運皇帝詔曰：賢能廉介，國之股肱。盡瘁鞠躬，臣之本份。茲爾海瑞，為國為民，屢著勞績。前者南交抗命，並寇邊隅。爾乃多籌廣略，使邊氛一旦消除。茲安南怠貢，爾復遠宣朕旨，三載不貢之酋，立即伏罪。卿功績有加，朕豈忍不惜爾之勞頓。茲聞湖廣一帶，匪類甚眾，充斥四鄉，時肆搶劫，擾我良民，亟宜鎮撫，毋致滋蔓。茲授爾為湖廣巡撫大使，仍兼兵部侍郎銜監察都御史，拜受恩命之日，即便馳赴新任，毋庸回京復命。其安南貢物，即於接旨之地，交該地方有司護送來京。爾其速赴任。欽此。

海瑞接了恩旨，山呼謝恩畢。即對差官點明貢物，以及與何坤等相見，隨請該指揮交替，即時分路，領了海安，轉途而行，望著湖廣進發。於路訪察將來。暫且按下不表。

再說湖廣地名三楚，連界貴粵，地方遼闊，水環山列。更兼民情獷悍，無業之家，不務生理，遊手好閑，恃強淩弱。又俗尚結會聯盟，動以百計。其黨甚夥，其兇愈烈，良善之家，往往受其魚肉。匪徒又連結兵弁，勾通衙役，以作護符。那不肖兵役，心利分肥，不特縱匪為害，且反為匪用。若是衙門中有甚麼消息，他們即便飛報。官差一出，而該匪早已遠颺。因而愈無忌憚，往往打家劫舍。官府未嘗不辦，只奈百票不獲一犯，以致如此。

當時衡州有一著名匪類，姓周名大章，其人生得魁偉，性烈如猛火，兩臂有數百斤之力。其父原是一個商賈，遺有數千家財。母親余氏，現有一妹名喚蘭香，頗生得女色。這周大章自從父死之後，不務生理。初時猶有幾分畏懼老母、鄰佑，不過延請教師到他家中，教習鎗棒各技，漸至交朋結友。只因他有些產業，手裡呼應得來，更兼他疎財慷慨，揮金如土，每日裡和那些不長進的狐朋狗黨，到各處遊玩，或酒樓，或娼館，一舉一動，無非是要鬧事的意思。終日醉而不醒的，在街頭巷尾打架滋事。聲言好打報不平，其實恃著黨眾，分明尋事，捕風捉影的。良善之家，莫不畏其兇烈。如此日復一日，朋數愈眾，家業頓消。不三五年光景，便將一副家業弄得精光了。他們是平日飲慣、花慣，一旦窮了，那裡便肯安分?不免糾約眾匪，做些沒本錢的生意。一次便思二次，二而三，三而四，其膽愈大起來。雖衙門中有些知覺，官府出票拘拿，而該匪又以賄賂官差，故得優游自在。不一年，其膽愈大，其黨佈滿一郡。這大章便在那河干收拾一隻大渡船，每逢往來，必毂百人之數，然後開擺過去。遇了夜間，則行搜劫，日裡假名生理，民間不知，盡被瞞過，不知受了多少禍害。衡州府裡，被劫之家，不下數百宗，而府裡竟無可如何。近有知者不敢搭船，稱其船曰閻王渡，其意謂渡者必死也。大章終日在那衡州馬頭擺渡，亦自恃其勇，非足一百人決不肯開。周大章復聚黨羽三百餘人，或綠林強劫，或鑿壁穿窬❶，無所不至。同時有李阿寧、陳榮華等，各統匪類，計至數百之眾，在那湖廣攪擾，良善之家，幾不欲生。

當下海瑞受了恩命，帶著海安一路訪察而來，並無一人知他是個現在巡按。一日，海瑞訪到衡州，在路即聞周大章閻王渡之名，意欲前往趁渡。海安道：「老爺休要輕往，小的曾記得，在橋頭關帝廟祈得籤語上，有閻王渡字樣，是有驚險的。今日恰逢其名，聖神之言，不可不信。莫若老爺且俟到任之後，然後再訪未遲。」海瑞曰：「非也。夫國家養士，原欲為君分憂，為民除害者也。今我欽奉聖旨，來訪利弊，豈可因閻王渡一節，便退縮，誠有負國恩矣。爾勿復言，只在左右伺候便了。」海安聽了主人這一番言話，也不敢再說，只得遠遠的相隨，跟著海瑞，訪到衡州渡頭。

只見並無船隻，卻有許多人在那裡候渡。海瑞亦隨眾人坐下，只聽得內中一人說道：「今夜三更，方纔水漲，我們卻要候到三更了。」又有一老者道：「即此候到五更，亦要耐煩的，不然那裡去尋渡船？」少年者道：「我們可是沒有要緊事的，若有要緊事，只怕誤了呢！」海瑞聽得切，便走過那說話的之內，問道：「我們是外江人，到此不知風俗。適間我聽列位之言，好生詫異。」那老者聽了，忙搖手道：「休得多言，連累眾人。」海瑞道：「老丈怎麼說這話？就是官渡，來遲了些，也難怪得人家說話。」老者道：「你乃外江的人，那裡曉得我們的鄉風？這隻渡船，不是當耍的，你若得罪了他，只怕你們當不起呢！」海瑞道：「他是個渡夫，領了本府的文照，輸餉擺渡，有甚麼不可說之處？」

---

❶ 穿窬：穿壁翻牆，指偷竊的行為。《論語・陽貨》：「其猶穿窬之盜也歟！」何晏《集解》：「穿，穿壁。窬，窬牆。」

老者道：「你到底是個外江人，不曉得利弊。偏偏我們這渡船，又不是在官府程發照的，偏比那有文照的渡船更利害著多呢！」海瑞道：「若無文照，不輸國餉，便是私攏，有干例禁，何以如此利害？」老者道：「這裡本是一個闔郡的渡頭，自從這位閻王渡主出世，他便把那一概渡船逐去，並不許一隻小舟在此灣泊，惟有這一渡船在此開攏。每一開船，必足百人之數，然後解纜。若是少了一個，也去不成的。」海瑞道：「向來各渡，皆藉此以為糊口，難道被他佔了，就不敢出聲麼？」老者道：「且勿高聲，待我與你說個透徹罷。」海瑞知意，即拖了那老者的手，去到對面陰涼樹下坐著，問道：「適間老丈吩咐莫要高聲，是何緣故？我們是異鄉人，不知貴境利害，敢煩老丈指示，庶免有犯鄉規，感激靡既矣。」老者復把海瑞看了一會，說道：「我不說，你那知。且坐著，待我說與你聽。」海瑞說道：「你我雲水一天，有甚麼話，但說無妨。你看那渡船尚早，你我何不坐此一談，以解呆悶如何？」老者笑道：「均是沒可消遣的，待我說來。那閻王渡主，姓周名大章，此人生來好勇剛強，兩臂有千斤之力，又是一個破落戶。他為人疎財仗義，專肯結交英雄好漢，情愿把這一副家私花消了，遂結下許多朋友。又好相識衙門中的差役，所以他就有些作奸犯科，衙門裡亦不將他委曲。如此，數年以來，這周大章不知犯了多少重案，官府故知而不辦，各衙門俱為他護衛。所以他便佔了這個馬頭，將從前的渡船盡皆趕逐去了，自己收拾了一隻大船，日只一往，夜只一歸，百人為率，多亦不落，少也不開。若有那些不知世務的人，在馬頭說句不敬的說話，包管有禍。所以人皆畏懼，改他為閻王渡，連官府也不敢徵他渡餉。我看你是個外江人，不曉得其中利害，故說你知。少刻休要多嘴，自取禍患呢。」海瑞道：「難道這周大章都沒有家小的，一味在這馬頭胡鬧麼？」老者道：「怎麼沒有？現在前面獅子坡內居住，他家還有人呢。」海瑞道：「還有何人？」老者道：「現有母親、幼妹。」海瑞道：「既有牽掛，就該體念骨肉之情，怎麼只管橫行？一朝犯法，只恐悔罪無及矣。」老者道：「休要管他，他自有無邊的法力呢。我們且到那裡等渡罷。」正是：是非只為多開口，煩惱皆因強出頭。

老者與海瑞作別，乃往馬頭去了。海瑞自思：「據老者之言，確確有據。但這周大章既有家眷在岸，我何不到彼家中探其虛實，好叫差人前來兜拴。」遂不回馬頭，竟大踏步望著老者所指行去。只見沿河一帶俱是人家，細詢周大章住址，俱言：「彼家現在前面居住。過了此街，到屋宇盡頭之處，約一里外便是溪源，此地并無別家，惟有茆房三間，便是周家屋了。」

海瑞聽了，不勝大喜。急急望著河邊而來，果見一帶俱是人家。及走至郊外，望見一片野地，獨有三間茆屋。海瑞自思：「此必是周大章的家了。」遂挺身前進，只見雙扉緊閉，似甚寥寂。海瑞又不敢扣問，只得在對面河邊坐下。少頃，見一個婦人開門出來，手提水桶斗，約六十餘歲，走到河邊汲水。海瑞自思：「此必大章之母也。我若要探消息，就在此人身上。」乃故意作出嗟嘆之聲。這余氏聽得明白，不覺動了個惻隱之心。便問道：「這位客官，我看你不是這裡人，怎麼在此長嘆？」海瑞道：「小子乃是粵東人氏，只因有個密友，在此貿易參茸生理，小子特來投他。誰想這朋友於正月間已經回粵東去了。小子盤纏用盡，寸步難移，只得沿路尋訪鄉親，冀其念些鄉情，小助資斧，俾藉回家。一路飄蕩至此，自忖身上並無分文，又不敢居住，只得在此坐著，但不知今夜寄宿何所了。」余氏見他說得可憐，說道：「你在此也無用，到不如及早前進，找尋個把鄉親，幫你三文兩文，也是好的。」海瑞泣道：「小子亦知如此甚可，但是囊中乏鈔，怎生行走？況且昨夜就沒得飯吃，今早又走了許多的路，如今覺得身子空虛，竟走不起了。」余氏嘆道：「你既是饑餓難行，也罷，隨我進去，待我弄飯你食。暫在舍下權宿一宵，明日早行罷。」海瑞道：「多謝姥姥，但不知姥姥尊姓？」余氏道：「吾先夫姓周，老身余氏。」海瑞道：「聽姥姥說來，是孀居的了。可有幾位令郎、令媛？」余氏道：「有一子一女。兒名大章，在這村前的馬頭擺渡營生。請問客人尊姓大名？」欲知海瑞如何答應，再看下回分解。

批評：

周大章稔惡滔滔，鄰近鄉庄無不被其荼毒。今海公偏偏到他家內探聽消息，正所謂：不入虎穴，焉得虎子？故不知其險矣。似此方見海公之誠忠，蓋非沽名者比。

第四十八回　黃堂守連結賊魁

話說余氏憐念海瑞孤旅無依，慨然動念，遂將海瑞喚到家中，留其過宿，濟以碗飯。當下海瑞謝了，便隨著余氏進了茆房。余氏提水進內，復來說道：「適間忙了，未曾請教閥閱。」海瑞道：「小子姓鍾名生，乃是廣東海康人氏。」余氏道：「原來是個大邊省人，不遠數千里而來，亦云苦矣。那邊小房空著，且請駕上到裡面權屈一宵，少頃茶飯便到。」海瑞再拜謝之，便隨著余氏進內。只見一間小小的茆房，正面鋪著一張土炕，兩旁擺了幾張竹椅，壁上有架，上面放著許多鎗刀器械，白閃閃的鋒利無比，令人心膽俱寒。海瑞見了，暗笑道：「這就是賊人兇器了。」

少頃，余氏拿了一斗白飯，四碟葷菜出來，俱係些珍錯之品。海瑞謝道：「多承媽媽厚惠，小子何以報德？」余氏道：「偶爾方便，何須介意？」海瑞便將飯菜略用了些，就罷了。余氏道：「你既苦飢，為甚麼只用些須？豈嫌粗糲，不堪下咽耶？」海瑞道：「吾聞古人有云：『飢食過飽，則殞命。』小子已餓了三餐，若是一旦飽餐，未免有累，故寧可少食。」余氏笑道：「這也說得有理。」徐徐將傢伙收了進去，掌燈出來，放在桌上，說道：「你且在此安歇，明日用了早膳纔去。」海瑞道：「今宵打攪已屬不安，那敢再擾郇廚❶。」余氏道：「得行方便且方便。」帶笑而去，把柴門反扣了。

❶ 郇廚：飲食精美的譽詞。唐・馮贄《雲仙雜記》卷三：「韋陟廚中，飲食之香錯雜，人入其中，多飽飫而歸。」

海瑞坐在燈下，自思：「余氏還近人情，可惜其子趁此不義營生，波及於他。將來破案之時，吾必格外寬之，報以一飯之德。但如今坐在這裡，也是無用。對著這個堂客有何益處？我卻來錯了。」輾轉沉思，愈加煩惱，那裡睡得著？忽見案頭放著一札，海瑞便拿起來看。只見上有「大章周老兄手披」數字。海瑞便取出書箋來看。上寫著：

前者得接尊諭云云。但此案現據失主黃三小稱，伊夜過渡船，背負紋銀七百兩，過了對岸時已三更。正行之際，忽聞後面追呼，轉瞬十餘人至，將彼銀子劫擄淨盡。月光之下，惟認得足下面貌。供詞甚堅，似不肯善罷甘休者。弟曾以彼深夜搭渡，何得獨負多銀，使招匪人眼目？意欲移重就輕。奈彼堅執為搶為劫。弟無奈，暫批候訪拘追。但此案若以三黍限滿，不能破獲，彼必上控，似此如之奈何？愚意欲煩足下留心，察其出入，乘便刺之，以緘其口。否則贓情重大，必須勒限嚴緝，並恐上憲添差會營訪緝，似有不利於足下者。惟祈高裁，弟不勝幸甚。耑此佈達，並詢近安。

關上遙泐

上大章老兄台鑒

海瑞看了，不覺大怒道：「那關上遙乃是衡州知府，怎麼反與賊通？不肖劣員，真堪髮指。」乃收其

語曰：『人欲不飯筋骨舒，夤緣須入郇公廚。』」

書札于袖，以為他日質證。

少頃，忽聞扣門之聲甚急，海瑞伏在門裡竊聽，裡面余氏答應，出來開了門。又聽得男子之聲說道：「甚麼時候了？如此恁早關門。」余氏道：「又到那裡吃得這等大醉回來？今夜又不作營生呢？」那人道：「你且休管，扶我到裡邊睡罷。」余氏道：「你且在草堂上坐著，待我說與你聽。」那人道：「且到裡面睡了再說罷。醉得緊了，就要嘔吐出來。」余氏道：「裡面有一位迷路的客人在那裡借宿，這時必定睡了，休要驚動他。且在這裡睡罷。」大章聽了母親一席話，不覺吃了一驚。說道：「我的房裡有許多緊要的東西在內，怎麼將過客留在裡面？」便帶著醉，一步一跌的走到房門口。此際海瑞大驚，聽他口音，分明就是周大章無疑，又聽得腳步響，要進房來，此時欲出不得，欲住不敢。正在驚疑之際，忽然一聲響亮，那門被周大章挨倒了，連人跌進來。那余氏便拿燈來照，周大章已經爬了起來，不見猶可，見了海瑞，不覺怒從心上起，惡向膽邊生。不分清白，把海瑞抓住罵道：「你是甚麼人，敢來窺探我的事風。」海瑞連忙叫道：「放手，待我說來。」大章將手放開，海瑞被其一推，早已跌在地下。余氏急來挽起道：「勿驚，勿驚。他是吃醉了的人，休要見怪。」海瑞猶未及答，這周大章厲聲叱道：「還不快說！敢是又要老子動手麼？」海瑞戰戰兢兢的道：「勿怒，勿怒。我是個過路趕不上站頭的，承蒙老太太好意，喚我進來歇宿。不知壯士回來，有失迴避，幸勿見怪。」大章道：「你是失站的，怎麼不向大路走，卻來我家這條斷路來？這明明是來窺探我家消息。好呀，你卻不知老子的利害，到這裡來，是個自來送死的。正是天堂有路都不走，地獄無門卻要來。到底你是甚麼人？快快說來，如有隱瞞，吃我一刀。」說罷，在身上取出一把利刃，擲在地下道：「你還是說不說？」海瑞道：「小子實係迷路的，若是認得路徑，就不會走進這條斷路來。」余氏亦在旁代為分說，求他寬免。大章那裡肯依，叫余氏自進裡面去了，他卻將房門反扣著說道：「老子此時眼困了，明日再來與你算賬。」說罷，帶醉的把一張椅子頂住房門躺著，不覺呼呼的睡去。

再說海瑞看見明亮亮的利刃擲在地下，又見門已扣了。聽得大章呼呼的鼻氣，正在大門之處，自料不能得脫的，對著利刃道：「再不料我海某今日是這般盡頭的了。」不覺慘然悲泣起來。

且說余氏回房見了女兒蘭香，說道：「往日你哥哥卻不回來，今夜留了這人歇宿，偏偏他就撞回來。如今將利刃丟在地下，又將房門反扣了，豈不是明明要他死麼？好端端的一個人，卻被我斷送了性命，於心何忍？」說著竟掉下淚來。蘭香道：「明知哥哥是這般性氣的，怎好留那人在家過夜？這就是母親少了打點❷之處。況且哥哥平生性最多疑，那裡便肯放了過去？這便如何是好？」余氏道：「雖則如此，還要想個計策救他纔好呢。不然這罪孽是了不得的。」蘭香道：「有甚麼計較，放走了就是。」余氏道：「做不得，他把那人關在房內，你哥哥又頂住房門睡的，如何救得出來？」蘭香道：「既如此，待我想個計策來。」正是：眉頭方一皺，妙計上心來。

蘭香想了一會，說道：「有了，如今趁著哥哥未醒，母親可快開門進去，將這人帶至後門放了，回身把門扇放在地下。哥哥醒來，只道是他曉此道的，卻不干連我們的了。」余氏聽了大喜，即時走到小房門口，細聽大章呼呼鼻息，正在黑暗之中。余氏將扣解脫，悄悄的推開了房門。海瑞一見，連忙上前求救。余氏道：「且勿高聲，若要活命，快些隨著我來。」海瑞便緊緊隨著余氏，黑暗中不辨

❷ 打點：打算，考慮。

東西，只是隨步而行。約略轉了兩三個彎，余氏止步，把門開了，說道：「從這條路轉過西去，急急前進，如遲，只恐難逃了。」海瑞此時得了活路，謝過了余氏，便依著他所指的路，飛奔而去。正是：

鰲魚脫了金鉤釣，擺尾搖頭再不來。

後人讀史至此，有詩贊海公忠心為國。詩曰：

為國憂民不憚勞，幾經兇險幾多遭。身危虎穴終難禍，命寄懸絲亦幸牢。
信是忠誠能感格，焉知正直不須逃。海公幸有余婆救，否則黃梁熟已糟。

又有人贊余氏心存慈善，終有好報。詩曰：

余婦賢良女，心存惻隱時。憐窮施碗飯，恤寡寄棲遲。孰料兒為梗，翻憑女巧思。一朝疏密網，
萬載羨功奇。有心憐性命，無計柬頑兒。吾欽余氏女，千古令人思。

又有人以詩贊蘭香慧心巧思。詩曰：

二八深閨女，胸中有巧思。能施活命計，慷慨勝男兒。只恨兄心歹，翻憐自好姿。紅絲何日繫，
歡他一線眉？讀之欽越敬，當贈五言詩。

當下海瑞得脫了性命，急急的望西而走，幸有微月見路。時已五更，海瑞只顧狂奔，及至天明，已見城闕。便走回店中，叫海安伺候，穿了衣冠，來至指揮衙門，正值衙門纔發頭梆。海安上前，向那把門的軍官說道：「新任巡按到拜，有機密事要見你家大人。」那把門的軍官聽了，即忙進內通報。指揮使急急出堂迎接，攜手入內。海瑞亦無暇告訴別事，便將閻王渡事，如此如此，這般這般，逐一說知。請兵即去拿人。指揮聽罷，吃了一驚，便道：「幸喜巡按未遭毒手。」即令中軍官點兵三百，前去拿人。正是：

只因平日廢弛久，惹起官兵動殺聲。

未知官兵此去如何，且看下回分解。

批評：

海公之險，何止千百計，但未曾有這回之險。真所謂死裡逃生者也。天衛善人，故余氏、蘭香，皆為之用耳。

第四十九回　逃性命會司審案

不說指揮使聽得海瑞所言，吃了一驚，急急傳令左右兩營遊擊，各帶百五十名官兵，前往捉拿周大章。再說那周大章睡到五更酒醒起來，喚醒余氏點燈。余氏自從放走了海瑞，那裡去睡得著。今聽得兒子叫喚，故意不即答應，裝成熟睡的光景。周大章叫了好幾聲，方纔應道：「好端端的又叫甚麼？」大章道：「快些點個燈來。」余氏方始爬起床來，打著了火，點上燈，拿將過來。周大章即便持燈到後小房而來，開眼一看，只見兩扇門兒開了，不覺吃了一驚。急急進內觀看，不見了海瑞。大章復到後門來，只見門已是開的。轉身到房細驗，說道：「不好了，這廝亦會此道，怪不得走了。這就是我酒醉誤事。」轉問余氏：「可曾聽得甚麼動靜否？」余氏道：「三更以後，我還與你說話，想必是四更走的呢。」大章懊悔不已，急忙到房內遍點各物，惟是不見了書札，跌足道：「不好了，這書被這人盜去，這還了得。吾料他亦走不遠，不免追趕著他，取回書札，纔免禍根。」正欲出門時，天色已明。忽然一派聲叫，前後門打將進來，擁了一屋官兵。大章看了，自知不好，急待要走，早被軍兵拿下。大章大叫道：「你們拿我做甚麼？」官兵道：「你是個積匪大盜，怎麼不拿你去見官爺？」說罷，蜂擁而去。余氏與蘭香此際亦無可如何，只是哭泣，請人打探消息而已。

這裡，海瑞辭了指揮使，回到店中。那地方有司早已知道，頃刻之間，都來問安參見。海瑞吩咐：

「回衙理事，候上了任，然後接見。」少頃，指揮使、中軍官以及本府賫捧按院印而至，海瑞就在店中接受。那地方官即刻收拾公館，來請暫寓。海瑞道：「明日上任，毋庸費心，所有一切供應俱免。本院並無眷屬，祇攜一僕，日恒兩餐，蔬菜下飯足矣。」地方聽了，不敢照常供應，惟略具而已。

次日，海瑞清晨起來，梳洗已畢，穿起那件大紅布圓領，帶上烏紗。不移時，就有地方官領著儀從來到。三聲炮響，海瑞升輿❶。一路鳴鑼喝道，來到巡按公署。海瑞下轎，拈香祭門，行了大禮入衙，復出升堂。兩旁書役各各整齊，分班站立。掌印吏奉請開印畢，就有司道各官傳進手本稟見。海瑞看了，吩咐只請兩司入見。

須臾，兩司趨入，行了庭參大禮。海瑞吩咐另設兩張公案，讓兩司左右坐下，單傳本府進見。那知府只道有體面，得意揚揚的趨進大堂，朝上唱銜畢，侍立於側。海瑞道：「貴府榮遷此任幾載了？」知府道：「卑職前年調補來任的。」海瑞笑著說道：「久聞令望，衡民倚之如父母者，正貴府之口碑也。」知府忙打一恭道：「卑府無才無識，謬蒙聖恩知遇，並荷列憲培植，飭守此郡，自愧有負聖明與列位大人鴻恩。」海瑞道：「本院欽奉聖旨，按臨此地，在路稔聞本省匪類甚眾。貴府在此已經兩載有餘，郡內頗有著名匪類否？」知府道：「湖廣民情獷悍，性好勇武，多有不務正業者，惟長沙、桂陽為最。敝屬前有數名頗肆囂張。自卑府到任，概已拘拿，立置之法。今幸寧靜，毋煩大人廑懷。」海瑞道：「多虧貴府設法驅除，衡民得以安枕，皆賴君之力也。但聞本郡有周大章，其人不守本分，又好結黨橫行，現在馬頭開擺閻王渡，貴府可得聞乎？」知府道：「周大章不過一渡夫耳，何得有此

❶ 升輿：上轎。輿，轎子。

強暴？渡名閻王者，以大章面黑似閻王也，惟大人察之。」海瑞道：「大章面貌亦不甚黑，且自魁偉。

本院昨夜曾在他家歇宿，承他照拂。現有一札託本院轉致，惟君收看便知。」喚海安，將一紙書札，傳與他觀看。

知府接書過手，不覺吃了一驚。認得是自己手跡，寄與大章的。此際正是：三魂飄舍外，七魄在天邊。知府自思：「此書如何得到他手裡？」只得免冠叩首道：「這非大章之書，亦非卑府之筆，此必有人栽禍，伏乞大人明鑒。」海瑞道：「既非貴府筆札，想必名姓相同者，而本院錯傳了，可即交回。」知府此際又不敢怎的，只得仍復呈上公案。海瑞接回。又對兩司道：「二位大人有所不知。只因本院昨過周大章家中，大章將此書札託本院轉致於他，誰知倒錯了，今煩二位看是如何。」遂令海安將書札遞與兩司觀看。兩司齊立起身來看。那知府此際猶如熱盆上的螞蟻一般，不知所以，渾身汗下，跪在堦下，只是叩首。聲稱「該死」。兩司看畢，齊道：「這知府與賊交通，抹案諱劫，罪無可逭，求大人參辦就是。卑司等有失稽查屬吏，亦難免咎，並乞大人處分。」說畢離座退立堦下。海瑞道：「二位且請復坐，本院自有話說。」海瑞道：「凡為府縣者，乃民之父母，更沐皇上殊恩，本當以愛國衛民為首務。何期身膺四秩，位列黃堂，而乃與賊交通，抹案縱盜，殊有負聖天子厚恩。似此何以居民之上？本院若不正之以法，則將來效尤，只恐民不用命矣。」兩司躬身道：「該府罪有應得，惟大人施行。」海瑞便對知府道：「你平日只是為盜，今日有何說話？」知府叩首，自稱「死罪」，求乞施恩。海瑞道：「害民縱盜之賊，那裡還有恩典與你。」吩咐左右，將他衣服剝下，且帶往獄中監禁，聽候奏辦。左右答應一聲，如鷹拿虎抓一般，早把知府簇擁下去，押往司獄收管去了。

少頃，人報指揮使大人委中軍官押解周大章至。海瑞大怒，吩咐標滾進來。施刀手答應一聲，飛奔出頭門而來，將周大章一滾三標的滾到大堂堦下伏著。海瑞問道：「周大章，你可認得我麼？」周大章道：「小的乃是村民，怎麼認得大人？」海瑞道：「你且抬頭一看，本院是誰？」大章道：「小的有罪，怎敢抬頭？」海瑞道：「恕你無罪，你且抬頭。」大章抬頭一看，不覺吃了一驚，呆了半晌，自思：「這位大人，恰似昨夜在我家中的一般，如何卻是一位大人。」自思：「我昨夜不該得罪了他。」遂叩首道：「小的真是不曾見過金面的。」海瑞笑道：「昨夜二更之時，你曾在家將利刃交我自決。怎麼這時候就說不認得本院了？你的款跡本院是素稔的。你且從實招供，免受刑法。」大章叩頭道：「小的本來不肖，今已被拘在此，生死惟大人命之。」海瑞怒道：「本院怎敢擅主人之生死，因汝犯法，故此特會二位大人在這公堂推問，怎麼說這話來？快些招供。如遲，刑杖立加矣。」大章只是不承。海瑞大怒，即對按司道：「這廝不承，還要相煩二位大人刑訊，務取實供歸案為要。」說罷拱一拱手，退入內堂。

當下兩司送過了海瑞，也退歸司道廳來，喚了差皂人等，將周大章帶到案前嚴訊。大章只肯招稱平日不守本分，每常酗酒打架等案。按司張敬齊大怒道：「你平日所為所作之事，業已被新任大人訪得確切。昨夜大人宿在你家，又搜出書札。如今知府業經押在本司監獄聽候奏辦。諒汝一犯人，何敢屢屢不承，豈堅不招供即可漏網？」即吩咐左右行刑，先取皮巴掌儘力重打。左右答應一聲，即將大章扯到堦下，掌了三十個皮掌。打得大章兩頰墳起，口吐鮮血不止。張爺喚上堂來，又問招否？大章意欲捱了過去，只是不招。張爺大怒，命取夾棍上堂。叱令將大章上了夾棍，收了繩子，把這周大章昏了過去。急用冷水噴面，少頃醒來。張爺道：「受盡苦楚亦要招承的，你今可願招麼？」此際周大章被夾得五內皆裂，慌忙道：「小的情願招了。」張爺道：「不怕你不招承。」令左右授以筆硯，令其自己畫供。

周大章無奈，只得執筆親供。一共認了一十二款，寫畢呈上堂去。張爺接轉一看，只見寫道：

具供招人周大章，只因自幼不肖，不思學習正業，與那匪類朋友商議，要做無本錢事業。已犯過一十二案，今在大人臺前，據實供明。並不敢隱諱，求乞開恩。案款列左：

一案犯白日強姦幼童黃阿榼，未經告發。一案犯夤夜入劫梁阿興家衣物、銀錢，業經屢控，院司未破。一案犯酗酒打架，打傷任阿六，到案。一案犯擺渡伺劫，在本郡河面擺渡，每遇黑夜便劫掠行客衣物。一案犯白日持刀，殺死本街伍錯元妻女二口。一案犯毆斃茶坊小乙胡亞六，經控未獲。一案犯夥竊本城劉大紳家衣物，拒捕傷伊家丁。一案犯攔街截搶屠戶古阿珍買豬銀兩，經控未獲。

張爺看了笑道：「你何止犯一十二案？還有與那知府通賄這一案，怎的不承，快些一併寫來。」大章道：「小的犯法，寧甘萬死。怎忍連坐公祖❷之官。」張爺道：「該府均已供明有案，汝何苦獨欲抹

❷公祖：明清時對知府以上地方官的尊稱。清・王士禎《池北偶談・曾祖父母》：「今鄉官稱州縣官曰父母，撫按司道府官曰公祖，沿明世之舊也。」

煞？只恐彼亦不能為汝援也。」周大章無奈，只得提筆再寫。正是：

平時貪賄賂，一旦見諸書。

畢竟大章供了知府，後來如何，且聽下回分解。

批評：

海公之處治有法，蓋以平準得宜也。今押知府於獄，而不加刑訊，則猶有愛惜官員體面之意。審官則全其體面，問賊則用嚴刑。海公之斷獄，可稱為平允之極也。

第五十回　登武當誠意燒頭香

卻說張按司取了周大章口供，即與布政司會同來呈上堂。海瑞看了大章口供，即發該司擬議。布按二司不免再三會酌，方纔擬了上去。海瑞將詳文一看，只見上寫著道：

胡廣布、按二司張敬齊等為會議詳覆事：竊職等會議得周大章一案，情罪重大，共犯二十餘款，刻難緩決。合依大盜擾害地方律，擬議淩遲❶處死。其通盜之知府，實屬不肖，有玷官箴❷。合依貪墨縱盜例，請旨定奪。但該犯有郡屬歷肆擾害，其受害之家平日畏其兇悍，敢怒而不敢言者，不知凡幾。今經審明，合行恭請上方寶劍，立將該犯押赴市曹，淩遲處死，以快人心，以彰顯戮。其有供開夥黨，候即嚴拘務獲，按律嚴辦。職等會議，不知有當否？伏候大人察核遵行。須至會詳者。右申

欽命巡按湖廣部院海

嘉靖　年　月　日申

❶淩遲：封建時代最殘酷的死刑，又稱剮刑。始於五代，直至清末廢除。

❷官箴：官吏的戒規。

海瑞看了詳文，即行批道：該司會詳殊屬協允，如詳可也。復令書吏立即懸牌一張，其牌文云：

巡按湖廣部院海示：照得匪犯周大章業經弋獲，審明在案，合行處決。為此牌仰按察司差役知悉，于本月初十日，即將匪犯周大章帶赴轅門，聽候本部院會同指揮部堂，督同司道當堂研訊，恭請王命處決，毋違。特示。

當下將牌懸在轅門。海瑞立即差人持帖往請指揮，這是個故套，原是不來，不過遵著「節制」這兩個字而已。

次日，各司道早已在轅門伺候，海瑞衣冠而出，三聲炮響，升了公座，司道等上堂參見畢，分別東西旁坐。海瑞吩咐帶周大章來，按差答應一聲，即時把那大章由東角門而進，跪於堦下。海瑞道：「周大章，你今日還有悔恨否？」大章道：「小的犯法，萬死不恨，惟有老母、幼妹，尚未歸結❸為念耳。」海瑞道：「汝之母、妹，自有本院格外恩卹❹，汝可不必掛念矣。」隨令綁了推出。劊子手一聲吆喝，將周大章五花大綁了。海瑞提起硃筆勾了，吩咐推出，左右將周大章簇下，由西角門帶出，旋有官兵護押而行。海瑞恭請出上方寶劍，令中軍官、按察司二員押犯到市曹處決。頃刻之間，周大

❸ 歸結：歸宿。
❹ 恩卹：朝廷對臣民身後的撫卹。

章已經身首俱碎，觀者無不歡喜快心。中軍官等繳令已畢，海瑞令海安將銀子十兩周卹余氏，撥送老人普濟堂，俾余氏終老，以報其相救之恩。惟知府尚在獄中。海瑞即便修了本章，將知府通盜以及周大章犯案情形，具摺奏聞，差官馳驛進京。差官領了奏章，即便飛馳而去，自不必說。

海瑞既清了周大章及黨羽匪犯一切，遂起馬巡按他郡。一路訪察將來，所過地方，俱不許有司供應。每到一處，必有告示先行。其告示十分嚴肅，略云：

欽差巡按湖廣院海，為關防詐偽，以肅功令事：照得本院恭膺簡命，巡按此邦。先宜關防慎密，毋使有藉端之弊。本院雖非起家詞翰，然以一榜出身，仰蒙恩眷，由司鐸而轉縣尹，歷任部曹。復承殊遇，俾任封疆❺。受恩深重，圖報維艱。本院惟有矢公矢慎，飲冰茹蘗，以報我國恩。所有文案，一切皆出親裁，並無假手他人。其餘一切交遊，早已屏絕，山人、墨客、醫卜、星流，素無來往。倘有不肖匪徒，冒稱本院知交，謂關節可通，面情可託，希圖誆騙，亦未可定。為此示諭闔屬諸色人等知悉，如有前項匪徒冒稱本院知交，從中舞弊，許你等立時扭獲，交地方有司詳解本部院，以憑嚴辦，決不稍為姑息。至於本院按臨各郡，所有供應各項，俱行免辦。如有藉端滋事，指冒本院親隨者，並即嚴拿解赴行轅，以憑重究。各宜凜遵毋違，特示。

這告示先行，海瑞隨後繼至，所以經過地方，秋毫不犯。那些百姓聞得海瑞來到，即便攔途迎接，

❺封疆：封疆大臣。明代指封疆之內總攬軍政大權的將帥。

簞食壺漿❻，以迎其駕。有屈抑者，即到馬前呈訴，海瑞即為申理，歡聲載道，百姓忭舞❼。一日來到府屬，海瑞想起武當山十分靈應，只是要到山上進香者，必須齋戒沐浴，果然問心無愧者，方能上得山上。否則那當殿的王靈官，就是一鞭打落山下，所以到那裡進頭炷香者甚少。當下海瑞來到山腳紮住，是夕齋戒沐浴。

次日五更，即便起來換了新衣，連茶也不吃一口，即便拈香步行前進。海安打著火把引路。那山果然峻險，海瑞掙扎了許久，方纔到得山上，遠遠聽得鐘鼓之聲。及至山門，就有道士出來迎接。海瑞來到殿前，抬頭一看，見那位王靈官的神像，手執金鞭，立於當門，恰如生的一般。海瑞再行盥手炷香，只見那爐已有了頭炷香在此。海瑞自思：「上山祇有一條路上的，我五更來此，並無一人同行，怎麼已有頭炷在此，想是我心中不誠所致。」遂上了三炷香，拜祝道：「海瑞蒙天眷佑，當今天子殊恩，伏乞神明察鑑。一願皇圖鞏固，帝道遐昌。二願湖廣闔省黎民，皆知孝友仁慈，共為良善。三願風調雨順，五穀豐登。」祝畢，再拜而退。道士獻茶，海瑞問道：「今早可有人來上香否？」道士曰：「今早就是大人一人來此。」海瑞道：「既沒有人來參拜，怎麼那頭炷香已有人上了？莫非是你們上的麼？」道士曰：「小道士們上香點燭，是在殿外的。這炷香的爐，乃是俟候那誠心的信士來上的。」海瑞道：「這又奇來，又沒人來上，又不是你們上的，怎麼卻有香在爐上？」道士曰：「大人有所不

---

❻簞食壺漿：熱烈歡迎。簞，古代用竹或葦編成，用來盛飯的器皿。《孟子．梁惠王下》：「簞食壺漿，以迎王師。」

❼忭舞：高興得手舞足蹈。

知，這裡神道最靈，若是來上頭香的信士身心稍有一些不得清淨，就不能上得。那怕三更到來，也有香在爐上。」海瑞道：「原來如此。想必是我心身上不得乾淨，明日再來罷。」說畢，起身下山而去。一路思想：「我平生卻沒有一些不清不白的事，若說身子不乾淨，昨夜沐浴，又未茹葷，怎麼神聖卻不鑒我誠心？」忽又轉念道：「是了，只因我未曾齋戒三宿，又未得盡其苦心，是以如此。」回到店中，即對海安說道：「我如今要齋戒三日，然後前往參神。汝等亦要齋戒沐浴，方隨我去。」海安應允。是日為始，致齋三日。

到了第四日，海瑞從四更將盡，即便起來梳洗，仍令海安引路。一路上黑暗如漆，四面松聲，幽鳴斷澗，猿啼鶴唳，似不可聞。海瑞只顧前去，卻不理會，惟海安一人不免心驚膽戰，來到廟前，只見雙扉還閉，側耳細聽，遠聞五鼓。海瑞喜道：「吾今定得上頭炷香矣。」遂令海安扣門。道士此際尚未起來，聽得外邊有人叫門，即便起來看一看，神前燈火尚明，那頭香爐內已有香炷在內。道士只得又來開門。海瑞恭恭敬敬的走到殿上，又見已有頭香炷在爐內。海瑞即喚道士來問道：「昨日我是不得齋潔，所以不能上得頭炷香。下官自從下山，即時沐浴齋戒，不特葷酒不茹，連一杯清茶也不曾吃。成夜無眠，候至四更五點，即便起程而來。來到寶山，山門未啟，怎麼卻又有頭炷香在爐內？」海道士曰：「大人只要一些不犯，纔上得頭炷香呢！若是不信，即就今夜在此歇宿，看明日如何。」海瑞道：「也罷，我且在這裡過宿一宵。」

如是喚了海安，到寓所取了鋪陳，以及自備的素菜淡飯，來到廟裡。道士見了，不勝驚愕道：「怎麼大人一口飯一盃茶也不肯賞臉，遠遠的還要累大叔搬來？」海安道：「不是這般說。我家老爺，平生是一個清廉耿介之官，自筮仕以來，從不曾吃過百姓一盃茶酒。不特如今身為按院，即此先日出身縣令，也是這般舉動，這到不消道長費心。」道士見他說得如此懇切，也不勉強，只得由他。海瑞吃過了晚饍，復令海安取了熱湯，重新澡浴一番。是夜宿於道房。到了三更，即便起來洗臉掠髮，海安即將香湯進上。海瑞再三盥浴訖，復又換了衣服，隨到大殿而來。道士們已是成夜守著的，及至海瑞上殿之際，仍是寂然的。海瑞私道：「此時纔交三更，諒這一炷香，我可上得頭炷矣。」欣然趨上殿庭，不覺吃了一驚，細看爐中，亦是一炷香煙繚繞。

海瑞此際，實無如何，連自己的香也不去上，便來方丈坐下，道士侍立於側。海瑞嘆道：「吾自筮仕以來，曾未嘗虐民貪賄，怎麼欲進一香而不可得，這是何故？」道士曰：「大人前者在寓安歇，貧道竊意稍有不潔，致不得竭誠。今晚卻宿在道院，自然清淨。只是不能上得頭炷香，貧道竊意不解何以？」海瑞道：「道院之中，難道亦有不潔淨的麼？」道士曰：「道院固潔，實所不解。」旁有一行者道：「師勿疑矣。吾觀大人自從來此，無不誠敬。一連三日而不能上頭香者，吾以為大人所穿乃是皮靴。本山乃最禁牛，豈非因此耶？」海瑞道：「吾靴固是牛皮所造，但那大殿上的鼓，又豈非牛皮所造耶？」說聲未絕，忽聞殿上一聲響亮，恰如天崩地蹋之勢，把眾人吃了一驚。大眾正在驚疑之處，忽行者來說：「大殿牛皮鼓，無故自破，其鼓上之皮，紛紛盡撒於山門之外。」海瑞聽了，不覺吃了一驚。嘆道：「神靈不爽，今信然也。」正是：

誠能感格，神豈不聽人。

畢竟海瑞後來如何，且聽下回分解。

批評：

雲峰曰：「誠能格物，理固然也。今海公竭誠而來，三朝齋戒而不能炷一頭香，是自歉於心。然自念自從識性以來，不稍作一負心事，故以不服。而神之降靈嘉之，道士之機鋒，適並符合。故牛皮之鼓，不待語畢而破，正見神之靈而瑞之誠也。」芝亭曰：「誠則靈之說，今觀斯鼓，信然。」

第五十一回　小嚴賊聽計盜孌童

卻說海瑞正說之間，忽聞外面響聲如雷，正在驚疑之際，忽見行者來報道：「殿上大鼓，不知何故，無故裂得粉碎，鼓皮紛紛飛出山門之外。」海瑞與道士各皆驚訝，同出方丈，攜手來到殿上，果見只剩得一個鼓圈在此。海瑞道：「這就是道長說錯了話，故此鼓面破了。」道士曰：「大人適纔說了這一句話，所以神道現靈是真。」海瑞隨到神前謝過。是夜，仍宿於道院，暫且按下不表。

又說那武當山供奉的玄天上帝，及諸神將聖像，最為靈感。這由神明聽得海瑞這一句話，所以立刻將鼓皮撒去。帝尊即傳旨令王靈官道：「今有海瑞，自恃耿直，以不得上頭炷香為恨，故將鼓皮飛去，以示靈應。明日當上頭炷香。汝卻於他進香之後，即隨著他行走。若有半點歪邪之念，許你將金鞭打死，回來覆旨。」王靈官領了法旨，耑一伺候著。次日，海瑞果然上了頭炷香，不勝之喜。遂賞了道士五錢銀子，即便起馬巡按他郡。卻不知帝尊法旨，勅王靈官日夕隨著，察其動靜。

一日，海瑞巡按到湘潭地面。時天氣炎熱，走的又是山路，況且又是改裝私行，所以地方有司竟無知者。海瑞走了半日，仍在萬山之中。此刻炎熱蒸溽暑，渾身是汗，喉中又渴，又無茶肆。海瑞對海安道：「如此煩渴，如何是好？」海安道：「對面一派是瓜田，老爺且走那裡去，採一個來解渴亦好。」海瑞此刻渴得慌了，遂依了海安之言，走到對面瓜田之中，只見一個個西瓜結熟在那田上。海瑞吩咐海安，取一個上來解渴。海安領命，即便來取。不知那王靈官在後面看，不覺動怒起來，正要舉鞭照下打來。忽轉念：「他如今方纔摘瓜，看他食罷如何，再作道理。」海瑞取瓜，令海安剖開，自己吃了一半，只覺涼沁心骨，頓覺涼生腋下。餘者與海安解渴。二人食訖，海瑞便問道：「譬如此瓜，可值幾何？」海安道：「約值二十文。」海瑞道：「可取四十文，穿在瓜蒂之上，以作相酬之意。」海安道：「瓜衹值二十文，何以特倍之，豈非太過？」海瑞道：「不然，物各有主。今我與你因一時之渴，不問自取，已屬不應，故倍其價而償之，以贖不問自取之咎，庶不有愧於心。」此刻王靈官方纔解了怒氣。而海瑞又何曾知道？後來，王靈官直跟了海瑞三年，見他無一些破綻，纔去回覆帝旨。此是後話。

海瑞按巡各郡日畢，仍回長沙府駐紮。更加勤慎，愛民若赤，大有仁聲。海安道：「老爺到任已經年餘，可憐夫人此時在歷城，不知怎生的苦了。」海瑞道：「微汝言，吾幾忘之矣。汝可即日前往迎接來任。」遂將一百兩銀子，交與海安，前去迎接張夫人前來，同享榮華，自不必說。暫且按下不表。

又說那嚴嵩把海瑞截往他省，不使回京。此時無所忌憚，一發肆其兇殘。此刻嚴世蕃已經夤緣內監王惇，現為吏部侍郎。王惇以司禮內監轉管東廠❶。看官須知，明時自宣宗朝，即以內監干預政事。或有諫者，帝曰：「彼宮中之人，只圖衣食足矣，此外更無他求。況這等人乃朕家奴，任之何礙？」

❶ 東廠：明官署名。明永樂十八年（西元一四二〇年），明成祖設東廠於京師東安門北。主緝訪、謀逆、妖言、大奸惡事。由親信宦官掌管。

自此以後，竟無敢諫者。歷代相沿，皆以內監兼理宰相各部事務。正德年間，分設東西兩廠。東廠兼理刑、兵、吏三部，西廠❷兼理戶、禮、工三部。所有天下大小事情，皆要關照會稿具奏，惟兩廠之權最重。當下嚴世蕃耑意奉承王惇，王惇亦要他彼此來往。世蕃有了王惇這一腳保鏢，便自目中無人，而惇又恃著帝寵，愈加狂悖❸。遂與世蕃朋比為奸，種種兇頑，不堪枚舉。

定親王朱宏謀有內侍任寬，偶出王府閑遊，適世蕃退朝，在轎車內看見，不覺神魂意蕩。在轎內自思道：「天下那有這樣絕色的男子，但不知何人之子，生得這般美貌？倘得與他一宵之樂，奚啻❹陞仙之界。」一路思想不置，回到府中，只是默默思想，連飯也不愛吃。那家奴任吉看見主人這般煩悶，連飯都不喜吃，便問道：「老爺往日退朝，雖有甚麼大事，都不在意，多是歡天喜地的，今日回府，何以這般悶悶不樂之色？莫非朝中有甚麼事故麼？」世蕃笑道：「吾父權秉鈞衡，在皇上跟前，言必聽，計必從。吾又與王內監情同骨肉一般，即有甚麼彌天大事，亦有二人為我保鏢，還怕甚麼？只因我有一件心事，只是難言，所以悶悶不樂。」任吉道：「老爺有甚麼心事，只管對奴僕們說知，何必悶悶若此？」世蕃道：「適纔退朝，在大街上偶然見了一個絕色的少年，果然奪人魂魄。但不知他是何人之子，似此又不知他的名姓，只可冥想，故此悶悶不樂。」任吉道：「老爺莫不是在那翠花

❷ 西廠：明成化十三年（西元一四七七年）設置。由太監汪直任提督，後廢。

❸ 狂悖：狂妄悖理，猖獗。《國語．周下》：「氣佚則不和，於是乎有狂悖之言。」

❹ 奚啻：何止，豈但。《呂氏春秋．當務》：「跖之徒問於跖曰：『盜有道乎？』跖曰：『奚啻其有道也！』」也作奚翅。

衚衕見的那個穿繡花直裰的小後生麼?」世蕃道:「不錯,不錯,就是那人。」任吉道:「小的只道老爺看見了什麼再世潘安,復生宋玉,誰知就是那個。這不是別人,就是小的同宗,他的名字喚做任寬,今年纔一十七歲,現在定親王府中充役。這定親王就是朱宏謀,乃先朝王爺的兄弟。只因這位王爺性好男風,不理政務,所以朝廷不肯封藩,將就封為定親王,使他在京居住,以是樂餘年。他府中共有四十人,俱是十六、七歲的,個個美貌如花。這定親王分為四班,每班十人,每五日一換。個個都曉得歌唱,更能效如妓婆娑之舞。四十人之中,惟任寬是定親王之愛,寵冠他人。昨日老爺所遇者,即此人也。」世蕃道:「你既知是個王爺的親隨,又與你同姓,大抵與你相好。汝可能招致來否?」任吉道:「他是小的同姓兄弟,彼此往來甚密。老爺若要他來,這也何難之有?待小的明日去拉他到來吃酒,那時老爺撞將出來,見機而行就是。」世蕃道:「你若引得他來,吾卻有重重的賞你。」任吉道:「小的明日引來就是。」世蕃大喜。任吉即便前去幹事不題。

再說定親王朱宏謀自受封以來,卻未曾出鎮,只是在京閑住,終日只以男風為事。皇上念他是個皇叔,況且他並不理外事,惟此一樁,所以不去理會。這定親王日與群少年取樂,惟任寬最得寵幸。任寬美而多詐,百事承順,善窺主人之意,所以定親王再不能離任寬半刻。正所謂食則同器,寢則同衾。任寬恃著寵幸,有母現在內城居住,定親王愛其子兼及其母,即賞賜他一間宅子,其日用薪水,一切皆代為給辦。任寬雖屬長隨,然門庭光彩,以及宅內所用器皿,皆與公侯相等,只因俱是王府分給來的。

這一日,任寬偶到外邊遊玩,不虞為世蕃看見,彼卻不知,仍回王府而去。次日,忽見任吉來訪,彼此相見，略敘寒溫。任吉道：「賢弟近日如何？」任寬道：「近日天氣炎熱，少到外邊，只在府中避暑，所以許久不曾見兄，兄近日可好麼？」任吉道：「愚兄祇是終日忙忙碌碌的，曾不得半刻空閑，所以少候多時。今日偷空特來看看賢弟。」任寬道：「多謝關照。如此天熱，我們到那裡去乘涼好？」任吉道：「這內城那一處不是火熱的？惟有我們府中新起的涼亭，甚是涼快，內中花柳森森，前面荷花靄靄，洵足一樂。我們何不到那裡走走談談心事罷。」任寬道：「很好。」於是二人離了王府，直至嚴世蕃宅中而來。

任吉引著他進到裡面，來至花亭，果見花木陰翳，金碧輝煌。玉石欄杆之外，就是荷花池。那池中的荷花紅白相間，花下數對鴛鴦戲於其下。果然清幽雅緻，香風徐來，沁人心骨。當下，任吉請他在那亭子上坐著。隨有兩個小廝上來伺候，獻過香茗。任寬飲了兩口，只覺香氣異常，那茶色碧清。任寬道：「小弟在王府三載，所有各處名茶也亦嘗過，惟此種卻不知名。」任吉道：「不瞞賢弟說，這並不是日常用的茗葉，此乃皇上所用的玉泉龍團香茗。其茶出於棧道之玉泉澗，澗甚深，內黑，多巉岩怪石，且深不可測，人難得至。澗內出此茶樹，乘雲霧而生，人固不能往採。惟澗中有白猿作巢，人若採茶，即到澗邊坐下，以鮮果擲下，與猿相換，方纔得到手。澗中所產無多，每年地方官祇貢十餘斤。這是御用之物，天子賜與太師的。家老爺自太師那裡得來。昨日愚兄值日，恰好王太監到來，家老爺命我煮此御茗，所以纔偷出些須。恰好賢弟今日來此，此亦口頭之福矣。」任寬道：「多蒙賢兄見愛，只恐沒福消受矣。」任吉道：「捨得在這嚴家，怕沒有御用之物？」旋有一小廝，捧著一個菓盒到來。任吉便令將一張八角鬼子桌兒，靠在玉石欄杆擺著。小廝把菓盒放下，將一雙玉杯，兩雙玉筯，對面安放。任吉便讓任寬坐下，二人對酌。任寬本來是量淺的，略飲幾杯，便覺暈然不能穩坐，便要告辭。任吉道：「人世幾何？一盃在手，對此良辰美景，若不暢飲，豈不為花鳥所笑耶？」遂再三苦勸。任寬卻情不過，又飲幾盃。此際真是酩酊，不知人事矣，伏在椅上。任吉恐他嘔吐，便令小廝將他扶到亭子內涼床睡下。任寬醉得很，著枕便睡，呼呼之息，已入黑甜鄉矣。任吉看見了是個真醉，即便來到內宅。

時世蕃已經耑聽佳音已久，見了任吉到來，驚喜不迭。問道：「如何了？」任吉道：「那任寬早已醉倒了。」世蕃道：「現在那裡？」任吉道：「就在那荷花亭內涼床睡著呢。」世蕃大喜道：「你就立在園門首守著，不許閑人進內。」任吉應允，即到園門把守，自不必說。世蕃此際，恰如拾得活寶一般，喜孜孜的來到花園內，走上亭來。只見那任寬朝外而睡，那兩頰紅暈，恰如桃花著雨，海棠初睡一般，一見令人魂飛魄散。此際意馬心猿，牽制不住，急急自褪衣服，其玉莖不覺昂然怒立矣。漸來卸了任寬的下衣，於是乎有此一端。正是：

不向桃源洞，偏從峻壁穿。

畢竟世蕃與任寬如何取樂，且聽下回分解。

批評：

雲峰曰：「世蕃恃父之勢，而目無親王，更甚於其父。又交結內監，朋比為奸。其家人私用御茶，種種目無君上，又僭越已極。而帝曾察之否？」芝亭曰：「國賊當朝，雖有賢臣，亦遭斥廢，故世蕃得如此肆其僭越矣。」

第五十二回　老國奸誣奏害皇叔

卻說嚴世蕃乘著任寬醉中，竟不顧得嫩蕊嬌花，只自風雨摧殘。那世蕃之具，巨於定親王幾倍，所以大為鑿枘❶。那任寬在醉夢之中痛醒，急欲轉身，卻被世蕃緊緊摟定。開目看時，方纔得知是世蕃。此際掙扎不得，復兼酒醉身子攤軟的，只得任其所為。事畢，世蕃起來，那任寬下面已不勝其楚矣。當下任寬勉強起來，覺得肛門腫起，不覺掉下淚來。世蕃著意撫慰道：「卿勿怪唐突，祇緣卿冶容迷人魂魄矣。」任寬帶怒說道：「侍郎何欺人太甚？即小人不堪憐惜，亦當體念俺家王爺纔是。」世蕃道：「我只愛卿，卿又何必以親王壓我？我豈懼此而斷愛卿之心哉？」大笑不止。任寬大怒而出，一路至園門，恰見任吉在此。此際更加氣怒，乃罵道：「吾當日以汝為好人，故此認為兄弟。誰知汝卻是這般不堪之輩，虧我瞎了雙眼，不識歹人。」一路大罵而去。任吉自覺慚愧，無言可答，只得來見世蕃。未及開言，世蕃先說：「任寬如此矯強，汝有何計可使他常在我處？」任吉道：「適間小的正在園門，與他相遇，卻被他搶白了一場，悻悻而去。料彼歸去必對王爺說知，因這小事，卻要惹出大事來。」世蕃道：「你且寬心。即使定親王怒了，我亦不懼的。有了我父親以及王公公，還怕甚麼？」

❶ 鑿枘：圓鑿方枘之略語。《楚辭・宋玉九辨》：「圓鑿而方枘兮，吾固知其鉏鋙而難入。」枘鑿本相人之物，後人沿用而去方圓二字，因以不相容為鑿枘。

遂不以為意。

當下，那任寬負痛而回。那定親王正在花園內與諸少年取樂。恰好任寬來到，見了定親王，即忙跪在面前，放聲大哭。定親王卻不知何故，便挽起來，置於膝上，問道：「汝好好又不在宅內，到那裡去來？如何這般光景？」任寬哭著說道：「小的一旦為嚴世蕃欺負。」便將任吉如何引誘，世蕃如何淩辱事情，一一說知備細，說罷又哭將起來。定親王急將袖兒與他拭淚，又以手插入內衣來，摩他的屁股。見他肛門墳起，不覺大怒，道：「好好的一件東西，怎麼被他弄壞了？這還了得！」不覺火起，按納不住。正是：怒從心上起，惡向膽邊生。

定親王忍耐不住，即便吩咐家奴何德道：「你可立即傳齊府中人役，立即備馬，從孤有事去。」何德不敢怠慢，即刻傳喚府中人役，共四十餘人，備了馬匹。定親王即上馬，令眾人「都隨我來」，逕到世蕃府中而來。不一刻，已到府門，下馬直奔進去。那守門的如何敢來攔阻，只得由他進去。當下定親王直入內堂，恰與世蕃剛剛對面，撞個滿懷。定親王一見，無名火起，急把他一把捉住，大罵道：「賊子，怎敢如此膽大，欺負孤家。」說罷，發拳就打，幸得眾家人上前攔勸。世蕃見勢頭不好，甫得脫手，即往內面走了，將三堂的門，令人緊閉上了。定親王那肯罷手，追入裡面。只見門扉緊閉，即喚令家丁用力打開，直闖進去，要尋世蕃。誰知此府有後門可出的，世蕃聽見打門之時，早已從後門走了。及定親王進來，已尋找不見。王爺忿氣不伸，乃令眾家丁：「把他們眾家人，與孤痛打一番。」家丁們答應一聲，便奮起拳頭，逢人便打，遇物即毀。鬧了一個翻江攪海，把府內許多物件打得粉碎，一眾家人，又被他們打得頭破額裂，個個奔逃不迭。定親王怒氣未息，還要去尋世蕃，卻被眾家丁勸阻回去。按下不表。

又說那嚴世蕃出了後門，無處可逃，只得走到父親相府而來。嚴嵩見了，便問何故。世蕃謊說道：「好端端，卻不虞那定親王率領匪徒百餘人，打進孩兒府中，把物件搶掠。孩兒與理論，亦被打了幾拳。若是走遲些，險將性命斷送他手上了。現今還在那裡胡鬧呢。」嵩聽罷，吃了一驚，說道：「這事從那裡講起。我家與他並無仇隙，怎麼青天白日打劫我家，這是何意？」即喚打轎，領著世蕃如飛的趕到新宅而來。此時定親王已自回去了，只見眾家人個個頭破血出，上前說道，如此如此，這般這般，自然是加些動怒的話。嚴嵩聽了眾人之言，勃然大怒，又見那些東西盡行毀了，正是火上加油。大罵道：「老夫素日與你無怨，怎麼這樣糟蹋我。你雖是親王，我怎肯干休？」遂吩咐打道進宮，來見天子。

帝見嚴嵩面色不和，便問道：「太師今日何故不悅？」嚴嵩俯伏奏道：「臣蒙皇上天恩，父子皆叨顯爵。臣兒另有第宅，不知定親王何故，突於本日率領著不識姓名匪徒，約有百餘人，打搶進宅，把臣兒扭住廝打。又喝令眾匪將家人打傷，搶劫一空，其餘拿不去的東西，盡行毀爛。幸得臣兒走脫，不然性命難保矣。伏乞陛下作主。」帝聞言不解何故。便對嵩道：「向日太師可與王往來否？」嵩道：「臣向未與王交結。」帝曰：「既沒有來往，必無仇怨。彼何以突然尋禍，這是何解？」嵩乘機奏道：「臣略有聞，伏乞皇上屏退左右，臣方敢奏。」帝乃叱退內侍，問道：「卿有何見聞，只管奏來。」嵩走近御前，低聲奏道：「臣聞定親王素懷大志，不甘伏吾主之下。每有欲出外鎮之心，以便其植羽黨，以圖大事。只因陛下不令伊出外鎮，不得遂其不臣之志，深怨陛下。久蓄死士於府中，屢欲大舉。

只因臣父子在朝礙目，故此率匪先欲收臣父子，以便舉事。惟陛下察之。」帝聞奏，便道：「他尊朕一輩，朕仰體先帝友誼，故特封為親王，使之尊貴。何忽懷異心，忘本至此？太師且退，朕自有處。」嚴嵩叩謝，出宮而去。

帝即宣吏部尚書唐瑛進宮，問道：「諸王皆出外鎮，惟定親王在京，朕恐他不得外鎮為怨，欲以邊藩封之，使其受國。天官以為如何？」唐瑛道：「諸王皆可封為外藩，惟定親王則不宜畀❷以外任，惟陛下察之。」帝道：「何以不宜出外？卿可奏來。」唐瑛道：「定親王自幼便無大志，性復迂腐，先帝在日，便知其不能為民牧❸者，故久未就封，只留在宮養閑而已。及陛下登極，方封親王。然王自受職以來，曾不理問外事，終日只與家奴為樂。日夜嘻笑，全然不知一些尊貴。似此若畀之外藩，只恐徒惹人笑矣。」帝道：「卿卻未知王之心。今王久懷大志，欲謀不軌，常以朕不封彼為外鎮生怨。故此在京陰蓄死士，屢欲大舉逐朕。奈有嚴嵩父子為梗，不敢舉動。今日竟將世蕃毒打，並領匪徒將嚴府搶劫一空，其反跡已彰。朕欲除之，卿以為何如？」唐瑛聽了，大驚失色，慌忙俯伏奏道：「陛下何出此言？必有奸臣暗奏矣。定親王乃陛下之叔，何得有此不臣❹之事？若說別人，臣不敢信，況王乃廢腐之人，豈曉作此事耶？伏乞陛下詳察，休聽奸佞之言，致傷大義，則天下幸甚矣。」帝道：

---

❷ 畀：音ㄅㄧˋ，與也，賜也。《詩・鄘風・干旄》：「彼姝者子，何以畀之？」《傳》：「畀，予也。」

❸ 民牧：古時治理百姓的官吏。《後漢書・安帝紀》：「令三署郎通達經術任民牧者，視事三歲以上，皆得察舉。」

❹ 不臣：人臣不守臣道，即叛逆之意。《論語・顏淵》：「君不君，臣不臣。」

「卿不必代為飾說，且退出，勿再言。」唐瑛只得出宮。

帝令廷尉立拿定親王下獄，發交三法司嚴訊。那廷尉領了聖旨，把定親王拿在獄中。次日，三法司再三嚴訊，頗奈朱宏謀不肯承認，要對頭質證。三法司只得奏復。帝見本上寫：

三法司臣為奉旨嚴訊事：案奉聖旨發交定親王下臣等會審謀反實情，臣等遵旨再三研訊，而定親王實無此情，堅不承認，必需質證，方可輸服。臣等只得仍將定親王禁下，請旨早發所指定親王之確證，臣等復訊，俾得輸服。臣等謹奏，伏乞皇上睿鑒。謹表以聞。

帝看畢，遂與嚴嵩商議。嵩曰：「陛下若發臣往彼對質，則廷臣不無私議，臣為陛下謀去親王者，惟陛下思之。」帝聞言，點頭不語，良久乃道：「如此則何以處之？」嵩奏道：「為今之計，陛下可將他這本章留住不發，該法司又不敢輕縱之，永禁於獄。臣另有計，可以為陛下除之。」帝准奏，遂留本不發。三法司候了半月，只不見旨下，各皆思疑，然不敢再奏，只得任他便了。這定親王在獄中，亦不能立見皇上，只得終日愁悶。又想起府中那班少年，不知如何下落，恐其走了，不得回去作樂。暫且按下不表。

再說那位海瑞，在湖廣已滿了任，即便請旨回京。皇上忽然想起，海瑞三載未見，即批了一道聖諭云：

海瑞出按湖廣，於茲三載。在該省訪拿匪類，遂致地方寧謐，甚屬可嘉。著即來京內，其所遺湖北巡按，著嚴世蕃去。欽此。

聖旨一下，那跑摺子的官，即便回湖北復命。不日已到本省，呈繳了回頭摺子。海瑞即日打點回京中陛見，將印信交送與指揮署理，擇日攜了妻子起馬。那湖廣的百姓，個個都來扳留。海瑞俱用好言慰之，竟有流涕不捨的。不說海瑞回京，一路無事。再說嚴世蕃得了聖旨，滿心歡喜。自思又好詐百姓，即日出京。臨行謂其父云：「海瑞不日回京，皇上必然重用。父親不可與他作對，凡事俱要依他。」又拜託王惇代為照應，方纔出京而去。正是：

只為尊年遠禍，致教拜囑諄諄。

欲知海瑞回京如何，再看下回便知。

批評：

海瑞入朝，嚴嵩不能安枕，故世蕃先以言勸之，又託王惇代為之解危，其可謂逆料者也。

第五十三回　禮聘西賓小嚴設計

卻說海瑞一路星馳進京而來。到了內城，將妻子暫且寄寓。次日入朝見了天子，山呼萬歲畢，帝慰勞道：「卿自筮仕以來，多著勞績，真朕股肱之臣也。今晉卿為戶部尚書，都察院左都御史。汝其勖哉！」海瑞再拜謝恩而退，將家眷搬入戶部衙門居住。聞得定親王犯法，現在獄中未決，遂再加詳訪，盡知始末情由，勃然大怒道：「如此目無君上，將來不知作何究竟了？」即日為表，次日早朝奏上。天子覽其表曰：

戶部尚書臣海瑞，誠惶誠悚謹奏，為事無確據，誣捏顯然，乞恩睿鑒事：竊照定親王犯法一案，蒙聖旨發交三法司會勘，其有無謀逆不軌等情，經三法司嚴再細究，而定親王堅不肯承。復加嚴訊，始終並無供認。想王係玉葉金枝，錦繡叢中長大，乃備嘗刑楚，並不供認一詞，其概可見矣。三法臣不敢嚴刑鍛煉，曾經聯名伏奏，請旨發出確證對質。至今三月，未蒙批發，案疑莫決，使親王久羈禁獄，案結無期，豈久羈可以自明耶？此臣竊有不解者也。陛下以仁孝治天下，復何忍聽奸佞之言，以乖友愛之義。伏乞陛下早發指控定親王確證，俾三法司得以結案，而王則死亦所應得，而亦甘受也。如無確證，則是誣捏無疑。乞陛下即將誣捏親王之人，發交法司，治以反坐，以儆奸宄❶，以肅律令。則朝廷幸甚矣。臣海瑞不勝懇切待命之至。謹表以聞。

帝覽表，自覺難決，復召嚴嵩入宮，將海瑞本章與看。嵩看了，不覺汗流浹背，奏道：「海瑞自恃其才，故翻舊案。陛下宜叱之，以儆將來，使諸諫臣以為前車之鑒也。」帝道：「不然，定親王乃朕之叔，非比別犯。今海瑞所奏之言，皆有井條，勢難留中。昔朕欲釋之，奈王犯大逆，若遽釋之，似同兒戲。還是如何設處，太師為朕思之。」嚴嵩道：「陛下既欲釋放定親王，何不就令海瑞保其出獄？令彼具保狀，那時釋放，便可掩飾矣。」帝首肯。即批其奏章云：

據奏已悉，准將定親王釋繫，但無人敢保。汝既知其忠誠，汝能保之，即予釋放，仍歸藩封可也。

硃批已下，海瑞看了，不勝之喜，即時具了保狀，呈繳宮中。定親王得釋，曷勝感謝。惟嚴嵩與王惇二人心中不忿，私相議道：「欲害海瑞，奈無隙可乘。」王惇又修書與嚴世蕃，說「海瑞甫到京師，即保朱宏謀出獄」等語。世蕃看了，不勝驚訝，也不回書，即將原書尾批云：「伏虎容易縱虎難。」

❶ 奸宄：犯法作亂的人，同姦宄。《書・舜典》：「蠻夷猾夏，寇賊姦宄。」孔《傳》：「在外曰姦，在內曰宄。」

王惇得了這句話，便心中不安，然追悔無及，只得隱忍。暫且按下不提。

再說嚴世蕃自到任以來，卻不以政務為心，耑要賄賂，所按地方，勒要供應舖墊銀一萬兩。如有不足者，立即搜羅其失，立時參奏。湖廣合省官吏，幾不聊生。然畏他有勢，不敢奈何，言固不敢，怒則深也。世蕃性好男風，在任耑選少年美貌者，充作跟班，閑時取樂，不分晝夜。時有胡湘東者，貌美而慧，年十六，即遊泮水。一日，世蕃詣太學宣講聖諭，時湘東亦在執事列內。世蕃偶一見之，不覺魂揚魄越，幾不成禮。宣諭已畢，世蕃坐於明倫堂，該學教官率領諸生參謁。各各作揖打恭畢，嚴世蕃問湘東名字，湘東打恭道：「生員姓胡，學名湘東。」世蕃笑道：「好個美名，正所謂『湘東品第留金管』也。」復問：「其進學幾年？」湘東道：「三載。」世蕃道：「今歲屬當科闈，宜用心舉業，以圖上進。本院實有厚望焉。」湘東揖謝。世蕃起身上轎回衙。自思：「湘東又勝任寬數倍，焉能與彼一親，此誠人生一大快事。」轉念彼又非任寬之比，寬乃小人，彼乃膠庠❷之士。倘彼不允，反弄得不像樣子。輾轉思維，是夜目不交睫，慕想不置。

次日清晨起來，發了一通名刺，著人持去學中，請那教官前來問話。那官見了名帖，即刻穿了衣服趨署，連帖親繳。世蕃令請進，教官參謁，侍立於側。世蕃喚令坐下，教官道：「大人在上，卑職理當侍側聽命，焉敢僭越就坐？」世蕃道：「燕居私見，即為賓主，那有不坐之理？」教官道謝，方纔坐下。說道：「不知大人有何教誨，乞即示知。」世蕃道：「並沒甚事相勞，因昨日偶見貴門人胡湘東者，其人詞氣溫雅，材藝必佳。本院正少一書稟西席❸，欲請胡先生為之，未知老師以為可否？」

---

❷膠庠：學校的通稱。膠，周朝大學，在王宮之東。庠，周朝小學，在國之西郊。

教官起身道：「胡生才學頗優，大人不棄，以為主書啟之席，必有可觀。此大人栽培之恩，而胡生之幸也。即當令其趨叩崇階，早晚聽訓誨也。」世蕃道：「既老師應諾，在下有關書❹贄儀❺，統煩帶去。」旋令家人取了一百兩銀子，關書一札，交與教官。那教官接了，作謝而別。回到學署，即令門斗去胡湘東家傳彼來見。

湘東聞得老師請往，乃隨著門斗來到學宮內見老師。湘東問曰：「老師見召，有何教諭？」教官笑道：「賢契運氣來矣，可喜，可賀。」湘東道：「門生一介貧儒，有何喜慶？伏祈明示。」教官道：「昨日巡撫嚴公，偶見賢契詞氣清華，心切仰慕。今日特召吾去，意欲延足下代主筆硯之任。現有關書、贄儀，著我代請，不知足下意思如何？」湘東道：「生以一介庸愚，毫無知識，何敢膺此重任？」教官道：「嚴公以足下才貌過人，故欲延置之幕府，此所謂禮賢下士者也。」湘東道：「既有關聘，煩借一觀。」教官乃將關書、銀子，遞與湘東觀看。湘東見其關書上寫束脩❻一千兩一年，又見贄儀一百兩，一時喜不自勝，便欣然應允。教官亦喜，即日回覆按院。那世蕃喜愜心願。過了兩日，嚴府令親隨來迎湘東，欣然就館。初見賓主甚欣，而世蕃深心遠算，故不露其面目。凡有書啟之類，悉送湘東代筆。

---

❸ 西席：受業之師或官府幕職的尊稱。

❹ 關書：古時聘請塾師的文書，載明教學時間及報酬。

❺ 贄儀：為表示敬意而贈送的禮物。

❻ 束脩：古代贈送教師的酬金。《論語．述而》：「自行束脩以上，吾未嘗無誨焉。」

光陰迅速，日月如梭，早已過了兩月。世蕃巡按各郡，亦與之俱往。一日，巡到辰州。此時朔風驟至，彤雲密佈，十分寒冷，人役各皆畏寒。是日世蕃傳令，且停夫馬，就在館驛之中紮住。湘東政主書箋，自然相隨在內。世蕃久有此心，然無隙可乘。有時語及褻猥，湘東則正色不答。是以空有扳花之心，實乏僥倖之便。這日世蕃卻忍不住，乃思想一計，吩咐近身家人，叫：「取些蒙汗藥來，帶在身邊，我卻請胡師爺賞雪。酒至半酣，你可暗將蒙汗藥置於彼酒中，即是你之頭功，自有重賞。」那家人應諾，即到外邊採取回來，耑備應用。世蕃即辦酒來請湘東賞雪。湘東正苦無聊，便欣然而赴。當下彼此見禮畢，分賓主坐下。世蕃坐下說道：「今日本欲前往按臨，但見大雪太甚，夫役難於進步，故暫止於此。然值此寒日，無聊之際，無可排遣，故備一杯水酒，與先生賞雪。」湘東道：「燒葉熱酒，取雪烹茶，正文人雅事，當與雅人共之。」世蕃道：「先生本屬雅人，故請先生共賞。」旋有家人將酒筵擺上，彼此坐下，相與暢飲。

二人酒至半酣，世蕃道：「值此佳景，先生豈可無章句以誌詠耶？今以三分安息香為限，如詩不成，罰依金谷酒數。」此際湘東詩酒之興正豪，欣然應諾，即請命題。世蕃故以險韻作難，乃道：「即景為題，賞雪可也。但韻雖用八庚，若過香限者，罰巨觥三大爵，仍再作新詩。」湘東應諾。世蕃令人取過紙筆兩具，各放一旁，相與罷飲構思。果然世蕃詩才敏捷，香未及半，已經脫稿，而湘東始得首句。世蕃故意諄諄絮絮，與家人共語，以亂其心。香已過度，湘東之詩，方纔急急脫稿寫呈。世蕃笑道：「已過限了，毋庸看閱，兄當罰三爵再作。」遂將花箋放下。湘東道：「過限受罰，理所應得。」立飲之。世蕃復令點香，說道：「兄今當急作矣。但不得與前詩一字相合，以杜襲前之弊。如有襲前一字，照罰三爵，另起爐灶。」湘東到底是個年輕之人，不覺英氣勃勃，大聲應之。復揮毫思索，只因前詩已被他拿住了，若犯一字，不特不算，反要受罰。所以湘東左思右想，改八句詩詞，塗抹不盡。及至脫稿，限早已過度了。世蕃又道：「又過了限，如何是好？也罷，陪飲以終其令罷。」湘東道：「晚生實遲鈍，惟大人諒之。」世蕃遂以三爵勸湘東，而自己飲三杯相陪。湘東此時酒已八分，又一連飲上幾觥，就有十分醉意。說道：「不限香，晚生與大人聯句罷。」正是：

酒興詩豪難制伏，故教勇奪詩壇職。

畢竟湘東如何再作詩句，且聽下回分解。

批評：

世蕃之用心，可謂深矣苦矣。先以西席奉之，並不見一些破綻，直至兩月有餘，方纔發作，可謂深於用意者也。

第五十四回　雞姦庠士太守逃官

卻說世蕃又以香限過度，不肯收閱。乃道：「兄才過於修整，只患不工。故以遲鈍，今已連做兩首，足見真才矣。但先有令，兄飲六觥，就算完了酒令罷。」湘東是個好勝之人，便欣然而飲。飲畢，將詩呈世蕃觀看。世蕃看畢，大加稱贊道：「今藝與前更加妍麗，果是大才，無關遲疾也。」復以巨觥相敬，湘東不得已，勉飲一觥。此際酒氣上湧，不覺嘔吐狼籍，醉臥於几上，人事不知。

世蕃見他沉醉得很，乃令人去其外面污衣，扶到床上，卸其衣褲，乘其堅而入，不覺丹浹玉莖。湘東醉痛正醒，開目朦朧，彷彿乃是世蕃。然此際頭重身輕，欲動不能，掙扎幾回，旋復沉沉睡去。世蕃姿意取樂一番，元精已洩，尤復抱持而宿。直至夜深，湘東酒纔稍醒，自覺身被箍持，急掙扎起來，猶見殘燈在几，走下床來，自覺肛門腫痛，舉步維艱，不覺奮然而怒。回視床中，正見世蕃呼呼鼻息。此刻不能按捺，無名火起，只見几上有大石硯一個，急取擲向床內。世蕃卻未曾闔目，湘東起來之時，假作睡狀，偷眼觀其所以。今見湘東怒擲石硯，急起身躲閃。那硯塊擲去，幸而未中己身，把一大塊床梆打碎。世蕃不覺大怒，走下床來，將湘東抱住，大叫：「家丁快來。」連稱有賊。那些家丁在夢中驚醒，聽得是家主房中喊賊，遂各各起來，執持器械，擁到房中，只見是湘東與世蕃相持。世蕃見家丁來了，急喝道：「快來拿賊！」一眾家丁走將上前，把湘東拿下。世蕃道：「這賊黌夜入內行刺，且與我權且看守，到了天明，我自有處。」一眾家丁將湘東擁下，湘東亦不言語。

次日天明，世蕃寫了一道文書到學裡，先行斥革湘東功名，隨令發去府獄監禁。這裡教官，將公文展開一看，只見上面寫道：

吏部侍郎巡按嚴為逆生謀殺事：照得該學生員胡湘東，以一介貧儒，本院愛其清才，延到幕府，厚其束脩，一則冀養其材，二者畀以箋啟之任。本院愛才不謂不深，栽培不謂不厚。茲該生旋入行轅，暗懷利刃，入帳行刺。幸本院知覺得早，不然，一命已斷送於該生之刃下矣。立即呼同家人拿獲，搜得利刃行刺之具，現在贓證顯然。除將該生即發府監禁押聽候提訊理，合移知學道，並檄悉該學照遵，立將該生詳革，以憑本部院提訊究辦。該學毋庸拘延干咎，速速須檄者。

教官看畢，不覺吃了一驚。呆了半晌，自思：「胡生沉潛❶蘊藉❷，豈有此事？況且嚴公與生素無仇隙，而生何故行此悖逆之事？其中必有緣故。然一檄既下，不得不詳。」遂將湘東所犯事跡，上詳學道。這學道姓朱名茝，字佩蘭，原是探花出身，由禮部郎中得授此職，為人耿介不阿。今見該學中詳，大為詫異。細思：「天下刺客儘多，但未曾見有秀才挾刀殺人者，況詳稱該生現與嚴公為賓主，

---

❶ 沉潛：謂地德沉深而柔弱。《書・洪範》：「高明柔克，沉潛剛克。」

❷ 蘊藉：寬厚而有涵養。

而該生無故於行轅刺之？此事難澆一面之詞。今已將該生發府監禁，必飭該府訊詳。況嚴氏權勢正炎，地方官不無仰承其意，胡生怎免屈招之患？吾為學道，但此學中艱難之日，可不一拯手耶？」遂吩咐書吏，立備移文一道，前往嚴公行轅投遞，移提胡生到轅親訊。書吏領了言語，即時寫好呈上。那朱莅連忙押了簽，由驛飛馳前往，自不必說。

又說那湘東當日下了監，也不言語，任由拘押，再不則聲。那知府受了世蕃囑托，立時提出湘東審訊，要他承認行刺。湘東笑道：「秀才行刺，此是新聞。公祖大人照辦就是。」知府道：「你這話卻又奇了。那嚴公以你為一介飽學秀才，故此不惜千金聘你。你卻不知報德，而反以為仇，身懷利刃，私入臥內，非行刺而何？到底你與嚴公有甚仇恨之處，只管對著本府直供，或可原宥，亦未可定。若不直說，今日本府現奉嚴府面諭，豈可草率了事不成？若再推諉，三木之刑將及汝矣。」湘東笑道：「若論世蕃以千金相聘，則為過厚。然一書啟之席何須千金？其意老公祖亦可想矣。至於無故受人厚聘，正自愧無功以享其祿。賓主相歡，並無一言不合。出入俱隨，其賓主之情可謂深矣，又何得謂之仇隙耶？突而以行刺之罪誣人，惟老公祖大人察之。欲直說出，則有玷斯文體面。若不承認，則無以解脫。所謂啞子食黃連，自家有苦自家知者也。」知府聽了，疑其言語有因，乃緩其刑，仍復收監再訊。

過了幾時，那學道移文已至世蕃行轅投遞。世蕃展開來看，只見寫道：

湖廣提督學道朱為移提事：案據辰州府學申詳，稱該學生員胡湘東蒙聘請為幕，以主書箋西席，關書、贊儀皆經該學手送。該生應聘馳赴行轅，蒙格外之施，按臨各郡，出入俱隨。突於本年月日，奉檄內開，該生於某月日夜，懷利刃私入寶帳，意將行刺。被喊眾當場拿獲，發府監候審訊。檄飭詳革該生，奉此，合即遵照。據詳前來，查該生身隸既微，蒙恩隆聘，侍於按院，以為望外之幸。茲敢突懷悖逆，行刺大僚，殊堪詫異。理合移提來省，本道親訊，以正刑章，而戒合學之將來。希照移提事，乞將該生移解來省，以便按擬，實為公便。須至移者。

右移欽差巡按部院嚴。

嘉靖　年　月　日移

世蕃看了，忖思：「學道忽然移文前來移提，若不發往，即屬不實。若然發去，只恐一旦盡露醜態，此時又反為不美。」躊躇❸不決，乃吩咐家人前去請知府來。家人領命，去不多時，把知府請至行轅。參見畢，世蕃道：「前者發來該犯，至今已久，還不見動靜。」知府道：「據訊該生不承不諱，事涉嫌疑，故此復行監禁。再行覆訊。」世蕃道：「該生刁狡，彼既犯法，便欲含血噴人，扯人入水。貴府即不能定獄，也罷，本部院卻有個善法，汝當依而行之。」隨在袖中取出一個小柬，遞與知府道：「歸纔開看，依書行事，幸勿有誤，自當厚報。」知府唯唯而退，回府將小柬拆開，只見上面寫道：

伏虎容易縱虎難，幸勿輕縱使歸山。須當聊效東窗事，何必區區方寸間。

---

❸ 躊躇：猶豫，徘徊不前。

知府看了，尋思道：「這幾句話，分明要我效那秦檜害岳王之事，想此生必有冤抑，我今若遽殺之，何以見天地對孔子？寧可棄官，不可過陷。」便有釋放該生之意。

伺至夜裡，令人於獄中提出該生，來到內堂，細訊原委，湘東只是不言。知府道：「今君生死在即，只爭一言，若不早說，自悔無及。吾以汝讀書人，未必有此悖逆之事，不忍加害。足下不言，死立至矣。」湘東道：「事實有因，言難啟齒，乞賜紙筆一用。」知府即令家人去其刑具，給與文房四寶。湘東猶有不欲下筆之意，知府道：「生死關頭，在此一刻了。」生不得已，把筆寫了幾句道：

丈夫貧豈受人欺，儒士何勞厚聘延。甚恨將人為媵妾❹，餘桃❺焉肯啖他先？秀才不作龍陽寵，國士那堪入帳緣。酒醉被污誰忍得，端州石硯把床穿。使君若問原何故，只看其中字與言。

寫畢呈上知府。知府笑起來道：「彼亦太無廉恥，豈有把秀才作龍陽者哉？」湘東不覺紅脹滿臉。知府忽然大怒道：「國賊辱及斯文，這還了得！」遂將世蕃之柬與生觀。看畢，泣告道：「願公祖大人早刻行事罷，免得有累。」知府道：「非也，若是本府肯從所使，亦不肯將柬與你看了。為今之計，當釋於你。你可星夜奔往京城，去那海瑞大人處，告他一狀，以申其冤可也。」湘東道：「雖蒙公祖

---

❹ 媵妾：小妻。古時候女兒出嫁時隨嫁或陪嫁的人。

❺ 餘桃：桃子的殘剩部分。後用為男色事人的典故。語見《韓非子．說難》。

大人恩釋，但小人此去，豈不累及公祖麼？」知府道：「吾亦不欲久在此為官。況吾又無家眷在此，不過數名家人相隨，今夜就與足下棄官而逃何如？」湘東道：「公祖十載寒窗，纔博得黃堂四秩，前程遠大，正未可量，何必區區為此一人而欲棄官耶？」知府道：「不必多言，且隨我去。」叱令家人將湘東刑具盡行開放。急急收拾細軟，將印信掛於樑上。（封金掛印，千古美談。今知府其有關公之遺風耶，獨惜不傳其姓名耳。抑作書者不欲傳耶？不然，好德而不好名，此為真德。亦可不必耑傳其名氏也。）當下收拾已畢，知府攜了家人與湘東，從衙內後門奔逃而去。比及天明，衙役起來，過堂時候，還不見裡面動靜。進內一看，方知合家逃去，立即飛報上司。正是：

有道則仕矣，此官亦足嘉。

畢竟後來知府與湘東如何，且聽下回分解。

批評：

天下事儘有不可解者。今世蕃好男風，而欲污及斯文，真所謂不分好歹也。安得怪湘東之一硯耶？湘東一硯，猶不足以盡其辜，而世蕃以行刺誣之，欲效秦檜東窗事，可謂惡之稔矣。知府棄官釋生，洵是奇人。

第五十五回　王太監私黨惑君

卻說那些衙役，次日見署內無人出入，又見印箱懸於樑上，方知太爺棄官而逃。連著湘東亦不見了，急忙報知本道。這兵備道即來查驗倉庫，卻不曾虧空，便收了印信，申詳巡按及指揮。世蕃一見大怒，即誣控知府主使湘東行刺，今又私釋重犯，棄官同逃。立了文案，一面委員暫署府篆，一面通飭闔屬訪拿，按下不表。且說那學道聽了這個消息，十分狐疑，只得罷了。

再說那知府與湘東並家人等，行未及三日，即見通衢遍貼榜文，嚴拿甚緊。遂不敢日行，惟有夜走而已。可憐他們受盡了多少風霜之苦，方纔捱到京城。知府尋覓寓店，與湘東住下。打聽得海瑞現為戶部尚書，遂寫了狀子，著湘東前去攔輿喊冤。這日海瑞退朝，出了午門，將至署前，忽見一人跪在轎邊大叫冤枉，海瑞止住了轎，便問那人道：「爾是那裡人氏，姓甚名誰？縱有冤屈，該赴地方官處呈控，怎麼到此攔輿叫冤？」湘東道：「小人姓胡名湘東，乃湖廣辰州人氏。原是府學生員，冤被巡按嚴世蕃所陷，如今千艱萬難，纔得到大人跟前伸冤，伏乞恩准。」海瑞聽得是嚴世蕃的對頭，心中就有幾分喜悅，遂問道：「你既有冤情前來告狀，可有狀詞否？」湘東遂向袖中取出呈上。海瑞接了狀詞，吩咐道：「且將胡湘東押候，待本院作主就是。」湘東叩謝了。

海瑞回轉私衙，細將狀詞展看，只見上寫道：

告狀人湖廣辰州府學生員胡湘東，稟為目無法紀，辱及斯文事。竊生以一介貧儒，於某年得遊泮水。於本年因在府學宣講聖諭，冤遇現任巡按嚴世蕃，窺生年少，意欲移甲作乙，監作龍陽，預伏奸謀，故託本學某致生關書贄儀，稱延聘生入幕，以主書啟之席。孰知奸用心深苦，初見並無一語相戲。生在彼兩月有餘，豈料於某年某月日，以酒將生灌醉，竟污辱予體。及生酒醒忿怒，以石硯擲之。奸則登時喝令家奴將生綁縛，發交府監候，誣生行刺。幸該府仰體上蒼，以事涉疑，權且監候，再行覆訊。孰料世蕃復懷歹念，欲置生於死地，私授知府小柬，教令將生效秦檜東窗事，知府不忍冤生，承彼大義，放生逃奔。生以釋己累人，亦所不忍，復不肯行。而知府某即棄官，與生同逃至此。伏乞大人申此奇冤，究此不法，則天下幸甚！沾恩上赴大人爵前作主。

海瑞看完了狀子，勃然大怒，罵道：「那有此事！世藩國賊欺人太甚，辱及斯文，又復坑陷，這還了得！」即批道：「閱悉狀詞，殊堪髮指。候具奏差提嚴世蕃來京質訊，如果屬實，立即按擬，你仍靜候可也。其該府棄官同逃，因是逼於權勢，原無過犯，尚屬可嘉，著即前往吏部衙門具呈，聽候奏辦可耳。」將批語懸於衙前，海瑞便連夜修起本章將世蕃所犯事款，以及該府仗義釋放胡湘東，同逃進京控告各情，逐一具列在上。

次早入朝，俯伏奏道：「臣海瑞有本章啟奏陛下。」帝道：「卿有何奏？」海瑞便將胡湘東如何被污，怎的受陷，知府某如何棄官同逃，逐一奏知。隨將本章呈上龍書案前。天子看了本章，笑道：「那有這等奇事？如今知府某現在何處？」海瑞道：「現在內城作寓，與胡湘東同居。」天子道：「可即宣來見朕。」海瑞領旨出朝，著人隨湘東至寓所，宣召上殿。天子問道：「你是某府麼？」知府伏奏道：「臣就是某府某某。」天子道：「胡湘東一事，汝可知否？」知府便將胡湘東如何受聘被污，世蕃怎麼陷害，他便如何釋放湘東，備細奏聞。天子道：「你尚有仁心，勅令吏部註名，仍以司道補用。」那知府謝恩而出。天子問瑞道：「卿意如何？」海瑞奏道：「王子犯法，同於庶民。今嚴世蕃身居大員，而為禽獸之行，且又誣捏故陷，情罪重大。乞陛下立提進京，交臣嚴審按擬，則國家除此奸臣，而天下幸甚矣。」天子道：「依卿所奏就是。」乃下一道旨意云：

據戶部尚書海瑞所奏，嚴世蕃在任，污辱秀士胡湘東，復行誣陷，致該知府某不忍，仗義釋放湘東，同逃來京控告，殊堪駭異。著廷尉官立即差緹騎前往該省，鎖拿劣員嚴世蕃來京，交戶部尚書，會同三法司審擬具奏，欽此。

這旨意一下，廷尉官即差了緹騎，前往鎖拿嚴世蕃去了。

再說那嚴嵩聽得此事，大驚失色，急請張居正、趙文華到府問計。文華道：「偏偏又發在戶部去審，若是別人，還可以說個情分。這海瑞向來與我們不對的，如何是好？」居正道：「此事除非去求王惇，方可有濟。他與令郎相好，必然肯出力在皇上跟前保奏的。」嚴嵩道：「如此甚好，就煩足下一行。」居正應諾，即便告辭，一程來到東廠。

時王惇威權日甚，兼理西廠事務，六部之權，盡歸掌握。門戶如市，所有六部人員，每日清晨俱來參謁，竟擠擁不開。居正在門房候了半日，方纔略覺清淨。又值王惇用點心，又候了一個時辰，始得傳進。居正隨著小太監，來至內堂。只見王惇危坐几上，手執柳木牙籤，在那裡剔牙。居正跪下，口稱：「王公公。」那王惇只似不曾聽見的一般。居正不敢復語，跪在地上約有一個時辰，王惇方纔問道：「下面跪的何人？」左右答道：「禮部尚書張居正。」王惇道：「早參已過，來此何幹？」居正道：「卑職奉了太師鈞命，來請上公過府。」王惇道：「既是奉太師之命，且起來說話。」居正謝了，起立於側。王惇道：「太師安否？」居正答道：「太師藉庇安康，太師亦著卑職來請上公安好。」王惇笑道：「這幾日還吃的斤把燒酒，太師請咱去做甚麼？」居正道：「太師有要話請上公光降面陳。」王惇道：「你也不知麼？」居正乘機道：「卑職略知一二，未悉其詳。」王惇道：「你且略略說與我知道。」居正道：「只因太師令郎出仕湖廣巡按，茲有辰州秀才胡湘東與某知府前來，控告嚴少爺污辱斯文等事，皇上大怒，發交戶部海瑞會同三法司審訊。現已差人前往鎖拿少爺。太師此際不知所主，因念上公與少爺曾有八拜之交，故特命卑職前來，敬請過府商議。」王惇道：「這從那裡起的？」居正道：「就是那胡湘東來京告狀鬧出的。」王惇道：「難道他竟告了御狀麼？」居正道：「亦不曾告御狀，他在那戶部裡告的。」王惇道：「此事定是海瑞在皇上跟前說的？」居正道：「然也。他還請旨，發在他那裡審問。纔是冤家難解呢。」王惇道：「且自由他，咱也不用到相府去，待咱明日上朝，替他說個分上就是。」居正謝道：「略得吹噓之力，則少爺可以不死矣。」王惇道：「你且放心，一面回覆太師，說咱既與他令郎相好，彼事如咱事一般。」居正辭謝而出，回到相府，復信不表。

且說王惇躊躇了一夜，若說不辦，又礙於法憲。若說要辦，則世蕃不能倖免。次早入朝，侍於帝側。文武山呼，奏事已畢。帝退入內殿，王惇猶隨侍於側。帝問道：「汝在此做甚麼？」王惇便俯伏奏道：「奴才有個下情，上瀆天聽，伏乞皇上俯容奴言。」天子道：「有甚麼事，只管起來細奏。」王惇謝恩起立，奏道：「嚴家父子有功於國，今為狂生所陷，致被戶部尚書海瑞加以誣奏，天威振怒，差緹騎拿問。但胡湘東不過一狂生也，貪他人之賄賂，未免含血噴人，欲扯世蕃俱入渾水，惟陛下察之。」帝道：「胡湘東之言，固難遽信，現在某府釋犯逃官，經朕面訊，此事卻明明不爽，豈能為彼掩過耶？」王惇道：「某知府安得又不聽從闔省有司上憲所使，有意誣陷忠良，然陛下不可不察。」帝道：「世蕃所犯，誠屬有之。但朕念其父子功勳，未忍立究，每欲一為之庇，又無法可解，如之奈何？」王惇道：「陛下誠開一面之網，則奴才自有解禍之法。」帝問：「有何法可解？」王惇奏道：「陛下主天下生死大權，欲恕一臣子，只在片言耳。今胡湘東既已前來告狀，陛下亦經准了海瑞的奏章，若遽不問，則廷臣必有竊議。且湘東心中不服，必致嘵嘵❶瀆聽。為今之計，陛下廣施仁澤，仰體上天好生之德，將世蕃罰俸三年，革職留任，亦足以蔽其辜。況《春秋》有云：『罪不加尊。』今世蕃身為封疆大吏，亦足為尊貴矣。陛下誠能仿《春秋》之義，恩赦世蕃，此正權宜之法。誰不云天子有德，善準人情。」天子聽了大喜道：「汝乃一內宦，猶知大義。朕依卿所奏，即差兵部快馬趕回

❶ 嘵嘵：音ㄒㄧㄠ ㄒㄧㄠ，爭辯聲。唐・韓愈《昌黎集・重答張籍書》：「擇其可語者誨之，猶時與我悖，其聲嘵嘵。」

只因幾句話，遺下萬年譏。

前旨。」正是：

畢竟兵部差官此去，可能趕得到否，且看下回分解。

批評：

內宦之耑權，自宣宗起，而帝相承。畀之耑任天下之大務，而內宦兼之。夫宰相六部，皆為節制，故嵩與世蕃不得不阿諛之耶！

第五十六回　海尚書奏閹面聖

話說王惇再三在天子面前，為嚴世蕃解說。天子准奏，即時差了兵部跑役，限日行八百里，趕回廷尉官。另頒聖旨，著吏、兵兩部知會，將嚴世蕃罰俸三年，革職留任。胡湘東加恩賞賜舉人，就留京會試，以償其辱。聖旨既下，各各凜遵。海瑞聞知不勝之怒：「我想如此大事，王惇一言，便可免議，似此則無青天矣！若由宦官耑權，將來朝廷法令，俱為他們敗壞矣。」於是連夜修成本章，要與王惇去做對頭。其奏章云：

戶部尚書臣海瑞奏為宦官近禁，理宜復閹，以杜復萌，以肅宮闈事：竊照內侍一項，原因自宮而進，充役內廷，聽候驅使。但念初割之際，其人尚幼，淫具未發。及至年近十六，血氣當生，其具因之亦長，難保寸長之虞。但古諺有云：「飽煖思淫慾，貧窮起盜心。」今該宦等，承恩豢養，飽食終日，無所事事。復近禁闈，日恒與諸宮娥雜沓❶春花秋月，不無有感。似此聲息易通，往來皆便，不可料之事難免無虞。倘有不測，污玷閨房。非此等宦官，不足以驅使，今既捨之不能，則當思其所以制之之法。請得以五年為期，修即復次，差令宗人府丞查驗。如有

❶ 雜沓：紛雜繁多。

物具稍長者，即復加閹割，則可無虞矣。伏乞皇上睿鑒施行，臣海瑞謹表以聞。

次日早朝，海瑞攜了本章，趨殿朝賀畢。天子道：「有事啟奏，無事退班。」海瑞當殿奏道：「臣戶部海瑞有本章面奏陛下。」天子道：「卿又有何事？」海瑞俯伏金殿，將本章呈上。內侍接轉放於龍書案前。天子細看畢，笑道：「卿家所奏之言，殊為有理。朕亦每常以此為慮。今卿所奏正合朕意，即當舉行。那宗人府丞事務煩多，恐不能分理，就委卿主政就是。」海瑞謝恩，當著殿前大呼道：「奉旨著戶部尚書海瑞，查驗內廷宦官。若有陽具稍長者，及早報明，聽候復割。如有隱匿者，即以違制律治之。」當下海瑞大呼三次。此是海瑞恐怕日久，皇上悔約，故此當殿大呼，以為君無戲言，使眾聞知，而不能改命之意也。那些內侍們聽了，唬得個個面如土色。

海瑞領了聖意，即日傳了掌理宮闈總理老太監沙惠元來到，將聖意對他說知。沙惠元道：「依大人的尊意若何？」海瑞道：「這是皇上的旨意。如今特請老公公到來，非為別的，煩將宮內所有年近二十者，不問好歹，俱要開列名字、年歲，造備清冊，送過敝衙門來。待在下好點驗。如應割者，再行閹割，如不應割者，免之。此是欽命，老公公幸勿遲誤，大家都有處分。」沙惠元笑道：「偺如今年已經八十二歲，還要閹割否？」海瑞道：「事有定例，七十以上者毋庸閱驗。老公公即此未屆六十，也可以免驗的。」沙惠元道：「這就是大人的恩典了。」哈哈大笑，方纔別去。

過了兩日，沙惠元著小太監送清冊過府。那小太監見了海瑞，叩頭不迭。海瑞笑道：「汝之意，不過要求免驗否？」小太監復叩頭道：「求大人恩典，免驗罷了。」剛峰道：「你叫甚麼名字？」那小太監道：「小的喚做進祿，今年纔一十三歲。」剛峰道：「你今纔得一十三歲，休慌，且去罷。」進祿叩謝回官不題。剛峰將送來花名冊子，展開細看，只見上面書載甚悉，共有一十八處，各有所統。共有一千五百人，處處聲敘得明白。看官且看便知：

總理內府掌管司禮監沙為備造清冊，移送查核事：現奉聖旨，准戶部尚書海咨准前情，合備清冊，以憑查核。須至冊者。計開：

正大光明殿，值殿司禮太監四名，率領副司禮太監六名，統領小太監共九十名。

司禮太監姓名計開：

王一熄，年三十八歲。黃珩，年四十歲。漆璘，年二十三歲。朱瑗，年五十二歲。

副司禮監六名：

任行，年十八歲。李寧，年十七歲。榮華，年三十歲。溫飩，年二十五歲。周吉，年三十歲。

喜兒，年四十三歲。

小太監：

胡敬堂等共九十名，下有註明年歲姓名。

奉先殿司禮太監四名，率領副司禮監六名，小太監九十名。

司禮太監四名開列：

鍾山，年四十八歲。十進，年二十七歲。朱升，年四十三歲。龜公，年三十歲。

副監六名：

朱開，年五十歲。尤逵，年三十八歲。翠兒，年二十八歲。廣往，年二十九歲。張喜，年四十二歲。狗兒，年十七歲。

小太監：

何仁等共九十名。

崇正殿司禮太監四名，副太監六名，統領小太監共九十名。

司禮太監四名開列：

八十七，年二十五歲。三寶，年五十一歲。周章，年十八歲。甘興，年十六歲。

副司禮監六名：

羅耀星，年九十歲，免差。松壽兒，年五十三歲。柏齡，年四十一歲。柳春，年三十二歲。張松，年二十歲。金定兒，年三十六歲。

小太監：

優福等共九十名。

大安殿司禮太監四名，副司太監六名，統領小太監共九十名。

司禮監四名開列：

一清，年二十五歲。二福兒，年十八歲。玉兒，年二十四歲。侯光，年二十九歲。

副司監六名：

張仙保，年二十八歲。三星兒，年五十二歲。喬兒，年九十二歲，免差。廣仕，年六十歲。羽四，年四十一歲，現病。八十九，年二十五歲。

小太監：

區朱等共九十名。

景安殿司禮太監四名，副司監六名，率領小太監九十名。

司禮太監四名開列：

蘇源，年七十一歲，現出差。唐福，年五十六歲。優祿，年三十九歲。廣仁，年二十八歲。俟福，年三十七歲。張福，年五十三歲。

副司禮太監六名：

吳喜，年六十二歲，出差。恭達，年四十五歲，現出差。海英，年三十九歲。鐘福，年四十六歲。張約，年五十二歲。朱廷，年三十歲。

小太監：

仇喜等共九十名，皆有年歲註明。

太清宮司禮太監四名，領副司禮監六名，統率小太監共九十名。

司禮太監四名開列：

尤兒，年三十六歲，現病。廣善，年二十一歲。吉兒，年三十八歲。海青，年二十九歲。

副司監六名：

得福兒，年十九歲。中庸，年二十九歲。李三，年五十四歲。任祿，年五十歲。何祺，年七十歲。周祺，年一十二歲。

小太監：

馬兒等共九十名。

冊內煩絮，不能備錄，不過略序其大概而已。

當下海瑞看了花名冊子，隨喚書吏進署，吩咐道：「即日就要查驗諸內侍，你們書吏中選六十名伺候。再到有司衙門去借六十名精壯差役，並懸示日期，聽候查驗。」書吏領命，即去備辦。正是：

三年一割斷淫根，內官聞知也消魂。

畢竟海公如何再行閹割，且聽下回分解。

批評：

雲峰曰：「閹割之例，自海公始。自帝朝之後，皆循而行之，後以魏忠賢，始行奏免。海公其大有造於諸宦者矣。」芝亭曰：「海公之謀，卻為肅清禁掖起見，讀者不必以私仇報復為言哉。」

第五十七回　剛峰搜官調任去釘

卻說書吏領了海瑞言語，立將應行事宜，逐一備辦。行文到大興縣裡，去借精壯能事差役六十名，前來供役。書吏遂將牌示送來，剛峰簽押畢，掛了出去，懸在那午門之外。此際驚動許多內監，前來觀看。人人無不吐舌、皺眉，都道：「好利害！」其牌示道：

欽差查驗海為曉諭事：照得本院恭奉聖旨，查驗內外宮監，如有應再閹割者，即行閹割。如不需者，即行註冊免割。欽遵在案，合行牌示內監等知悉：凡有爾等應行再割者，於某日齊赴本部堂衙門東邊站立，聽候親行查驗再割。如無需復閹者，亦如應割之模，齊集西邊，站立聽驗，註冊免割。如有一名不到，即係抗違聖旨，本部堂即以違制律處之。各宜凜遵毋違，特示。

眾內侍看了，人人愁悶，個個憂驚。其時王惇亦已知曉，那小太監道：「明日海蠻子要將偺們再行閹割，不知為何這樣冤業呢？」王惇道：「他們自有他們的事，再不干連偺們的。前日老沙造花名冊子時，也著小廝前來這裡知會，被偺搶白了幾句。後來又著人來說，卻不敢把偺們這裡的人名字上冊。愁他怎的？」

不表王惇自固，再說海瑞將冊子反覆細看，卻不見有王惇名字。尋思道：「這沙惠元亦懼怕這廝，連王惇二字也不敢上冊。我正要收拾這廝，今日怎肯由他漏網？明日要他知我這海蠻子的利害呢！」就即時吩咐海安道：「你明日伺候時節，卻將聖旨以及萬歲龍牌，供在當中，吩咐刀斧手、皂隸、人役等，俱要齊集。我一喝打，立即拿下，決不容情的。」海安聽命自去備辦，自不必說。海瑞又想道：「他們到底是天子的親近家奴，我若遽然行刑，須有礙他們體面。」思忖已定，急急入宮見帝。帝問：「海瑞進宮何幹？」海瑞奏道：「臣奉旨明日查驗諸宦官，但恐有躲匿不到，畏懼再割者，臣即當拘提。此輩乃陛下家奴，若不繩之以法，則不成憲典。臣若行刑，又手不便，故臣特來請旨。」帝道：「這是朕躬所行之事，他們何敢不遵？彼輩如有躲匿不遵者，即以律法繩之，休得容縱。」海瑞謝恩。天子又恐他們恃強不服，乃點了四名御前侍衛，如有諸宦不遵海瑞號令，爾等立即拘提，便宜行事。當下四名御前侍衛，隨著海瑞出宮而來，聽候差遣。海瑞回到衙門，即令廚下備了一席酒筵，特請了四名侍衛進內共飲。飲至半酣，海瑞道：「四位是奉了聖旨來的，他日不須畏懼他們，有犯只管前往拘提就是。」侍衛道：「俺等受足了這班狗子的污氣，明日不犯便罷，若稍有犯，俺等怎肯依他？」海瑞道：「如此方纔是與天子辦事的。」相與盡歡而散。

次日清晨，海瑞升堂坐下，沙惠元早已伺候。海瑞念其年老，厚禮待之，令取椅讓他旁坐。沙惠元道：「大人不再閹偺就夠了，怎敢邀坐？」海瑞道：「那裡說來，一般都是與朝廷辦事，焉有不坐之理？」沙惠元再謝而坐。當下海瑞就問惠元道：「他們曾來否？」惠元道：「俱已到齊，聽候大人查驗。」海瑞吩咐閹割手，進來伺候。隨令應再閹割者進。須與五百餘人，一齊進來，立於東邊，個個面如土色。海瑞看了笑道：「不必憂，割過的就永不用割了。」隨令六十名書吏分作六隊，每名領著內侍五名，詳加搜驗。六十名差役，督率閹割手用刀，不得私徇，如違查出，立斃杖下。一面點名，一起起的叫了過堂，押去驗割。須臾，聽得東廡下喊痛之聲大作。沙惠元聽了，不覺手塞了兩耳，合了雙眼，恰似呆的一般。真兔死狐悲，無不淒然。海瑞談笑自若。不上兩個時辰，早已閹割完了。一個個捧著陽具，候示而行。隨又令傳進不應割的來到，仍令吏著差役督率查驗，一面註冊，不一時完了。

海瑞問道：「惟有東廠王惇，西廠柏霜，為何不到？」沙惠元道：「他二人俗也曾遣人前往知會，奈彼不肯註冊，稱是廠臣，不到內院，不須過驗。」海瑞聽了，怒道：「豈有此理！他雖在廠，亦是家奴一例，怎敢違抗聖旨？」立即吩咐侍衛官四名，立刻分提二人到來問話。四人聽了，如飛的前往。恰好王惇這日，原是要躲這厄，走到嚴府裡下棋去了。侍衛官來到東廠、西廠二處，只見柏霜，不見王惇。二人將柏霜擁去，餘者二人尋覓迨遍，卻只不見，只得回覆。海瑞道：「他沒甚麼地方去躲，只在嚴府裡面。你等可到嚴府內去尋，必然見的。」當下四個侍衛官如飛而去。

海瑞指著柏霜道：「你這狗奴才，本部堂今日欽奉聖旨查驗，你等竟膽敢不來伺候麼？」柏霜笑道：「我只道是甚麼事情。俗乃侍奉皇上的人，怎麼受你約束？你小小的一個尚書，也要受俗節制，怎麼這等大模大樣的？」海瑞大怒，吩咐海安備下香案，請過聖旨、龍牌，供在當中。海瑞與沙惠元皆退坐一旁，柏霜方纔朝著聖旨跪下。海瑞道：「本部堂面承聖諭，如有諸宦官不遵查驗者，立行提拘究懲。今汝敢在本部堂面前違抗，就與違旨的一般罪名。」吩咐左右拖下，先打八十板，再行驗割。

柏霜此際知道上了當，也不敢矯強，只得哀求。海瑞道：「那裡施恩於你這等殘人？」吩咐速速行杖。左右答應一聲，不由分說，竟將柏霜剝去冠袍，扯到丹墀之下，重重的杖了四十。柏霜早已失聲。海瑞叱令止杖，以冷水噴其面，須臾復甦。海瑞叱令按著在地驗過。只見陽具稍長一寸有餘，海瑞令閹割手齊根割去。可憐那柏霜咬牙暈去，鮮血迸流，海瑞令擡過一邊。

忽見四個侍衛，擁簇著王惇而至。王惇一眼看見了柏霜這般光景，又見有聖旨供在當中，急急跪下認罪。海瑞道：「你為甚麼不早來伺候？」王惇道：「只因今早皇上召進宮去問話，是以來遲，伏乞恕罪。」海瑞道：「也罷，既是皇上那裡宣召，卻還恕得過。」吩咐帶將下去驗割。王惇叩頭道：「求大人看在廠臣面上免驗罷。」海瑞道：「這是朝廷公事，海某怎敢以私廢公？這斷卻使不得的。」吩咐帶轉來親驗，王惇此時也不敢則聲，一任由他。海瑞親自走下座來，仔細驗看，只見本不甚長，祇有一寸突出。海瑞隨令齊根割了，王惇痛不可忍，大叫幾聲，登時暈了過去。海瑞道：「不割死這廝，留他在朝何用？」約有半時之久，方纔甦醒。海瑞道：「今番你卻自在了。本部堂有幾句言語，你且聽著，則永無憂矣。」王惇道：「謹依教訓。」海瑞在座上吟了八句詩道：

自作孽來還自受，奸謀到底遭天收。罰俸革職存留任，枉法偏徇可知由？莫言暗室相欺得，上天視聽豈能休？金刀一割邪心事，歸去還思早回頭。

王惇聽了這幾句言語，方纔醒悟。知是海瑞為著自己庇護嚴世蕃一案所致，乃悟悔道：「從今以後，偺再不去管閑事了，伏乞大人恩開一線，於偺自新，以圖報效罷。」海瑞笑道：「你且依著我的好言語，自然做了好人。你且去罷。」王惇這次被海瑞去了他的八分威風，從此不敢作威耑權，改了德行。後人有詩八句，單道海公能以正氣化人，而王惇亦可謂善於改過者，雖有前愆，亦足宥之。詩云：

聖云有過休憚改，善能補過即為賢。芝蘭香久薰身德，鮑廁聞深不覺然。若使早遷先日愆，免教今日受迍邅❶。如今且看王惇者，且自先教用洗湔❷。

當下海瑞把諸宦官閹割訖，進宮復旨，並奏知王惇善於改過，堪嘉。帝道：「卿可謂正能逐邪者也。」欽賜匾額，以旌其忠直，御筆親書「盛世直臣」四字。海瑞謝恩出朝。嚴嵩聞知，心中愈怒。又見王惇如此光景，如失左右手一般。張居正、趙文華等，日夜要害海瑞，只恨皇上又賜匾額，寵任正重，無計可施。日夕思維，並無計策。忽然南京戶部尚書員缺，嚴嵩便與三司聯奏，保舉海瑞前往。只因這南京乃是當日太祖建都之處，後因永樂皇帝遷過北燕，那金陵仍有宮殿，以及諸王府第，並先帝陵在此，故尚設五部尚書在此，推缺的就是吏部。這南京就是諸親王在此居住，事務極煩，而責任甚重，人人都不願到彼做官。然非才幹廉能者，不克此任。

❶迍邅：處境困難。

❷洗湔：清除。

當下天子見奏章，尋思南京重地，非海瑞前去不可。乃批了一道聖旨云：

南京戶部尚書員缺，該處重地，非才學優長、廉能耿介者，不可當此重任。現據太師聯同三司會奏議，調現任盛京戶部尚書海瑞以之調補，則地方庶有裨益。海瑞著即前往補授可也。欽此！

聖旨一下，嚴嵩與張、趙三人大喜，即到吏部那裡知會。吏部領了旨意，即把海瑞改註了南京戶部尚書名冊。海瑞受了恩命，只得即日離任就道。一路上好不嚴肅，帶領著安、雄及張氏夫人，一路餐風宿水而來。正是：

多能多幹多奔逐，那得偷安半刻閑？

畢竟海公此去南京，凶吉如何，且聽下回分解。

批評：

雲峰曰：「海公自筮仕以來，曾未得一席之安，一時之暇，而帝曾不一念之，斯亦奇矣。抑以瑞為人才特出，不得不如此也耶？吾固未之解也。」芝亭曰：「帝未嘗不知嚴、趙之所使，然而實非海公不能前往，看官當體訪此意。」

第五十八回 繼盛劾奸矯詔設禍

卻說海瑞領了聖旨，即日攜了眷屬，到南京赴任而去，按下不表。再說那嚴嵩等看見海瑞不在朝中，越加橫暴。此時嚴世蕃亦已回京，仍復舊職。惟王忬一人，不與相濟，其餘一黨奸賊，把個朝廷弄得不成體統。嚴嵩又在遼東開了馬市，使夷、漢互相貿易，多官不敢諫阻。又效王安石青苗錢之法❶。青苗錢者，以時屆青黃不接之際，農夫正值拮据，必為錢糧追呼，所以將錢借與百姓納糧，俟其禾稻成熟之時，倍利償還。此先王安石行之，而民滋擾，幾不聊生。今嵩復行之，而民益敝。又將北直一帶關隘之兵將卸去，其地貼近北番，朝廷關隘被胡人佔者，不計其數。邊報日急，而嵩不肯發兵相援。或謂之曰：「今邊境被諸胡侵掠，而守將被圍甚急，朝廷不發兵往救，豈不誤事？」嵩道：「不然，若一關去救，以後都望人救。」嵩意不肯發兵，致北直一帶關隘，俱被胡人侵佔。

時有兵科給事中楊繼盛，恨嵩誤國，連夜修了本章，數嵩十罪。本將修起，繼盛正欲繕正，忽見燈燭風搖，火光頓滅，十指疼痛。又聞鬼泣之聲，自窗而入。黑暗之中，見其先人立於燈下，以手指其奏稿，又搖手再三。一陣陰風，倏忽不見。繼盛悟道：「莫非先人顯靈，不許我上此本麼？」又轉

---

❶ 青苗錢之法：宋王安石新法之一。當青黃不接之際，官貸錢或糧於民。正月放而夏斂，五月放而秋斂。一名青苗錢法。

念道：「食君之祿，當報君恩。嚴嵩等誤國，豈忍旁觀，默不一言。即此受誅，亦必要上此本。」乃令其子楊琪代繕。琪亦諫道：「嵩固誤國，然朝廷不少大臣，曾不敢以一言奏嵩者。今父親以一給事而欲參奏宰相，況嵩乃上之心腹寵臣，今欲劾之，是猶以卵擊石也。惟大人察之。」繼盛怒道：「為臣盡忠，只知興利除害，至於生死禍福，非所計也。」喝令楊琪急繕。琪不得已繕之。

次早，繼盛入朝，越班出奏嚴嵩、趙文華、張居正、嚴世蕃等欺君罔上，召釁賣國，將本章呈上。內侍接轉展放龍書案上。帝看，只見寫道：

兵科給事臣楊繼盛誠惶誠恐，謹奏：為國賊欺罔，召釁殃民，弄法壞紀，請將擬議，而肅廟廊，以安社稷事：竊見丞相嚴嵩，出身雖屬科甲，而品行實同小人。巧媚工讒，以青詞❷得幸。蒙皇上不次擢用，不三年而秉鈞衡。受恩既深，圖報宜殷。乃嵩不知報本，而耑權肆橫，擅作威福，樹黨賣官，弄法壞紀，蠹國肥家，召釁殃民，無所不至。朝廷正士惟恐去之不速，村野奸徒只憂置之不上。復庇於世蕃，無惡不作。甚至誣陷親王，玷污秀士，種種不堪，擢髮難數。廷臣畏其權勢，結舌不敢上陳。即有一二諫臣，而嵩必借以他事陷之，不致其死不休。年來言路閉塞，朝野之士，實目睹而心傷，不敢言而敢怒。似此國賊耑竊之時，正社稷傾危之日。臣受國恩深重，萬死不足以報高厚，敢惜微軀，袖手旁觀國家之危哉？伏乞陛下俯聽臣言，請速斬嵩等以謝天下，則天下幸甚，社稷幸甚。謹列嚴嵩十大罪於左：

---

❷青詞：道士齋醮，上奏天神的表章。用硃筆寫在青藤紙上，故稱青詞，亦稱綠章。

一宗嵩權肆橫，自視尊大。在京文武以及內外藩鎮，皆要勒取賄賂，否則誣陷。

一宗賣官鬻爵。嵩自秉鈞衡，以張居正、趙文華參用，分任吏、刑各部，以為爪牙。內外官缺，任意賄賣，門庭如市，敗壞紀綱，莫此為甚。

一宗罔上欺天。嵩貪賄賂積贓百兆，不能悉數。建造楠木房屋，其中園亭窗格，仿照大清宮儀式，欺罔僭越特甚。

一宗淫辱污穢。嵩選良家女子年十五以上，藏於府第，動以千數，勝倍宮庭妃嬪，擅用御樂。

一宗擅召邊衅。嵩貪胡人賄賂，私開馬市。番、漢往來雜沓，致啟邊鄙兵端。又不奏聞，致失北直一帶關隘。

一宗忌賢妬能。內外臣工，凡有忠介者，嵩必以計陷之，致朝無正士。

一宗擅主生殺。內外臣工凡有不附於己，立即指使他人，誣以重罪。如刑部侍郎胡敬若、詹事府洗馬郭光容等，皆以忤嵩開罪，卒斃於獄。

一宗縱子行兇。伊子嚴世蕃，毫無一善，輒置之上卿。世蕃藉勢殃毒士林，如辰州秀才胡湘東等，皆受玷污，世蕃反加誣陷。致誣親王造反，可惡已甚。神人共憤，罪不容誅。

一宗圖危椒殿。嵩以甥女育為己女，進於陛下，圖謀大位，致陷皇后、青宮被禁，幸蒙犀燭，幾致久幽。

一宗搜括民財。嵩貪壑未滿，效王安石青苗錢法，加之倍利，民不聊生。又縱家人嚴二等，重利放債，剝民膏脂。

帝覽表，意頗不悅。然細味其詞，亦屬真切，乃溫語道：「卿乃一給事，擅劾宰臣，無乃太過。朕姑留之，採擇而行。」繼盛謝恩而出。

帝退入後宮，令人急召嵩入，以表示之。嵩忙俯伏奏道：「楊繼盛與臣不睦，故擅造十罪陷臣，伏乞陛下作主。」帝道：「楊繼盛未必盡誣，然卿有則改之，無則加勉，毋致廷臣嘵嘵上陳，擾朕聽聞可也。」嵩泣謝道：「陛下視臣如子。」帝令退出。嚴嵩回到府中，急召張、趙二人到府，以楊繼盛之本示知。張居正唬得汗流浹背，趙文華慌得目瞪口呆，二人半晌方纔說得話出。嚴嵩以天子之語對張、趙二人道：「幸蒙皇上寬容，不然吾等已付廷尉矣。」趙文華道：「今太師當即除之，否則復長禍根矣。」嵩道：「如何收拾他？汝當思個妙策來。」張居正道：「為今之計，太師可即矯旨殺之，以絕將來效尤者踵相接。」嵩然之。即使人誣繼盛罪，立付廷尉。時繼盛之子琪方在書房臨池，家人來報道：「老爺已被廷尉執去，探道是因前日之表所致。嵩要斬草除根，公在所不免，可即為計。」琪歎曰：「破巢之下，焉有完卵？」不肯出走，旋亦被執。未幾日，繼盛父子皆被鴆於獄中，而帝實未嘗知也。嵩既鴆殺繼盛父子，愈加兇橫。

時有蘇州府知府莫懷古，秩滿擢遷光祿寺丞。莫懷古攜妾雪娘、僕莫成，來京供職。上任後大加修飾衙署，糊壁糊窗，栽花種竹。此時有裱褙❸匠湯忠，來與裱糊書院窗壁，恰好懷古手弄玉杯。湯忠看見異光瑩潔，白潤無瑕，在旁不勝贊羨。懷古道：「汝亦好此耶？」湯忠道：「小的原是開古玩

---

❸ 裱褙：用紙或絲織品來裝潢或修補書畫。以此為生的工匠稱裱褙匠。

店的，因為落了本錢，致此改行裱褙。當時都蒙各衙大人叫去，認識寶物，所以識得。今見了大老爺這一隻杯兒，不覺失口稱贊，果然稀世之珍也。」懷古道：「你既認得，此杯何名呢？」湯忠道：「這是溫良寶玉杯，又名一捧雪，原是隋朝之物。煬帝在江都陸地行舟，有余氏進的二隻，因亦名余杯。本是一雙，只因煬帝在龍舟之上，與蕭后飲醉，彼此交杯，偶然失手，碎了一隻。其杯斟酒在內，杯卻隨酒之色，溫涼有度，此乃罕有之物也。」懷古道：「汝果然說得不差。此杯乃先人所遺，雖佳客吾未嘗露白。今汝見之，亦云幸矣。」湯忠道：「小的這雙眼睛看的也不少，只是未曾見此。」說罷隨到上房裱褙。恰好雪娘在內，被湯忠看見，不覺魂飛天外，魄散九霄。一面做活，一邊偷眼去看，目不轉睛的，只管呆看。誰知雪娘在裡面未曾得知，所以任他偷看。這湯裱褙尋思道：「天下間那有這樣絕色的婦人？我老湯若得與他一沾蘭蕙之氣，勝做二品京堂❹了。」一肚子的亂想胡思，故意慢慢的裱糊至晚工竣，方纔出來。回到舖中，呆呆的坐著，連飯也不去吃，即便上床睡下。這一晚那裡睡得著，一味的思想計策。忽然想出一條毒計來了，拍掌笑道：「是了，是了。」

次日來到世蕃府中，原來這湯忠每常到嚴府認識寶玩慣的，世蕃因此也亦喜他。當下湯忠見了世蕃，世蕃問道：「這幾日可有甚麼好玩器否？」湯忠道：「沒有甚麼好的，只因昨日偶到新任光祿丞署中，看見這位莫老爺手弄一隻溫涼一捧雪玉杯真是稀世之寶。」遂將此物始末，備細對世蕃說知。世蕃道：「這也容易，明日我到他那裡，與他買了就是。」湯忠道：「這恐不易，那莫老爺是個古板人，他曾說過，雖有佳客，不輕露白的，只怕他不肯呢。」世蕃道：「你可先去對他說知，若是不允，

❹ 京堂：清代對三品或四品官員的稱呼，又稱為京卿。清代中葉以後，成為一種虛銜。

再作理會。」

湯忠領命，急急來到莫府，以世蕃之意對懷古說明。懷古道：「此是先人之遺寶，那肯輕易與人？這卻使不得的。」湯忠道：「不然。今日之勢論之，莫說小人得罪，老爺自不能與嚴府相抗。莫若捨了，以博嚴府之歡如何？」懷古道：「此卻不能，寧願棄官不做。」湯忠道：「不是這般說，老爺既心愛此物，小的自有解法。」懷古道：「你卻有何妙計？」湯忠道：「如今老爺可連夜併工另尋白玉，仿做一隻送去就是。」懷古道：「只恐怕露出馬腳，反為不美。」湯忠道：「不妨的，老爺送杯前去，嚴府必喚小的去認，那時小的就說原物便了。」懷古道：「就煩善為我致意，容日裝潢送去就是。容當厚報。」湯忠道：「這個無過要老爺好結識，解仇怨，小的何敢望報？」湯忠告辭去了，懷古即刻選了一塊雪白羊脂美玉，喚了精工巧匠，日夕併工，趕造起來。正是：

不忍棄遺物，寧教棄此官。

畢竟懷古做偽杯送去如何，且聽下回分解。

批評：

古云：「懷璧其罪。」一隻玉杯，寒不能衣，飢不能食，何必執此而結怨於世蕃，無乃太過耶？

第五十九回　僕義妾貞千秋共美

不說這莫懷古日夕令匠人併工去趕做那玉杯。卻說那湯裱褙回到嚴府，扯謊說道：「小的奉了鈞命，前往莫府傳意，莫懷古聽得大人要取玉杯，不勝之喜。稱說還有幾般薄禮，連夜趕辦，不過數日，他親自送到府來。」嚴世蕃聽了，喜不自勝。過了幾日，湯裱褙又到莫府來問造起那個假玉杯否？莫懷古道：「昨夜方才完工做起。」遂取將出來，遞與湯裱褙觀看。那湯裱褙接過手一看，假意歡喜稱贊道：「果然巧匠，做得一點不差，如同那真的一般。明日老爺可親自另備過幾色陪禮，送將過去，那嚴大人必然歡喜，就可以掩得過了。」莫懷古聽了大喜道：「受教。」果然次日備了幾色禮物，將那假玉杯一併親自送到嚴府。世蕃見了大喜，設宴相謝，莫懷古亦以為掩飾得過了，盡歡而散。

到了次日，嚴世蕃召湯裱褙入府內去認識那玉杯是真是假。那湯裱褙故意失驚道：「罷了，罷了！」世蕃急急問道：「何故如此失驚？」湯裱褙指著玉杯說道：「這那裡是真的玉杯呢？」世蕃道：「你怎麼知道不是真的？」湯裱褙道：「若是真的溫涼寶杯斟酒在內，隨著立即溫涼，又玉色隨著酒色變易的。若是大人不信，可立刻試之，自然就辨得出真假了。」世蕃即令人取了酒，滿滿的注於杯內，果然玉色不變，酒又不溫不涼，如同常杯一樣。世蕃見果然不是真的玉杯，不覺勃然大怒，說道：「莫懷古何等樣人，焉敢竟是當面相欺，這還了得！」湯裱褙從旁說道：「這都是那莫懷古看大人不在眼上，所以如此。」世蕃此際猶如火上加油一般，那裡忍耐得住，即時吩咐左右擺道，親到莫府搜取真杯。領著家丁、湯裱褙而來。

再說那莫懷古自送了假玉杯之後，心中只是不安，正與雪娘商議此事。忽見莫成慌張而至，稱說：「禍事到了。」懷古急問何事。莫成道：「如今嚴府驗出了假杯，這位嚴大人親自前來搜檢呢！」說畢，便往裡面去了。懷古聽了此言，唬得魂不附體。正在無可如何之際，只聽得一片聲叫道：「快些出來接見。」莫懷古急急出迎。只見世蕃盛怒，立在堂上叱道：「汝乃何等樣人，敢來哄我，該得何罪？」莫懷古道：「卑職祇有一只玉杯，今已與了大人，何處說起乃是假的？」世蕃道：「你休要瞞我，那湓涼杯的原故我已知之。今送過府者，乃是假的，一些也不是，還敢在此胡言搪塞麼？本部堂要來搜了呢。」莫懷古只得箚硬強說道：「任大人去搜就是了。」世蕃越發大怒，吩咐左右進內，將婦女、家人擱在一邊。隨即率領狼僕入內遍行搜檢，所有箱匣盡行打開，卻總搜不出來。世蕃看見搜不出，便說道：「你卻預先收去，故無真杯蹤跡。如今我限你三日，卻要將那真杯呈繳。如若不然，將你的首級來見。」懷古唯唯而退，世蕃恨恨而去。

懷古氣倒在地，雪娘急來呼救，約有半時方才甦醒。懷古道：「怎麼不見了真杯？如何是好？」雪娘道：「適間看見莫成入內，此際卻不見了。莫成想必恐搜著，早將真杯藏過，從後門去了，也未可知。」懷古正在驚疑之際，忽見莫成卻從屏後轉將出來，說道：「險些被他搜出真杯來了。」遂將預知世蕃必來親搜，故此預先藏過了真杯，從後門走了，等伊們去了方才回來。隨將真杯交還了懷古。懷古接了，復以世蕃限期對莫成說知。莫成道：「老爺之意若何？」懷古道：「此杯乃先人遺下的手澤❶，豈肯拿去以媚奸賊？寧捨此官不做，亦不肯為此不肖之事。」莫成道：「如此老爺則當早自為計。」懷古聽了，即命莫成與雪娘連夜收拾了細軟，夤夜趕走出城去了。次日，人報世蕃。世蕃大怒道：「這賊怕他飛上天去不成？」即時召了張居正到府，告知備細。居正道：「這也不難，待弟這裡出一角廣緝逃官的捕文，又到趙兄處說，差了兵部差官，沿途趕去，不問那裡拿著，只稱太師鈞旨，就交該處有司正法就是了。」世蕃大喜，居正即便前去行事不提。

再說莫懷古一行人出了城，急急望著小路而行。一路上怕驚怕恐的行了兩夜，是夜宿於野店。那雪娘本是身懷六甲，此時胎氣已足，又因在路上辛苦，動了胎氣，晚上腹中作痛，到了二更時分，就產下一子。懷古雖則歡喜，然正奔逃之時，未免覺得累贅，又不敢在店息肩。次日只得雇了一乘煖車，與雪娘乘坐，仍復沒命的奔逃，不敢少息，正欲奔回四川而去。這一日，正來到黃家營地方。懷古乘著馬，押著車子先行，莫成在後照應行李。懷古正行之間，忽然見前面走出幾個人來，大聲喝道：「逃官往那裡走？」那懷古在馬上吃了一驚。說時遲，那時快，那幾個差官不容分說，早把懷古與雪娘拿下。唬得僕夫魂不附體，急急奔回。路逢莫成，告知原委。莫成大驚失色，乃不敢進，將行李寄於野店。沿途探得前面祇有黃家營總兵戚繼光在此駐紮，諒此去必交與總兵正法。莫成即便趕上，遙望前途數人，細看果是主人。莫成此際不敢前進，躲在松林之內，時已天色昏黑。

再說差官押著莫懷古夫婦，望前直進。問從人此地知府知縣衙門何在。從人稱說：「此地名喚野店舖，三百餘里均是山路。前面二十里，就是黃家營，那裡有一員總兵在此駐紮，亦有皇令，生死自

❶手澤：先人或前輩的遺物或文字。語見《禮記・玉藻》。

由的。」差官聽了，即令從人趕早些行，急急的奔馳。一更以後，方才來到營門。差官立時進去通報，見了戚總兵，備說逃官已獲，現奉太師鈞旨，不問何處，即交有司正法。戚繼光便問：「逃官何人？」四差官道：「前任蘇州府知府，擢京秩的莫懷古。」戚繼光聽了是莫懷古，不覺心中吃了一驚，暗暗叫苦不迭。原來戚繼光前在蘇州參將任時，曾與莫懷古結為刎頸之交。今日聞知，豈不吃驚？只得強裝面目道：「既是逃官，又有太師鈞旨，即當正法。但不知太師有何憑據發來否？」差官道：「有。」即向懷中取出牌文一道。戚繼光就燈下細看，果見有丞相與兵部的印信。將牌文收下，吩咐道：「犯官權且監在後營，待等本鎮立傳軍官，擺圍處決就是。」差官道：「小的明日黎明就要起身的，大老爺休得遲誤。」說畢，就將莫懷古夫婦交與軍士收下，差官自去安息不題。

再說那莫成看見主人入了營門，遂急急的趕上。正到營門，遇著幾個差官剛剛走出來，慌忙躲閃。待他們去後，乃直闖到帳中，早被軍士拿住。莫成道：「我不是歹人，乃犯官莫懷古家人莫成，要面見大老爺，有機密事報。」軍士將莫成帶到內帳。繼光正在燈光之下，躊躇設法要救莫懷古。忽然見莫成來到，即時叱退了軍士，遂問莫成道：「你家主人所犯何罪？你且將原委說與我聽。」莫成便將如何起止，說與繼光知道。說罷，痛哭伏於地下，哀求拯救主人。繼光道：「你且起來，我自有處法。」

即令人取莫懷古夫婦至，彼此相持而哭。繼光道：「此非是哭處，須當覓策，脫此牢籠。若是天明，則難活矣。」懷古道：「死就死了，還有什麼計策？」莫成道：「小人到有個計策在此。」繼光道：「快些說來。」莫成道：「小的蒙老爺豢養深恩，又為小的成了家室，今已有了後嗣，死無恨矣。欲替老爺一死，不知可否？」繼光聽了，不覺雙膝跪在莫成面前道：「若得如此，你主人不致死了。」

懷古道：「豈有此理！此吾之事，豈忍累汝性命？」莫成叩頭流淚道：「小人不過一個無用的老家奴，老爺乃莫氏一家香火的獨苗，豈有就死而不顧宗祧❷耶？」懷古道：「吾已經有了子了，還怕什麼？」莫成道：「出胎十日，何便為人？老爺休要錯了主意。」便問戚繼光道：「乞大老爺將小的立即綁了出去，放了家主，則死亦瞑目矣。」繼光不勝嗟嘆，勸懷古道：「兄勿過迂，莫成有此忠義之氣，只索成其美名罷！」懷古方才允肯，與雪娘當著莫成拜了幾拜。繼光即令人將莫成上了鎖，懷古開了鎖，隨取號衣軍帽令箭一枝，交與懷古道：「快些改換，星夜奔走，勿得留戀。令妾自當隨差回京，諒亦無害。」旋又對雪娘道：「少頃娘子須要作出真情，休得露出馬腳來。」雪娘應允。繼光便催趕懷古起行。於是夫妻、主僕、朋友大哭一場。

時已交三更，繼光迫令懷古急去，隨將莫成、雪娘依舊帶回後營。隨吩咐人去請幾位差官，一同前去監斬。一面吩咐軍士擺圍押犯，不必多點燈火。差官已到，繼光道：「特請尊差來此一同監斬犯官。」差官道：「大老爺處決就是。」繼光道：「不然。夜裡去行刑，須要眼同處決。」當下吩咐押犯前去教場伺候，繼光隨後就與眾差官押後而至。只聽得前面那莫懷古，大罵嚴賊、湯裱褙不止。到了教場，繼光陞座方畢，只見一婦人撲至公案之前，軍士將她亂打。繼光喝住細問，乃知是懷古之妾雪娘，要求面訣。繼光便道：「這也使得。」即令軍士把她領到懷古行刑處所相見。那雪娘一見，就相抱而哭，說不盡夫妻的情義。莫成道：「你且附耳朵上來，我有話講。」雪娘忙附耳上去。莫成道：「我腰下現藏了玉杯在此，你可取去藏過，交與戚老爺收貯，待等老爺回日交轉。」雪娘旋向莫成腰

❷ 宗祧：家族世系。祧，音ㄊㄧㄠ，遠祖的廟。

間取過，藏了身上。又說了許多的話，又哭個不止。繼光在座，叱令眾軍士，將那個婦人帶過一邊，立即行刑。眾軍士領命將那雪娘扯過一邊去了。莫成大笑不止，引頸受刑。繼光在座，不覺掉下淚來。差官見了問道：「犯官被獲，立置典刑，大老爺為什麼掉起淚來呢？」繼光道：「上天有好生之德，今見人死，焉有不為下淚之理？」當下劊子手呈上了人頭。戚繼光用銀硃筆點了，囚在小木籠之內，復又用封皮封了，交與差官。隨即又具了申覆完案的文書。那幾個差官，得了莫成的首級，也不曾細看，回到寓中，天已大明。

少頃，戚繼光著人送了申詳的文書過來。差官對來人道：「犯官還有一個妾氏，怎麼不一併解去見太師爺呢？」差人回衙，以此言對戚繼光說知。繼光隨請雪娘出來，告知備細。雪娘道：「既如此，即便請行。若然到了北京，必當要親弑那二賊，與我的老爺報仇。」戚繼光大喜，以好言慰之。雪娘抱著半月的孩子，慷慨就道。那些差官看見雪娘抱著孩子，呱呱的終日啼哭，各不耐煩，便順著手奪了那個孩子，拋在地下，驅押而去。幸得那些戚府的從人，把那個孩子抱回。戚繼光見了大喜，雇了乳母，好生撫養。又念著莫成，乃是一個忠義的奴僕，便叫從人去備了棺木，以木作首級，衣冠殮之。葬在荒郊之外，暗暗的作了記號，大大的設了一個奠祭功德超度，以報其忠義之心。又令人走到四川，去報知那莫夫人知道，把那孩子附回歸養，取名為寄生。此是後話。正是：

慘遭傾陷事，誰不痛傷悲。

畢竟不知那個莫懷古他夫妻二人如何報仇雪恨，且看下回便知分曉。

批評：

莫成之忠義，可謂萬古而不可多得者也。懷古平日寶一杯，而匆匆就道，如漏網之魚，此際亦不及顧先人之遺物也。雪娘慨然就道，更無半點疑難之色，以數語對繼光說知，所以明洗其無他意者也。雪娘之報懷古，亦可云無愧矣。

第六十回　臣忠士鯁萬古同芳

卻說雪娘隨了差官，回到京城，差官將莫懷古首級呈上。湯裱褙此時亦在傍，世蕃因令驗過。湯裱褙看了說道：「此不是莫懷古首級，此乃其僕莫成之首也。」世蕃便問：「何以分別？」湯裱褙道：「懷古鬚長，左耳有痣。今首級鬚短而耳無痣，此其僕莫成之首也。」世蕃大怒，即時差廷尉往黃家營去拿問戚繼光進京，自不必說。

再說那湯裱褙便向世蕃乞雪娘為妻，世蕃即以雪娘賜之。是夜，湯裱褙大醉，正欲與雪娘成親。不虞雪娘身懷匕首，就帳中刺之，旋亦自刎。次日，人報雪娘與湯裱褙皆以刃死，世蕃不勝驚訝，只得著人收殮。及至提到戚繼光到京，責以假首之事，繼光探得雪娘已死，遂堅不承認。世蕃因見湯裱褙已死，無可對質，況是私事，只得罷了，仍放繼光回任。後來莫懷古之子，於隆慶年間及第。莫成之子得莫夫人視如己子，教令讀書，亦中進士。那莫懷古自從得脫，竟不敢回家，由粵徑航海逃難而去。後聞嚴嵩父子等破敗逮罪，方纔敢回家園。此是後話。

再說嘉靖帝一日染病沉重，自知不起，乃召嚴嵩等入內，以太子託之，遺詔仍以嚴嵩為相國。嵩等受命訖，帝大叫一聲而崩，壽享六十有二。當日文武百官，請太子掛孝，停了梓棺❶於正殿。過了

❶梓棺：梓木製成的棺材。《禮記．檀弓上》：「天子之棺四重，水兕革棺被之，其厚三寸，杝棺一，梓棺二。」

三虞❷，嵩等秘不發喪。張皇后聞知，不勝憂懼。即召一班舊臣，奉太子即位於柩前。改元隆慶，尊母張后為皇太后，立妃袁氏為皇后。葬帝於恭陵，頒詔大赦天下。嚴嵩等心中不安，屢請放歸田里。帝不准，命仍兼丞相事。拜海瑞為文英殿大學士，遣使往迎。

再說海瑞自到南京，諸務悉心盡理，處事和平，即諸王亦多敬服。光陰迅速，不覺在任三載。正欲請旨陛見，忽接哀詔，海瑞大哭，即與文武掛孝開喪，設位遙祭。海瑞聞得新君登極，即修本遣使馳馹❸，參奏嚴嵩父子之罪。海瑞心憂嚴嵩危國，又不得進京面奏，終日憂心如焚，不覺染成一病，乃對夫人曰：「吾不幸，與汝中道而別。吾自出仕以來，歷任封疆，卻未曾受民間一絲一線。今有紅袍一件，貯於箱中。倘吾死後，當以此袍為殮，亦表我生平之耿介也。」說畢而終。夫人大慟，即遵遺命，將此大紅袍蔽瑞之屍，柳棺而殮。諸王聞知，各皆悲泣，俱來弔唁。張夫人搜檢行匣，竟無分文。遂不得還鄉，諸王飛章具奏。

且說賚恩旨之使，一日到了南京，聞知海瑞已死，嘆息不已。回京復命，稱說海瑞一身別無長物，臨殮祇有布紅袍一領蔽屍。其家眷貧不能回粵，現在南京落魄。天子聞奏，念其忠勤介直，勅賜謚曰忠介。命本省撥帑項❹銀一萬兩，送海瑞靈柩回籍安葬，追贈少保。及閱海瑞奏章，乃參嚴嵩父子之

梓，木名，輕軟耐朽。」

❷ 三虞：三次虞祭。《儀禮．士虞禮》：「三虞，卒哭。」鄭玄注：「虞，安也。骨肉歸於土，精氣無所不之，孝子為其彷徨，三祭以安之。」

❸ 馳馹：駕乘驛馬疾行。馹，音ㄖˋ，驛站專用車。

事，旋有許多廷臣參劾嵩之黨羽，天子大怒。立下嵩與世蕃、張、趙等於獄，百姓無不歡喜。從此天下肅清矣。後人有詩讚海公之忠心愛國，其詩曰：

正氣扶倫日，艱難國運時。忠心昭日月，赤膽古今稀。

又有短章以讚之云：

五指靈鍾獄，芳華冠四時。如撐憑指掌，得此可掙持。

時有顛道人有無題詩十首：

其一

一簾花影拂輕塵，路認仙源未隔津。密約夜深能待我，吃虛心細善防人。喜無鸚鵡偷傳語，剩有流鶯解惜春。形跡怕教同侶妒，囑郎見面不相親。

其二

❹ 帑項：國庫裡的錢財。

慚愧題橋乏妙才，枉將心事訴粧臺。津非少婦偏能妒，山豈彭郎❺易起猜。底事妄傳仙子降，何曾親見洛神來。勸君莫結同心結，一結同心解不開。

其三

惺惺最是惜惺惺❻，倚翠偎紅雨乍停。念我驚魂防姊覺，教郎安睡待奴醒。春寒被角傾身讓，風過窗櫺側耳聽。天曉餘溫留不得，隔宵重密約叮嚀。

其四

迴廊百折轉堂坳，阿閣三層鎖鳳巢。金扇暗遮人影至，玉扉輕扣指聲敲。脂含重熟櫻桃顆，香解重衾荳蔻梢。傍燭笑看屏背上，角巾釵索影先交。

---

❺ 彭郎：地名。在江西彭澤縣南岸。《歸田錄》：「江西有大小孤山，在江水中，世俗轉孤為姑。江側有石磯，謂之澎浪磯，遂轉為彭郎磯，云彭郎者，小姑婿也。」

❻ 惺惺惜惺惺：聰明機靈的人相互愛惜。元・關漢卿《普天樂・崔張十六事》曲：「遇著風流知音性，惺惺的偏惜惺惺。」

其五

窗外聞聲竹外吟，暫時小別亦追尋。羞聞軟語情猶淺，許看香肌愛始深。他日悲歡憑妾命，此身輕重恃郎心。須知千古文君意，不遇相如不聽琴。

其六

窗外聞聲暗裡迎，胸中有膽亦心驚。常防遇處留燈影，偏易行來觸瑟聲。條脫光寒連臂戰，湯蘇春暖放鉤輕。枕邊夢醒低低喚，消受香郎兩字名。

其七

聞說將離意便愁，佳郎無計淚交流。身非精衛難填海，心似齊仇怕及秋。影散落花隨馬勤，衷情香餌在蟾鉤。錦衾角枕淒涼味，從此相思又起頭。

其八

知郎無賴喜詼諧，刻意承歡事事偕。學畫鴛鴦調翠黛，戲簽蝴蝶當荊釵。滅儂繡事來磨墨，助我詩情坐向懷。百種溫柔千婉轉，不留蹤跡與同儕[7]。

其九

對面歡娛背面思，人生能得幾多時？盟心好訂他生約，嚙臂難書薄命詞。相思滿腹憑誰寄，淒涼猶恐與人知。強笑暫將愁悶解，前事回思自覺痴。

其十

同心好疊寄書函，字字簪花細細緘。紫鳳已飛空寄曲，青蠅雖小易生讒。半衿秋水懷新月，遍體餘香惜故衫。安得射來雙孔雀，教他帶綬一時啣。

後人祇錄十首，以誌其意。後來皆以《大紅袍》一書為美談。孰不知海公乃是當時傑士，千古忠臣，死而後已，則作書者亦從此而已矣。吾深怪今之說《大紅袍》者，則以海公遇事輒奏，如做知縣

---

[7] 同儕：同伴。儕，音ㄔㄞˊ，同輩的人。

時，便劾嚴嵩，孰不知尊卑有分，不得妄奏者。又以海公審斷宮闈，以何妃生子不為王裔，嚴嵩故陷西宮，海公令滴血以驗真假，此正所謂村野之談。縱帝宮幃不淨，亦不於嚴嵩主政之得奏帝者，海公又從何而審之？至於明遣刺客，而賴何氏，則更荒唐。誰道竟無其事？則不必更有其文。以史校之，竟無何氏在宮，亦無何太師，究竟何人，官居何職，一派胡言，殊堪笑煞。故特標明，免愚者為其所惑，而玷我海公也。

夫人臣事君，宜得際遇。若非其時，則徒有鞠躬盡瘁之心，偏乏言聽計從之日。所以得際遇者，嵩也。其不合時宜者，海公也。公秉丹心於方寸，而帝雖知公之賢之忠，而言不曾確聽，計不曾確從，此亦公之時與命也。嵩之遇帝，三載三遷，驟秉鈞衡，旋晉太師，數十年如一日。雖有繼盛等之劾奏，而留中不發，卒得安享，此所謂得其時者也。至於世蕃恃父之勢，肆其兇橫，無所不至，竟至誣陷親王，污辱秀士，擅殺大臣，惡貫滿盈。父子不敗於嘉靖之朝，而敗於隆慶之日，可謂成敗有時也。人幾疑其幸免，幸而隆慶誅之，始快人心。不然讀書者至此，則不禁喟然廢卷矣。

批評：

近有以南詞《大紅袍唱本》傳於世，其中多生枝節，寫海公動輒狂奏，殊不合觀。今編此卷，確實而書，庶免忠臣作狂士之譏。

紅袍傳小引：

紅袍甚小，何以名書？蓋剛峰先生官服。既官服，何以書？吾應聲曰：「此剛峰先生常所服之衣，而始終如一者也，故誌之。」或曰：「官服尋常物也，何以書此？」吾曰：「夫庶民百姓，莫不有冠有服，此尋常之事也。今以《紅袍》命名於書，蓋以剛峰先生自筮仕以來，歷任封疆，不可謂之不貴，不可謂之不榮。而不傳其官貴，而獨以紅袍命名者，蓋以其一生，以一紅袍始，以一紅袍終者也。」

中國古典名著

集合兩岸學者專家為您
精選、考證並加校注的
宋元明清古典名著大觀

・三國演義
羅貫中撰／毛宗崗批／饒彬校訂

・水滸傳
施耐庵撰／羅貫中纂修／金聖嘆批／
繆天華校訂

・紅樓夢
曹雪芹撰／饒彬校訂

・西遊記
吳承恩撰／繆天華校訂

・金瓶梅
笑笑生原作／劉本棟校訂／繆天華校閱

・儒林外史
吳敬梓撰／繆天華校訂

·兒女英雄傳
文康撰／繆天華校訂／饒彬標點

·東周列國志
馮夢龍原著／劉元放改撰／劉本棟校訂／繆天華校閱

·封神演義
陸西星撰／鍾伯敬評／楊宗瑩校訂／繆天華校閱

·七俠五義
石玉崑原著／俞樾改編／楊宗瑩校訂／繆天華校閱

·文明小史
李伯元撰／張素貞校訂／繆天華校閱

·大明英烈傳
楊宗瑩校訂／繆天華校閱

·鏡花緣
李汝珍撰／尤信雄校訂／繆天華校閱

·官場現形記
李伯元撰／張素貞校訂／繆天華校閱

·拍案驚奇
凌濛初原著／劉本棟校訂／繆天華校閱

·濟公傳
王夢吉等撰／楊宗瑩校訂／繆天華校閱

·警世通言
馮夢龍編／徐文助校訂／繆天華校閱

·醒世恒言
馮夢龍編撰／廖吉郎校訂／繆天華校閱

·喻世明言
馮夢龍編撰／徐文助校注／繆天華校閱

・老殘遊記

劉鶚撰／田素蘭校訂／繆天華校閱

・何典 斬鬼傳 唐鍾馗平鬼傳（合刊）

張南莊等著／黃霖校注／繆天華校閱

・孽海花

曾樸撰／葉經柱校注／繆天華校閱

・包公案

明・無名氏撰／顧宏義校注／謝士楷、繆天華校閱

・隋唐演義

褚人穫著／嚴文儒校注／劉本棟校閱

・三俠五義

石玉崑著／張虹校注／楊宗瑩校閱

・楊家將演義

紀振倫撰／楊子堅校注／葉經柱校閱

・豆棚閒話 照世盃（合刊）

艾納居士等著／陳大康校注／王關仕校閱

・平山冷燕

天藏花主人編次／張國風校注／謝德瑩校閱

・海公大紅袍全傳

清・無名氏撰／楊同甫校注／葉經柱校閱

・西湖二集

周楫纂／陳美林校注

・品花寶鑑

陳森著／徐德明校注

・石點頭　天然癡叟著／李忠明校注／王關仕校閱

・萬花樓演義　李雨堂撰／陳大康校注

・東西漢演義　甄偉・謝詔編著／朱恒夫校注／劉本棟校閱

・十二樓　李漁著／陶恂若校注／葉經柱校閱

・浮生六記　沈三白著／陶恂若校注／王關仕校閱

・今古奇觀　抱甕老人編／李平校注／陳文華校閱

・海上花列傳　韓邦慶著／姜漢椿校注

・琵琶記　高明著／江巨榮校注／謝德瑩校閱